Van Lee Child zijn verschenen:

DE JACK REACHER THRILLERS:

1 Jachtveld
2 Lokaas
3 Tegendraads
4 De bezoeker
5 Brandpunt
6 Buitenwacht
7 Spervuur
8 De vijand
9 Voltreffer
10 Bloedgeld
11 De rekening
12 Niets te verliezen
13 De sluipschutter
14 61 uur
15 Tegenspel
16 De affaire
17 Achtervolging
18 Ga nooit terug
19 Persoonlijk
20 Daag me uit
21 Onder de radar
22 Nachthandel
23 Verleden tijd

DE JACK REACHER VERHALEN

Op doorreis (*bundel*)

LEE CHILD

De rekening

UITGEVERIJ LUITINGH-SIJTHOFF

Oorspronkelijke titel: *Bad Luck and Trouble*
Vertaling: Jan Pott
Omslagontwerp: DPS Design & Prepress Studio

ISBN 978 90 210 2485 1
NUR 332

www.leechild.com
www.lsamsterdam.nl
www.boekenwereld.com

Voor de echte
Frances L. Neagley

I

De man heette Calvin Franz en de helikopter was een Bell 222. Franz had twee gebroken benen, dus moesten ze hem vastgebonden op een brancard aan boord dragen. Niet echt een ingewikkelde manoeuvre. De Bell was een ruime helikopter, tweemotorig, ontworpen voor het vervoer van zakenlieden en politieagenten, met plaats voor zeven personen. De portieren waren zo groot als de schuifdeuren van een flinke bestelwagen en konden ver open. De middelste rij stoelen was verwijderd. Er was ruimte genoeg op de vloer voor Franz.

De motoren van de Bell liepen stationair. Twee mannen droegen de brancard. Ze bukten onder de ronddraaiende wieken en haastten zich, de een achteruit, de ander vooruit. Toen ze bij het open portier kwamen, legde de man die achteruitliep een handgreep op de drempel en dook weg. De andere man stapte naar voren, duwde hard en schoof in één keer de brancard helemaal naar binnen. Franz was bij kennis en leed pijn. Hij schreeuwde het uit en kronkelde een beetje, maar niet erg veel, want de riemen over zijn borst en dijbenen waren strak aangetrokken. De twee mannen klommen na hem naar binnen en namen plaats op de stoelen achter de ontbrekende rij en schoven het portier met een klap dicht.

Toen wachtten ze.

De piloot wachtte.

Een derde man kwam door een grijze deur naar buiten en liep over het beton. Hij bukte diep onder de wieken en hield één hand vlak op zijn borst om zijn stropdas op zijn plaats te houden. Het gebaar deed hem lijken op iemand die iets op zijn kerfstok heeft, maar de vermoorde onschuld speelt. Hij haastte zich om de lange neus van de Bell heen en klom voorin, naast de piloot.

'Omhoog,' zei hij en toen keek hij omlaag om zich met zijn veiligheidsgordel te bemoeien.

De piloot joeg het vermogen van de turbines op en het luie *whop-*

whop van de wieken gierde omhoog naar een driftig middelpuntzoekend *whip-whip-whip* en ging toen verloren in het schrille lawaai van de uitlaat. De Bell kwam recht omhoog van de grond, zakte wat weg naar links, draaide iets om zijn as en trok toen zijn wielen in en klom naar duizend voet. Toen dook hij iets voorover en dreunde naar het noorden, hoog en snel. Onder de Bell schoven wegen en onderzoeksinstituten en kleine fabrieken en keurig afgebakende woonwijken weg. Bakstenen muren en metalen plaatwerk gloeiden rood in de avondzon.

De man voorin zei: 'Je weet waar we heen gaan?'

De piloot knikte en zei niets.

De Bell raasde verder, maakte een flauwe bocht naar het noordoosten, klom nog wat hoger en zette koers naar de nacht. Hij vloog dwars over een snelweg ver beneden, een rivier van witte lichten die naar het westen kropen, en van rode lichten die naar het oosten kropen. Eén minuut noordelijk van de snelweg ging de laatste in cultuur gebrachte grond over in lage heuvels, onvruchtbaar, met wat struikgewas en onbewoond. De heuvels gloeiden oranje op de hellingen in de ondergaande zon en waren dofbruin in de lagere delen en de schaduwen. Toen gingen de lage heuvels over in kleine ronde bergen. De Bell snelde verder, stijgend en dalend, volgde de contouren van het landschap daarbeneden. De man voorin keerde zich om en keek neer op Franz, achter hem op de laadvloer. Hij glimlachte en zei: 'Nog een minuut of twintig, misschien.'

Franz gaf geen antwoord. Hij had te veel pijn.

De Bell stond in de boeken voor een kruissnelheid van 259 kilometer per uur, dus twintig minuten betekende bijna 87 kilometer, voorbij de bergen en een flink eind de woestijn in. De piloot trok de neus recht en nam wat gas terug. De man voorin drukte zijn voorhoofd tegen het glas en staarde omlaag de duisternis in.

'Waar zijn we?' vroeg hij.

De piloot zei: 'Waar we de vorige keer ook waren.'

'Precies?'

'Min of meer.'

'Wat is daarbeneden?'

'Zand.'

'Hoogte?'

'Drieduizend voet.'

‘Hoe is de lucht hierboven?’
‘Rustig. Een beetje thermiek, maar geen wind.’
‘Veilig?’
‘Vliegtechnisch wel.’
‘Dan doen we het.’
De piloot nam nog meer gas terug, draaide en bracht de helikopter tot stilstand, een stationair zweven, drieduizend voet boven de woestijn. De man voorin keerde zich opnieuw om en maakte een gebaar naar de twee mannen achterin. Beiden gespten hun veiligheidsgordel los. De een boog voorover, vermeed de voeten van Franz, hield met één hand stevig zijn veiligheidsgordel vast en ontgrendelde het portier. De piloot zat half gedraaid op zijn stoel, keek toe, en kantelde de Bell iets, zodat het portier onder zijn eigen gewicht helemaal openschoof. Toen trok hij de helikopter weer recht en liet hem langzaam rondtollen met de wijzers van de klok mee, zodat de beweging en de luchtdruk het portier openhielden. De tweede man achterin hurkte neer aan het hoofdeinde van de brancard en tilde hem in één keer op tot hij schuin omhoogstond. De eerste man zette zijn voet voor het handvat om te voorkomen dat de brancard zou beginnen te glijden. De tweede man rukte de brancard als een gewichtheffer verder omhoog tot hij bijna loodrecht stond. Franz hing in de riemen. Hij was groot, en zwaar. En vastbesloten. Aan zijn benen had hij niets, maar zijn bovenlichaam was sterk en hij verzette zich uit alle macht. Zijn hoofd sloeg heen en weer.
De eerste man haalde een springmes uit zijn zak en flipte het lemmet uit het heft. Zaagde er de riem om Franz zijn dijbenen mee door. Toen wachtte hij even en sneed toen de riem om Franz zijn borst door. Met één snelle beweging. Op precies datzelfde moment rukte de tweede man de brancard helemaal rechtop. Franz deed onwillekeurig een stap naar voren. Op zijn gebroken rechterbeen. Hij slaakte een kreet, kort, en deed een tweede instinctieve stap. Op zijn gebroken linkerbeen. Zijn armen maaiden in het rond, hij sloeg voorover en kantelde over zijn heupen naar buiten, het lawaaiige duister in, het geraas van de als gekken rondtollende wieken in, de nacht in.
Drieduizend voet boven de woestijn.
Even bleef het stil. Zelfs het lawaai van de motoren leek wat weg te vallen. Toen liet de piloot de Bell de andere kant op ronddraaien, kantelde de machine iets, zodat het portier keurig dichtschoof. De turbi-

nes kwamen weer op toeren, de wieken beten zich vast in de lucht en de neus van de helikopter zakte iets.
De twee mannen klauterden terug in hun stoel.
De man voorin zei: 'Dan gaan we nu maar naar huis.'

2

Zeventien dagen later was Jack Reacher in Portland, Oregon, bijna platzak. In Portland, want hij moest toch ergens zijn en de bus waarmee hij twee dagen daarvoor gekomen was, was hier gestopt. Bijna platzak, omdat hij in een politiekroegje een assistent-officier van justitie had ontmoet die Samantha heette, en die hij twee keer mee uit eten had genomen voordat hij twee keer bij haar was blijven slapen. Nu was ze aan het werk en liep hij weg van haar huis, om negen uur 's ochtends, terug naar het busstation in de binnenstad, zijn haar nog nat van haar douche, verzadigd, ontspannen, met voorlopig onbekende bestemming, met een uiterst dun pakje bankbiljetten in zijn zak.

De terroristische aanslagen van 11 september 2001 waren op twee manieren heel praktisch van invloed geweest op Reachers leven. In de eerste plaats had hij nu naast zijn opvouwbare tandenborstel ook zijn paspoort bij zich. Voor van alles en nog wat had je in dit nieuwe tijdperk een identiteitsbewijs met foto nodig, en dat gold ook voor veel vormen van reizen. Reacher was een zwerver maar geen kluizenaar, rusteloos maar niet iemand die niet spoorde, en hij had zich dus zonder ophef aangepast.

In de tweede plaats had hij zijn manier van bankieren aangepast. Jarenlang nadat hij het leger had verlaten, had hij gewerkt met een systeem waarbij hij zijn bank in Virginia opbelde om telegrafisch geld over te maken naar het kantoor van Western Union in de plaats waar hij toevallig was. Maar de angst voor financiering van terrorisme had vrijwel een eind gemaakt aan telefonisch overboeken van geld. Dus had Reacher nu een pinpas. Die borg hij op in zijn paspoort en hij gebruikte 8197 als pincode. Hij beschouwde zichzelf als iemand met weinig talenten, maar wel met een paar bijzondere vaardigheden, waarvan de meeste fysiek van aard waren en te maken hadden met zijn abnormale lengte en kracht. Maar daarnaast wist hij altijd hoe laat het was zonder op een klok te kijken, en bezat hij de rekenvaar-

digheid als van een aankomend idiot savant. Vandaar 8197. Hij vond 97 een mooi getal omdat het het grootste priemgetal van twee cijfers was, en hij vond 81 mooi omdat het uit alle letterlijk oneindige mogelijkheden het enige getal was waarvan de vierkantswortel gelijk was aan de som van de cijfers waaruit het getal was samengesteld. De wortel van 81 was 9, en 8 plus 1 was ook 9. Geen ander niet-triviaal getal in de kosmos vertoonde een dergelijke fraaie symmetrie. Perfect.
Zijn talent voor cijfers en zijn aangeboren cynisme jegens financiële instellingen deed hem altijd het saldo controleren als hij geld uit een automaat haalde. Hij vergat nooit rekening te houden met de transactiekosten en aan het begin van ieder nieuw kwartaal telde hij er de schamele rente van de bank bij op. En ondanks al zijn wantrouwen hadden ze hem nog nooit getild. Iedere keer bleek het saldo precies te kloppen met wat hij had verwacht. Hij was nog nooit aangenaam verrast of bitter teleurgesteld.
Tot die ochtend in Portland, toen hij werd verrast, niet teleurgesteld. Omdat zijn saldo meer dan duizend dollar hoger was dan het had moeten zijn.
Precies duizenddertig dollar hoger, rekende Reacher uit het hoofd uit. Een vergissing, duidelijk. Van de bank. Een storting op een verkeerde rekening. Een vergissing die weer zou worden rechtgezet. Hij zou dat geld niet houden. Hij was een optimist, maar hij was niet gek. Hij drukte op een andere knop om een bon af te drukken. Een klein velletje papier kwam uit een gleuf. Er stond vaag leesbare, grijze tekst op, een opsomming van de laatste vijf transacties voor zijn rekening. Drie daarvan waren transacties die hij zich nog goed kon herinneren, waarbij hij geld uit een automaat had gehaald. Eén was de meest recente rentebetaling door de bank. De laatste was een overschrijving van één duizend en dertig dollar, drie dagen geleden. Daar stond het dan. De bon was te smal voor aparte kolommen voor debet en credit, daarom stond de overschrijving tussen haakjes om aan te geven dat het om een positief bedrag ging: (1030,00).
Eén duizend en dertig dollar.
1030.
Op zich geen interessant getal, maar Reacher staarde er enige tijd naar. Geen priemgetal, duidelijk. Geen enkel even getal groter dan 2 kon een priemgetal zijn. De wortel? Iets meer dan 32. Derdemachtswortel? Iets minder dan tien-één-tiende. Factoren? Niet zoveel, maar

in ieder geval 5 en 206 naast de voor de hand liggende 10 en 103, en de nog meer elementaire 2 en 515.

1030 dus.

Eén duizend en dertig.

Een vergissing.

Misschien.

Of misschien wel geen vergissing.

Reacher haalde vijftig dollar uit de automaat, zocht in zijn broekzak naar kleingeld en ging op zoek naar een telefooncel.

Hij vond een telefooncel bij het busstation. Uit het hoofd koos hij het nummer van zijn bank. Tien over halftien in het westen, tien over halfeen in het oosten. Lunchtijd in Virginia, maar er zou vast wel iemand zijn.

En er was iemand. Niet iemand die Reacher ooit eerder had gesproken, maar ze klonk capabel. Misschien iemand met een wat hogere functie die tijdens de middagpauze de honneurs waarnam. Ze noemde haar naam, maar die ontging Reacher. Toen stak ze van wal met een lange, ingestudeerde inleiding die hem het gevoel moest geven dat hij een gewaardeerde klant was. Hij hoorde haar aan en vertelde toen over de storting.

'Misschien is het geen vergissing,' zei Reacher.

'Verwachtte u dat er geld zou worden overgemaakt?' vroeg ze.

'Nee.'

'Wordt er regelmatig geld naar uw rekening overgemaakt door derden?'

'Nee.'

'Dan is het waarschijnlijk een vergissing, denkt u ook niet?'

'Ik wil graag weten wie het geld heeft overgemaakt.'

'Mag ik vragen waarom?'

'Dat is niet zo makkelijk uit te leggen.'

'Maar ik moet wel weten waarom,' zei de vrouw. 'Dat heeft te maken met vertrouwelijkheid. Als een fout van de bank openheid van zaken geeft over de ene klant aan een andere klant, kan er sprake zijn van het overtreden van allerlei regels en wetten en ethische gedragscodes.'

'Het zou een boodschap kunnen zijn,' zei Reacher.

'Een boodschap?'

'Uit het verleden.'
'Dat begrijp ik niet.'
'Ik ben vroeger bij de militaire politie geweest,' zei Reacher. 'Het radioverkeer bij de militaire politie werkt met codes. Als iemand dringend assistentie nodig heeft van een collega, doet hij een oproep met een tien-dertig-code. Begrijpt u wat ik bedoel?'
'Niet echt, nee.'
Reacher zei: 'Wat ik denk is, als ik die persoon die het geld heeft overgemaakt, niet ken, dan is het een vergissing van duizenddertig dollar. Maar als ik die persoon wel ken, dan kan het een oproep om assistentie zijn.'
'Ik begrijp het nog steeds niet.'
'Kijk eens naar hoe je het schrijft. Het zou een tien-dertig-code kunnen zijn, in plaats van duizenddertig dollar. Kijk naar het getal op papier.'
'Maar zou die persoon u niet gewoon hebben opgebeld?'
'Ik heb geen telefoon.'
'E-mail dan? Of een telegram. Of misschien zelfs een brief?'
'Voor al die dingen heb ik geen adres beschikbaar.'
'Maar hoe nemen wij dan contact met u op?'
'Dat doet u nooit.'
'Een overschrijving naar uw bankrekening zou wel een erg vreemde manier van communiceren zijn.'
'Het zou wel eens de enige manier kunnen zijn.'
'En moeilijk. Iemand moet eerst uw bankrekening opsporen.'
'Daar gaat het om,' zei Reacher. 'Het moet iemand zijn die slim en handig is. En als iemand die heel slim en handig is, om hulp vraagt, moet de nood wel hoog zijn.'
'Het is ook nogal duur. Het kost iemand meer dan duizend dollar.'
'Precies. Het moet iemand zijn die slim en handig en wanhopig is.'
Het bleef stil aan de andere kant. Toen: 'Kunt u geen lijst maken van mensen die het zouden kunnen zijn en die proberen?'
'Ik heb met veel slimme mensen samengewerkt. En met veel van hen al heel lang geleden. Het zou me weken kosten die allemaal op te zoeken. Dan kan het al te laat zijn. Bovendien heb ik geen telefoon.'
Opnieuw stilte. Alleen het geratel van een toetsenbord.
Reacher zei: 'U bent aan het kijken, is het niet?'
De vrouw zei: 'Ik zou dit niet moeten doen.'

'Ik weet van niks.'
Het werd stil aan de andere kant. Het geratel van het toetsenbord hield op. Reacher wist dat ze de naam daar voor zich had op het scherm.
'Zeg het eens,' zei hij.
'Ik kan het niet zomaar zeggen. U zult een voorzet moeten doen.'
'Hoe dan?'
'Geef me een aanknopingspunt. Dan hoef ik het niet ronduit te zeggen.'
'Wat voor aanknopingspunt?'
Ze vroeg: 'Bijvoorbeeld, zou het een man of een vrouw zijn?'
Reacher glimlachte kort. Het antwoord lag in de vraag besloten. Het was een vrouw. Moest wel. Een slimme, handige vrouw met veel verbeeldingskracht en een onorthodoxe manier van denken. Een vrouw die weet had van zijn bijna neurotische neiging om op te tellen en af te trekken.
'Ik doe een gok,' zei Reacher. 'De overschrijving komt uit Chicago.'
'Ja, van een bankrekening in Chicago.'
'Neagley,' zei Reacher.
'Dat is de naam die er staat,' zei de vrouw. 'Frances L. Neagley.'
'Dan kunt u wat mij betreft vergeten dat we dit gesprek ooit hebben gevoerd,' zei Reacher. 'Het was geen fout van de bank.'

3

Reacher had dertien jaar in het leger gediend, al die dertien jaar bij de militaire politie. Gedurende tien van die jaren had hij Frances Neagley gekend en gedurende zeven jaar had hij van tijd tot tijd met haar samengewerkt. Hij was officier geweest, tweede luitenant, daarna luitenant, kapitein, majoor, gedegradeerd tot kapitein en daarna opnieuw gepromoveerd tot majoor. Neagley had steevast elke promotie vanaf sergeant geweigerd. Ze weigerde na te denken over een officiersopleiding. Reacher wist niet precies waarom. Er was heel veel wat hij niet van haar wist, ondanks de tien jaar dat ze elkaar hadden gekend.

Maar er was ook heel veel wat hij wel van haar wist. Ze was slim en handig en grondig. En taai. En op een merkwaardige manier ongeremd. Niet als het om persoonlijke relaties ging. Ze vermeed persoonlijke relaties. Ze was enorm op zichzelf en afkerig van elke vorm van intimiteit, zowel fysiek als emotioneel. Haar ongeremdheid betrof haar werk. Als ze het gevoel had dat iets juist of noodzakelijk was, sloot ze geen enkel compromis. Ze liet zich door niets uit het veld slaan, niet door politiek, niet door praktische problemen of beleefdheid of zelfs maar door wat door burgers de wet wordt genoemd. Op een gegeven moment had Reacher haar geronseld voor een speciale onderzoekseenheid. Twee belangrijke jaren lang was ze daarvan een essentieel onderdeel geweest. De meeste mensen dachten dat de spectaculaire successen die ze zo nu en dan boekten, het werk waren van Reachers leiderschap, maar Reacher zelf was van mening dat het aan haar te danken was. Ze had diepe indruk op hem gemaakt. Soms had hij haar bijna angstaanjagend gevonden.

Als zij dringend om assistentie vroeg, was dat niet omdat ze haar autosleuteltjes kwijt was.

Ze werkte voor een particuliere beveiligingsorganisatie in Chicago. Dat wist hij. Tenminste, dat had ze vier jaar geleden gedaan, toen hij voor het laatst contact met haar had gehad. Ze had het leger verla-

ten een jaar nadat hij was weggegaan, en was zaken gaan doen met iemand die ze kende. Als partner, dacht hij, niet als werknemer.
Hij groef opnieuw in zijn broekzak en haalde er nog een paar kwartjes uit. Belde inlichtingen, interlokaal. Vroeg naar Chicago. Noemde de naam van het bedrijf, zoals hij zich dat kon herinneren. De telefoniste verdween en het nummer werd genoemd door een op een bandje ingesproken stem. Reacher verbrak de verbinding en koos opnieuw. Een receptioniste nam de telefoon aan en Reacher vroeg naar Frances Neagley. Hij werd met een beleefd antwoord in de wacht gezet. Hij kreeg de indruk dat het een groter bedrijf was dan hij had gedacht. Hij had zich één enkele kamer voorgesteld, met een smoezelig raam, misschien twee gehavende bureaus, uitpuilende dossierkasten. Maar de afgemeten stem van de receptioniste, het klikken van de telefooninstallatie en de zachte muziek van de wachtstand deden een omvangrijker geheel vermoeden. Misschien wel twee verdiepingen, koele witte gangen, kunst aan de muren, een eigen telefooncentrale.
Er kwam een mannenstem aan de telefoon: 'Het kantoor van Frances Neagley.'
Reacher vroeg: 'Is ze er zelf?'
'Mag ik vragen wie er belt?'
'Jack Reacher.'
'Goed, bedankt voor het bellen.'
'Wie bent u?'
'Ik ben de assistent van mevrouw Neagley.'
'Zij heeft een assistent.'
'Inderdaad.'
'Is ze zelf aanwezig?'
'Ze is onderweg naar Los Angeles. In het vliegtuig nu, denk ik.'
'Heeft ze een boodschap voor mij achtergelaten?'
'Ze wil u zo snel mogelijk spreken.'
'In Chicago?'
'Waarschijnlijk blijft ze wel een paar dagen in Los Angeles. Ik denk dat u het beste daarnaartoe kunt gaan.'
'Waar gaat dit allemaal om?'
'Ik weet het niet.'
'Het heeft niet met haar werk te maken?'
'Onmogelijk. Dan had ze wel een dossier aangelegd. Het hier besproken. Dan zou ze geen contact hebben gezocht met vreemden.'

'Ik ben geen vreemde. Ik ken haar al langer dan jij.'
'Het spijt me. Dat wist ik niet.'
'Waar heeft ze geboekt in L.A.?'
'Dat weet ik evenmin.'
'En hoe moet ik haar dan vinden?'
'Ze zei dat u haar wel zou vinden.'
Reacher vroeg: 'Wat is dit, een soort test of zo?'
'Ze zei: als u haar niet zou kunnen vinden, dan had ze u ook niet nodig.'
'Gaat alles goed met haar?'
'Ze maakt zich ergens zorgen over. Maar ze heeft me niet verteld waarover.'
Reacher hield de telefoon bij zijn oor en draaide weg van de muur. Het metalen koord wond zich om zijn borst. Hij wierp een blik op de geparkeerde bussen en het bord met vertrektijden. Hij vroeg: 'Wie probeert ze nog meer te bereiken?'
De man zei: 'Ik heb een lijst met namen. U bent de eerste die contact opneemt.'
'Belt ze je als het vliegtuig is geland?'
'Waarschijnlijk.'
'Zeg maar dat ik eraan kom.'

4

Reacher nam een pendelbus van het busstation naar de luchthaven van Portland en kocht een ticket voor een enkele reis met United naar LAX. Hij legitimeerde zich met zijn paspoort en betaalde met zijn pinpas. De enkele reis was schandelijk duur. Alaska Airlines zou goedkoper zijn geweest, maar Reacher had een hekel aan Alaska Airlines. Die serveerden Bijbelspreuken bij hun maaltijden. Dat bedierf zijn eetlust.

De beveiliging op de luchthaven leverde voor Reacher geen problemen op. Al zijn handbagage bij elkaar was precies helemaal niets. Hij had geen riem, geen sleutels, geen mobiele telefoon, geen horloge. Hij hoefde alleen zijn muntgeld in een plastic bakje te leggen en zijn schoenen uit te trekken en door het poortje te lopen. Dertig seconden, van begin tot eind. Toen op weg naar de gate, zijn kleingeld weer in zijn zak, schoenen aan zijn voeten, Neagley in zijn gedachten.

Het had niet met haar werk te maken. Dus privézaken. Maar voor zover hij wist, had zij geen privézaken. Geen privéleven. Nooit gehad ook. Ze had vast wel zo haar onbeduidende beslommeringen, dacht hij, en alledaagse problemen. Zoals iedereen. Maar hij kon zich niet voorstellen dat zij voor dat soort dingen hulp nodig zou hebben. Een lawaaischopper als buurman? Als je ook maar een beetje goed bij je verstand was, verkocht je je stereo na één kort gesprekje met Frances Neagley. Of je gaf hem weg aan een goed doel. Drugsdealers op de hoek? Ze zouden hun einde vinden in een miniem berichtje op pagina drie van de ochtendkrant, gevonden in een steegje, meerdere steekwonden, vooralsnog geen aanhoudingen. Een stalker? Iemand die zijn handen niet thuis kan houden in de metro? Reacher huiverde. Neagley vond het vreselijk om aangeraakt te worden. Hij had geen idee waarom. Maar alles wat meer was dan een onopzettelijke korte aanraking, kostte je een gebroken arm. Misschien wel twee.

Dus, wat was het probleem?

Iets uit het verleden, dacht hij, het leger dus.

Een lijst met namen? Misschien kwam het verleden weer tot leven. Het leger leek voor Reacher al lang geleden. Een ander tijdperk, een andere wereld. Andere regels. Misschien keek iemand met de blik van vandaag naar de toestand van toen, en viel er wat te klagen. Misschien was er wel een langdurig vertraagd onderzoek opgestart. Reachers Special Investigators hadden heel wat problemen informeel opgelost en dat had heel wat mensen de kop gekost. Een van hen, misschien was het Neagley wel geweest, had een oneliner bedacht: *Handen af van de Special Investigators*. Ze hadden het eindeloos tegen elkaar gezegd, als een soort belofte, een waarschuwing, ijskoud en bloedserieus.

Misschien was er nu wel iemand die niet van de speciale onderzoekers af kon blijven. Misschien vlogen er dagvaardingen en tenlasteleggingen door de lucht. Maar als dat zo was, waarom zou Neagley hem er dan in betrekken? Hij was zo onvindbaar als maar iemand in Amerika kon zijn. Zou ze niet gewoon de vermoorde onschuld spelen en hem erbuiten houden?

Hij schudde zijn hoofd en gaf het op en stapte in het vliegtuig.

Tijdens de vlucht probeerde hij te bedenken waar ze zich in L.A. zou hebben ingegraven. Destijds was het een deel van zijn werk om mensen op te sporen en daar was hij behoorlijk goed in geweest. Succes was afhankelijk van inlevingsvermogen. Denk net als zij, voel net als zij. Zie wat zij zien. Plaats jezelf in hun positie. Kruip in hun huid.

Dat was gemakkelijker met deserteurs, natuurlijk. Hun doelloosheid gaf aan hun beslissingen een speciaal soort puurheid. En zij waren op weg ergens vandaan, niet ergens naartoe. Vaak vertoonde wat ze deden een soort geografische symboliek. Als ze een stad binnenkwamen vanuit het oosten, zochten ze een schuilplaats aan de westkant. Dan wilden ze de massa tussen zichzelf en de achtervolgers. Reacher had dan maar een uur nodig om met behulp van een plattegrond, een schema van buslijnen en een telefoonboek tot op het blok nauwkeurig te kunnen bepalen waar hij ze zou vinden. Tot op het motel nauwkeurig.

Moeilijker met Neagley, want zij was op weg ergens *naartoe*. Om iets voor zichzelf op te knappen, en hij had geen idee waar dat was of wat dat was. Elementaire zaken eerst dus. Wat wist hij van haar? Wat zou de doorslaggevende factor zijn? Goed, ze gaf weinig geld uit. Niet omdat ze arm was of vrekkig, maar omdat ze er het nut niet van inzag om geld uit te geven aan iets wat ze niet nodig had. En ze had niet veel nodig. Ze had niemand nodig om haar bed open te slaan en hoefde geen verfrissend pepermuntje op het kussen. Ze had geen roomservice nodig en geen weerbericht voor morgen. Ze had geen donzige badjas nodig en geen in cellofaan gesealde slippers. Het enige wat ze nodig had was een bed en een deur die op slot kon. En mensenmassa's, en schaduwen, en het soort anonieme doorgangswijken met lage huren waar de barman en de receptionist een slecht kortetermijngeheugen hebben.

Dus, een streep door downtown. Beverly Hills ook niet.

Waar dan? Waar in al die uitgestrektheid van L.A. zou ze zich op haar gemak voelen?

Hij kon kiezen uit vierendertigduizend kilometer straat.

Reacher vroeg zich af: waar zou *ik* heen gaan?

Hollywood, gaf hij zichzelf als antwoord. Even ten zuidoosten van het mooie spul. Het verkeerde stuk van Sunset.

Daar zou ik heen gaan, dacht hij.

En daar zit zij ook.

Het vliegtuig landde met vertraging op LAX, een flinke tijd na de lunch. Aan boord was geen lunch geserveerd en Reacher had honger. Bij Samantha, de officier van justitie uit Portland, had hij koffie en een muffin gehad als ontbijt, maar dat leek al heel lang geleden.

Reacher gunde zich niet de tijd om ergens te gaan eten. Hij stevende rechtstreeks af op de rij wachtende taxi's en stapte in een gele Toyota-MPV met een Koreaanse chauffeur die over boksen wilde kletsen. Reacher wist niets van boksen en het interesseerde hem ook helemaal niet. Hij vond de sport veel te kunstmatig. In zijn wereld kwamen handschoenen met vulling en alleen slaan boven de gordel niet voor. En hij hield niet van kletsen. Dus ging hij rustig achterin zitten en liet de man maar wat praten. Hij keek door het raam naar het hete, bruine middaglicht. Palmbomen, billboards met filmreclame, lichtgrijs asfalt met eindeloze dubbele sporen van rubber. En auto's, vloedgolven van auto's. Hij zag een nieuwe Rolls-Royce en een oude Citroën DS, allebei zwart. Een bloedrode MGA en een pastelblauwe Thunderbird uit 1957, beide zonder dak. Een gele Corvette uit 1960, bumper aan bumper met een groene, model 2007. Hij bedacht dat je, als je maar

lang genoeg naar het verkeer in L.A. keek, ieder model auto dat ooit was gefabriceerd, wel voorbij zou zien komen.
De chauffeur nam de 101 in noordelijke richting en verliet die weer één blok voor Sunset. Reacher stapte uit op de afrit en betaalde. Liep naar het zuiden en sloeg links af en keek naar het oosten. Op dit gedeelte van Sunset vond je een hele reeks goedkope hotels, aan beide kanten van de boulevard, een kilometer lang. De lucht was de warme lucht van Zuid-Californië, die rook naar stof en uitlaatgassen. Hij bleef stilstaan. Hij had twee kilometer lopen voor de boeg en meer dan tien motelrecepties om navraag te doen. Een uur werk, misschien wel meer. Hij zag het uithangbord van Denny's verderop rechts. Hij besloot dat hij eerst wat zou eten en dan op zoek zou gaan.
Hij liep langs geparkeerde auto's en met schuttingen afgebakende bouwterreinen. Stapte over zwerfvuil en *tumbleweeds* ter grootte van een softbal. Kruiste de 101 over een lang viaduct. Liep het terrein van Denny's op, dwars over een met gras begroeide berm en de inrit. Liep langs een lange rij ramen.
En zag Frances Neagley zitten, alleen in een zitje.

5

Reacher bleef even stilstaan op het parkeerterrein en keek door het raam naar Neagley. Ze was niet veel veranderd in de vier jaar sinds hij haar voor het laatst had gezien. Ze moest nu dichter bij de veertig zijn, maar dat was niet te zien. Ze had nog steeds lang, donkerblond, glanzend haar. Haar ogen waren nog steeds donker en levendig. Ze was nog steeds slank en soepel. Deed nog steeds serieus aan fitness. Dat was duidelijk. Ze droeg een wit T-shirt met kleine kapmouwtjes en je zou een elektronenmicroscoop nodig hebben om ook maar eén greintje vet op haar armen te ontdekken. Of waar dan ook.

Ze had een lichtbruine kleur van de zon, wat goed paste bij haar huidskleur. Ze had haar nagels gelakt. Het T-shirt zag er duur uit. Alles bij elkaar zag ze er duurder uit dan hij zich kon herinneren. Op haar gemak, thuis in haar eigen wereld, geslaagd, aangepast aan het burgerleven. Heel even voelde hij zich ongemakkelijk in zijn eigen goedkope kleren en zijn ongepoetste schoenen en met zijn goedkoop geknipte haar. Alsof zij geslaagd was in het leven en hij niet. Toen kreeg het genoegen een oude vriendin weer te zien de overhand en hij liep over het parkeerterrein naar de ingang. Hij liep naar binnen, stapte langs het bordje WILT U HIER EVEN WACHTEN? DAN ZOEKEN WIJ EEN MOOI TAFELTJE VOOR U UIT en glipte tegenover haar in het zitje. Ze keek naar hem over de tafel en glimlachte.

'Hallo,' zei ze.

'Jij ook hallo,' zei hij.

'Wil je lunch?'

'Dat was de bedoeling.'

'Dan kunnen we nu wel bestellen, nu je er eindelijk bent.'

Hij zei: 'Dat klinkt alsof je op me zat te wachten.'

'Dat klopt. En je komt ongeveer op tijd.'

'Oh ja?'

Neagley glimlachte opnieuw. 'Je belde mijn assistent op kantoor van-

uit Portland in Oregon. Hij trok het nummer na vanwaar werd gebeld en kwam uit bij een telefooncel op een busstation. We gingen ervan uit dat je rechtstreeks naar het vliegveld zou vertrekken. En vervolgens had ik zo'n idee dat je met United zou vliegen. Je moet de pest hebben aan Alaskan. Dan met een taxi hiernaartoe. De *estimated time of arrival* was gemakkelijk genoeg te voorspellen.'
'Je wist dat ik hiernaartoe zou komen?'
'Heb jij me geleerd, destijds.'
'Ik heb je niets geleerd.'
'Dat heb je wel,' zei Neagley. 'Weet je niet meer? Denk net als zij, kruip in hun huid. Dus ik kroop in jouw huid, in mijn huid. Jij zou inschatten dat ik richting Hollywood zou gaan. Je zou hier op Sunset beginnen te zoeken. Maar United serveert geen lunch op de vlucht van Portland, dus zou je honger hebben en eerst willen eten. Er zijn een paar restaurants in dit blok, maar deze maakt de meeste reclame en jij bent geen fijnproever. Dus besloot ik dat ik je hier zou ontmoeten.'
'Jij mij ontmoeten? Ik dacht dat ik jou moest opsporen.'
'Dat is ook zo. En ik was jou weer aan het opsporen terwijl jij mij opspoorde.'
'*Heb* je hier een hotel? In Hollywood?'
Ze schudde haar hoofd. 'Beverly Hills. Het Wilshire.'
'Dus je bent hier alleen naartoe gekomen om mij op te pikken?'
'Tien minuten geleden.'
'Het Beverly Wilshire? Je bent veranderd.'
'Niet echt. De wereld is veranderd. Ik kan niet meer toe met goedkope motels. Ik heb e-mail nodig en internet en FedEx-service. Business centers en conciërges.'
'Je geeft me het gevoel dat ik ouderwets ben.'
'Je gaat vooruit. Je hebt tegenwoordig een pinpas.'
'Dat was een slimme truc. Die boodschap via de bank.'
'Je was een goede leermeester.'
'Ik heb jou niets geleerd.'
'Dat denk jij.'
'Maar het was wel een buitensporige truc,' zei Reacher. 'Het had ook gekund met tien dollar en dertig cent. Misschien nog wel beter, met de tien gescheiden van de dertig door een komma.'
Neagley zei: 'Ik dacht dat je misschien wel geld nodig had voor het ticket.'

Reacher zei niets.

'Ik heb je rekening opgezocht, vanzelfsprekend,' zei Neagley. 'Het kostte weinig extra moeite om in te breken en even een kijkje te nemen. Je bent niet bepaald rijk.'

'Ik wil niet rijk zijn.'

'Dat weet ik. Maar ik wilde niet dat je zou moeten reageren op mijn tien-dertig op eigen kosten. Dat zou niet eerlijk zijn.'

Reacher haalde zijn schouders op en hield erover op. In feite was hij inderdaad niet bepaald rijk. In feite was hij bijna arm. Hij had zijn spaargeld zo ver uitgehold dat hij begon na te denken over manieren om het weer wat aan te vullen. Misschien een paar maanden los werk in de nabije toekomst. Of een andere manier om aan geld te komen.

De serveerster kwam op hen af met de menukaarten. Neagley bestelde zonder erop te kijken, een cheeseburger en frisdrank. Reacher had niet meer tijd nodig om te bestellen, een broodje tonijn met gesmolten kaas en hete koffie. De serveerster nam de menukaarten weer in en vertrok.

Reacher zei: 'En ga je me nog vertellen waar die tien-dertig nu precies voor nodig was?'

Neagley reageerde door zich naar opzij te bukken en een zwarte map uit een boodschappentas tevoorschijn te halen. Ze gaf hem aan over de tafel. Het was een kopie van een sectierapport.

'Calvin Franz is dood,' zei ze. 'Ik denk dat iemand hem uit een vliegtuig heeft gegooid.'

6

Het verleden, dat betekende dus het leger. Calvin Franz had bij de militaire politie gezeten en was een tijdgenoot geweest van Reacher en gedurende bijna de hele dertien jaar van zijn diensttijd zijn gelijke in rang. Ze waren elkaar zo hier en daar tegengekomen, zoals dat gaat als je hetzelfde werk doet, hadden soms een paar dagen samen opgetrokken op verschillende plaatsen verspreid over de wereld, elkaar soms gebeld, hadden elkaars pad gekruist als twee of meer onderzoeken in elkaar verstrengeld waren geraakt. Daarna hadden ze echt werk verzet in Panama. Topkwaliteit. Het duurde niet lang, maar het was heel intens, en ze hadden in elkaar dingen ontdekt, waardoor ze zich meer broers waren gaan voelen dan collega-politieagenten. Toen Reacher was gerehabiliteerd na de schande van zijn tijdelijke degradatie en opdracht had gekregen zijn speciale eenheid samen te stellen, had de naam van Franz heel hoog op zijn lijstje gestaan. De twee jaar die daarop volgden, hadden ze samen doorgebracht als een eenheid in een eenheid. Ze waren onafscheidelijke vrienden geworden. Daarna waren er, zoals zo vaak gebeurde in het leger, nieuwe orders gekomen en was de speciale eenheid ontbonden en had Reacher Franz nooit weergezien.
Tot op dit moment, op een foto in een sectierapport in een zwarte map die plat op het plakkerige formica van een tafeltje in een goedkope eettent lag.

Franz was kleiner geweest dan Reacher, maar groter dan de meeste mensen. Misschien één meter negentig bij vijfennegentig kilo. Een sterk ontwikkelde torso, lage heupen, korte benen. Primitief, op een bepaalde manier. Als een holbewoner. Maar in grote lijnen was hij best aantrekkelijk geweest. Hij was kalm, resoluut, bekwaam en ontspannen geweest en gemakkelijk om mee op te trekken. Zijn optreden had mensen rustig gemaakt.

Hij zag er vreselijk uit op de foto in het sectierapport. Ze hadden hem naakt uitgestrekt op een roestvrijstalen blad en de flits van de camera had zijn huid een bleke, groene weerschijn gegeven.

Vreselijk.
Maar doden zien er meestal vrij slecht uit.
Reacher vroeg: 'Hoe ben je hieraan gekomen?'
Neagley zei: 'Meestal kan ik wel dingen te pakken krijgen.'
Reacher reageerde daar niet op en sloeg de pagina om. Begon te lezen in de dichte massa technische informatie. Het stoffelijk overschot was één meter vijfennegentig lang en woog zesentachtig kilo. Als doodsoorzaak werd uitgebreid orgaanfalen afgegeven, als gevolg omvangrijk trauma. Beide benen waren gebroken. Ribben waren gebroken. Het bloed was verzadigd met histamine. Er was sprake van een ernstige vorm van uitdroging en de maag bevatte alleen slijm. Er waren aanwijzingen voor een recent groot gewichtsverlies en geen aanwijzingen voor recente voedselopname. Sporenonderzoek van de kleren had niets bijzonders opgeleverd, met uitzondering van onverklaarbare ijzeroxideresten diep in het weefsel van beide broekspijpen, onderin op de scheenbenen, onder de knie en boven de enkel.
Reacher vroeg: 'Waar hebben ze hem gevonden?'
Neagley zei: 'In de woestijn een kilometer of tachtig naar het noordoosten. Hard zand, kleine rotsen, zo'n honderd meter vanaf een weg. Geen voetsporen ernaartoe of ervandaan.'
De serveerster bracht hun eten. Reacher wachtte tot ze haar dienblad had leeg gepakt en begon toen aan zijn broodje tonijn, met zijn linkerhand, zodat hij met zijn rechterhand de bladzijden van het sectierapport kon omslaan zonder ze vettig te maken.
Neagley zei: 'Twee agenten in een auto zagen gieren rondcirkelen. Gingen kijken. Liepen het land in. Ze zeiden dat het net leek of hij uit de lucht was komen vallen. De patholoog is het daarmee eens.'
Reacher knikte. Hij las de conclusies van de dokter, dat een vrije val van misschien een kilometer hoog op hard zand precies voor zo'n klap had kunnen zorgen en het inwendig letsel had kunnen veroorzaken dat was geconstateerd, als Franz plat op zijn rug was gevallen, wat aerodynamisch heel goed mogelijk was als hij nog leefde en met armen had gezwaaid tijdens de val. Als hij dood was geweest, zou hij op zijn hoofd zijn gevallen.
Neagley zei: 'Ze hebben hem geïdentificeerd aan de hand van zijn vingerafdrukken.'
Reacher vroeg: 'Hoe ben jij het aan de weet gekomen?'
'Zijn vrouw belde me. Drie dagen geleden. Blijkbaar had hij al onze

namen in zijn adressenboekje. Een aparte pagina. Zijn maten van destijds. Ik was de enige die ze kon vinden.'
'Ik wist niet dat hij getrouwd was.'
'Nog niet zo lang. Ze hebben een kind van vier.'
'Had hij werk?'
Neagley knikte. 'Hij was voor zichzelf begonnen als privédetective. Solocarrière. In het begin wat strategische adviezen voor bedrijven. Maar nu vooral achtergrondonderzoek. Snuffelen in databases. Je weet hoe grondig hij te werk ging.'
'Waar?'
'Hier in L.A..'
'Zijn jullie allemaal privédetective geworden?'
'De meesten wel, denk ik.'
'Behalve ik.'
'Het was het enige waar we goed in waren en waar we wat mee konden verdienen.'
'Wat wilde de vrouw van Franz van jou?'
'Niets. Ze wilde het alleen aan me kwijt.'
'Ze wil geen antwoord op vragen?'
'De politie zit erop. De politie van L.A. County, in feite. De plaats waar ze hem hebben gevonden, hoort officieel bij L.A. County. Buiten de jurisdictie van de LAPD, dus zijn er een paar lokale dienders mee bezig. Die werken aan dat idee van een vliegtuig. Ze denken dat dat misschien naar het westen kwam vanuit Las Vegas. Zoiets is wel eens eerder gebeurd.'
Reacher zei: 'Het was geen vliegtuig.'
Neagley zei niets.
Reacher zei: 'Wanneer slaat de motor van een vliegtuig af? Bij honderdvijftig per uur? Honderdtwintig? Dan zou hij horizontaal door het deurgat naar buiten zijn gekomen in de slipstream. Hij zou tegen de vleugel of de staart zijn geslagen. Dan zou er perimortaal letsel zijn.'
'Hij had twee gebroken benen.'
'Hoe lang duurt een vrije val van duizend meter?'
'Twintig seconden?'
'Zijn bloed was verzadigd met histamine. Dat is een enorme reactie op pijn. Die reactie zou in twintig seconden tussen verwonding en dood niet op gang zijn gekomen.'

'Dus?'
'Die benen waren al eerder gebroken. Op zijn minst twee, drie dagen eerder. Misschien wel langer. Weet je wat ijzeroxide is?'
'Roest,' zei Neagley. 'Op ijzer.'
Reacher knikte. 'Iemand heeft zijn benen gebroken met een ijzeren staaf. Waarschijnlijk één voor één. Had hem waarschijnlijk aan een paal gebonden. En gemikt op zijn scheenbenen. Hard genoeg om de botten te breken en roestdeeltjes in het weefsel van zijn broek te persen. Moet godsgruwelijk veel pijn hebben gedaan.'
Neagley zei niets.
'En ze hebben hem uitgehongerd,' zei Reacher. 'Hebben hem niets laten drinken. Hij was tien kilo te licht. Ze hebben hem vastgehouden, twee of drie dagen. Misschien wel langer. Ze hebben hem gemarteld.'
Neagley zei niets.
Reacher zei: 'Het was een helikopter. Waarschijnlijk 's nachts. Stationair rondcirkelen, een kilometer hoog, de deur uit en recht omlaag.' Toen deed hij zijn ogen dicht en stelde zich zijn oude vriend voor, rondtuimelend, twintig seconden lang, radslagen makend, wild maaiend met zijn armen, zonder te weten waar de grond was. Zonder te weten wanneer hij de grond zou raken. Twee verbrijzelde benen die pijnlijk achter hem aan sleepten.
'Daarom kwamen ze waarschijnlijk niet uit Vegas,' zei hij. Hij deed zijn ogen weer open. 'De hele vlucht heen en terug zou te ver zijn voor de meeste helikopters. Hij kwam waarschijnlijk uit het noordoosten van L.A. De dienders zoeken hun naald in de verkeerde hooiberg.'
Neagley bleef stil zitten.
'Voer voor prairiewolven,' zei Reacher. 'Perfecte vorm van afvalverwerking. Geen sporen. De luchtstroom tijdens de val blaast alle haren en vezels weg. Geen enkel forensisch spoor. Daarom gooien ze hem er ook levend uit. Ze hadden hem eerst kunnen doodschieten, maar ze wilden zelfs geen ballistisch risico lopen.'
Reacher bleef lange tijd stil. Toen sloeg hij de zwarte map dicht en schoof hem terug over de tafel.
'Maar dat wist je allemaal al,' zei hij. 'Toch? Je kunt lezen. Je bent me nog een keer aan het testen. Om te kijken of mijn hersens het nog doen.'
Neagley zei niets.
Reacher zei: 'Je speelt een spelletje met me.'

Neagley zei niets.
Reacher vroeg: 'Waarom heb je me hiernaartoe gehaald?'
'Zoals jij al zei, de dienders zoeken in de verkeerde hooiberg.'
'Dus?'
'Je moet iets doen.'
'Ik zal iets doen. Geloof me maar. Er zijn mensen ten dode opgeschreven, vanaf dit moment. Wie vrienden van mij uit een helikopter gooit, vertelt dat niet na.'
Neagley zei: 'Nee, ik wil dat je wat anders doet.'
'Bijvoorbeeld?'
'Ik wil dat je de oude eenheid weer bij elkaar roept.'

7

De oude eenheid. Het was een typerende zaak voor het Amerikaanse leger geweest. Zo'n drie jaar nadat het iedereen zonneklaar was geworden, was het Pentagon erover gaan nadenken. Na nog een jaar van commissies en vergaderingen hadden de hoge heren hun goedkeuring aan het idee gehecht. Het was bij iemand op het bureau beland en in een blinde paniek was de zaak aan het rollen gebracht. Er waren orders uitgegaan. Het was duidelijk dat geen enkele bevelvoerende officier zijn vingers eraan had willen branden en dus was er een nieuwe eenheid gekneed uit het 110de MP. Succes was gewenst, maar niemand wilde verantwoordelijk zijn voor een mislukking, dus gingen ze op zoek naar een bekwame paria om de eenheid te leiden. Reacher was een voor de hand liggende keuze geweest.

Ze dachten dat ze hem beloonden met rehabilitatie van zijn rang als majoor, terwijl de ware reden voor Reacher om toe te happen was, dat hij eindelijk de kans kreeg om eens iets echt goed te doen. Op zijn manier. Ze hadden hem de vrije hand gegeven om zijn mensen uit te zoeken. Dat had hem plezier gedaan. Hij was ervan uitgegaan dat je voor een eenheid met Special Investigators de beste mensen bij elkaar moest zoeken die het leger maar te bieden had en hij ging ervan uit dat hij wist wie dat waren en waar ze waren. Hij had een kleine eenheid gewild, vanwege de snelheid en de flexibiliteit, zonder administratieve ondersteuning, om lekken te voorkomen. Hij had bedacht dat ze zelf wel rapporten konden schrijven, of niet, naar eigen goeddunken. Uiteindelijk had hij een lijst gemaakt waar naast zijn eigen naam nog acht namen op stonden: Tony Swan, Jorge Sanchez, Calvin Franz, Frances Neagley, Stanley Lowrey, Manuel Orozco, David O'Donnell en Karla Dixon. Dixon en Neagley waren de enige vrouwen en Neagley was de enige niet-officier. De anderen waren allemaal officier. O'-Donnell en Lowrey waren kapitein en de rest was majoor, wat volstrekt niet deugde in termen van een samenhangende commandostructuur, maar dat interesseerde Reacher niet. Hij wist dat negen mensen die nauw samenwerkten, lateraal zouden opereren en niet verticaal, en dat was precies wat er gebeurde. De eenheid was naar elkaar toe gegroeid als een honkbalteam dat als underdog omhoogklom naar de finale: vaklui met genoeg talent die samenwerkten en elkaar steunden, geen sterren, geen egotrippers, en vooral een groep die meedogenloos en spijkerhard en effectief was.

Reacher zei: 'Dat was allemaal lang geleden.'

'We moeten wat doen,' zei Neagley. 'Met zijn allen. Samen. *Handen af van de Special Investigators*. Weet je nog?'

'Dat was maar een kreet.'

'Nee, dat was serieus. We waren ervan afhankelijk.'

'Voor het moreel, meer niet. Het was bravoure. Het was fluiten in het donker.'

'Het was meer. We dekten elkaar in de rug.'

'Toen.'

'En nu en voor eeuwig. Het is een vorm van lotsverbondenheid. Iemand heeft Franz vermoord en dat kunnen we niet over onze kant laten gaan. Hoe zou je je voelen als het jou zou overkomen, en de rest reageerde niet?'

'Als het mij zou overkomen, zou ik niets voelen. Dan zou ik dood zijn.'

'Je weet best wat ik bedoel.'

Reacher sloot opnieuw zijn ogen en riep het beeld weer op: Calvin Franz die radslagen makend door het duister tuimelde. Misschien wel gilde. Of misschien wel niet. Zijn oude vriend. 'Ik kan het wel alleen. Of misschien jij en ik samen. Maar we kunnen niet meer terug naar hoe het toen was. Zo werkt dat niet.'

'We moeten terug.'

Reacher deed zijn ogen open. 'Waarom?'

'Omdat de anderen er recht op hebben mee te doen. Dat recht hebben ze in twee zware jaren verdiend. Dat kunnen wij met z'n tweeën hen niet zomaar afpakken. Daar zouden ze de pest over in hebben. Dat zou verkeerd zijn.'

'En?'

'We hebben hen nodig, Reacher. Omdat Franz goed was. Heel goed. Net zo goed als ik, net zo goed als jij. En toch heeft iemand zijn benen gebroken en hem uit een helikopter gegooid. Ik denk dat we alle hulp nodig zullen hebben die we kunnen krijgen. Dus moeten we de rest opzoeken.'

Reacher keek haar aan. Hoorde de man op haar kantoor zeggen: *Ik heb een lijst met namen. U bent de eerste die contact opneemt.* Hij zei: 'Het zou heel wat makkelijker moeten zijn om de anderen te vinden dan mij.'

Neagley knikte.

'Ik kan er niet één vinden,' zei ze.

8

Een lijst met namen. Negen namen. Negen mensen. Reacher wist waar drie van hen waren, heel precies of in algemene termen. Hijzelf en Neagley, heel precies, in een Denny's op West Sunset in Hollywood. En Franz, in algemene termen, ergens in een lijkenhuis.

'Wat weet je van de andere zes?' vroeg hij.

'Vijf,' zei Neagley. 'Stan Lowrey is dood.'

'Wanneer?'

'Al jaren geleden. Auto-ongeluk in Montana. Zijn tegenligger was dronken.'

'Dat wist ik niet.'

'Dat soort dingen gebeurt.'

'Dat kun je wel zeggen,' zei Reacher. 'Ik mocht Stan wel.'

'Ik ook,' zei Neagley.

'En waar zijn de anderen?'

'Tony Swan is assistent-directeur Beveiliging bij een bedrijf dat spullen fabriceert voor defensie hier ergens in Zuid-Californië.'

'Welk bedrijf?'

'Weet ik niet precies. Een beginnend bedrijf. Net nieuw. Hij werkt er nog geen jaar.'

Reacher knikte. Hij had Tony Swan ook wel gemogen. Een kleine, brede man. Bijna vierkant. Innemend, opgeruimd, intelligent.

Neagley zei: 'Orozco en Sanchez zitten in Vegas. Ze hebben samen een beveiligingsbureau, casino's en hotels, op contractbasis.'

Reacher knikte opnieuw. Hij had gehoord dat Jorge Sanchez het leger rond dezelfde tijd als hijzelf verlaten had, een beetje gefrustreerd en verbitterd. Hij had gehoord dat Manuel Orozco van plan was geweest om te blijven, maar achteraf was het niet zo'n grote verrassing dat hij van gedachten was veranderd. Het waren allebei individualisten, mager, snel, taai, geen geduld met flauwekul.

Neagley zei: 'David O'Donnell is in Washington. Doorsnee privédetective. Werk zat daar voor hem.'

'Dat lijkt me wel,' zei Reacher. O'Donnell was de pietlut van de eenheid geweest. Hij had al het papierwerk gedaan, vrijwel in zijn eentje. Hij zag er altijd keurig verzorgd uit, maar had in zijn ene zak permanent een springmes en in zijn andere zak een boksbeugel. Iemand die je altijd graag in je buurt had.

Neagley zei: 'Karla Dixon is in New York. Werkzaam als fraude-expert. Ze heeft verstand van geld, blijkbaar.'

'Ze heeft altijd verstand van cijfers gehad,' zei Reacher. 'Dat herinner ik me wel.' Reacher en Dixon hadden samen wel eens wat uren doorgebracht met pogingen om verschillende wiskundige theorema's te bewijzen, dan wel te weerleggen. Een hopeloze onderneming, gezien het feit dat ze beiden niet meer dan amateur waren, maar ze hadden er tijd mee stukgeslagen. Dixon was donkergetint en knap en relatief klein, een gelukkige vrouw die geneigd was het ergste van mensen te denken, maar blijkbaar ook negen van de tien keer daarin gelijk had gekregen.

Reacher vroeg: 'Hoe komt het dat je zoveel van hen af weet?'

'Ik blijf ze volgen,' zei Neagley. 'Dat interesseert me.'

'Hoe kan het dat je ze niet te pakken kunt krijgen?'

'Ik weet het niet. Ik bel op, spreek voicemail in, maar niemand reageert.'

'Betekent dat dat dit een aanval is op ons allemaal?'

'Onmogelijk,' zei Neagley. 'Ik ben minstens net zo gemakkelijk te benaderen als Dixon of O'Donnell, maar er is niemand op mij afgekomen.'

'Nog niet.'

'Misschien.'

'Heb je de anderen gebeld op dezelfde dag dat je dat geld naar mij hebt overgemaakt?'

Neagley knikte.

'Dat is nog maar drie dagen geleden,' zei Reacher. 'Misschien hebben ze het druk.'

'Wat wil je doen dan? Op hen wachten?'

'Ik wil ze helemaal vergeten. Jij en ik kunnen wel voor Franz opkomen. Met zijn tweeën.'

'Het zou beter zijn om de oude eenheid weer bij elkaar te krijgen. We waren een goed team. Jij was de beste officier die het leger ooit heeft gehad.'

Reacher zei niets.
'Wat?' zei Neagley. 'Waar denk je aan?'
'Ik denk dat ik, als ik de geschiedenis zou mogen herschrijven, heel wat verder terug zou beginnen dan die tijd.'
Neagley vouwde haar handen en legde ze op de zwarte map. Slanke vingers, bruine huid, gelakte nagels, spieren en pezen.
'Eén vraag,' zei ze. 'Veronderstel dat ik de anderen te pakken had gekregen. Veronderstel dat ik niet de moeite had genomen om dat gedoe met de bank te proberen. Veronderstel dat jij over een aantal jaren te weten was gekomen dat Franz was vermoord en dat wij met z'n zessen onze gang waren gegaan en de zaak hadden opgelost zonder jou. Hoe zou je je dan voelen?'
Reacher haalde zijn schouders op. Aarzelde.
'Slecht, denk ik,' zei hij. 'Bedrogen, misschien. Buitengesloten.'
Neagley zei niets.
Reacher zei: 'Oké, we proberen de anderen te pakken te krijgen. Maar we gaan niet eindeloos wachten.'

Neagley had een gehuurde auto op het parkeerterrein. Ze betaalde de rekening en liep voor Reacher uit naar buiten. De auto was een rode Mustang cabriolet. Ze stapten in en Neagley drukte op een knop en opende het dak. Ze pakte een zonnebril van het dashboard en zette hem op. Reed achteruit uit het parkeervak en sloeg bij het volgende verkeerslicht links af, Sunset af. Zette koers richting Beverly Hills. Reacher zat stil naast haar en kneep zijn ogen dicht tegen de middagzon.

Dertig meter verderop naar het westen zag een man in een bruine Ford Crown Victoria, die Thomas Brant heette, hen vertrekken. Met zijn mobiel belde hij zijn baas, een man die Curtis Mauney heette. Mauney nam niet op en dus sprak Brant de voicemail in.
Hij zei: 'Ze heeft net de eerste opgepikt.'

Vijf wagens achter de Crown Victoria van Brant stond een donkerblauwe Chrysler sedan geparkeerd waar een man in een donkerblauw pak in zat. Ook hij zag de rode Mustang verdwijnen in het heiige licht en ook hij belde met zijn mobiel.
Hij zei: 'Ze heeft net de eerste opgepikt. Ik weet niet welke het is. Grote kerel, ziet eruit als een zwerver.'

Hij luisterde naar het antwoord van zijn baas en zag hem voor zich, hoe hij zijn stropdas gladstreek over zijn overhemd, met zijn ene hand, terwijl hij de telefoon in zijn andere hand hield.

9

Zoals de naam al aangaf, lag het Beverly Wilshire Hotel aan Wilshire Boulevard, midden in Beverly Hills, precies tegenover Rodeo Drive. Het bestond uit twee grote kalkstenen gebouwen, het ene achter het andere, het ene oud en barok, het andere nieuw en zonder opsmuk. Tussen beide gebouwen door liep een ventweg parallel aan de boulevard. Neagley stuurde de Mustang de ventweg in en parkeerde vlak bij een groepje zwarte limousines en Reacher zei: 'Ik kan me hier geen kamer veroorloven.'

'Ik heb al een kamer voor je geboekt.'

'Geboekt of betaald?'

'Hij staat op mijn creditcard.'

'Ik kan je niet terugbetalen.'

'Vergeet dat alsjeblieft.'

'Het kost wel een paar honderd per nacht hier.'

'Dat moet dan maar even. Misschien komen we onderweg nog wat oorlogsbuit tegen.'

'Als de boeven rijk zijn.'

'Dat zijn ze,' zei Neagley. 'Dat moet wel. Hoe komen ze anders aan een eigen helikopter?'

Ze liet de sleutel in het contactslot en ze liet de motor lopen, opende het zware rode portier en gleed naar buiten. Reacher stapte aan zijn kant uit. Een man kwam op hen af en gaf Neagley een bonnetje. Ze pakte het aan en liep om de motorkap naar de trap die naar de achteringang van de lobby van het hotel leidde. Reacher volgde haar. Bekeek haar terwijl ze liep. Ze zweefde alsof ze gewichtloos was. Ze manoeuvreerde moeiteloos door een drukke gang, sloeg een hoek om en kwam uit bij de receptie in een lobby die niet zou misstaan in het landhuis van een baron. Er was een balie om in te checken, een balie voor piccoloservice en een balie voor de maître d'hôtel, allemaal afzonderlijk. Er waren leunstoelen met een bleekfluwelen bekleding waar schitterend geklede mensen in zaten.

Reacher zei: 'Ik zie eruit als een zwerver hier.'
'Of als een miljonair. Tegenwoordig zie je het verschil niet.'
Ze leidde hem naar de balie en checkte hem in. Ze had zijn kamer gereserveerd onder de naam Thomas Shannon, dat was destijds de reusachtige bassist geweest van Stevie Ray Vaughan, een van Reachers favorieten. Hij glimlachte. Hij vermeed papieren sporen als het maar even mogelijk was. Dat had hij altijd al gedaan. Pure reflex. Hij keerde zich naar Neagley, bedankte haar met een hoofdknik en vroeg: 'En hoe noem je jezelf hier?'
'Mijn echte naam,' zei ze. 'Dat soort dingen doe ik niet meer. Te ingewikkeld tegenwoordig.'
De receptionist reikte een sleutelkaart aan en Reacher stopte hem in zijn borstzak. Hij keerde zich om en keek de hal in. Natuursteen, gedempt licht van kroonluchters, dik tapijt, bloemen in enorme glazen vazen. Geparfumeerde lucht.
'Aan de slag,' zei hij.

Ze begonnen in de kamer van Neagley, eigenlijk een suite van twee kamers. De woonkamer was hoog en vierkant en statig en gestoffeerd in blauw en goud. Het had een kamer in Buckingham Palace kunnen zijn. Bij het raam stond een bureau met twee laptops. Naast de laptops stond een oplader voor een mobiele telefoon en daarnaast lag een groot, geopend aantekenschrift, de bladen bijeengehouden met een spiraal, nieuw, A4-formaat, het soort schrift dat een *highschool*-leerling in september koopt aan het begin van een nieuw schooljaar. Daarnaast lag een dun stapeltje bedrukt papier. Formulieren. Vijf stuks. Vijf namen, vijf adressen, vijf telefoonnummers. De oude eenheid, minus twee dood en twee al aanwezig.
Reacher zei: 'Vertel eens over Stanley Lowrey.'
'Er valt niet veel te vertellen. Hij heeft het leger verlaten, is naar Montana verhuisd en werd aangereden door een vrachtwagen.'
'Het leven is klote en dan ga je dood.'
'Vertel mij wat.'
'Wat deed hij in Montana?'
'Schapen fokken. Boter karnen.'
'Alleen?'
'Hij had een vriendin.'
'Woont zij daar nog steeds?'

'Waarschijnlijk wel. Ze hadden een heleboel grond.'
'Waarom schapen? Waarom boter?'
'In Montana hebben ze geen privédetectives nodig. En die vriendin zat in Montana.'
Reacher knikte. Op het eerste gezicht was Stanley Lowrey niet bepaald de aangewezen man voor een plattelandsavontuur. Hij was een zware, zwarte man, afkomstig uit de een of andere armoedige fabrieksstad in West-Pennsylvania, met een messcherp verstand en spijkerhard. Hij leek meer thuis in donkere stegen en biljartzalen. Maar ergens in zijn DNA zat een lijntje naar moeder aarde. Reacher was niet verbaasd dat hij boer was geworden. Hij zag hem zo voor zich, in een rafelig, oud jack, tot de knieën in het prairiegras, onder een overweldigende blauwe hemel, koud, maar gelukkig.
'Waarom krijgen we de anderen niet te pakken?' vroeg hij.
'Ik weet het niet,' zei Neagley.
'Waar werkte Franz aan?'
'Dat schijnt niemand te weten.'
'Heeft die nieuwe vrouw nog iets verteld?'
'Zij is niet nieuw. Ze waren al vijf jaar getrouwd.'
'Voor mij is ze nieuw,' zei Reacher.
'Ik kon haar nou niet bepaald een verhoor afnemen. Ze belde op, vertelde dat haar man dood was. En misschien weet ze ook wel niets.'
'Dat moeten we haar dan gaan vragen. Het ligt het meest voor de hand om bij haar te beginnen.'
'Maar eerst proberen we de anderen nog een keer,' zei Neagley.

Reacher pakte de vijf vellen bedrukt papier, gaf er drie aan Neagley en hield er zelf twee. Zij belde met haar mobiele telefoon en hij nam de telefoon die op een laag dressoir stond. Ze kozen de nummers. Hij had de nummers van Dixon en O'Donnell. Karla en Dave, de oostkust, New York en Washington. Geen van beiden nam op. In plaats daarvan kreeg hij antwoordapparaten aan de lijn en hoorde hij hun stemmen van weleer. Voor beiden liet hij hetzelfde bericht achter: 'Dit is Jack Reacher met een tien-dertig van Frances Neagley in het Beverly Wilshire Hotel in Los Angeles, Californië. Kom van je luie kont en bel haar terug.' Daarna hing hij op en keerde zich naar Neagley die door de kamer ijsbeerde en eenzelfde soort bericht achterliet voor Tony Swan.

'Heb je geen privénummers van ze?' vroeg hij.
'Het zijn allemaal geheime nummers. Wat te verwachten is. Het mijne ook. Mijn assistent in Chicago werkt eraan. Maar dat is niet zo gemakkelijk vandaag de dag. De computers van telefoonmaatschappijen zijn zo langzamerhand een stuk beter beveiligd.'
'Maar ze hebben ongetwijfeld mobiele telefoons,' zei hij. 'Die heeft iedereen toch tegenwoordig?'
'Die nummers heb ik evenmin.'
'Maar waar ze ook zijn, ze kunnen toch opbellen en de voicemail op hun kantoor afluisteren, of niet?'
'Makkelijk.'
'Maar waarom doen ze dat dan niet? Drie hele dagen lang?'
'Ik weet het niet,' zei Neagley.
'Swan heeft vast een secretaresse. Hij is assistent-directeur van het een of ander. Hij heeft vast allerlei personeel.'
'Het enige wat ze zeggen is dat hij tijdelijk niet op kantoor bereikbaar is.'
'Laat mij eens proberen.' Hij pakte het nummer van Swan van haar aan en drukte op negen voor een buitenlijn. Koos het nummer. Hoorde hoe de verbinding tot stand kwam en hoorde de telefoon van Swan aan de andere kant overgaan.
En overgaan, en overgaan.
'Geen gehoor,' zei hij.
'Zonet nam nog iemand op,' zei Neagley. 'Het is zijn rechtstreekse nummer.'
Geen gehoor. Hij hield de hoorn bij zijn oor en luisterde naar het geduldige elektronische zoemen. Tien keer, vijftien, twintig. Dertig. Hij hing op. Controleerde het nummer en probeerde het opnieuw. Zelfde resultaat.
'Gek,' zei hij. 'Waar is hij, verdomme?'
Hij keek opnieuw op het vel papier. Naam en nummer. Geen adres.
'Waar zit dat bedrijf?' vroeg hij.
'Dat weet ik niet precies.'
'Heeft het een naam?'
'New Age Defense Systems. Zo nemen ze de telefoon op.'
'Wat is dat voor rare naam voor een wapenfabrikant? Alsof ze je van kant maken met vriendelijkheid? Ze spelen net zolang op een panfluit tot je hun een lol doet en je polsen doorsnijdt?' Hij koos het nummer

van inlichtingen. Inlichtingen wist hem te vertellen dat er geen geregistreerd nummer was voor New Age Defense Systems in de hele Verenigde Staten. Hij hing op.
'Kunnen bedrijven ook geheime nummers hebben?' vroeg hij.
Neagley zei: 'Ik denk het. Vast en zeker als ze met defensie te maken hebben. En ze bestaan nog maar net.'
'We moeten hen opzoeken. Ze moeten ergens een bedrijfspand hebben. Op zijn minst een kantoor, zodat Uncle Sam zijn cheques ergens naartoe kan sturen.'
'Oké, dat zetten we ook op de lijst. Onder het bezoek aan mevrouw Franz.'
'Nee, erboven,' zei Reacher. 'Kantoren hebben kantoortijden, weduwen zijn er altijd.'
Dus belde Neagley haar assistent in Chicago en gaf hem opdracht een echt adres te zoeken voor New Age Defense Systems. Afgaande op de helft van het gesprek dat Reacher kon horen, leek het het beste om in te breken op de computer van FedEx. Of die van UPS, of DHL. Iedereen kreeg pakjes en een koerier had een adres nodig. Die hadden niets aan postbussen. Ze moesten spullen afgeven over de balie aan echte mensen, in ruil voor een handtekening.
'Vraag ook mobiele telefoonnummers,' zei Reacher. 'Van de anderen.'
Neagley legde haar hand op de microfoon van haar telefoon. 'Daar is hij al drie dagen mee bezig. Het is niet zo makkelijk.' Toen hing ze op en liep naar het raam. Keek naar buiten en omlaag naar mensen die auto's parkeerden.
'En nu maar wachten,' zei ze.
Ze hoefden minder dan twintig minuten te wachten voordat een van de laptops van Neagley met een belsignaal aangaf dat er e-mail binnenkwam uit Chicago.

10

In de e-mail van Neagleys assistent in Chicago stond het adres van New Age, met dank aan UPS. Of eigenlijk stonden er twee adressen, één in Colorado en één in East L.A.

'Dat is logisch,' zei ze. 'Verspreide fabricage. Veiliger op die manier. Bij een aanslag.'

'Onzin,' zei Reacher. 'Het gaat om twee senatoren. Twee keer vreten uit de ruif. Met de Republikeinen hier, de Democraten daarginds, vreten ze altijd mee.'

'Swan zou er niet zijn gaan werken als het alleen maar daarom ging.'

Reacher knikte. 'Misschien niet.'

Neagley vouwde een kaart open en ze zochten het adres in East L.A. op. Het was voorbij Echo Park, voorbij Dodger Stadium, ergens in het niemandsland tussen South Pasadena en het eigenlijke East L.A..

'Dat is een heel eind,' zei Neagley. 'Dat duurt eindeloos. Het spitsuur is begonnen.'

'Nu al?'

'Het spitsuur in L.A. is dertig jaar geleden begonnen. Het houdt pas weer op als er geen olie meer is. Of zuurstof. Maar hoe dan ook, we redden dat nooit voordat ze dichtgaan. Dus misschien kunnen we New Age beter tot morgen bewaren en vandaag op bezoek gaan bij mevrouw Franz.'

'Zoals je al meteen wilde. Je krijgt me precies waar je me hebben wilt.'

'Zij woont dichterbij, daar gaat het om. En het is belangrijk.'

'Waar woont ze?'

'Santa Monica.'

'Woonde Franz in Santa Monica?'

'Niet aan zee. Maar toch, ik wil wedden dat het de moeite waard is.'

Het was de moeite waard. Het was eigenlijk mooier dan het zou moeten zijn. Het was een kleine bungalow in een klein straatje, weggestopt halverwege de 10 en Santa Monica Airport, een kilometer of

drie landinwaarts. Zo op het oog geen toplocatie. Maar het huis oogde vanaf de straat fantastisch. Neagley reed er twee keer langs, op zoek naar een plek om te parkeren. Het was een klein symmetrisch bouwwerk. Twee erkers en daartussenin de voordeur. Een dak dat doorliep over de veranda. Twee schommelstoelen op de veranda. Gedeeltelijk natuursteen, gedeeltelijk vakwerk, invloeden van Arts and Crafts, een beetje Frank Lloyd Wright, Spaanse dakpannen. Een ware warboel van stijlen in één klein bouwwerk, maar het werkte wel. Het had veel charme. En het was volstrekt gaaf. Het schilderwerk was smetteloos. Het glansde. De ramen waren schoon. Ze glansden. De voortuin was opgeruimd. Groen gras, kort gemaaid. Veelkleurige bloemen, geen onkruid. Een korte, geasfalteerde oprit, onberispelijk vlak en schoongeveegd. Calvin Franz was een degelijke, nauwgezette man geweest en Reacher had het gevoel dat dit kleine huis hier de weerklank was van de hele persoonlijkheid van zijn oude vriend.
Uiteindelijk stuurde twee straten verderop een knappe vrouw haar Toyota Camry van een plekje langs de stoeprand en kon Neagley haar Mustang meteen in het lege plekje schuiven. Ze sloot de auto af en ze liepen samen terug. Het was laat in de middag, maar nog aangenaam warm. Reacher rook de oceaan.
Hij vroeg: 'Hoeveel weduwen hebben wij al opgezocht?'
'Te veel,' zei Neagley.
'Waar woon jij?'
'Lake Forest, Illinois.'
'Daar heb ik van gehoord. Het moet er mooi zijn.'
'Dat is het ook.'
'Gefeliciteerd.'
'Ik heb er hard voor gewerkt.'
Ze sloegen de hoek om, de straat van Franz in en toen de oprit op. Het laatste stuk naar de voordeur liepen ze wat langzamer. Reacher wist niet zo goed wat ze zouden aantreffen. In het verleden had hij te maken gehad met weduwen die heel wat minder lang dan zeventien dagen weduwe waren geweest, zoals in dit geval. Heel vaak hadden ze niet eens geweten dat ze weduwe waren tot hij op de stoep stond en het hen vertelde. Hij wist niet zo goed wat er veranderde in zeventien dagen. Wist niet in welke fase van het proces hij terecht zou komen.
'Hoe heet ze?' vroeg hij.

'Angela,' zei Neagley.
'Oké.'
'Haar kind heet Charlie. Een jongen.'
'Oké.'
'Vier jaar oud.'
'Oké.'
Ze liepen de treden van de veranda op. Neagley vond de drukknop van een bel en legde er haar vingertop op, zacht, kort, eerbiedig, alsof het stroomcircuit het verschil zou kunnen aanvoelen. Reacher hoorde het gedempte geluid van een bel in het huis en daarna niets. Hij wachtte. Ongeveer anderhalve minuut later ging de deur open. Ogenschijnlijk vanzelf. Toen keek Reacher omlaag en hij zag een klein jongetje dat zich uitrekte naar de deurkruk. De deurkruk zat hoog en het jongetje was klein. Hij moest zich zo ver uitrekken dat de zwaai van de deur hem van de vloer tilde.
'Jij bent vast Charlie,' zei Reacher.
'Dat ben ik,' zei de jongen.
'Ik was een vriend van je vader.'
'Mijn vader is dood.'
'Ik weet het. Dat vind ik heel erg.'
'Ik ook.'
'Mag je de deur wel helemaal alleen opendoen?'
'Ja,' zei de jongen, 'dat mag.'
Hij leek precies op Calvin Franz. De gelijkenis was eng. Hij had hetzelfde gezicht. Hetzelfde postuur. De korte benen, de lage heupen, de lange armen. De schouders waren niet meer dan vel over been onder het kleine T-shirt, maar op de een of andere manier suggereerden ze nu al de aapachtige contouren die ze later zouden aannemen. Hij had de ogen van Franz, exact, donker, koel, kalm, geruststellend. Alsof de jongen wilde zeggen: *Maak je geen zorgen, alles komt weer goed.*
Neagley vroeg hem: 'Charlie, is mama thuis?'
De jongen knikte.
'Ze is achter,' zei hij. Hij liet de deurkruk los en stapte opzij om hen binnen te laten. Neagley liep als eerste naar binnen. Het huis was zo klein dat er eigenlijk geen sprake was van een voor en een achter. Het was meer één redelijk grote ruimte, verdeeld in vieren. Twee kleine slaapkamers rechts met een badkamer ertussen, dacht Reacher. Een kleine woonkamer linksvoor en daarachter een kleine keuken. Dat

was alles. Klein, maar mooi. Alles was gebroken wit en zachtgeel. Er stonden bloemen in vazen. Voor de ramen hielden witte houten blinden het zonlicht tegen. Op de vloeren lag donker, gepolitoerd hout. Reacher keerde zich om en sloot de deur achter zich. De geluiden van de straat verstomden en stilte daalde neer in het huis. Een goed gevoel, ooit, dacht hij. Nu misschien wel niet zo goed.

Een vrouw kwam de keuken uit, vanachter een halve scheidingswand die zo weinig voorstelde dat hij je op geen enkele manier onopzettelijk aan het oog kon onttrekken. Reacher had het gevoel dat zij zich er had verborgen toen de bel ging, opzettelijk. Ze zag er veel jonger uit dan Reacher zelf. Iets jonger dan Neagley.

Jonger dan Franz was geweest.

Het was een lange vrouw, platinablond, blauwe ogen als van een Scandinavische, en slank. Ze droeg een lichte trui met een v-hals en haar sleutelbeenderen waren duidelijk zichtbaar. Ze was schoon, had zich opgemaakt en gepoederd en haar haar geborsteld. Had zichzelf helemaal onder controle, maar was niet ontspannen. Reacher zag verwarring rond haar ogen, alsof er een angstig masker onder haar huid schuilging.

Even hing er een ongemakkelijke stilte en toen stapte Neagley naar voren en zei: 'Angela? Ik ben Frances Neagley. We hebben met elkaar gesproken aan de telefoon.'

Angela Franz glimlachte als een robot en stak haar hand uit. Neagley schudde kort haar hand en toen stapte Reacher op zijn beurt naar voren. Hij zei: 'Ik ben Jack Reacher. Uw verlies doet mij groot verdriet.' Hij schudde haar hand, die koud en fragiel in de zijne lag.

'Die woorden hebt u al veel vaker gebruikt,' zei ze. 'Is het niet?'

'Ik ben bang van wel,' zei Reacher.

'U staat op de lijst van Calvin,' zei ze. 'U zat bij de militaire politie, net als hij.'

Reacher schudde zijn hoofd. 'Niet net als hij. Ik was niet half zo goed.'

'U bent erg aardig.'

'Zo was het. Ik bewonderde hem enorm.'

'Hij heeft me over u verteld. Over u allemaal, bedoel ik. Heel vaak. Soms voelde ik me zijn tweede vrouw. Alsof hij al eerder getrouwd was geweest. Met u allemaal.'

'Zo was het ook,' zei Reacher opnieuw. 'Het leger was net een gezin. Als je geluk had tenminste, en wij hadden geluk.'

'Dat zei Calvin ook.'
'Ik geloof dat hij na het leger nog gelukkiger moet zijn geworden.'
Angela glimlachte opnieuw, als een robot. 'Misschien. Maar zijn geluk heeft een wending genomen, niet?'
Charlie keek naar hen, de ogen van Franz, half gesloten, keurend. Angela zei: 'Heel erg bedankt dat u bent gekomen.'
'Is er iets wat we voor u kunnen doen?' vroeg Reacher.
'Kunt u doden weer tot leven wekken?'
Reacher zei niets.
'Zoals hij over u praatte, zou het me niet verbazen als u dat kon.'
Neagley zei: 'We zouden kunnen uitzoeken wie het heeft gedaan. Daar waren we goed in. En dat zou in de buurt komen van hem weer terughalen, in zekere zin.'
'Maar het zou hem niet weer tot leven brengen.'
'Nee, dat niet. Het spijt me.'
'Waarom bent u hier gekomen?'
'Om u te condoleren.'
'Maar u kent mij helemaal niet. Ik ben van later. Ik hoorde daar niet bij.' Angela liep van hen weg, naar de keuken. Toen bedacht ze zich, keerde zich om, passeerde Reacher en Neagley zijdelings en ging zitten in de woonkamer. Ze legde de handen plat op de leuning van haar stoel. Reacher zag haar vingers bewegen. Niet meer dan een lichte, bijna niet waar te nemen trilling, alsof ze in haar slaap aan het typen was of pianospeelde.
'Ik hoorde niet bij de groep,' zei ze. 'Soms wou ik dat het wel zo was. Het betekende zoveel voor Calvin. Dan zei hij: handen af van de Special Investigators. Dat zei hij als een soort strijdkreet, de hele tijd. Dan zat hij naar football te kijken en dan kregen ze de quarterback te pakken, een of andere hele spectaculaire actie, en dan zei hij: Oké, man, handen af van de Special Investigators. Dat zei hij dan tegen Charlie. Dan zei hij tegen Charlie dat die iets moest doen, en dan begon Charlie te zeuren, en dan zei Calvin: Charlie, handen af van de Special Investigators.'
Charlie keek omhoog en glimlachte. 'Handen af,' zei hij met een klein, schril stemmetje, maar wel de toon van zijn vader, en toen stopte hij alsof de langere woorden hem te moeilijk waren.
Angela zei: 'U bent hiernaartoe gekomen vanwege een strijdkreet, is het niet?'

'Niet echt,' zei Reacher. 'We zijn hier om wat er achter die strijdkreet schuilgaat. Wij gaven om elkaar. Dat is het. Ik ben hiernaartoe gekomen omdat Calvin er ook voor mij zou zijn geweest, als het andersom was.'
'Denkt u?'
'Ik denk het wel.'
'Het was allemaal verleden tijd voor hem. Toen Charlie werd geboren. Zonder druk van mijn kant. Hij wilde vader zijn. Hij heeft het allemaal achter zich gelaten op het gemakkelijke, veilige werk na.'
'Dat kan haast niet.'
'Nee, ik denk het ook.'
'Waar was hij mee bezig?'
'Het spijt me,' zei Angela. 'Ik had u moeten vragen te gaan zitten.'
Er stond geen bank in de kamer. Er was niet genoeg ruimte. Een doorsnee bank zou de toegang tot de slaapkamers hebben geblokkeerd. In plaats daarvan stonden er twee leunstoelen, en een houten minischommelstoel voor Charlie. De leunstoelen stonden aan weerszijden van een kleine open haard waarin bleke droogbloemen in een ruwe Chinese kan stonden. De schommelstoel van Charlie stond links van de schoorsteen. Zijn naam was in het hout aan de bovenkant van de rugleuning gegraveerd, met een hete pook of een soldeerbout, zeven keurige, fijne letters. Keurig, maar niet professioneel. Eigen werk van Franz, waarschijnlijk. Een cadeau, van de vader voor de zoon. Reacher keek er even naar. Toen ging hij zitten in de leunstoel tegenover Angela en Neagley zette zich op de armleuning naast hem, haar dij niet meer dan twee centimeter bij hem vandaan, maar zonder hem aan te raken.
Charlie stapte over Reachers voeten heen en ging in zijn schommelstoel zitten.
'Waar was Calvin mee bezig?' vroeg Reacher opnieuw.
Angela Franz zei: 'Charlie, ga maar even buiten spelen.'
Charlie zei: 'Mama, ik wil hier blijven.'
Reacher vroeg: 'Angela, waar was Calvin mee bezig?'
'Vanaf het moment dat Charlie er was, deed hij alleen maar antecedentenonderzoek,' zei Angela. 'Dat was goed werk. Vooral hier in L.A. Iedereen is bang om een junkie of een dief in dienst te nemen. Of er mee uit te gaan, of te trouwen. Iemand komt iemand anders tegen op internet of in een kroeg, en het eerste wat ze doen is zoeken op Google, en het tweede is een privédetective inhuren.'

'Waar werkte hij?'
'Hij had een kantoor in Culver City. Zo'n gehuurde unit, één ruimte. Waar Venice en La Cienega elkaar kruisen. Dichtbij, over de 10. Hij had het daar naar zijn zin. Ik zal er wel heen moeten om zijn spullen op te halen.'
Neagley vroeg: 'Krijgen wij uw toestemming om er eerst nog een keer te gaan kijken?'
'De politie heeft alles al onderzocht.'
'We moeten het nog een keer onderzoeken.'
'Waarom?'
'Omdat hij met iets belangrijkers dan antecedentenonderzoek bezig moet zijn geweest.'
'Junkies vermoorden mensen, toch? En dieven, soms.'
Reacher wierp een blik op Charlie en zag hoe Franz naar hem terugkeek. 'Maar niet op de manier waarop dit gebeurd lijkt te zijn.'
'Oké, ga nog maar een keer zoeken, als u dat wilt.'
Neagley vroeg: 'Hebt u een sleutel?'
Angela kwam langzaam overeind en liep naar de keuken. Kwam terug met twee ongemerkte sleutels, een grote en een kleine, aan een stalen sleutelring met een doorsnee van een paar centimeter. Ze hield ze even in haar hand en gaf ze toen aan Neagley, een beetje aarzelend.
'Ik wil ze wel graag weer terug,' zei ze. 'Dit zijn zijn eigen sleutels.'
Reacher vroeg: 'Bewaarde hij hier ook nog spullen? Aantekeningen, dossiers, zoiets?'
'Hier?' zei Angela. 'Hoe zou dat moeten. Sinds we hierheen verhuisd zijn, droeg hij geen onderhemden meer om kastruimte uit te sparen.'
'Wanneer bent u hier komen wonen?'
Angela stond nog steeds. Een tengere vrouw, maar ze leek de hele, kleine ruimte te vullen.
'Vlak nadat Charlie werd geboren,' zei ze. 'We wilden een echt huis. We waren hier erg gelukkig. Klein, maar meer hadden we niet nodig.'
'Wat is er gebeurd toen u hem voor het laatst zag?'
'Hij is 's morgens vertrokken, net als altijd. Hij is alleen nooit teruggekomen.'
'Wanneer was dat?'
'Vijf dagen voor de politie kwam vertellen dat ze zijn lichaam hadden gevonden.'

'Praatte hij wel eens met u over zijn werk?'
Angela zei: 'Charlie, wil je wat drinken?'
Charlie zei: 'Ik hoef niets, mama.'
Reacher vroeg: 'Praatte Calvin wel eens met u over zijn werk?'
'Niet erg veel,' zei Angela. 'Soms moest hij voor een filmstudio een acteur natrekken, om te kijken of er lijken uit de kast zouden vallen. Dan vertelde hij me de roddels uit het artiestenwereldje. Maar meer niet, eigenlijk.'
Reacher zei: 'Toen wij hem kenden, nam hij nooit een blad voor de mond. Hij zei wat hij dacht.'
'Zo is hij altijd gebleven. Denkt u dat hij iemand kwaad heeft gemaakt?'
'Nee, ik vroeg me alleen af of hij ooit zover was gekomen dat hij wat beter op zijn woorden paste. En als dat niet zo was, wat u daarvan vond.'
'Ik vond het geweldig. Ik vond alles aan hem geweldig. Ik houd van eerlijke, open mensen.'
'Zou u het dan erg vinden als ik heel open tegen u ben?'
'Ga uw gang.'
'Ik denk dat er iets is wat u ons niet vertelt.'

11

Angela Franz ging weer zitten en vroeg: 'Wat denkt u dat ik u niet vertel?'
'Iets bruikbaars,' zei Reacher.
'Bruikbaar? Wat kan er in vredesnaam nu voor mij bruikbaar zijn op dit moment?'
'Niet alleen voor u. Ook voor ons. Calvin was van u, omdat u met hem getrouwd bent. Maar hij was ook van ons, omdat we met hem hebben gewerkt. Wij hebben het recht uit te zoeken wat er met hem is gebeurd, ook al wilt u dat niet.'
'Waarom denkt u dat ik iets verberg?'
'Omdat u iedere keer dat het erop lijkt dat ik u iets ga vragen, afleidingsmanoeuvres verzint. Toen ik u vroeg waar Calvin mee bezig was, moesten we plotseling gaan zitten. Daarna vroeg ik het nog een keer en toen moest Charlie zo nodig buiten gaan spelen. Niet omdat hij niet mocht horen wat uw antwoord was, maar om tijd te rekken, en in die tijd bedacht u dat u daar eigenlijk helemaal geen antwoord op hebt.'
Angela keek hem door de kleine kamer recht aan. 'En gaat u nu mijn arm breken? Calvin vertelde me dat hij heeft gezien hoe u bij een verhoor iemands arm brak. Of was dat Dave O'Donnell?'
'Waarschijnlijk was ik het,' zei Reacher. 'O'Donnell had meer op met het breken van benen.'
'Ik zweer u,' zei Angela. 'Ik verberg niets. Helemaal niets. Ik weet niet waar Calvin mee bezig was en hij heeft het me niet verteld.'
Reacher keek haar aan, keek diep in haar angstige blauwe ogen en begon haar te geloven, een beetje. Ze verborg wel iets, maar dat hoefde niet per se met Calvin Franz te maken te hebben.
'Oké,' zei hij. 'Het spijt me.'
Niet lang daarna vertrokken Neagley en hij, voorzien van aanwijzingen hoe ze bij het kantoor van Franz in Culver City moesten komen, nadat ze haar nogmaals hadden gecondoleerd en die koude, fragiele hand hadden geschud.

De man die Thomas Brant heette, zag hen vertrekken. Hij was twintig meter verwijderd van zijn Crown Victoria, die veertig meter westelijk van het huis van Franz stond geparkeerd. Hij kwam aanlopen van een kruidenier op de hoek met een beker koffie. Hij hield in en keek Reacher en Neagley na tot ze honderd meter verder de hoek omsloegen. Toen nam hij een slok van zijn koffie en koos het nummer van zijn baas, Curtis Mauney, met één hand en sprak de voicemail in, vertelde wat hij had waargenomen.

Op datzelfde moment liep de man in het donkerblauwe pak terug naar zijn donkerblauwe Chrysler sedan. De sedan was geparkeerd in de ventweg van het Beverly Wilshire. De man in het pak was vijftig dollar armer. Vijftig dollar die de receptionist had aangenomen als steekpenning, en dientengevolge was hij omgekeerd evenredig veel wijzer geworden, al begreep hij niet precies wat hij met die nieuwe informatie aan moest. Hij belde zijn baas met zijn mobiele telefoon en zei: 'Volgens het hotel heet die nieuwe kerel Thomas Shannon, maar wij hebben geen Thomas Shannon op onze lijst staan.'
Zijn baas zei: 'Ik denk dat we er zeker van kunnen zijn dat onze lijst compleet is.'
'Ik denk het ook.'
'Dan mogen we er wel van uitgaan dat de naam Thomas Shannon niet echt is. Die lui leren oude gewoonten maar moeilijk af, kennelijk. Dus we gaan gewoon door.'

Reacher wachtte tot ze de hoek om waren en de straat van Franz uit en zei toen: 'Heb je die bruine Crown Vic daar om de hoek gezien?'
'Geparkeerd,' zei Neagley. 'Veertig meter ten westen van het huis, aan de overkant. Een standaardmodel 2002.'
'Volgens mij heb ik diezelfde auto ook gezien bij die Denny's waar we zaten.'
'Weet je het zeker?'
'Nee, niet helemaal.'
'Oude Crown Vics zie je heel veel. Taxi's, zwerftaxi's, huurwrakken.'
'Blijkbaar.'
'Hij was in ieder geval leeg,' zei Neagley. 'We hoeven ons geen zorgen te maken om lege auto's.'
'Bij die Denny's was hij niet leeg. Toen zat er iemand in.'

'Als het dezelfde auto was.'
Reacher stond stil.
Neagley vroeg: 'Wil je terug?'
Reacher aarzelde en schudde zijn hoofd en begon weer te lopen. 'Nee,' zei hij. 'Waarschijnlijk was het niets.'

De 10 naar het oosten zat verstopt. Geen van beiden wisten ze genoeg van L.A. om een weg dwars door de stad te riskeren en dus duurde de acht kilometer naar Culver City over de freeway langer dan als ze waren gaan lopen. Uiteindelijk bereikten ze het punt waar Venice Boulevard La Cienega kruiste en van daar kwamen ze met behulp van de aanwijzingen van Angela Franz rechtstreeks bij het kantoor van haar overleden echtgenoot. Het was een saai kantoor met een winkelpui in een lang, laag, bruin blok, verankerd aan een klein postkantoor. Geen imposant vlaggenschip van de posterijen, gewoon een winkel met de breedte van één enkel pand. Reacher had geen idee hoe zoiets werd genoemd. Een bijkantoor? Een agentschap? Een Post Servicepunt? Ernaast was een filiaal van een drogisterijketen, dan een nagelstudio en een stomerij. Dan het kantoor van Franz. Het glas in de deur en de etalage van het kantoor van Franz was aan de binnenkant bruin geverfd tot net boven hoofdhoogte zodat er nog een smalle strook was waardoor licht naar binnen kon vallen. Langs de bovenrand van de bruine verf liep een dubbele zwart- en goudkleurige rand. De tekst CALVIN FRANZ DISCREET INVESTIGATIONS was samen met een telefoonnummer in dezelfde zwart-gouden stijl op de deur aangebracht, rechte letters, drie regels, op borsthoogte, eenvoudig en zonder opsmuk.
'Treurig,' zei Reacher. 'Vind je niet? Na de grote groene vechtmachine hier terechtkomen?'
'Hij was vader,' zei Neagley. 'Hij zorgde voor brood op de plank. Het was zijn eigen keuze. Dit was wat hij nu wilde.'
'Maar ik wil wedden dat jouw kantoor in Chicago er niet zo uitziet.'
'Nee,' zei Neagley. 'Nee, dat niet.'
Ze pakte de sleutelring die Angela met zoveel tegenzin had afgestaan. Ze koos de grote sleutel, deed de deur van slot en trok eraan. Maar ze ging niet naar binnen.
Want het hele kantoor was een puinhoop van onder tot boven.
Het was een eenvoudige vierkante ruimte geweest, klein voor een win-

kel, maar groot voor een kantoor. Wat er aan computers, telefoons en andere elektronica had gestaan, was weg. Het bureau en de ladekasten waren doorzocht en daarna met hamers aan gort geslagen, en elk onderdeel, elk verbindingsstuk, was kapotgetrokken, omdat men op zoek was naar geheime bergplaatsen. De bureaustoel was uit elkaar gescheurd en de vulling was eruit getrokken. De panelen waren van de wanden gebroken met een koevoet en de isolatiedekens in stukken getrokken. Het plafond was eruit gebroken. De vloer was opengebroken. Het sanitair in het toilet was aan scherven geslagen. Overal in de kruipruimte lagen resten en weggesmeten papieren, kniehoog en soms nog erger.

Vernield, van onder tot boven. Alsof er een bom was afgegaan.

Reacher zei: 'De politie van L.A. County gaat niet zo grondig te werk.'

'Zeker niet,' zei Neagley. 'Bij lange na niet. Dit zijn boeven geweest die met de losse eindjes bezig waren. Alles bij elkaar zoeken wat Franz over hen wist. Voordat de politie zou komen. Waarschijnlijk al dagen daarvoor.'

'De politie heeft dit gezien en niets tegen Angela gezegd? Zij wist er niets van. Zij zei dat ze hier nog naartoe moest om zijn spullen op te halen.'

'Natuurlijk hebben ze haar dat niet verteld. Waarom zouden ze haar nog meer van streek maken?'

Reacher liep achteruit het trottoir op. Stapte naar links en keek naar de keurige gouden letters op de deur: CALVIN FRANZ DISCREET INVESTIGATIONS. Hij tilde zijn hand op en hield hem voor de naam van zijn oude vriend en probeerde in gedachten in plaats daarvan *Dave O'Donnell*. En toen een paar namen: *Sanchez & Orozco*. Toen: *Karla Dixon*.

'Ik wou dat die lui die klotetelefoon een keer zouden opnemen,' zei hij.

'Dit gaat niet om ons als groep,' zei Neagley. 'Dit is al zeventien dagen geleden gebeurd en er heeft nog niemand een vinger naar mij uitgestoken.'

'Of naar mij,' zei Reacher. 'Maar aan de andere kant, naar Franz ook niet, zou je kunnen zeggen.'

'Wat bedoel je?'

'Als Franz problemen had, wie zou hij dan bellen? De rest van de groep. Maar niet jou waarschijnlijk, want jij verkeert in betere krin-

gen tegenwoordig en hebt het waarschijnlijk te druk. En mij ook niet, want behalve jij zou niemand mij ooit kunnen vinden. Maar veronderstel nu eens dat Franz tot aan zijn nek in de stront zat en de anderen heeft gebeld? Omdat ze gemakkelijker te bereiken waren dan wij tweeën? Veronderstel dat ze allemaal halsoverkop hiernaartoe zijn gevlogen om te helpen. Veronderstel dat ze nu allemaal in hetzelfde schuitje zitten?'
'Ook Swan?'
'Swan zat het dichtst bij. Hij zou er als eerste zijn geweest.'
'Mogelijk.'
'Waarschijnlijk,' zei Reacher. 'Als Franz echt iemand nodig had, wie anders zou hij dan vertrouwen?'
'Dan had hij mij moeten bellen,' zei Neagley. 'Ik was gekomen.'
'Misschien stond jij als volgende op de lijst. Misschien dacht hij in het begin wel dat zes man genoeg zou zijn.'
'Maar wat voor iets kan zes man laten verdwijnen? Zes man van óns kaliber?'
'Daar wil ik niets eens over nadenken,' zei Reacher, en daarna zweeg hij. In het verleden zou hij zijn mensen tegen om het even wie dan ook hebben ingezet. Keer op keer had hij dat gedaan. En ze hadden het altijd gered, tegen beroerdere tegenstanders dan je normaal aantreft in de burgermaatschappij. Beroerder, omdat een militaire training het repertoire van een crimineel op belangrijke punten alleen maar uitbreidt.
Neagley zei: 'Het heeft geen zin om hier maar een beetje te blijven staan. We verspillen onze tijd. Hier vinden we niets. Ik denk dat we ervan uit kunnen gaan dat ze hebben gevonden wat ze zochten.'
Reacher zei: 'Ik denk dat we ervan uit kunnen gaan dat ze dat niet hebben gevonden.'
'Waarom?'
'Vuistregel,' zei Reacher. 'Het kantoor is van onder tot boven, van links naar rechts vernield. Compleet. En normaal gesproken houd je op met zoeken als je hebt gevonden wat je zocht. Maar deze kerels zijn nooit opgehouden met zoeken. Dus als ze hebben gevonden wat ze zochten, lag dat wel heel toevallig op de allerlaatste plek waar ze keken. En dat is toch niet bepaald waarschijnlijk? Dus ik denk dat ze nooit zijn opgehouden met zoeken omdat ze nooit hebben gevonden wat ze zochten.'

'Maar waar is het dan?'
'Ik weet het niet. Wat zou het zijn?'
'Papieren, een diskette, een cd-rom, zoiets.'
'Klein,' zei Reacher.
'Hij heeft het niet meegenomen naar huis. Ik heb het idee dat hij zaken en privé gescheiden hield.'
Denk net als zij. Kruip in hun huid. Reacher keerde zich om en ging met zijn rug naar de deur van het kantoor staan alsof hij zojuist naar buiten was gestapt, het trottoir op. Maakte een kommetje van zijn hand en keek omlaag naar zijn handpalm. Hij had in zijn leven heel wat schrijfwerk gedaan, maar hij had nog nooit gewerkt met diskettes of cd-roms. Al wist hij wel wat dat was. Het was een schijfje van polycarbonaat met een doorsnee van twaalf centimeter. Vaak in een plat, plastic doosje. Een diskette was kleiner. Vierkant, een centimeter of zeven? Papier van A4-formaat kon je twee keer dubbelvouwen tot een pakketje van vijftien bij tien.
Klein.
Maar van essentieel belang.
Waar zou Calvin Franz iets verstoppen wat klein was, maar van essentieel belang?
Neagley zei: 'Misschien bewaarde hij het in zijn auto. Blijkbaar ging hij met de auto naar kantoor. Als het een cd was, had hij hem kunnen bewaren in de cd-wisselaar. In het volle zicht van iedereen verstoppen. De vierde sleuf of zo, na al het spul van John Coltrane.'
'Miles Davis,' zei Reacher. 'Hij hield meer van Miles Davis. Hij luisterde alleen naar John Coltrane op albums van Miles Davis.'
'Misschien had hij het wel zo opgeslagen dat het net leek of het spul was dat hij had gedownload. Ik bedoel, hij had er met een viltstift Miles Davis op kunnen schrijven.'
'Dat hadden ze gevonden,' zei Reacher. 'Kerels die zo grondig te werk gaan, controleren alles. En ik denk dat Franz iets zou willen wat veiliger was. Open en bloot verstopt betekent dat het de hele tijd zomaar ineens opgemerkt kan worden. Je kunt je niet ontspannen. En ik denk dat Franz dat wel wilde. Ik denk dat hij thuis wilde komen bij Angela en Charlie zonder nog ergens over na te hoeven denken.'
'Waar dan? Een kluisje in een bank?'
'Ik zie hier nergens een bank,' zei Reacher. 'En ik denk dat hij niet erg veel zin zal hebben gehad in omwegen. Niet met al dat verkeer.

Niet als het op de een of andere manier dringend was. Bovendien houden de kantooruren van banken geen rekening met hardwerkende mensen.'
'Er zitten twee sleutels aan de ring,' zei Neagley. 'Al kan die kleine natuurlijk ook van zijn bureau zijn geweest.'
Reacher draaide zich weer om en keek in de schemerige ruimte naar de puinhopen. Je mocht aannemen dat het bureauslot daar ook ergens lag. Een klein, vierkant, stalen slotje, uit het hout gebroken en weggegooid. Hij keerde zich weer om en liep naar de stoeprand. Maakte opnieuw een kommetje van zijn hand en keek omlaag naar zijn lege handpalm.
Eerst: *wat had hij verborgen?*
'Het is een computerbestand,' zei hij. 'Dat moet wel. Omdat ze wisten dat ze ernaar moesten zoeken. Als het om papieren ging, zou Franz hen er niets over hebben verteld. Maar waarschijnlijk zijn ze eerst met zijn computers aan de gang gegaan en hebben ze sporen gevonden waaruit ze konden afleiden dat hij aan het kopiëren was geweest. Dat kan toch? Op computers blijven allerlei sporen achter. Maar Franz heeft hen niet willen vertellen waar de kopieën waren. Misschien hebben ze hem daarom zijn benen gebroken. Maar toch hield hij zich stil en daarom zijn ze hierheen gekomen om op de gok te zoeken.'
'En waar is het dan?'
Reacher keek opnieuw naar zijn handpalm.
Waar zou ik iets verbergen wat klein was, maar van essentieel belang.
'Niet onder de eerste de beste mat bij de voordeur,' zei hij. 'Ik zou iets structureels zoeken. Misschien iets waarbij het wordt bewaakt. Ik zou willen dat er iemand voor verantwoordelijk was.'
'Een kluisje dus,' zei Neagley opnieuw. 'In een bank. Er staat niets op de kleine sleutel. Zo gaat dat bij banken.'
'Ik hou niet van banken,' zei Reacher. 'Niet van de openingstijden en niet van de omwegen. Eén keertje misschien, als het moet, maar niet regelmatig. En daar gaat het om. Want hier zit een bepaalde regelmaat in. Niet? Dat doen mensen met computers toch? Iedere avond back-ups maken? Dan gaat het hier ook niet om iets wat maar één keer is gebeurd. Het is een kwestie van routine. Dat maakt de zaken anders. Als het maar één keer hoeft, kun je wel allemaal extra moeite doen. Maar als het iedere avond moet, moet het veilig en snel zijn. En je moet er steeds bij kunnen.'

'Ik stuur e-mails naar mijzelf,' zei Neagley.
Reacher was even stil. Glimlachte.
'Dat is het,' zei hij.
'Denk je dat Franz dat ook deed?'
'Geen denken aan,' zei Reacher. 'E-mail zou rechtstreeks zijn teruggestuurd naar zijn computer, en die hadden de boeven. Ze zouden eindeloos bezig zijn geweest om achter zijn wachtwoord te komen in plaats van het kantoor kort en klein te slaan.'
'Wat heeft hij dan wel gedaan?'
Reacher keerde zich om en keek naar de rij winkels. De stomerij, de nagelsalon, de drogist.
Het postkantoor.
'Geen e-mail,' zei hij. 'Gewone post. Dat was het. Hij maakte een back-up van zijn spullen op de een of andere schijf en die stopte hij iedere avond in een envelop en die gooide hij in de brievenbus. Geadresseerd aan zichzelf. Aan zijn postbus. Want daar liet hij zijn post bezorgen. In het postkantoor. In zijn voordeur zit geen brievenbus. Zodra hij de envelop had gepost, was die veilig. Opgenomen in het systeem. Met een hele club bewakers die er dag en nacht de wacht over houden.'
'Traag,' zei Neagley.
Reacher knikte. 'Hij moet een soort wisselsysteem hebben gehad met drie of vier schijven. Elke dag moeten er twee of drie ergens in de post hebben gezeten. Maar iedere avond moet hij naar huis zijn gegaan met de wetenschap dat zijn nieuwste gegevens veilig waren. Het is niet zo gemakkelijk een postbus open te breken of iemand op het postkantoor zover te krijgen dat hij je iets geeft wat niet van jou is. De bureaucratie van de posterijen is ongeveer net zo veilig als een bank in Zwitserland.'
'De kleine sleutel,' zei Neagley. 'Niet van zijn bureau. Geen kluisje.'
Reacher knikte opnieuw.
'Zijn postbus,' zei hij.

12

Maar de bureaucratie van de posterijen heeft twee kanten. Het was laat in de middag. De stomerij was nog steeds open. De nagelsalon was open. De drogist was open. Maar het postkantoor was gesloten. Het kantoor ging dicht om vier uur.

'Morgen,' zei Neagley. 'Dan zitten we de hele dag in de auto. We moeten ook nog naar het bedrijf waar Swan werkt. Tenzij we het werk verdelen.'

'Dit moeten we met zijn tweeën doen,' zei Reacher. 'Maar misschien komt een van de anderen opdagen, dan kan die ook wat doen.'

'Dat hoop ik maar, en niet omdat ik lui ben.' Voor de vorm, alsof het een klein ritueel was, haalde ze haar mobiel tevoorschijn en keek op het kleine scherm.

Geen berichten.

Bij de balie van het hotel waren evenmin berichten. Geen bericht op de voicemail van het hotel. Geen e-mail op een van de laptops van Neagley.

Niets.

'Ze kunnen ons niet zomaar negeren,' zei ze.

'Nee,' zei Reacher. 'Dat zouden ze niet doen.'

'Het geeft me zo langzamerhand een erg slecht gevoel.'

'Dat heb ik al sinds die geldautomaat in Portland. Ik heb al mijn geld uitgegeven om iemand mee uit eten te nemen. Twee keer. Nu wou ik dat we maar thuis waren gebleven en pizza hadden laten bezorgen. Misschien had zij wel betaald. Dan wist ik nu niets van wat er allemaal aan de hand is.'

'Zij?'

'Iemand die ik ben tegengekomen.'

'Knap?'

'Als een bloem.'

'Knapper dan Karla Dixon?'

'Vergelijkbaar.'
'Knapper dan ik?'
'Kan dat?'
'Ben je met haar naar bed geweest?'
'Met wie?'
'Met die vrouw in Portland.'
'Waarom wil je dat weten?'
Neagley zei niets. Ze schoof alleen de vijf vellen papier met telefoonnummers heen en weer alsof ze ze schudde als een kaartspel, deelde Reacher twee vellen en hield er drie voor zichzelf. Reacher kreeg Tony Swan en Karla Dixon. Hij gebruikte de telefoon op het dressoir en probeerde Swan eerst. De telefoon ging dertig, veertig keer over, geen gehoor. Hij drukte op de haak en probeerde het nummer van Dixon. 212 als kengetal, de stad New York. Geen gehoor. Na zes keer rinkelen een antwoordapparaat. Hij luisterde naar de vertrouwde stem van Dixon, wachtte op de pieptoon en sprak hetzelfde bericht in dat hij eerder had ingesproken: 'Dit is Jack Reacher met een tien-dertig van Frances Neagley in het Beverly Wilshire Hotel in Los Angeles, Californië. Kom van je luie kont en bel haar terug.' Toen wachtte hij even en voegde eraan toe: 'Alsjeblieft Karla. Neem contact op.' Toen hing hij op. Neagley klapte haar mobiel dicht en schudde haar hoofd.
'Niet goed,' zei ze.
'Misschien zijn ze allemaal op vakantie.'
'Allemaal tegelijk?'
'Misschien zitten ze in de bak. We waren een behoorlijk ruige club.'
'Het eerste wat ik heb uitgezocht. Ze zitten niet in de bak.'
Reacher zei niets.
Neagley zei: 'Je mocht Karla erg graag, hè? Je klonk gewoon lief, net aan de telefoon.'
'Ik mocht jullie allemaal erg graag.'
'Maar haar in het bijzonder. Ben je ooit met haar naar bed geweest?'
Reacher zei: 'Nee.'
'Waarom niet?'
'Ik heb haar gerekruteerd. Ik was haar meerdere. Dat zou fout zijn geweest.'
'Was dat de enige reden?'
'Waarschijnlijk.'

'Oké.'
Reacher vroeg: 'Wat weet je van hun zaken? Kan er een goede reden zijn waarom ze allemaal dagenlang niet te bereiken zijn?'
'O'Donnell zou misschien in het buitenland kunnen zitten,' zei Neagley. 'Zijn werkterrein is vrij breed. Voor scheidingszaken moet hij misschien wel naar de Cariben, denk ik. Of waar dan ook, op jacht naar niet-betaalde alimentatie. Voor ontvoering van kinderen en voogdijzaken kan hij wel overal zijn. Mensen die kinderen willen adopteren, huren soms een privédetective in om te controleren of de toestand in Oost-Europa of China of waar dan ook wel in orde is. Er kunnen allerlei redenen zijn.'
'Maar?'
'Ik zou heel erg mijn best moeten doen om mezelf daarvan te overtuigen.'
'En Karla?'
'Die zou ergens op de Caymaneilanden kunnen zitten op zoek naar iemand zijn geld, misschien. Maar ik vermoed dat ze dat wel via internet zou doen, gewoon thuis op haar kantoor. Het geld is nou niet bepaald echt dáár ter plekke.'
'Waar dan?'
'Het is abstract. Het is elektriciteit in een computer.'
'En Sanchez en Orozco?'
'Die zitten in een gesloten wereldje. Ik zie geen enkele reden waarom die ooit op reis zouden moeten vanuit Las Vegas. Niet voor zaken.'
'Wat weten we van het bedrijf waar Swan voor werkt?'
'Het bestaat. Ze doen zaken. Het staat geregistreerd. Het heeft een adres. Maar behalve dat niet veel.'
'Kennelijk valt er iets te beveiligen, anders hadden ze Swan niet in dienst genomen.'
'Bij alle bedrijven die voor defensie werken, valt iets te beveiligen. Of dat willen ze graag geloven, in ieder geval, want ze willen graag geloven dat het belangrijk is wat ze doen.'
Reacher reageerde daar niet op. Zat uit het raam te staren. Het werd donker. Een lange dag, bijna voorbij. Hij zei: 'Franz is niet naar kantoor gegaan op de dag dat hij is verdwenen.'
'Denk je?'
'Dat weten we. Angela had zijn sleutels. Hij heeft ze thuis gelaten. Hij is die dag ergens anders heen gegaan.'

Neagley zei niets.
'En de huisbaas van dat rijtje met winkels heeft de boeven gezien,' zei Reacher. 'Het slot van het kantoor van Franz was niet stuk. Ze hebben hem niet zijn sleutel afgepakt, want die had hij niet in zijn zak. Dat betekent dat ze er een hebben afgetroggeld of gekocht van de eigenaar. Dat betekent dat de huisbaas hen heeft gezien. Dat betekent dat we die morgen moeten opzoeken, naast al het andere.'
'Franz had mij moeten bellen,' zei Neagley. 'Ik had alles opzij gelegd.'
'Ik wou dat hij jou had gebeld,' zei Reacher. 'Als jij er was geweest, was al deze smeerlapperij nooit gebeurd.'

Reacher en Neagley aten in het restaurant op de begane grond, in een hoek vóór in de lobby, waar een fles bronwater uit Noorwegen acht dollar kostte. Toen wensten ze elkaar goedenacht en zochten hun kamers op. Reachers kamer was een prullerig vertrek, twee verdiepingen lager dan de suite van Neagley. Hij kleedde zich uit, nam een douche, vouwde zijn kleren op en legde ze onder de matras om ze te strijken. Hij stapte in bed, vouwde zijn handen achter zijn hoofd en staarde naar het plafond. Dacht even aan Calvin Franz, in willekeurige, snel verschietende beelden, op dezelfde manier waarop het profiel van een verkiezingskandidaat in een tv-spot van dertig seconden wordt geperst. In zijn geheugen hadden sommige beelden een sepiakleur, andere waren vaag, maar in al die beelden was Franz in beweging, praatte hij, lachte hij, een en al actie en energie. Toen voegde Karla Dixon zich daarbij, tenger, donker, sardonisch, en ze lachte samen met Franz. Dave O'Donnell was er ook, lang, verzorgd, knap, als een effectenmakelaar met een springmes. En Jorge Sanchez, taai, toegeknepen ogen, met een vaag glimlachje, zodat je een gouden tand kon zien, zijn meest uitgesproken gelaatsuitdrukking voor een gevoel van welbevinden. En Tony Swan, net zo breed als hij groot was. En Manuel Orozco, die een Zippo open en dicht klikte, omdat hij het geluid zo mooi vond. Zelfs Stan Lowrey was erbij, hoofdschuddend, met zijn vingers een ritme op de tafel trommelend dat alleen hijzelf kon horen.
Toen knipte Reacher al die beelden weg, sloot zijn ogen en viel in slaap, om half elf 's avonds, een lange dag, voorbij.

Half elf 's avonds in Los Angeles was half twee 's nachts in New York, en de laatste vlucht van British Airways vanuit Londen was zojuist met vertraging geland op JFK. De vertraging betekende dat de laatste immigratieploeg in de terminal van British Airways al vrijaf had en dus taxiede het vliegtuig naar terminal vier en verlieten de passagiers het vliegtuig via de gigantische aankomsthal daar. De derde in de rij was een eersteklas passagier die gedurende het grootste deel van de vlucht had zitten dommelen in stoel 2K. Hij had een doorsneelengte, doorsneegewicht, was duur gekleed, en hij straalde het soort zelfgenoegzame beleefdheid uit van mensen die weten hoeveel geluk ze hebben dat ze hun hele leven al rijk zijn. Hij was misschien veertig jaar oud. Hij had dik, zwart haar, glanzend, prachtig geknipt, en het soort lichtbruine huidskleur en regelmatige trekken waardoor je zou denken dat hij uit India kwam, of Pakistan, of Iran, of Syrië, of Libanon, of Algerije, of zelfs uit Israël of Italië. Zijn paspoort was Brits en leverde onder de kritische blik van de douaneambtenaar geen problemen op, evenmin als de gemanicuurde vingers op de elektronische scanner voor vingerafdrukken. Zeventien minuten nadat hij zijn veiligheidsgordel had losgemaakt liep de man de glanzende nacht van New York in, naar het begin van de rij wachtende taxi's.

13

Om zes uur de volgende ochtend liep Reacher naar de suite van Neagley. Ze was al wakker en had gedoucht, en Reacher had het idee dat ze al wel een uur met oefeningen bezig was geweest. Misschien in haar kamer of in de fitnessruimte van het hotel. Misschien had ze buiten lopen joggen. Ze zag er gestroomlijnd en krachtig en vitaal uit, op een manier die suggereerde dat er een heleboel zuurstofrijk bloed door haar aderen stroomde.

Ze bestelden ontbijt via roomservice en brachten de tijd die ze moesten wachten door met nog maar eens een vruchteloos rondje bellen. Geen gehoor in East L.A., geen gehoor in Nevada, geen gehoor in New York, geen gehoor in Washington D.C. Ze spraken geen boodschap in. Ze kozen de nummers geen tweede keer, probeerden het niet opnieuw. En toen ze ophingen, praatten ze er niet over. Ze zaten stil bij elkaar tot er een ober verscheen en toen aten ze eieren en pannenkoeken en bacon, en dronken koffie. Toen belde Neagley op dat ze haar auto klaar moesten zetten.

'Eerst naar het kantoor van Franz?' vroeg ze.

Reacher knikte. 'Alles draait om Franz.'

Ze namen de lift naar beneden, stapten in de Mustang en kropen langs La Cienega naar het postkantoor in Culver City.

Ze parkeerden vlak voor het verwoeste kantoor van Franz en liepen terug langs de stomerij, de nagelsalon en de drogist. Er was niemand in het postkantoor. Volgens een bordje op de deur was het al een halfuur open. Blijkbaar was de ergste ochtenddrukte al weer voorbij.

'Het lukt niet als er niemand is,' zei Reacher.

'Dan zoeken we eerst de huisbaas op,' zei Neagley.

Ze vroegen naar hem bij de drogist. Een oudere man in een korte witte jas stond onder een ouderwetse beveiligingscamera achter de toonbank. Hij vertelde hen dat de eigenaar van de stomerij de huisbaas was. Hij sprak met het soort ingehouden vijandigheid dat huurders eigen is als ze over degene praten die hun cheque int. Hij vatte een kort succesverhaal samen waarin de buurman vanuit Korea was overgestoken en de stomerij was begonnen en met de winst langzamerhand het hele rijtje winkels had opgekocht. De Amerikaanse droom in actie. Reacher en Neagley bedankten hem, liepen voorbij de nagelsalon, doken de stomerij in en vonden onmiddellijk de man die ze zochten. Hij was driftig aan het werk in een propvolle werkruimte die naar chemicaliën stonk. De trommels van zes grote machines draaiden gestaag hun rondjes. Strijktafels sisten. Boven hun hoofd ratelde een gemotoriseerde lopende band met haken waaraan zakken met kleren hingen. De man zelf zweette. Was hard aan het werk. Het zag eruit alsof hij wel twee van die rijtjes met winkels verdiende. Of drie. Misschien had hij die al wel. Of nog meer.

Reacher wond er geen doekjes om. Vroeg: 'Wanneer hebt u Calvin Franz voor het laatst gezien?'

'Die zag ik bijna nooit,' antwoordde de man. 'Je kon hem niet zien. Hij had zijn raam dichtgeschilderd, dat was het eerste wat hij deed.' Hij zei het alsof hij zich eraan had geërgerd. Alsof hij al meteen had geweten dat hij met een krabber aan het werk zou moeten voordat hij het ooit weer zou kunnen verhuren.

Reacher zei: 'U moet hem wel hebben zien komen en gaan. Ik wil wedden dat u hier meer uren maakt dan wie dan ook.'

'Ik heb hem zo nu en dan wel eens gezien, denk ik,' zei de man.

'Wanneer denkt u dat u hem voor het laatst zo nu en dan wel eens hebt gezien?'

'Een week of drie, vier geleden.'

'Vlak voordat die kerels kwamen die om zijn sleutel vroegen?'

'Welke kerels?'

'Die kerels aan wie u zijn sleutel hebt gegeven.'

'Dat was de politie.'

'Die daarna kwamen, dat was politie.'

'Die eersten ook.'

'Hebben ze zich gelegitimeerd?'

'Ik denk het.'

'Ik denk het niet,' zei Reacher. 'Ik denk dat ze u in plaats daarvan een biljet van honderd dollar hebben laten zien. Misschien wel twee of drie.'

'Nou en? Het is mijn sleutel en het is mijn pand.'

'Hoe zagen ze eruit?'
'Waarom zou ik dat aan u vertellen?'
'Omdat wij vrienden waren van meneer Franz.'
'Waren?'
'Hij is dood. Iemand heeft hem uit een helikopter gegooid.'
De man van de stomerij haalde zijn schouders op.
'Ik herinner me die kerels niet meer.'
'Ze hebben het pand geruïneerd,' zei Reacher. 'Wat ze voor die sleutel hebben betaald, is bij lange na niet genoeg om de schade te dekken.'
'Die winkel weer in orde maken is mijn probleem. Het is mijn pand.'
'Veronderstel eens dat het uw rokende puinhoop was. Veronderstel eens dat ik vannacht terug zou komen en de hele zaak zou platbranden?'
'Dan ging u de bak in.'
'Ik denk het niet. Iemand met zo'n slecht geheugen als u zou niet weten wat hij de politie moest vertellen.'
De man knikte. 'Ze waren blank. Met zijn tweeën. Blauwe pakken. Een nieuwe auto. Ze zagen er net zo uit als alle andere blanken die ik zie.'
'Dat is alles?'
'Gewoon blank. Geen politie. Te schoon en te rijk.'
'Niets bijzonders?'
'Als ik het wist, zou ik het zeggen. Ze hebben dat kantoor vernield.'
'Oké.'
'Het spijt me van uw vriend. Het leek me een aardige vent.'
'Dat was hij zeker,' zei Reacher.

14

Reacher en Neagley liepen terug naar het postkantoor. Het was een klein, stoffig kantoor. Ingericht door de overheid. Er waren nu weer redelijk veel mensen. De gebruikelijke ochtenddrukte. Er werkte één man en er stond een korte rij wachtende klanten. Neagley gaf Reacher de sleutels van Franz en ging in de rij staan. Reacher liep naar een plank die opzij achterin op heuphoogte aan de muur was bevestigd en pakte op goed geluk een formulier uit een vak. Het was een verzoek om bevestiging van een postbezorging. Hij pakte een pen die vastzat aan een ketting, boog zich over het formulier en deed net alsof hij het invulde. Hij draaide zijn bovenlichaam wat opzij, leunde met een elleboog op de plank en bewoog voortdurend zijn hand. Wierp een steelse blik op Neagley. Ze was misschien nog drie minuten verwijderd van het begin van de rij. Hij gebruikte de tijd om de rij postbussen te bestuderen.

Ze vulden de hele achterwand van het postkantoor. Er waren drie verschillende groottes. Klein, normaal en groot. Zes rijen klein, dan daaronder vier rijen normaal en dan dicht bij de vloer drie rijen groot. Alles bij elkaar honderdtachtig kleine, zesennegentig normale en vierenvijftig grote postbussen. In totaal driehonderdzesenveertig postbussen.

Welke was van Franz?

Een van de grote, vast en zeker. Franz had een bedrijf en het was het soort bedrijf waarbij je je behoorlijk veel binnenkomende post kunt voorstellen. Voor een deel in de vorm van dikke pakketten op A4-formaat. Kredietverslagen, financiële rapporten, rechtbankverslagen, foto's van twintig bij dertig. Grote, stijve enveloppen. Vaktijdschriften. Een grote postbus dus.

Maar welke?

Onmogelijk te zeggen. Als Franz zelf had mogen kiezen, had hij natuurlijk een postbus in de bovenste rij gekozen, twee rijen boven de vloer, helemaal rechts. Wie wil er nu verder lopen vanaf de deur dan nodig is en zich dan diep bukken tot op het linoleum? Maar Franz had natuurlijk niet zelf mogen kiezen. Als je een postbus wilt, heb je maar te nemen wat er op dat moment vrij is. Lieverkoekjes worden niet gebakken. Iemand overlijdt of verhuist, de postbus komt vrij en die krijg je. Een lot uit de loterij. Een kans van één op vierenvijftig.

Reacher stopte zijn linkerhand in zijn zak en friemelde met de sleutel van Franz. Hij bedacht dat het hem zo'n twee tot drie seconden per slot zou kosten. In het ergste geval een ongemakkelijk dansje van drie minuten langs de rijen met postbussen. Voor iedereen te zien. Nog erger dan erger, op het moment dat hij de sleutel zou uitproberen op een postbus, kon de rechtmatige eigenaar ervan, die net na hem was binnengekomen, aan komen lopen. Vragen, klachten, geschreeuw, politie, een potentiële zaak wegens schending van het postgeheim. Reacher was ervan overtuigd dat hij zonder kleerscheuren weer het postkantoor uit zou kunnen komen, maar hij wilde niet met lege handen naar buiten.

Hij hoorde Neagleys stem: 'Goedemorgen.'

Hij wierp een blik naar links en zag haar vooraan in de rij voor de balie. Zag haar iets voorover leunen, de aandacht opeisen. Zag hoe ze met haar ogen de blik van de man achter de balie ving. Hij liet de pen vallen en haalde de sleutel uit zijn zak. Stapte onopvallend naar de wand met postbussen en probeerde het eerste slot links, de derde rij vanaf de vloer.

Niets.

Hij bewoog de sleutel heen en weer. Er gebeurde niets. Hij trok hem eruit en probeerde het slot eronder. Niets. Het slot daaronder. Niets. Neagley werkte zich door een lange, ingewikkelde vraag over tarieven voor luchtpost. Haar ellebogen op de balie. Ze gaf de man achter de balie het gevoel dat hij de belangrijkste man op de wereld was. Reacher schuifelde op zijn hurken naar rechts en probeerde het opnieuw, één box verder, drie hoog.

Niets.

Vier gedaan, nog vijftig te gaan. Twaalf seconden verbruikt, de kans liep nu op van één-komma-acht-vijf op de honderd naar twee op de honderd. Hij probeerde de volgende postbus. Niets. Hij bukte en probeerde de onderste van het drietal.

Niets.

Hij bleef gebukt zitten en schuifelde naar rechts. Begon bij de volgende kolom met de onderste postbus. Geen geluk. Ook niet bij de middelste. Ook geen geluk bij de bovenste. Negen gedaan, vijfentwintig seconden voorbij. Neagley was nog steeds aan het woord. Toen werd Reacher zich bewust van een vrouw die links vlak naast hem kwam staan. Haar postbus op een van de bovenste rijen openmaakte. Er een heel pak omkrullende post en reclame uit harkte. Het sorteerde terwijl ze daar stond. *Schiet op*, smeekte hij haar. *Loop naar de prullenmand.* Ze stapte achteruit. Hij stapte naar rechts en probeerde de vierde groep. Neagley was nog steeds aan het woord. De man achter de balie luisterde nog steeds. De sleutel paste niet op het slot van de bovenste postbus. Hij paste niet op de middelste postbus. Hij paste niet op de onderste postbus.

Twaalf gedaan. Een kans nu van één op tweeënveertig. Beter, maar niet goed. De sleutel paste op geen van de drie postbussen van de vijfde reeks. Noch op die van de zesde. Achttien gedaan. Eén derde. De kans op succes werd steeds groter. *Bekijk het van de positieve kant.* Neagley was nog steeds aan het woord. Hij kon haar horen. Hij wist dat de mensen in de rij achter haar ongeduldig zouden worden. Ze zouden beginnen te schuifelen met hun voeten. Ze zouden om zich heen gaan kijken, verveeld en onderzoekend.

Hij begon aan de zevende reeks, bovenaan. Bewoog de sleutel. Niets. Evenmin bij de middelste postbus. En de onderste. Hij schuifelde naar rechts. Neagley was uitgepraat. De man achter de balie legde iets uit. Ze deed het voorkomen alsof ze hem niet begreep. Reacher schuifelde verder naar rechts. De achtste reeks. De sleutel paste niet op het bovenste slot. Het werd stil in het postkantoor. Reacher voelde blikken in zijn rug priemen. Hij probeerde de middelste postbus van de achtste reeks.

Bewoog de sleutel. Het kleine metaalachtige geluid klonk oorverdovend.

Niets.

Het was stil in het postkantoor.

Reacher probeerde de onderste postbus van de achtste reeks.

Bewoog de sleutel.

Het slot reageerde.

Het slot sprong open.

Reacher stapte een halve meter achteruit, klapte het deurtje helemaal

open en bukte toen voor de opening. De postbus zat propvol. Luchtkussenenveloppen, grote bruine enveloppen, grote witte enveloppen, brieven, catalogi, in plastic verpakte tijdschriften, briefkaarten.
Er klonk weer geluid in het postkantoor.
Reacher hoorde Neagley de man achter de balie bedanken voor zijn hulp. Hij hoorde haar voetstappen op de tegels. Hoorde de rij achter haar een plekje opschuiven. Voelde hoe mensen zich weer bezig gingen houden met hun kansen om aan de beurt te komen voordat ze oud en grijs zouden zijn. Hij schoof zijn hand in de postbus en haalde de inhoud naar zich toe. Bundelde alles in een stevig pak, pakte dat met beide handen en stond op. Knelde het pak onder zijn arm, sloot de postbus weer af, stopte de sleutel in zijn zak en liep weg alsof het de gewoonste zaak van de wereld was.

Neagley wachtte buiten in de Mustang, hij stond drie winkels verderop. Reacher boog naar binnen, liet het pak met post op de middenconsole vallen en stapte toen zelf in. Sorteerde de stapel en trok er vier luchtkussenenveloppen uit die Franz in zijn welbekende handschrift aan zichzelf had geadresseerd.
'Te klein voor cd's,' zei hij.
Hij legde ze op volgorde van de datum van het poststempel. De laatste was gestempeld op de dag dat Franz was verdwenen.
'Maar de dag ervoor gepost,' zei hij.
Hij opende de envelop en schudde er een klein zilverkleurig voorwerp uit. Metaal, plat, vijf centimeter lang, anderhalve centimeter breed, dun, een plastic kapje op het uiteinde. Als iets wat je aan een sleutelring kon hangen. 128 MB stond erop gedrukt.
'Wat is dit?' vroeg hij.
'Een USB-stick,' zei Neagley. 'De nieuwe variant van een diskette. Geen bewegende delen en honderd keer meer opslagcapaciteit.'
'En wat doen we ermee?'
'We steken hem in een van mijn computers en dan kijken we wat erop staat.'
'Gewoon zo, zonder meer?'
'Tenzij hij is beveiligd met een wachtwoord. En waarschijnlijk is dat zo.'
'Is er geen software die dat oplost?'
'Vroeger wel, maar tegenwoordig niet meer. Dat wordt allemaal steeds

gemakkelijker. Of moeilijker, het ligt er maar aan hoe je er tegenaan kijkt.'
'Wat doen we dan nu?'
'Terwijl we rijden, maken we lijstjes. Wat hij als wachtwoord kan hebben gekozen. Op de ouderwetse manier. Ik vermoed dat we het drie keer kunnen proberen voordat de inhoud wordt gewist.'
Ze startte de motor en reed weg van het trottoir. Maakte een keurige bocht van honderdtachtig graden in de brandgang van het winkelcentrum en zette koers terug naar het noorden, naar La Cienega.

De man in het donkerblauwe pak zag hen vertrekken. Hij zat in elkaar gedoken achter het stuur van zijn donkerblauwe Chrysler sedan, veertig meter verderop, op een parkeerplaats die bij de drogist hoorde. Hij klapte zijn mobiel open en koos het nummer van zijn baas.
'Ze hebben dit keer het kantoor van Franz volledig genegeerd,' zei hij. 'In plaats daarvan hebben ze met de huisbaas gepraat. En daarna zijn ze een hele tijd in het postkantoor geweest. Ik denk dat Franz het spul naar zichzelf opstuurde. Daarom konden wij het niet vinden. En waarschijnlijk hebben zij het nu.'

15

Neagley stak de USB-stick in een aansluiting op de zijkant van haar laptop. Reacher keek naar het scherm. Even gebeurde er niets en toen werd er een pictogram weergegeven. Het zag eruit als een gestileerd plaatje van de echte USB-stick die ze net had aangesloten. Het bijschrift luidde *No name*. Neagley veegde met haar vinger over het touchpad en tikte er toen snel achter elkaar twee keer op.

Het pictogram ontvouwde zich tot een schermvullend venster met het verzoek om een wachtwoord.

'Verdomme,' zei ze.

'Onvermijdelijk,' zei hij.

'Enig idee?'

Reacher had al heel wat wachtwoorden voor computers gekraakt, destijds. Zoals gewoonlijk ging het erom na te denken over de persoon en net als hem te denken. *In zijn huid te kruipen*. Als iemand werkelijk paranoïde was, bedacht hij lange complexe combinaties van hoofdletters en kleine letters en cijfers die helemaal niets betekenden, ook niet voor de persoon zelf. Dat soort wachtwoorden was in feite niet te kraken. Maar Franz was nooit paranoïde geweest. Hij was een relaxte kerel geweest, die beveiligingszaken weliswaar serieus nam, maar ze tegelijkertijd ook lichtelijk vermakelijk vond. En hij was iemand van woorden geweest, niet van cijfers. Hij was een man geweest met interesses en geestdrift. Gevoelens en loyaliteit. Doorsnee smaak. Een geheugen als een olifant.

Reacher zei: 'Angela, Charlie, Miles Davis, Dodgers, Koufax, Panama, Pfeiffer, Ronin, Brooklyn, Heidi of Jennifer.'

Neagley schreef al die namen op een nieuwe bladzijde van haar aantekenschrift.

'Waarom deze?' vroeg ze.

'Angela en Charlie ligt voor de hand. Zijn gezin.'

'Te voor de hand liggend.'

'Misschien. Misschien niet. Miles Davis was zijn lievelingsmuziek, hij

was een fan van de Dodgers en Sandy Koufax was zijn favoriete honkballer.'
'Mogelijk. Wat is er met Panama?'
'Daar zat hij tegen het einde van 1989. Ik denk dat hij het werk daar het meest bevredigende vond van alles wat hij in het leger heeft gedaan. Dat is hij vast niet vergeten.'
'Pfeiffer van Michelle Pfeiffer?'
'Zijn lievelingsactrice.'
'Angela lijkt wel een beetje op haar, vind je niet?'
'Daar heb je het al.'
'Ronin?'
'De mooiste film die hij ooit had gezien.'
'Het is al meer dan tien jaar geleden dat jij met hem optrok,' zei Neagley. 'Er zijn heel wat mooie films geweest in de tijd daarna.'
'Wachtwoorden komen diep van binnenuit.'
'Het is te kort. Voor de meeste software heb je tegenwoordig wachtwoorden nodig van minstens zes tekens.'
'Oké, streep Ronin maar door.'
'Brooklyn?'
'Daar is hij geboren.'
'Dat wist ik niet.'
'Dat wisten maar heel weinig mensen. Ze zijn naar het westen getrokken toen hij nog klein was. En daarom zou het ook een goed wachtwoord zijn.'
'Heidi?'
'Zijn eerste echte vriendin. Bloedgeil, blijkbaar. Fantastisch in bed. Hij was helemaal weg van haar.'
'Daar wist ik niets van. Ik ben duidelijk buitengesloten van de mannenpraat.'
'Duidelijk,' zei Reacher. 'Karla Dixon ook. We wilden niet overkomen als gevoelige jongens.'
'Ik streep Heidi van de lijst. Niet meer dan vijf letters en hij had nu Angela. Het zou hem geen goed gevoel hebben gegeven om de naam van een vroegere vriendin te gebruiken als wachtwoord, hoe geil en fantastisch ze ook was. Ik haal Michelle Pfeiffer er ook af om dezelfde reden. En wie was Jennifer? Zijn tweede vriendin? Was die ook geil?'
'Jennifer was zijn hond,' zei Reacher. 'Toen hij klein was. Klein, zwart,

vuilnisbakkenras. Is achttien jaar geworden. Hij was helemaal kapot toen ze doodging.'

'Dat is een mogelijkheid. En dan hebben we er zes. We kunnen het maar drie keer proberen.'

'We kunnen het twaalf keer proberen,' zei Reacher. 'Vier enveloppen, vier USB-sticks. Als we beginnen met het oudste poststempel, kunnen we het ons veroorloven er drie te verknoeien. Die informatie is sowieso oud.'

Neagley legde de vier USB-sticks op het bureau op volgorde van datum. 'Weet je zeker dat hij niet iedere dag een ander wachtwoord gebruikte?'

'Franz?' zei Reacher. 'Ben je gek? Iemand als Franz neemt een woord dat iets voor hem betekent en daar blijft hij de rest van zijn leven bij.'

Neagley stak de oudste USB-stick in de USB-poort en wachtte tot het pictogram werd weergegeven op het scherm. Ze klikte erop en zette de cursor in het vak voor het wachtwoord.

'Oké,' zei ze. 'Heb je nog voorkeur voor een bepaalde prioriteit?'

'Doe de namen van mensen maar eerst. Dan de namen van plaatsen. Ik denk dat het zo ook bij hem zou zijn gegaan.'

'Is Dodgers een naam van mensen?'

'Natuurlijk. Honkbal wordt door mensen gespeeld.'

'Oké, maar we beginnen met muziek.' Ze typte *Miles Davis* en drukte op *Enter*. Even gebeurde er niets en toen werd de weergave op het scherm vernieuwd en kwam het dialoogvenster terug met een opmerking in rood: *Uw eerste poging was niet correct.*

'Eén-nul,' zei ze. 'Nu sport.'

Ze probeerde *Dodgers.*

Fout.

'Twee-nul.' Ze typte *Koufax.*

De harde schijf in haar laptop begon te ratelen en het scherm werd zwart.

'Wat gebeurt er?' vroeg Reacher.

'De gegevens worden gewist,' zei ze. 'Data gewist. Koufax was fout. Drie-nul.'

Ze trok de USB-stick los van de aansluiting en gooide hem met een lange zilveren boog in de prullenmand. Sloot de tweede USB-stick aan. Typte *Jennifer.*

Fout.

'Vier-nul,' zei ze. 'Zijn hond is het ook niet.'

Ze probeerde *Panama.*

Fout.

'Vijf-nul.' Ze probeerde *Brooklyn.*

Het scherm werd zwart en de harde schijf ratelde.

'Zes-nul,' zei ze. 'Ook niet zijn oude buurt. Je staat met zes-nul achter, Reacher.'

Ze slingerde de tweede USB-stick in de prullenmand en sloot de derde aan.

'Ideeën?'

'Jij bent aan de beurt. Het lijkt erop dat mijn intuïtie me in de steek laat.'

'Wat vind je van zijn nummer in het leger?'

'Ik betwijfel het. Hij was een man van woorden, niet van cijfers. En in mijn geval was mijn nummer hetzelfde als mijn sofi-nummer. Bij hem waarschijnlijk ook, en dan ligt het veel te veel voor de hand.'

'Wat zou jij kiezen?'

'Ik? Ik heb wat met cijfers. Bovenste rij van het toetsenbord, op een rijtje, gemakkelijk in te voeren, daar hoef je niet voor te kunnen typen.'

'Wat voor getal zou je kiezen?'

'Zes cijfers? Ik zou waarschijnlijk mijn verjaardag opschrijven, maand, dag, jaar, en dan zoeken naar het dichtst bij liggende priemgetal.' Hij dacht even na en zei: 'Eigenlijk zou dat een probleem opleveren, want er zijn twee priemgetallen even dichtbij, één precies zeven hoger en één precies zeven lager. Ik denk dus dat ik dan de wortel zou nemen, afgerond op drie decimalen. Vergeet de decimale komma en je hebt een getal van zes cijfers, allemaal verschillend.'

'Gek,' zei Neagley. 'Ik denk dat we ervan uit mogen gaan dat Franz zoiets niet zou doen. Waarschijnlijk is er verder niemand op de wereld die zoiets zou doen.'

'Daarom zou het een goed wachtwoord zijn.'

'Wat was zijn eerste auto?'

'Een of ander oud wrak, waarschijnlijk.'

'Maar jongens houden van auto's, toch? Wat was zijn lievelingsauto?'

'Ik houd niet van auto's.'

'Kruip in zijn huid, Reacher. Hield hij van auto's?'

'Hij wilde altijd een rode Jaguar XKE.'
'Is het de moeite waard om dat te proberen?'
Een man met interesses en geestdrift. Gevoelens en loyaliteit.
'Misschien,' zei Reacher. 'Het moet iets zijn wat iets speciaals voor hem heeft betekend. Iets wat kon werken als een talisman, iets wat hem een warm gevoel zou geven als hij alleen al aan het woord dacht. Ofwel iemand uit zijn jeugd die hij als voorbeeld zag, of iets of iemand waar hij lang naar verlangd heeft of van gehouden heeft. Dus die XKE klopt misschien wel.'
'Moet ik het proberen? We hebben er nog maar zes over.'
'Als we er zeshonderd hadden, zou ik het zeker proberen.'
'Wacht even,' zei Neagley. 'Wat vind je van wat Angela zei? Dat hij het altijd maar had over handen af van de Special Investigators?'
'Dat wordt dan wel een heel lang wachtwoord.'
'Je kunt het splitsen. Special Investigators of handen af.'
Een geheugen als een olifant. Reacher knikte. 'We hadden het goed in die tijd, in principe, ja toch? Dus door terug te denken aan die tijd kreeg hij een warm gevoel vanbinnen. Vooral daar opgesloten in Culver City, druk bezig met onbelangrijke dingen. Dat maakt mensen nostalgisch, toch? Net als dat nummer, *The Way We Were*.'
'Dat was ook een film.'
'Daar heb je het al. Dat is een universeel gevoel.'
'Wat proberen we eerst?'
Reacher hoorde in gedachten Charlie, het kleine schrille stemmetje van de jongen: *Handen af.*
'Handen af,' zei hij. 'Acht letters.'
Neagley typte *handenaf.*
Drukte op *Enter.*
Fout.
'Shit,' zei ze.
Ze typte *specialinvestigators.* Liet haar vinger zweven boven de Entertoets.
'Dat is erg lang,' zei Reacher.
'Ja of nee?'
'Ja.'
Fout.
Neagley zei: 'Verdomme,' en viel toen stil.
Charlie spookte nog steeds door Reachers gedachten. En zijn kleine

stoel met de zo zorgvuldig gegraveerde naam boven in de rugleuning. Hij zag Franz voor zich die met vaste hand aan het werk was. Hij rook het smeulende hout. Een cadeau, van de vader voor de zoon. Waarschijnlijk bedoeld als eerste van vele cadeaus. Liefde, trots, toewijding.

'Ik vind Charlie wel aardig,' zei hij.

'Ik ook,' zei Neagley. 'Het is een grappig jochie.'

'Nee, als wachtwoord.'

'Te voor de hand liggend.'

'Dit soort dingen nam hij niet zo serieus. Hij deed wat hij moest doen. Gemakkelijker om maar iets in te voeren dan de software compleet opnieuw te programmeren om het wachtwoord te omzeilen.'

'Nog steeds te voor de hand liggend. En hij moest het wel serieus nemen. In ieder geval dit keer. Hij zat zwaar in de problemen en stuurde spullen op naar zichzelf.'

'Misschien was het wel pure bluf. Het ligt zo voor de hand dat het het laatste is waar iedereen aan denkt. Dat levert een heel effectief wachtwoord op.'

'Mogelijk maar niet erg waarschijnlijk.'

'De vraag is sowieso wat we op die stick vinden.'

'Iets wat we in ieder geval te zien moeten krijgen.'

'Probeer Charlie eens, voor mij.'

Neagley haalde haar schouders op en typte *Charlie*.

Drukte op *Enter*.

Fout.

De harde schijf kwam op toeren en de USB-stick werd gewist.

'Negen-nul,' zei Neagley. Ze gooide de derde USB-stick in de prullenmand en sloot de vierde aan. De laatste. 'Nog drie kansen.'

Reacher vroeg: 'Van wie hield hij vóór Charlie?'

'Angela,' zei Neagley. 'Veel te voor de hand liggend.'

'Probeer het eens.'

'Weet je het zeker?'

'Ik houd van gokken.'

'We hebben nog maar drie kansen.'

'Probeer het eens,' zei hij opnieuw.

Ze typte *Angela*.

Drukte op *Enter*.

Fout.

'Tien-nul,' zei ze, 'nog twee.'
'Wat denk je van Angela Franz?'
'Dat is nog erger.'
'En haar meisjesnaam?'
'Die weet ik niet.'
'Bel haar maar op en vraag ernaar.'
'Meen je dat?'
'We kunnen op zijn minst uitzoeken hoe ze heette.'
En dus bladerde Neagley door haar aantekenschrift en toetste het nummer, toen ze het gevonden had, in op haar mobiel. Noemde haar naam. Praatte even over koetjes en kalfjes. Toen hoorde Reacher haar de vraag stellen. Hij hoorde Angela's antwoord niet. Maar hij zag Neagley haar ogen een fractie verder opensperren, wat bij haar zo ongeveer gelijkstond aan onderuitgaan in shock.
Ze hing op.
'Het was Pfeiffer,' zei ze.
'Boeiend.'
'Heel erg.'
'Is het familie?'
'Dat heeft ze niet gezegd.'
'Probeer het maar eens. Het mes snijdt aan twee kanten. Hij voelt zich twee keer goed en hoeft zich niet eens schuldig te voelen.'
Neagley typte *Pfeiffer.*
Drukte op *Enter.*
Fout.

16

Het was warm en benauwd in de kamer, geen frisse lucht. En hij leek wel wat kleiner. Neagley zei: 'Elf-nul. Nog ééntje. Alles of niets. Laatste kans.'
Reacher vroeg: 'Wat gebeurt er als we helemaal niets doen?'
'Dan krijgen we niet te zien wat erop staat.'
'Nee, ik bedoel, moeten we nu iets doen of kan dat later ook nog?'
'Dit ding gaat nergens naartoe.'
'Dan moeten we eerst stoppen. Er later weer mee verder. Met nog één kans, moeten we de kop er goed bij hebben.'
'Was dat niet zo dan?'
'Blijkbaar niet op de goede manier. We gaan in East L.A. op zoek naar Swan. Als we hem vinden, heeft hij misschien een goed idee. En als we hem niet vinden, komen we hier tenminste weer met een frisse blik terug.'

Neagley belde naar beneden, naar de parkeerwacht, en tien minuten later reden ze in de Mustang over Wilshire naar het oosten. Door Wilshire Center, door Westlake, met een bocht naar het zuiden, en toen dwars door Macarthur Park. Toen naar het noordoosten op de Pasadena Freeway, voorbij de betonnen kolos van het Dodger Stadium in zijn uitgestrekte woestenij van lege parkeerterreinen. Toen diep een wirwar van straten in, afgegrensd door Boyle Heights, Monterey Park, Alhambra en South Pasadena. Er waren bedrijfsterreinen en winkelcentra en oudere woningen en nieuwere woningen. Overal langs de trottoirs stonden auto's geparkeerd en overal was er traag en moeizaam voortbewegend verkeer. Een bruine lucht. Neagley had een ontoegankelijke Rand McNally-kaart in het dashboardkastje. Als je erop keek was het net alsof je naar een luchtfoto keek die van tachtig kilometer hoogte was gemaakt. Reacher kneep zijn ogen tot spleetjes en volgde de vage grijze lijntjes. Probeerde straatnamen op borden bij kruispunten terug te vinden op de kaart en slaagde erin

kruispunten ongeveer dertig seconden nadat ze er voorbij waren, te lokaliseren. Hij hield zijn duim op de plaats van New Age en dirigeerde Neagley ernaartoe in een grote, onregelmatige spiraal.
Toen ze er aankwamen, troffen ze er een laag naambord aan in de vorm van een bewerkt stuk graniet, en een grote, welvarend ogende kubus van spiegelglas binnen een omheining met rollen prikkeldraad erop. De omheining zag er in eerste instantie indrukwekkend uit, maar bij nader inzien zou je met behulp van een betonschaar in tien seconden aan de andere kant staan.
Rondom het gebouw lag een parkeerterrein, afgezet met sierboompjes. De manier waarop het spiegelglas de bomen en de lucht reflecteerde, gaf je het gevoel dat het gebouw er tegelijkertijd wel en niet was.
Het hek had een lichte constructie en stond wagenwijd open en er stond geen wachtpost bij. Het was gewoon een hek. Het parkeerterrein erachter was voor ongeveer de helft gevuld met auto's. Neagley wachtte om een vrachtauto van een fotokopieerbedrijf de gelegenheid te geven van het terrein af te rijden en reed toen naar binnen en parkeerde de Mustang op een parkeerplaats voor bezoekers vlak bij de hoofdingang. Reacher en Neagley stapten uit en bleven even staan. Het was halverwege de ochtend en de lucht was warm en zwaar. In de omgeving was het stil. Het klonk alsof heel veel mensen zich sterk concentreerden, of anders dat juist niemand ook maar iets aan het doen was.
Bij de ingang leidde een laag stoepje naar dubbele glazen deuren die automatisch voor hen opengingen en toegang boden tot een grote vierkante hal met een leistenen vloer en met aluminium beklede wanden. Er waren leren stoelen en achterin was een lange balie. Achter de balie was een blonde vrouw van een jaar of dertig. Ze droeg een bedrijfspolo waarop boven haar kleine linkerborst New Age Defense Systems was geborduurd. Ongetwijfeld had ze de deuren horen opengaan, maar ze wachtte tot Reacher en Neagley halverwege de hal waren en keek toen pas op.
'Kan ik u helpen?' vroeg ze.
'Wij willen Tony Swan graag spreken,' zei Reacher.
De vrouw glimlachte automatisch en vroeg: 'Mag ik misschien uw namen?'
'Jack Reacher en Frances Neagley. We waren goede vrienden van hem in het leger.'

'Als u even wilt gaan zitten dan.' De vrouw pakte haar telefoon en Reacher en Neagley liepen naar de leren stoelen. Neagley ging zitten, maar Reacher bleef staan. Hij keek naar de doffe weerspiegeling van de vrouw aan de telefoon en hoorde haar zeggen: 'Twee vrienden van Tony Swan die hem graag willen spreken.' Toen legde ze de telefoon neer en glimlachte naar Reacher, ook al keek hij niet direct in haar richting. Daarna werd het stil in de hal.

Het bleef ongeveer vier minuten stil en toen hoorde Reacher het klikken van schoenen op leisteen in een gang die achter de balie in een hoek van de hal uitkwam. Een rustige pas, niet gehaast, iemand met een doorsnee gewicht en een doorsnee lengte. Hij keek naar de opening van de gang en zag een vrouw tevoorschijn stappen. Een jaar of veertig, slank, donkerblond, stijlvol geknipt haar. Ze droeg een eenvoudig zwart broekpak en een witte blouse. Ze zag er snel en efficiënt uit en had een open en vriendelijke uitdrukking op haar gezicht. Ze glimlachte een obligaat *dank je* in de richting van de receptioniste en liep zonder in te houden langs haar naar Reacher en Neagley. Stak haar hand uit en zei: 'Ik ben Margaret Berenson.'

Neagley stond op. Zij en Reacher noemden hun naam en schudden haar hand. Van dichtbij waren onder haar make-up oude littekens van een auto-ongeluk te zien en ze bleek de adem te hebben van iemand die de hele dag kauwgom kauwt. Ze droeg acceptabele sieraden, maar geen trouwring.

'We zoeken Tony Swan,' zei Reacher.

'Ik weet het,' zei de vrouw. 'Laten we eerst een plekje zoeken waar we rustig kunnen praten.'

Een van de aluminium panelen was een deur die rechtstreeks vanuit de hal toegang gaf tot een kleine rechthoekige vergaderruimte. Hij was duidelijk bedoeld voor gesprekken met bezoekers die niet belangrijk genoeg waren om te worden toegelaten tot het heiligdom voorbij de balie. Het was een koele, lege ruimte met een tafel en vier stoelen en ramen van de vloer tot het plafond waardoor je op het parkeerterrein keek. De bumper van Neagleys Mustang was ongeveer anderhalve meter bij hen vandaan.

'Ik ben Margaret Berenson,' zei de vrouw opnieuw. 'Ik ben manager human resources van New Age. Ik zal er niet omheen draaien, mijnheer Swan is hier niet meer.'

Reacher vroeg: 'Sinds wanneer?'

'Iets meer dan drie weken geleden,' zei Berenson.
'Wat is er gebeurd?'
'Ik zou er wat gemakkelijker over praten als ik zeker zou weten dat u vrienden van hem bent. Iedereen kan wel op een balie afstappen en claimen dat hij een oude vriend is.'
'Ik zou niet zo precies weten hoe we dat zouden moeten bewijzen.'
'Hoe zag hij eruit?'
'Ongeveer één meter achtenzeventig lang en één meter vijfenzeventig breed.'
Berenson glimlachte. 'Als ik u vertel dat hij een stuk steen gebruikte als presse-papier, zou u me dan kunnen vertellen waar die steen vandaan kwam?'
'De Berlijnse muur,' zei Reacher. 'Hij was in Berlijn toen die viel. Ik ben hem daar tegengekomen, niet veel later. Hij had de trein gepakt en zichzelf een souvenir bezorgd. Het is beton, geen steen. Er staat nog wat graffiti op.'
Berenson knikte.
'Dat is het verhaal zoals ik het ken,' zei ze. 'En dat is het voorwerp dat ik heb gezien.'
'En wat is er nu gebeurd?' vroeg Reacher. 'Heeft hij ontslag genomen?'
Berenson schudde haar hoofd.
'Dat niet bepaald,' zei ze. 'Wij hebben hem moeten laten gaan. En niet alleen hem. Begrijpt u, dit is een jong bedrijf. Vanaf het begin heel speculatief, en steeds een groot risico. Gezien tegen het licht van ons bedrijfsplan, zijn we niet waar we hadden willen zijn. Nog niet, in ieder geval. En dus hebben we het stadium bereikt waarin we reorganisaties moeten doorvoeren. Minder personeel, helaas. We hebben een 'last-in, first-out' beleid gevoerd dat wie als laatste kwam, als eerste weer moest vertrekken en dat betekende dat we het hele tussenkader hebben moeten laten gaan. Ik ben mijn assistent-manager kwijtgeraakt. Mijnheer Swan was assistent-manager Beveiliging, dus het beleid betekende voor hem helaas ook dat hij moest vertrekken. We hebben hem met lede ogen zien vertrekken, want hij was een grote aanwinst voor het bedrijf. Als het tij ten goede keert, zullen we hem met klem vragen terug te komen. Al ben ik er zeker van dat hij dan al iets anders gevonden zal hebben.'
Reacher wierp een blik door het raam naar het halflege parkeerter-

rein. Luisterde naar de stilte in het gebouw. Dat klonk ook halfleeg.
'Oké,' zei hij.
'Niet oké,' zei Neagley. 'Ik heb zijn kantoor de afgelopen drie dagen keer op keer gebeld en iedere keer kreeg ik te horen dat hij net even weg was. Dat klopt niet.'
Berenson knikte opnieuw. 'Dat is een professioneel gebaar van goede wil waar ik sterk op aandring. Voor een manager op dit niveau zou het een ramp betekenen als zijn persoonlijke netwerk uit de tweede hand zou vernemen wat er is gebeurd. Het is veel beter als mijnheer Swan rechtstreeks mensen op de hoogte kan stellen. Dan kan hij die mensen inlichten waarvan hij vindt dat ze het moeten weten. Dus sta ik erop dat het resterende personeel kleine leugentjes om bestwil vertelt gedurende deze overgangsperiode. Ik bied u daarvoor niet mijn excuses aan, maar ik hoop dat u het begrijpt. Het is het minste wat ik kan doen voor de mensen die we zijn kwijtgeraakt. Als mijnheer Swan een potentiële nieuwe werkgever tegemoet kan treden alsof hij vanuit eigen vrije wil solliciteert, bevindt hij zich in een veel betere positie dan wanneer iedereen zou weten dat wij hem hebben moeten laten gaan.'
Neagley dacht daar even over na en toen knikte ze.
'Oké,' zei ze. 'Ik begrijp wat u bedoelt.'
'Vooral in het geval van mijnheer Swan,' zei Berenson. 'We mochten hem allemaal erg graag.'
'En degenen die u minder graag mocht?'
'Die waren er niet. We zouden nooit mensen in dienst nemen, in wie we niet geloven.'
Reacher zei: 'Ik heb Swan gebeld en toen nam er helemaal niemand op.'
Berenson knikte opnieuw, nog steeds geduldig en professioneel. 'We hebben ook moeten snijden in ons secretariaat. Degenen die we hebben aangehouden, zijn stuk voor stuk verantwoordelijk voor vijf, zes telefoons. Soms lukt het ze niet om een oproep te beantwoorden.'
Reacher vroeg: 'En wat is er met het bedrijfsplan?'
'Dat kan ik niet echt in detail met u bespreken. Maar u zult het vast kunnen begrijpen. U bent in het leger geweest.'
'Wij allebei.'
'Dan weet u hoeveel nieuwe wapensystemen goed functioneren zodra ze de poort uitgaan.'
'Niet veel.'

'Niet één. Het onze vergt meer tijd dan we hadden gehoopt.'
'Wat voor soort wapen is het?'
'Daar kan ik echt niets over zeggen.'
'Waar wordt het gemaakt?'
'Hier.'
Reacher schudde zijn hoofd. 'Nee, hier niet. U hebt een omheining waar een drie jaar oud kind doorheen kan komen en geen wachtpost bij het hek en uw hal is niet beveiligd. Tony Swan had dat niet toegestaan als er hier ook maar iets vertrouwelijks zou gebeuren.'
'Ik kan u niets vertellen over onze procedures.'
'Wie was Swans baas?'
'Het hoofd Beveiliging? Een gepensioneerde inspecteur van de LAPD.'
'Die hebt u aangehouden terwijl u Swan hebt laten gaan? Uw 'last-in, first-out' beleid heeft daar een behoorlijke steek laten vallen.'
'Het zijn allemaal fantastische mensen, zowel degenen die zijn gebleven als degenen die zijn vertrokken. We vonden het vreselijk om te moeten snijden, maar het was absoluut noodzakelijk.'

Twee minuten later zaten Reacher en Neagley weer in de Mustang op het parkeerterrein van New Age, de motor aan voor de airconditioning, de volledige ramp breed uitgemeten voor zich.
'Uitermate slechte timing,' zei Reacher. 'Plotseling heeft Swan niets omhanden, Franz belt hem met een probleem, wat kan Swan anders doen? Hij vliegt er meteen op af. Het is twintig minuten hiervandaan.'
'Hij zou altijd zijn gegaan, wel of geen werk.'
'Allemaal. En ik vermoed dat ze ook zijn gegaan.'
'En zijn ze dan nu allemaal dood?'
'Je moet er het beste van hopen en je voorbereiden op het ergste.'
'Je krijgt het zoals je het wilde, Reacher, alleen wij met zijn tweeën.'
'Dat wilde ik niet om die reden.'
'Ik kan het gewoon niet geloven. Allemáál?'
'Iemand zal ervoor boeten.'
'Denk je? We hebben helemaal niets. We hebben nog één laatste kans met een wachtwoord. En we zullen veel te zenuwachtig zijn om het te proberen.'
'Dit is niet het juiste moment om zenuwachtig te worden.'
'Zeg jij dan maar wat ik moet typen.'
Reacher zei niets.

Ze volgden de weg terug door de wirwar van straten. Neagley reed zwijgend en Reacher probeerde zich voor te stellen hoe Tony Swan dezelfde rit meer dan drie weken geleden had gemaakt. Misschien wel met de spullen uit zijn bureau bij New Age in dozen in de kofferbak, zijn pennen en potloden en zijn brok Sovjetbeton. Op weg om zijn oude maat te helpen. Nog meer oude maten die die kant op kwamen langs de spaken van een onzichtbaar wiel. Sanchez en Orozco in allerijl vanuit Vegas via de 15. O'Donnell en Dixon in vliegtuigen vanaf de oostkust, slepend met bagage, taxi's aanhoudend, zich verzamelend in L.A.

Hoe ze elkaar ontmoetten en begroetten.

En tegen de een of andere muur opliepen.

Toen vervaagden de beelden en zat hij weer alleen met Neagley in de auto. *Alleen wij tweeën.* Tegen feiten moet je je niet verzetten, je moet ze onder ogen zien.

Neagley droeg de auto over aan de parkeerwachten van het Beverly Wilshire. Ze kwamen de lobby van het hotel binnen door de achteringang en de bochtige gang. Zwijgend namen ze de lift naar boven. Neagley gebruikte haar sleutelpas en opende de deur.

Toen bleef ze doodstil staan.

Omdat in haar stoel bij het raam een man zat te lezen in het sectierapport van Calvin Franz.

Lang, verzorgd, aristocratisch, ontspannen.

David O'Donnell.

17

O'Donnell keek op, somber. 'Ik was van plan eens te gaan vragen wat al die onbeschofte, beledigende berichten op mijn antwoordapparaat te betekenen hadden.' Toen tilde hij het sectierapport op, een gebaar als uitleg. 'Maar nu begrijp ik het.'
Neagley vroeg: 'Hoe ben je hier binnengekomen?'
O'Donnell zei alleen: 'O, alsjeblieft.'
'Waar zat je in godsnaam?' vroeg Reacher.
'Ik was in New Jersey,' zei O'Donnell. 'Mijn zuster was ziek.'
'Hoe ziek?'
'Erg ziek.'
'Is ze overleden?'
'Nee, ze is weer hersteld.'
'Dan had je hier al dagen geleden moeten zijn.'
'Bedankt voor je belangstelling.'
'We maakten ons zorgen,' zei Neagley. 'We dachten dat ze jou ook te grazen hadden genomen.'
O'Donnell knikte. 'En terecht. En je moet je zorgen blijven maken. Het is een zorgelijke situatie. Ik moest vier uur wachten op een vlucht. In die tijd heb ik zitten bellen. Geen gehoor bij Franz, vanzelfsprekend. Nu weet ik natuurlijk waarom. Ook geen gehoor bij Swan en Dixon en Orozco en Sanchez. Ik kwam tot de conclusie dat een van hen alle anderen had opgetrommeld en dat ze in de problemen waren geraakt. Jij niet en Reacher ook niet, want jij hebt het veel te druk in Chicago en wie kan nu in godsnaam Reacher vinden? En mij ook niet, omdat ik tijdelijk van de wereld was verdwenen in New Jersey.'
'Ik had het niet te druk,' zei Neagley. 'Hoe kan iemand zoiets denken? Ik zou alles laten vallen en meteen in actie komen.'
O'Donnell knikte opnieuw. 'In het begin was dat het enige wat me hoop gaf. Ik bedacht dat ze jou wel zouden hebben gebeld.'
'En waarom hebben ze dat dan niet gedaan? Mogen ze me niet?'
'Zelfs als ze een hekel aan je zouden hebben, zouden ze je nog heb-

ben gebeld. Zonder jou is het alsof je vecht met een hand op de rug. Dat doet toch niemand vrijwillig? Maar als puntje bij paaltje komt, gaat het erom hoe mensen dingen zien, niet hoe ze zijn. Jij hebt het heel ver geschopt, vergeleken met de rest van ons. Ik denk dat ze misschien wel hebben geaarzeld om je te bellen. Misschien wel tot het te laat was.'

'Wat bedoel je daarmee?'

'Wat ik bedoel is, dat een van hen, en nu begrijp ik dat dat Franz moet zijn geweest, in de problemen zat, en al diegenen van ons belde van wie hij dacht dat ze gemakkelijk beschikbaar zouden zijn. Wat jou en Reacher per definitie uitsloot, en mij, met pech, omdat ik niet was waar ik normaal ben.'

'Zo zien wij het ook. Maar voor ons ben jij een bonus. Dat je zuster ziek werd, is voor ons een gelukkige omstandigheid. En voor jou misschien ook wel.'

'Maar niet voor haar.'

'Hou op te mekkeren,' zei Reacher. 'Ze leeft nog, toch?'

'Leuk om jou ook weer te zien,' zei O'Donnell. 'Na al die jaren.'

'Hoe bén je hier binnengekomen?' vroeg Neagley.

O'Donnell ging verzitten, haalde een springmes uit zijn ene en een boksbeugel uit zijn andere zak. 'Als je dit door de beveiliging op een luchthaven kunt krijgen, lukt het je ook wel om een hotelkamer binnen te komen, geloof mij maar.'

'Hoe heb je die door de beveiliging gekregen?'

'Mijn geheim,' zei O'Donnell.

'Keramisch,' zei Reacher. 'Die maken ze niet meer. Omdat de metaaldetector er niet op reageert.'

'Correct,' zei O'Donnell. 'Volstrekt metaalloos, met uitzondering van de veer van het springmes, die nog steeds van staal is. Maar die is erg klein.'

'Ik ben blij je weer te zien, David,' zei Reacher.

'Insgelijks. Al zou ik willen dat de omstandigheden anders waren.'

'De omstandigheden zijn zojuist vijftig procent gelukkiger geworden. We dachten dat we met zijn tweeën waren. Nu zijn we met zijn drieën.'

'Wat weten we?'

'Heel weinig. Je hebt het sectierapport gelezen. Daarnaast hebben we twee non-descripte blanke mannen die zijn kantoor overhoop hebben gehaald. Die hebben niets gevonden, want hij stuurde zichzelf cyclisch spullen met de post. We hebben zijn postbus gevonden met vier USB-sticks en zijn nu toe aan een laatste poging voor het wachtwoord.'

'Begin dus maar na te denken over beveiliging van computers,' zei Neagley.

O'Donnell haalde diep adem en hield zijn adem langer in dan je voor mogelijk zou houden. Toen ademde hij uit, heel rustig. Het was een oude gewoonte.

'Vertel me eens welke woorden jullie al hebben geprobeerd,' zei hij.

Neagley opende haar aantekenschrift bij de bewuste bladzijde en gaf het aan O'Donnell. O'Donnell legde een vinger tegen zijn lippen en begon te lezen. Reacher keek naar hem. Hij had hem elf jaar niet gezien, maar hij was niet veel veranderd. Hij had het soort maïsgeel haar dat nooit grijs zou worden. Hij had het ranke postuur van een windhond waarop nooit een grammetje vet te bespeuren zou zijn. Zijn kostuum was van onberispelijke snit. Op een met Neagley vergelijkbare manier zag hij er gesetteld, voorspoedig en succesvol uit. Alsof hij geslaagd was in het leven.

'Koufax werkte niet?' vroeg hij.

Neagley schudde haar hoofd. 'Dat was onze derde poging.'

'Had de eerste moeten zijn, van deze lijst. Franz had veel op met idolen, goden, mensen die hij vereerde, prestaties die hij bewonderde. Koufax is de enige die hierbij staat, die daarbij past. De anderen hebben alleen een gevoelswaarde. Miles Davis misschien, omdat hij van muziek hield, maar uiteindelijk vond hij muziek niet essentieel.'

'Muziek is niet essentieel, maar honkbal wel?'

'Honkbal is een metafoor,' zei O'Donnell. 'Een pitcher van topklasse als Sandy Koufax, een uiterst integer mens, helemaal alleen op de werpheuvel, de World Series, grote belangen, zo zag Franz zichzelf graag. Hij zou het waarschijnlijk zelf niet precies zo onder woorden hebben gebracht, maar ik kan je wel vertellen dat zijn wachtwoord een waardige afspiegeling van zijn toewijding moet zijn geweest. En hij zou het hebben uitgedrukt in een compromisloze, mannelijk stijl, alleen een achternaam dus.'

'Wat zou jij dan kiezen?'

'Dat is moeilijk, met nog maar één poging over. Ik zou me werkelijk belachelijk maken als ik het bij het verkeerde eind had. Wat denk je eigenlijk dat erop staat?'

'Iets wat hij de moeite waard vond om te verbergen.'

Reacher zei: 'Iets waarvoor hij hen zijn benen heeft laten breken. Hij heeft hen niets verteld. Hij heeft hen tot razernij gebracht. Zijn kantoor ziet eruit alsof het getroffen is door een orkaan.'

'Wat gaan wij precies doen?'

'*Seek and destroy*. Is dat goed genoeg voor jou?'

O'Donnell schudde zijn hoofd.

'Nee,' zei hij. 'Ik wil hun hele gezin uitmoorden en op het graf van hun voorouders pissen.'

'Je bent niets veranderd.'

'Ik ben erger geworden. Ben jij veranderd?'

'Als dat zo is, ben ik bereid terug te veranderen.'

O'Donnell glimlachte, kort. 'Neagley, hoe was het ook weer?'

Neagley zei: 'Handen af van de Special Investigators.'

'Juist,' zei O'Donnell. 'Afblijven. Kunnen we koffie bestellen via roomservice?'

Ze dronken sterke koffie uit een verzilverde koffiekan van het soort dat je alleen in oude hotels aantreft. Ze zeiden weinig, maar ze wisten van elkaar dat de ander in gedachten in dezelfde kringetjes rondliep, ervoor terugschrok om de laatste poging met het wachtwoord te wagen, de kansen woog, andere wegen naar succes zocht, daar niet in slaagde, en weer helemaal opnieuw begon. Uiteindelijk zette O'-Donnell zijn kopje neer en zei: 'Tijd om te schijten of de broek weer op te trekken. Om te varen of het zeil te strijken. Of hoe je het ook maar wilt noemen. Zeg eens wat je hebt bedacht.'

Neagley zei: 'Ik heb niets bedacht.'

Reacher zei: 'Jij, Dave. Je zit ergens op te broeden. Ik zie het.'

'Vertrouw je me?'

'Onvoorwaardelijk. Maar hoe onvoorwaardelijk dat is, daar kom je pas achter als je de zaak verknalt.'

O'Donnell stond op, rekte zijn vingers en liep naar de laptop op het bureau. Zette de cursor in het tekstvak op het scherm en typte zeven letters.

Haalde diep adem en hield zijn adem in.

Aarzelde.

Wachtte.

Drukte op *Enter*.

De weergave op het scherm van de laptop werd vernieuwd.

Er werd een mapstructuur weergegeven. Een inhoudstabel. Groot, fors, helder en onweerlegbaar.
O'Donnell liet zijn adem ontsnappen.
Hij had *Reacher* getypt.

18

Reacher keerde zich bruusk af van de computer als door een wesp gestoken en zei: 'Jezus, dat is kut!'
'Hij mocht jou,' zei O'Donnell. 'Hij bewonderde jou.'
'Het is net een stem uit het graf. Als een schreeuw om hulp.'
'Je was hier al.'
'Dat maakt het allemaal twee keer zo erg. Nu kan ik hem zeker niet in de steek laten.'
'Dat zou je toch al niet hebben gedaan.'
'Te veel druk.'
'Er bestaat niet zoiets als te veel druk. Wij houden van druk. Wij bloeien op onder druk.'
Neagley was aan het bureau gaan zitten, haar vingers op het toetsenbord van de laptop, en staarde naar het scherm.
'Acht bestanden,' zei ze. 'Zeven bestaan uit een reeks getallen en de achtste bevat een lijst met namen.'
'Laat die namen eens zien,' zei O'Donnell.
Neagley klikte op een pictogram en er werd een pagina in een tekstverwerker geopend. Er stond een verticale lijst met vijf namen op. Bovenaan stond, vet en onderstreept, *Azhari Mahmoud*. Daaronder stonden vier westerse namen: *Adrian Mount*, *Alan Mason*, *Andrew MacBride* en *Anthony Matthews*.
'Steeds dezelfde initialen,' zei O'Donnell. 'De eerste is Arabisch, ergens tussen Marokko en Pakistan.'
'Syrisch,' zei Neagley, 'dat zou ik zeggen.'
'Die laatste vier doen Brits aan,' zei Reacher. 'Denk je niet? In plaats van Amerikaans? Engels of Schots?'
'En wat betekent dit?' vroeg O'Donnell.
Reacher zei: 'Op het eerste gezicht zou je zeggen dat een van de antecedentenonderzoeken van Franz een Syriër heeft opgeleverd met vier bekende schuilnamen. Omdat de initialen vijf keer hetzelfde zijn. Knullig, maar veelzeggend. Misschien heeft hij overhemden waar zijn

monogram op is geborduurd. En misschien zijn de valse namen Brits omdat hij Britse papieren heeft, wat hem zou vrijwaren van het soort kritische inspectie dat Amerikaanse papieren hier ondergaan.'

'Mogelijk,' zei O'Donnell.

Reacher zei: 'Laat de getallen eens zien?'

Neagley sloot het tekstverwerkingsdocument en opende de eerste van zeven spreadsheets. Er stond niet meer in dan een paginalange verticale lijst met breuken. Bovenaan stond *10/12*. Onderaan stond *11/12*. Daartussen een stuk of twintig vergelijkbare getallen, waaronder ook nog een keer *10/12*, en *12/13* en *9/10*.

'Volgende,' zei Reacher.

De volgende spreadsheet was nagenoeg gelijk aan de eerste. Een lange verticale kolom die begon met *13/14* en eindigde met *8/9*. Een stuk of twintig vergelijkbare getallen ertussenin.

'Volgende,' zei Reacher.

De derde spreadsheet gaf min of meer hetzelfde beeld weer.

'Zijn het datums?' vroeg O'Donnell.

'Nee,' zei Reacher. 'Dertien-veertien is geen datum, of je het nu hebt over maand-dag of over dag-maand.'

'Wat dan wel? Gewoon breuken?'

'Niet echt. Want tientwaalfde zou je opschrijven als vijfzesde als het gewoon een breuk was.'

'Dan zijn het honkbalcijfers.'

'Van een helse wedstrijd dan. Dertien uit veertien en twaalf uit dertien betekent heel wat extra innings en een uiteindelijke score van drie cijfers, waarschijnlijk.'

'Maar wat is het dan wel?'

'Laat de volgende eens zien.'

De vierde spreadsheet bevatte opnieuw de lange lijst met breuken. De noemers waren min of meer gelijk aan die in de andere spreadsheets, twaalf, tien, dertien. Maar de tellers waren over het algemeen kleiner. Er was een *9/12* en een *8/13*. Zelfs een *5/14*.

O'Donnell zei: 'Als dit honkbalcijfers zijn, is er iemand zijn slag kwijtgeraakt.'

'Volgende,' zei Reacher.

De trend bleef hetzelfde. Op de vijfde spreadsheet kwam een *3/12* en *4/13* voor. De beste score was *6/11*.

'Er is iemand hard op weg terug naar de *minor leagues*,' zei O'Donnell.

De beste score op de zesde spreadsheet was 5/13 en de slechtste was 3/13. De zevende, laatste spreadsheet was vergelijkbaar, met breuken tussen 4/11 en 3/12.

Neagley keek op naar Reacher en zei: 'Zoek jij het maar uit. Jij bent de man van de getallen. En bovendien heeft Franz het uiteindelijk allemaal aan jou gericht.'

'Hij had mij als wachtwoord,' zei Reacher. 'Meer niet. Hij heeft dit niet aan wie dan ook geadresseerd. Dit zijn geen berichten. Als hij had willen communiceren, zou hij dat wel duidelijker hebben gemaakt. Dit zijn aantekeningen van zijn werk.'

'Wel heel cryptische aantekeningen.'

'Kun je ze voor me afdrukken? Ik kan niet goed nadenken als ik ze niet voor me zie op papier.'

'Ik kan ze beneden wel in het Business Center afdrukken. Daarom verblijf ik tegenwoordig in dit soort hotels.'

O'Donnell vroeg: 'Waarom zouden ze een heel kantoor in puin slaan voor alleen maar een lijst met cijfers?'

'Misschien hebben ze het daarom wel niet gedaan,' zei Reacher. 'Misschien zochten ze de lijst met namen.'

Neagley sloot de spreadsheets en opende het Worddocument opnieuw. *Azhari Mahmoud, Adrian Mount, Alan Mason, Andrew MacBride, Anthony Matthews.*

'En wie mag dat wel zijn?' vroeg Reacher.

Drie tijdzones verderop in New York was het al drie uur later op de dag. De donkerharige, veertig jaar oude man, die Indiër had kunnen zijn, of Pakistani, of Iraniër, of Syriër, of Libanees, of Algerijn, of Israëli, of Italiaan, zat op zijn hurken in de badkamer van eèn kamer in een duur hotel aan Madison Avenue. De deur was gesloten. Er was geen rookmelder in de badkamer, maar wel mechanische ventilatie. Het Britse paspoort, uitgegeven op naam van Adrian Mount, lag te branden in de toiletpot. Zoals altijd branden de pagina's binnenin gemakkelijk weg. De stijve rode omslag brandde langzamer. Bladzijde 31 was de gelamineerde pagina met zijn foto en persoonsgegevens. Die brandde het traagst van allemaal. Het plastic krulde om en kronkelde en smolt. De man gebruikte de haardroger die aan de muur in de badkamer hing van een afstand om het vuur aan te wakkeren. Daarna roerde hij met de achterkant van zijn tandenborstel door de

as en niet helemaal verbrande stukken papier. Hij stak nog een lucifer aan en stak alles aan wat nog herkenbaar was.
Vijf minuten later had hij Adrian Mount doorgespoeld en was Alan Mason met de lift op weg naar beneden, naar de straat.

19

Neagley ging op weg naar de kelderverdieping van het Beverly Wilshire om in het Business Center de acht geheime bestanden van Franz af te drukken. Daarna voegde ze zich bij O'Donnell en Reacher voor de lunch in het restaurant in de lobby. Ze zat tussen hen beiden in met een uitdrukking op haar gezicht die Reacher deed vermoeden dat de gebeurtenis haar honderd eerdere vergelijkbare maaltijden in herinnering bracht.

Voor Reacher gold dat ook. Zij het dat ze destijds een gekreukeld camouflage-uniform aanhadden en in een officiersmess groezelige diners aten of hun sandwiches en pizza hadden gedeeld rond gedeukte metalen bureaus. De herinnering werd verstoord door de nieuwe omgeving. Het restaurant was gedempt verlicht en hoog en stijlvol en vol met mensen die impresario of eigenaar van een filmstudio zouden kunnen zijn. Of zelfs acteur. Neagley en O'Donnell oogden alsof ze zich thuis voelden. Neagley droeg een wijde, zwarte broek met een hoge taille en een katoenen T-shirt dat om haar lichaam sloot als een tweede huid. Haar huid was gebruind, geen vlekje ontsierde haar gezicht en ze had zich zo subtiel opgemaakt dat het leek alsof ze helemaal geen make-up op had. Het pak van O'Donnell was grijs met een lichte glans en zijn overhemd was wit en kreukvrij en smetteloos, ook al moest hij het al vijfduizend kilometer eerder hebben aangetrokken. Hij droeg een keurige, gestreepte stropdas met een perfecte knoop.

Reacher droeg een overhemd dat één maat te klein was, met een scheur in een mouw en een vlek op zijn borst. Zijn haar was lang, zijn spijkerbroek goedkoop en zijn schoenen ongepoetst en hij had het geld niet om wat hij had besteld te betalen. Hij had zelfs niet genoeg geld om te betalen voor het Noorse water dat hij dronk.

Droevig, had hij over Franz gezegd, toen hij het kantoor in het rijtje winkels had gezien. *Na de grote groene vechtmachine daar terechtkomen?*

Wat dachten Neagley en O'Donnell van hem?
'Laat me die vellen met cijfers eens zien,' zei hij.
Neagley gaf hem zeven vellen papier aan over de tafel. Ze had ze met potlood genummerd in de rechterbovenhoek om de volgorde aan te geven. Hij keek ze vluchtig door, van één tot zeven, snel, om een algemene indruk te krijgen. Een totaal van 183 echte breuken, niet vereenvoudigd. Echt, omdat de teller, het getal boven de streep, steeds kleiner was dan de noemer, het getal onder streep. Niet vereenvoudigd, omdat *10/12* en *8/10* niet werden geschreven als *5/6* en *4/5*, wat wel zou zijn gebeurd als de rekenregels waren gevolgd.
Dat betekende dat het helemaal niet om breuken ging. Het waren scores, of resultaten, of beoordelingen van prestaties. Je moest ze lezen als *tien van de twaalf keer of acht van de tien keer is er iets gebeurd.* Of niet gebeurd.
Op elke pagina stonden heel consistent 26 scores, behalve op het vierde vel, waar 27 scores op stonden.
De scores of de resultaten of de verhoudingen – of wat het dan ook waren – op de eerste drie bladen zagen er vrij normaal uit. Als ze slaggemiddelden zouden zijn of een winstpercentage, dan kwamen ze uit tussen een mooie 0,870 en een uitstekende 0,907. Op het vierde blad vielen de scores dramatisch terug naar een gemiddelde van 0,574. De scores op het vijfde, zesde en zevende blad werden nog troostelozer, met gemiddelden van 0,368, 0,308 en 0,307.
'Weet je het al?' vroeg Neagley.
'Geen idee,' zei Reacher. 'Ik wou dat Franz er was om het uit te leggen.'
'Als hij hier was, zouden wij hier niet zijn.'
'Dat had wel gekund. We hadden van tijd tot tijd bij elkaar kunnen komen.'
'Als een soort reünie?'
'Dat was misschien wel leuk geweest.'
O'Donnell hief zijn glas en zei: 'Op onze afwezige vrienden.'
Neagley hief haar glas. Reacher hief zijn glas. Ze dronken water dat tienduizend jaar geleden was bevroren bovenop een Noorse gletsjer en daarna eeuwenlang centimeter na centimeter omlaag was gegleden om ten slotte te smelten in bronnen en bergstroompjes, op de herinnering aan vier vrienden, vijf inclusief Stan Lowrey, die ze nooit weer zouden zien, dachten ze.

Maar die gedachte klopte niet. Eén van die vrienden was op dat moment net aan boord gegaan van een vliegtuig in Las Vegas.

20

Een ober bracht hun lunch. Zalm voor Neagley, kip voor Reacher, tonijn voor O'Donnell, die zei: 'Ik neem aan dat je bij Franz thuis bent geweest?'
'Gisteren,' zei Neagley. 'Santa Monica.'
'Iets gevonden daar?'
'Een weduwe en een kind dat zijn vader heeft verloren.'
'Nog iets anders?'
'Niets van betekenis.'
'We zouden bij de huizen van allemaal langs moeten gaan. Eerst bij Swan, want dat is het dichtst bij.'
'We hebben zijn adres niet.'
'Heb je dat niet aan die vrouw bij New Age gevraagd?'
'Dat was de moeite niet waard. Ze zou het ons niet hebben gegeven. Ze was heel formalistisch.'
'Je had een van haar benen kunnen breken.'
'Die tijd hebben we gehad.'
Reacher vroeg: 'Was Swan getrouwd?'
'Ik geloof van niet,' zei Neagley.
'Te lelijk,' zei O'Donnell.
'Ben jij getrouwd?' vroeg Neagley hem.
'Nee.'
'Nou, dan.'
'Maar om de omgekeerde reden. Het zou te veel onschuldige omstanders van hun stuk brengen.'
Reacher zei: 'We kunnen de UPS-truc nog wel een keer proberen. Swan kreeg waarschijnlijk wel het een en ander thuisbezorgd. Als hij niet getrouwd was, heeft hij zijn interieur waarschijnlijk uit catalogi gehaald. Ik zie hem nog niet door winkels sjouwen om stoelen en tafels en messen en vorken te kopen.'
'Oké,' zei Neagley. Ze belde met haar mobiel naar Chicago, vanaf de plek waar ze zat in het restaurant, en leek zo meer dan ooit op een

belangrijke manager uit de filmindustrie. O'Donnell leunde naar voren, keek voor haar langs naar Reacher en zei: 'Zet alles eens voor me op een tijdlijn.'

'De femme fatale bij New Age zei dat Swan meer dan drie weken geleden was ontslagen. Zeg maar vierentwintig, vijfentwintig dagen geleden. Drieëntwintig dagen geleden ging Franz de deur uit en kwam nooit meer terug. Zijn vrouw belde Neagley veertien dagen nadat ze het lichaam hadden gevonden.'

'Waarom?'

'Om haar op de hoogte te brengen, meer niet. Ze vertrouwt op de lokale politie daar waar het gebeurd is.'

'Wat is dat voor iemand?'

'Niet uit het leger. Ze lijkt op Michelle Pfeiffer. Ze is een beetje jaloers op ons omdat we zulke goede vrienden van haar man waren. Hun zoon lijkt precies op hem.'

'Arm kind.'

Neagley legde een hand over haar telefoon en zei: 'We hebben mobiele nummers voor Sanchez, Orozco en Swan.' Ze rommelde onhandig met één hand en haalde pen en papier uit haar tas. Schreef drie nummers op, elk tien cijfers.

'Gebruik die nummers om hun adres op te zoeken,' zei Reacher.

Neagley schudde haar hoofd. 'Dat wil niet. Die van Sanchez en Orozco zijn bedrijfsnummers en dat van Swan is afkomstig van New Age.' Ze verbrak de verbinding met haar assistent in Chicago en koos de nummers die ze had opgeschreven, de een na de ander.

'Rechtstreeks naar de voicemail,' zei ze. 'Uitgeschakeld, allemaal.'

'Onvermijdelijk,' zei Reacher. 'Alle batterijen zijn al drie weken geleden leeg geraakt.'

'Ik vind het vreselijk om hun stemmen te horen,' zei ze. 'Weet je, je neemt een boodschap op voor je voicemail, en je hebt geen idee wat er met je kan gebeuren.'

'Een klein beetje onsterfelijkheid.'

Een hulpkelner nam hun borden mee. De ober kwam terug met de menu's voor het nagerecht. Reacher zag een lijst met zoetigheid, met prijzen waarvoor je in het grootste deel van de Verenigde Staten een nacht in een motel kon slapen.

'Voor mij niets,' zei hij. Hij kreeg de indruk dat Neagley wilde aan-

dringen, maar haar telefoon ging over. Ze nam aan, luisterde en schreef nog wat op haar blaadje.
'Het adres van Swan,' zei ze. 'Santa Ana, in de buurt van de dierentuin.'
O'Donnell zei: 'Kom op, we gaan.'
Ze namen zijn auto, een vierdeurs Hertz met navigatie, en begonnen aan een trage kruiptocht naar het zuidoosten, naar de 5.

De man die Thomas Brant heette, zag hen gaan. Zijn Crown Vic stond een blok verderop geparkeerd en hij zat op een bankje aan het begin van Rodeo Drive, omgeven door tweehonderd toeristen. Hij belde met zijn mobiel Curtis Mauney, zijn baas. Zei: 'Ze zijn nu met zijn drieën. Het lijkt wel magische aantrekkingskracht. Het vergaderen van de clans.'

Veertig meter naar het westen zag ook de man in het blauwe pak hen gaan. Hij zat ineengedoken in zijn blauwe Chrysler sedan op de parkeerplaats van een kapper op Wilshire. Hij belde zijn baas en zei: 'Ze zijn nu met zijn drieën. Ik denk dat één van de drie O'Donnell is. Dan moet die zwerver Reacher zijn. Het lijkt alsof ze happen.'

En vijfduizend kilometer verder weg in New York stond de donkerharige, veertig jaar oude man in het kantoor van de gezamenlijke luchtvaartmaatschappijen op de hoek van Park en 42nd. Hij kocht een open retour van La Guardia naar Denver, Colorado. Hij betaalde ervoor met een Visa Card Platinum op naam van Alan Mason.

21

Santa Ana was een heel eind naar het zuidoosten, voorbij Anaheim, in Orange County. Santa Ana zelf lag zo'n dertig kilometer ten westen van de Santa Ana Mountains, waarvandaan een beruchte wind kon waaien. Keer op keer stak die op, droog, heet en gestaag, en dan werd heel L.A. gek. Reacher had het effect een paar keer mogen aanschouwen. Eén keer was hij in de stad geweest na contacten met de mariniers in Camp Pendleton. Een andere keer was hij er geweest tijdens een weekendverlof van Fort Irwin. Hij had kleine opstootjes in een kroeg zien uitgroeien tot meervoudige moord en doodslag. Hij had meegemaakt hoe vergeten toast in een broodrooster had geleid tot mishandeling en gevangenisstraf en scheiding. Hij had een man zien neerknuppelen op het trottoir omdat hij niet snel genoeg doorliep.

Maar vandaag waaide de wind niet. De lucht was heet, stond stil, en was bruin en zwaar. De gehuurde gps van O'Donnell had een beleefde, volhardende vrouwenstem die hen ten zuiden van de dierentuin, bij Tustin, van de 5 af dirigeerde. Vervolgens stuurde ze hen door ruim aangelegde straten naar het Orange County Museum of Art. Voordat ze daar arriveerden, liet ze hen links afslaan, en rechts af en weer links af en vertelde ze dat ze hun bestemming naderden. Daarna zei ze dat ze hun bestemming hadden bereikt.

Waarover geen twijfel kon bestaan.

O'Donnell liet de wagen uitrijden tot naast een brievenbus aan de rand van het trottoir, die was opgedirkt als zwaan. Het was een doorsnee metalen brievenbus op een paal en helderwit geschilderd. Erbovenop was in de lengterichting een verticale uit triplex gezaagde figuur geplaatst. De figuur had een lange, sierlijke hals, een bolle rug en een omhoogstekende staart. Hij was ook wit geschilderd, met uitzondering van de snavel die donkeroranje was, en het oog, dat zwart was. Met de bus zelf als lichaam en buik vormde het geheel een aardige afspiegeling van de werkelijkheid.

O'Donnell zei: 'Ga me niet vertellen dat Swan dit zelf heeft gemaakt.'
'Een neef of een nicht,' zei Neagley. 'Waarschijnlijk een cadeautje bij de housewarmingparty.'
'En hij moest het daar wel neerzetten voor het geval ze op bezoek zouden komen.'
'Ik vind het wel aardig.'
Voorbij de brievenbus leidde een betonnen oprit naar een dubbel breed hek in een afrastering van een meter hoog. Naast de oprit liep een smaller betonnen voetpad naar een enkel hek. De afrastering was gemaakt van groen geplastificeerd gaas. Op de vier palen van de hekken was een kleine metalen ananas aangebracht. Beide hekken waren dicht. Op beide hing een in de winkel gekocht bordje WACHT U VOOR DE HOND. De oprit voerde naar een aangebouwde garage met plaats voor één auto. Het voetpad voerde naar de voordeur van een kleine, eenvoudig gepleisterde bungalow, zonnig bruin geschilderd. Boven de ramen waren golfplaten zonneschermen aangebracht, als wenkbrauwen. Boven de deur was er ook een, smaller en hoger. Als geheel wekte het een serieuze, strenge, functionele indruk, niet speels. Mannelijk.
En stil, verstild.
'Geeft een leeg gevoel,' zei Neagley. 'Alsof er niemand thuis is.'
Reacher knikte. In de voortuin groeide alleen gras. Geen planten. Geen bloemen. Geen struiken. Het gras zag er verdroogd en wat te lang uit, alsof een nauwgezette eigenaar een week of drie was opgehouden te sproeien en te maaien.
Er was nergens een alarmsysteem te zien.
Ze stapten uit de auto en liepen naar het hek. Het was niet met een slot of een ketting afgesloten. Ze liepen naar de deur. Reacher drukte op de bel. Wachtte, geen respons. Langs de gevels rond het huis liep een pad van flagstones. Ze volgden het tegen de wijzers van de klok in. In de zijwand van de garage zat een personeelsingang. Die was op slot. In de achtergevel van het huis was een keukendeur. Die was ook op slot. In de bovenste helft was een raam. Door het raam was een kleine keuken zichtbaar, ouderwets, misschien wel in geen veertig jaar gerenoveerd, maar schoon en efficiënt. Geen rommel, geen vuile borden. Pannen van gespikkeld groen email. Een kleine tafel en twee stoelen. Twee lege voederbakken voor een hond keurig naast elkaar op een groene linoleum vloer.

Voorbij de keukendeur was een schuifpui met een stoepje omlaag naar een kleine, betonnen patio. De patio was leeg. De schuifpui was op slot. Achter het glas waren gordijnen deels gesloten. Een slaapkamer, misschien gebruikt als hobbykamer.
Het was doodstil in de buurt. Het huis was stil, op een zacht, bijna onhoorbaar zoemen na dat Reacher kippenvel op zijn armen gaf en een vaag alarm deed afgaan.
'Keukendeur?' vroeg O'Donnell.
Reacher knikte. O'Donnell stopte zijn hand in zijn zak en haalde hem weer tevoorschijn met de boksbeugel. Keramische boksbeugel, om precies te zijn. Maar hij vertoonde weinig verwantschap met koppen en schotels. Hij was gemaakt van een of ander gecompliceerd mineraal poeder, dat onder extreme druk in een mal werd geperst en gebonden met epoxylijm. De boksbeugel was waarschijnlijk sterker dan staal en heel wat harder dan alledaagse keramiek. En dankzij de vormgeving in een mal konden gemene uitsteeksels in het ontwerp worden verwerkt. Als je er een klap mee kreeg van een man zo groot als O'-Donnell had dat hetzelfde effect als een dreun met een bowlingbal versierd met haaientanden.
O'Donnell schoof hem om zijn vingers en balde zijn vuist. Hij liep naar de keukendeur en tikte met de boksbeugel tegen het glas, heel zacht, alsof hij probeerde de aandacht te vangen van iemand binnen, zonder hem te laten schrikken. Het glas brak en een driehoekige scherf viel in de keuken. O'Donnells coördinatie was zo verfijnd dat hij inhield voordat zijn knokkels de breukranden van het glas konden raken. Hij tikte nog twee keer en maakte een gat dat groot genoeg was om zijn hand door te steken. Toen schoof hij de boksbeugel van zijn hand, duwde zijn mouw omhoog over zijn arm, stak zijn hand naar binnen en draaide aan de deurkruk.
De deur ging open.
Geen alarm.
Reacher ging als eerste naar binnen. Deed twee stappen en stond toen stil. Hier binnen was het zoemen dat hij had opgevangen, veel sterker. En er hing een stank in de lucht. Beide waren onmiskenbaar. Hij had dat geluid vaker gehoord en die geur vaker geroken dan hem lief was.
Het zoemen was afkomstig van duizenden vliegen die helemaal buiten zinnen zijn.

De geur was die van dood rottend vlees in ontbinding, waar lijkvocht uit droop en waaruit gassen ontsnapten.
Neagley en O'Donnell drongen achter hem naar binnen. En stonden stil.
'We wisten het al,' zei O'Donnell, misschien wel tegen zichzelf. 'Dit is niet schokkend.'
'Het is altijd schokkend,' zei Neagley. 'En ik hoop dat het dat altijd zal blijven.'
Ze hield haar hand voor haar mond en haar neus. Reacher liep naar de deur van de hal. Op de vloer in de hal was niets. Maar de stank was hier erger en het zoemen luider. Er vlogen verdwaalde vliegen rond, groot blauw en glanzend, zoemend en heen weer schietend en tegen de muren botsend met kleine, knisperende geluidjes. Ze vlogen in en uit door een deur die een beetje openstond.
'De badkamer,' zei Reacher.
Het huis had dezelfde indeling als dat van Calvin Franz, maar het was groter, omdat de kavels in Santa Ana groter waren dan in Santa Monica. Goedkoper bouwen, meer mogelijkheden. Er was een centrale hal en alle kamers waren echte kamers, niet alleen maar een afgeschermd hoekje van wat eigenlijk één ruimte was. Keuken aan de achterkant, woonkamer aan de voorkant, van elkaar gescheiden door een inloopkast. Aan de andere kant van de hal twee slaapkamers, van elkaar gescheiden door een badkamer.
Het was volstrekt onduidelijk waar de stank vandaan kwam. Het hele huis was ervan doortrokken.
Maar de vliegen waren geïnteresseerd in de badkamer.
De lucht was heet en bedorven. Geen enkel geluid, behalve het waanzinnige geraas van de vliegen. Tegen porselein, tegen tegels, tegen behang op de wanden, tegen het holle hout van de deur.
'Blijf daar,' zei Reacher.
Hij liep door de hal. Twee stappen. Drie. Hij stond vlak voor de badkamer stil. Duwde tegen de deur met zijn voet. Een kwade zwarte wolk vliegen kolkte op hem af. Hij keerde zich af en wapperde met zijn handen om zijn hoofd. Keerde zich weer naar de badkamer. Duwde dit keer met zijn voet de badkamerdeur helemaal open. Wapperde met zijn handen en tuurde door de zoemende vliegen.
Er lag iets op de vloer.
Het was een hond.

Ooit was het een Duitse herder geweest, groot, prachtig, misschien veertig kilo, misschien vijfenveertig. Hij lag op zijn zij. Zijn vacht was doods en in elkaar geklit. De bek was open. Vliegen richtten een feestmaal aan met zijn tong, zijn neus en zijn ogen.
Reacher stapte de badkamer in. Vliegen zwermden om zijn kuiten. Er was niets in de badkuip. De toiletpot was leeg. Al het water was uit de sifon verdwenen. Handdoeken hingen keurig netjes aan de rekken. Ingedroogde bruine vlekken op de vloer. Geen bloed. Gewoon lekkage bij niet goed sluitende koppelingen.
Reacher liep achteruit de badkamer weer uit.
'Het is zijn hond,' zei hij. 'Controleer de andere kamers en de garage.'
In de andere kamers en de garage was niets. Geen teken van vechtpartijen of andere verstoringen, geen teken van Swan zelf. Ze kwamen weer bij elkaar in de hal. De vliegen waren weer min of meer tot rust gekomen en bemoeiden zich met hun eigen zaken in de badkamer.
'Wat is hier gebeurd?' vroeg Neagley.
'Swan ging de deur uit,' zei O'Donnell. 'Kwam niet terug. De hond is verhongerd.'
'Hij is doodgegaan van de dorst,' zei Reacher.
Niemand zei iets.
'De waterbak in de keuken staat droog,' zei Reacher. 'Daarna heeft hij al het water in de toiletpot waar hij bij kon, opgedronken. Dat was misschien genoeg voor een week.'
'Verschrikkelijk,' zei Neagley.
'Zeker weten. Ik houd van honden. Als ik ergens zou wonen, zou ik er drie of vier houden. We gaan een helikopter huren en gooien deze smeerlappen er één voor één in kleine stukjes uit.'
'Wanneer?'
'Binnenkort.'
O'Donnell zei: 'We hebben meer nodig dan we nu hebben.'
Reacher zei: 'Laten we dan maar gaan zoeken.'

Ze rolden proppen van stukken keukenpapier en stopten die in hun neusgaten om de stank tegen te gaan. Ze begonnen aan een lange, intensieve zoektocht. O'Donnell deed de keuken. Neagley deed de woonkamer. Reacher deed Swans slaapkamer.

Ze vonden niets van enige betekenis in die drie ruimten. Nog afgezien van het gruwelijke lot van de hond, was het duidelijk dat Swan de deur uit was gegaan in de volle verwachting weer terug thuis te komen. De vaatwasser was halfvol en had niet gedraaid. Er was eten in de koelkast en afval in de afvalemmer in de keuken. Zijn pyjama lag opgevouwen onder zijn kussen. Een half gelezen boek lag op het nachtkastje. Tussen de bladzijden had Swan een visitekaartje gestoken als bladwijzer: *Anthony Swan, U.S. Army (Retired), Assistent Director of Corporate Security, New Age Defense Systems, Los Angeles, Californië.* Onderaan op het kaartje stonden een e-mailadres en het rechtstreekse telefoonnummer dat Reacher en Neagley al zo vaak hadden geprobeerd.

'Wat doen ze bij New Age eigenlijk precies?' vroeg O'Donnell.

'Geld verdienen,' zei Reacher. 'Alleen minder dan eerst, denk ik.'

'Maken ze ook iets of is het alleen maar onderzoek?'

'De vrouw die wij hebben gesproken, beweert dat ze ergens iets maken.'

'Wat precies?'

'We hebben geen idee.'

Met zijn drieën gingen ze aan de slag in de andere slaapkamer. Die aan de achterkant van het huis, met de gordijnen en de schuifpui en het stoepje omlaag naar de patio. Er stond een bed in de kamer, maar hij werd het merendeel van de tijd duidelijk gebruikt als hobbykamer. Er was een bureau met een telefoon, een ladekast en een wand met planken waarop het soort troep dat een sentimenteel persoon in de loop van de tijd om zich heen verzamelt, hoog opgestapeld was.

Ze begonnen met het bureau. Drie paar ogen, drie keer een beoordeling, een inschatting. Ze vonden niets. Toen namen ze de ladekast onderhanden. Die zat vol met het soort standaardpapieren waar iedere huiseigenaar mee te maken heeft. Onroerendezaakbelasting, verzekeringen, geannuleerde overschrijvingen, betaalde facturen, ontvangstbonnen. Er was ook een persoonlijk gedeelte. Sociale lasten, lokale belastingen, inkomstenbelasting, een arbeidscontract met New Age Defense Systems, loonstrookjes. Het leek erop dat Swan een redelijk inkomen had gehad. Per maand incasseerde hij evenveel als Reacher nodig had om anderhalf jaar van te leven.

Er was ook spul van een dierenarts. De hond was een teef geweest. Ze had Maisi geheten en ze had al haar vaccinaties keurig op tijd ge-

had. Ze was oud geweest, maar gezond. Er waren papieren van een organisatie die opkwam voor ethisch verantwoord gedrag tegenover dieren. Swan was donateur geweest. Veel geld. Dus waarschijnlijk echt een goed doel. Swan was niet dom.
Ze doorzochten het spul op de planken. Vonden een schoenendoos vol foto's. Het waren kiekjes van Swans leven en werk. Op sommige stond Maisi, de hond. Op andere stonden Reacher en Neagley en O'-Donnell, en Franz, en Karla Dixon, en Sanchez en Orozco, en Stan Lowrey. Allemaal lang geleden, jonger, anders op een cruciale manier, blakend van gezondheid, vitaliteit en jeugdige vooringenomenheid. Er waren foto's waarop ze in willekeurig samengestelde groepjes van twee en drie stonden afgebeeld in kantoren en kazernes over de hele wereld verspreid. Er was één foto met een officieel groepsportret, alle negen in ceremonieel tenue na een plechtigheid waarbij de groep een onderscheiding had gekregen. Reacher kon zich niet herinneren wie de foto had genomen. Een officiële fotograaf, waarschijnlijk. Hij kon zich ook niet meer herinneren waar de onderscheiding voor was geweest.
'We moeten ervandoor,' zei Neagley. 'We kunnen zijn gezien door buren.'
'We hadden een goede reden om de deur te forceren,' zei O'Donnell. 'Een vriend, die alleen woont, geen reactie als we aanbellen, stank.'
Reacher liep naar het bureau en pakte de telefoon. Drukte op de toets voor het opnieuw kiezen van het laatst gekozen nummer. Er klonk een snelle reeks elektronische klikken terwijl de elektronica het laatst gekozen nummer opnieuw opriep. Daarna een zoemende oproeptoon. Toen nam Angela Franz de telefoon aan. Reacher hoorde Charlie op de achtergrond. Hij legde de hoorn op de haak.
'Het laatste telefoongesprek dat hij heeft gevoerd, was met Franz,' zei hij. 'Bij hem thuis in Santa Monica.'
'Om te melden dat hij klaarstond om in actie te komen,' zei O'Donnell. 'Dat wisten we al. Daar hebben we niets aan.'
'Er is hier niets waar we wat aan hebben,' zei Neagley.
'Maar wat er niet is, daar hebben we misschien wel wat aan,' zei Reacher. 'Zijn steen uit de Berlijnse muur is er niet. Er is nergens een doos met spullen uit zijn bureau bij New Age.'
'En wat hebben we daaraan?'
'Het helpt misschien om een tijdlijn te maken. Als ze je ontslaan, stop

je je spullen in een doos, die gooi je in de kofferbak van je auto, en hoe lang laat je die daar dan liggen voordat je het mee naar binnen neemt en opruimt?'
'Een dag of twee misschien,' zei O'Donnell. 'Swan was zo iemand die zwaar de pest in heeft als het gebeurt, maar wel zijn zaakjes op orde heeft. Hij zou het geaccepteerd hebben en verder zijn gegaan.'
'Twee dagen?'
'Hooguit.'
'Dus dit is allemaal gebeurd binnen twee dagen nadat hij bij New Age werd ontslagen.'
'En wat hebben we aan die kennis?' vroeg Neagley opnieuw.
'Geen idee,' zei Reacher. 'Maar hoe meer we weten, hoe meer geluk we hebben.'

Ze gingen naar buiten door de keukendeur, deden hem dicht, maar niet meer op slot. Dat had geen zin. Het kapotte raam maakte het overbodig. Ze liepen over het pad van flagstones langs de garage naar de oprit. Liepen terug naar het trottoir. Het was een rustige wijk. Een slaapstad. Niets of niemand in beweging. Reacher keek naar links en rechts op zoek naar nieuwsgierige buren, maar zag niemand. Geen toeschouwers, geen glurende ogen vanachter plotseling bewegende gordijnen.
Maar hij zag wel een bruine Crown Victoria, veertig meter verderop geparkeerd.
In hun richting.
Iemand aan het stuur.

22

Reacher zei: 'Sta eens heel rustig stil en draai je om alsof je nog een laatste blik op het huis wilt werpen. Begin maar te praten.'

O'Donnell draaide zich om.

'Het ziet eruit als het kwartier voor getrouwde officieren in Fort Hood,' zei hij.

'Afgezien dan van die brievenbus,' zei Reacher.

Neagley draaide zich om.

'Ik vind het wel leuk,' zei ze. 'Die brievenbus, bedoel ik.'

Reacher zei: 'Er staat een bruine Crown Vic geparkeerd langs de stoep veertig meter verderop. Die volgt ons. Volgt Neagley om precies te zijn. Toen ik haar ontmoette op Sunset, was hij er, en hij was er ook weer toen we bij Franz waren. En nu is hij hier.'

O'Donnell vroeg: 'Enig idee wie het is?'

'Geen idee,' zei Reacher. 'Maar ik vind dat het tijd is om dat uit te zoeken.'

'Net als vroeger?'

Reacher knikte. 'Precies zoals we dat vroeger deden. Ik rij.'

Ze keken nog een laatste keer naar het huis van Swan en draaiden zich toen om en liepen langzaam naar de stoeprand. Ze stapten in de huurauto van O'Donnell, Reacher achter het stuur, Neagley naast hem voorin. O'Donnell achter hem achterin. Geen veiligheidsgordels.

'Hou de auto heel,' zei O'Donnell. 'Ik heb geen extra verzekering genomen.'

'Dat had je wel moeten doen,' zei Reacher. 'Dat is altijd verstandig.'

Hij startte de motor en reed langzaam weg van de stoeprand. Controleerde of voor alles vrij was, keek in de spiegel.

Er kwam niets aan.

Hij draaide hard aan het stuur en stampte op het gas en keerde de auto over de volle breedte van de straat. Trapte opnieuw op het gaspedaal en trok dertig meter op, zo hard als maar kon. Trapte op de rem en O'Donnell sprong uit de auto, precies een meter voor de Crown

Vic en Reacher trapte opnieuw op het gaspedaal en de rem en stond stil pal naast het voorportier aan de bestuurderskant. O'Donnell stond al aan de passagierskant. Reacher sprong uit de auto en O'Donnell verbrijzelde het glas van het voorportier aan de passagierskant met zijn boksbeugel en joeg de chauffeur aan de andere kant de auto uit, recht in de armen van Reacher. Reacher raakte hem één keer in de maagstreek en nog een keer in zijn gezicht. Snel en hard. De man klapte terug tegen de zijkant van zijn auto aan en zakte omlaag op zijn knieën. Reacher koos de plek uit en raakte hem een derde keer, met de volle elleboog tegen de zijkant van zijn hoofd. De man viel opzij om, langzaam, als een boom voor een bulldozer. Hij kwam uiteindelijk in de krappe ruimte tussen de treeplank van de Crown Vic en het asfalt klem te liggen. Met breeduit gespreide armen en benen, op zijn rug, als een zak zand, bewusteloos, hevig bloedend uit zijn gebroken neus.

'Dat werkt in ieder geval nog steeds,' zei O'Donnell.

'Zolang ik het zware werk doe,' zei Reacher.

Neagley greep de losse panden van het jack dat de man aanhad en rolde hem op zijn zij, zodat het bloed uit zijn neus op het asfalt droop en niet achter in zijn keel terecht zou komen. Er was geen enkele reden om hem te verdrinken. Toen sloeg ze de flap van zijn jack opzij, op zoek naar zakken.

En toen bevroor ze midden in een beweging.

Omdat de man een schouderholster droeg. Een oude, veelgebruikte schouderholster, gemaakt van zwart leer. Met een Glock 17 erin. Hij droeg een riem. Aan die riem zat een houder voor een extra magazijn. En een platte holster met een paar roestvrijstalen handboeien. Politie-uitrusting.

Reacher wierp een blik in de Crown Vic. Op de passagiersstoel lag verbrokkeld glas. Onder het dashboard was een radio gemonteerd. Geen taxiradio.

'Shit,' zei Reacher. 'We hebben net een smeris neergeslagen.'

'Jij deed het zware werk,' zei O'Donnell.

Reacher ging op zijn hurken zitten en voelde aan de nek van de man. Voelde zijn hartslag. Krachtig en regelmatig. De man ademde. Zijn neus was zwaar gehavend. Dat zou later een esthetisch probleem worden, maar hij was om te beginnen al geen wonder van schoonheid geweest.

‘Waarom volgde hij ons?’
‘Dat zoeken we later uit,’ zei Reacher. ‘Als we hier een heel eind vandaan zijn.’
‘Waarom heb je hem zo hard geraakt?’
‘Ik was van streek vanwege de hond.’
‘Dat heeft hij niet gedaan.’
‘Dat weet ik nu ook.’
Neagley doorzocht de zakken van de man. Haalde er een leren mapje met een identiteitsbewijs uit. Binnenin was een verchroomd schild vastgepind, tegenover een gelamineerde identiteitskaart achter een melkachtig wit plastic venster.
‘Hij heet Thomas Brant,’ zei ze. ‘Agent van L.A. County.’
‘Dit is Orange County,’ zei O’Donnell. ‘Buiten zijn werkterrein. Net zo goed als Sunset en Santa Monica.’
‘Denk je dat we daar iets aan hebben?’
‘Niet echt.’
Reacher zei: ‘Laten we het hem wat gemakkelijker maken en dan als de bliksem hier weg.’
O’Donnell nam Brants voeten, Reacher pakte hem bij zijn schouders en samen legden ze hem op de achterbank van de auto. Ze legden hem languit en draaiden hem in wat ze bij de eerste hulp een stabiele zijligging noemen, op zijn zij, zijn ene been opgetrokken, zodat hij kon ademen en het onwaarschijnlijk was dat hij zou stikken. De Crown Vic was een ruime wagen. De motor was uit en door het kapot geslagen raam kwam ruimschoots verse lucht naar binnen.
‘Hij redt het wel,’ zei O’Donnell.
‘Hij zal wel moeten,’ zei Reacher.
Ze sloten het portier en keerden terug naar de huurauto van O’Donnell. Die stond nog steeds midden op straat, drie portieren open, met draaiende motor. Reacher stapte achterin. O’Donnell reed. Neagley zat naast hem. De beleefde stem van de gps leidde hen terug naar de *freeway*.
‘We moeten deze auto terugbrengen,’ zei Neagley. ‘Nu meteen. En daarna mijn Mustang. Hij zal de kentekennummers van allebei wel hebben genoteerd.’
‘En wat dan voor vervoer?’ zei Reacher.
‘Het is jouw beurt om iets te huren.’
‘Ik heb geen rijbewijs.’

'Dan moeten we met taxi's. We moeten het spoor wissen.'
'Dat betekent ook andere hotels.'
'Dat moet dan maar.'

De gps kon niet onderweg opnieuw worden geprogrammeerd. Iets met verzekeringen. O'Donnell stopte langs de kant van de weg en veranderde de bestemming van Beverly Wilshire in het kantoor van Hertz bij LAX. De gps deed er niet moeilijk over. Er verscheen even een voortgangsbalk op het schermpje met de tekst *Route berekenen* en toen klonk de beleefde stem weer die O'Donnell opdracht gaf om te keren en naar het westen te rijden in plaats van naar het oosten, naar de 405 in plaats van de 5. Het verkeer viel mee op de gewone straten, maar het was druk op de freeway. Ze vorderden moeizaam.
'Vertel eens van gisteren,' zei Reacher tegen Neagley.
'Wat is er met gisteren?'
'Wat je hebt gedaan.'
'Ik ben geland op LAX en heb de auto gehuurd. Ben naar het hotel op Wilshire gereden. Heb ingecheckt. Heb een uur gewerkt. Toen ben ik naar Denny's gereden op Sunset. Op jou gewacht.'
'Ze moeten je al de hele weg vanaf de luchthaven gevolgd hebben.'
'Duidelijk. De vraag is waarom?'
'Nee, dat is de tweede vraag. De eerste vraag is *hoe*. Wie wist wanneer en waar in L.A. je zou aankomen?'
'Die smeris, blijkbaar. Hij heeft mijn naam op een lijst gezet en Homeland Security heeft hem getipt op het moment dat ik mijn ticket kocht.'
'Oké, waarom?'
'Hij werkt aan de zaak van Franz. Politie uit L.A. County. Ze weten dat ik hem ken.'
'Dat geldt voor ons allemaal.'
'Ik was de eerste die op het toneel verscheen.'
'Worden wij verdacht dan?'
'Misschien. Bij gebrek aan andere verdachten.'
'Hoe stom zijn die lui?'
'Ongeveer doorsnee. Zelfs wij keken naar kennissen als we verder niets hadden.'
Reacher zei: 'Handen af van de Special Investigators.'
'Juist,' zei Neagley. 'Maar wij hebben zojuist onze handen vuilge-

maakt aan een smeris van L.A. County. Ik hoop dat zij geen vergelijkbaar motto hebben.'
'Je kunt er donder op zeggen dat ze dat wel hebben.'

LAX was een reusachtige, uitgegroeide doolhof. Net als elke luchthaven die Reacher ooit had gezien, werd er permanent gebouwd. O'Donnell zocht zijn weg langs bouwplaatsen en rondwegen en kwam uiteindelijk uit bij parkeerterreinen voor het terugbrengen van huurauto's. De auto's van de verschillende bedrijven stonden op kleur bij elkaar, de rode, de groene, de blauwe, en tot slot de gele van Hertz. O'Donnell parkeerde achter aan een rij auto's die achter elkaar stonden. Een man in bedrijfskleding kwam op hen af en scande een streepjescode op de achterruit met een handscanner. Dat was alles, auto terug, huur beëindigd, spoor gewist.
'Wat nu?' zei O'Donnell.
Neagley zei: 'Nu nemen we de shuttle naar de terminal en daar zoeken we een taxi. Dan rekenen we af bij het hotel en kunnen wij tweeën hiernaartoe met mijn Mustang. Reacher kan een nieuw hotel zoeken en aan de slag gaan met die cijfers. Oké?'
Maar Reacher zei niets. Hij staarde over het parkeerterrein, door de glazen pui van het verhuurkantoor. Naar de rij mensen binnen.
Hij glimlachte.
'Wat is er?' zei Neagley. 'Reacher, wat is er?'
'Daarbinnen,' zei Reacher. 'De vierde in de rij. Zie je haar?'
'Wie?'
'Kleine vrouw, donker haar? Ik durf te wedden dat dat Karla Dixon is.'

23

Reacher en Neagley en O'Donnell haastten zich over het parkeerterrein, en raakten met iedere stap die ze deden meer overtuigd. Tegen de tijd dat ze nog tien meter van het kantoor verwijderd waren, wisten ze het zeker. Het was Karla Dixon. Je kon je niet vergissen. *Donker getint en relatief klein, een gelukkige vrouw die geneigd was het ergste van mensen te denken.* Daar stond ze, als derde in de rij nu. Haar lichaamstaal verried dat ze tegelijkertijd ongeduldig was en zich eraan had overgegeven dat ze moest wachten. Zoals altijd zag ze er ontspannen uit, maar nooit helemaal zonder beweging, boordevol energie, uitstralend dat vierentwintig uur in een etmaal voor haar niet genoeg was. Ze was tengerder dan Reacher zich herinnerde. Ze droeg een strakke, zwarte spijkerbroek en een zwartleren jack. Haar dikke zwarte haar was kort geknipt. Naast haar stond een zwarte leren Tumi-koffer en over haar schouder hing een zwarte leren aktetas.

Toen, alsof ze voelde dat ze naar haar keken, draaide ze zich om en keek hen recht in de ogen, haar gezicht onbewogen, alsof ze hen tien minuten geleden voor het laatst had gezien in plaats van jaren geleden. Ze glimlachte kort. Haar glimlach was wat droevig, alsof ze al wist wat er aan de hand was. Toen maakte ze een beweging met haar hoofd naar de mensen achter de balie als om te zeggen: *ik ben zo bij jullie, maar je weet hoe dat gaat met burgerpersoneel.* Reacher wees op zichzelf en Neagley en O'Donnell en hield vier vingers omhoog en zei geluidloos: *neem een auto voor vier personen.* Dixon knikte en keerde zich weer om, om te wachten. Neagley zei: 'Dit is een beetje Bijbels. Mensen die weer tot leven komen.'

'Niks Bijbels aan,' zei Reacher. 'We hebben gewoon de verkeerde conclusies getrokken, meer niet.'

Er kwam een vierde man uit een kantoor achter de balie om de klanten te helpen. In luttele seconden promoveerde Dixon van derde in de rij naar klant die werd geholpen. Reacher zag een roze flits van een rijbewijs uit New York en een platina flits van een creditcard toen ze werden overhandigd. De man typte, Dixon tekende een pak papieren en ontving toen een geel pakket en een sleutel. Ze hing haar tas over haar schouder, pakte de koffer en ging op weg naar de uitgang. Ze stapte naar buiten op het trottoir. Ze bleef voor Reacher en Neagley en O'Donnell staan en keek elk van hen om beurten onbewogen aan met een ernstige blik in de ogen. Zei: 'Sorry, dat ik zo laat op het feestje kom. Maar aan de andere kant, zoveel valt er ook niet te vieren, is het wel?'

'Wat weet je allemaal al?' vroeg Reacher haar.

Dixon zei: 'Ik heb jullie bericht nog maar net gekregen. Ik heb niet in New York gewacht op een rechtstreekse vlucht. Ik moest op weg. De eerste vlucht die ik kon krijgen, was naar Las Vegas. Daar moest ik twee uur wachten. Dus heb ik daar wat gebeld en wat rondgesjouwd. Het een en ander uitgezocht. En ik heb ontdekt dat Sanchez en Orozco worden vermist. Het lijkt erop dat ze ongeveer drie weken geleden van de aardbodem zijn verdwenen.'

24

Hertz had Dixon een Ford 500 gegeven, een vierpersoons sedan van redelijke afmetingen. Ze zette haar bagage in de kofferbak en klom achter het stuur. Neagley ging naast haar voorin zitten en Reacher en O'Donnell persten zich op de achterbank. Dixon startte de motor en verliet de luchthaven in noordelijke richting over Sepulveda. De eerste vijf minuten was alleen zij aan het woord. Ze had ondergronds als nieuwe kracht gewerkt bij een effectenmakelaar op Wall Street. Haar cliënt was een grote belegger die zich zorgen maakte over illegale activiteiten. Net als iedereen die ondergronds opereert en wil overleven, had ze zich helemaal naar haar rol gevoegd, wat betekende dat ze zich op geen enkele manier contact met haar eigen leven kon permitteren. Ze kon haar kantoor niet bellen met de mobiele telefoon die ze van de effectenmakelaar had gekregen of via de vaste telefoonaansluiting in het appartement dat de effectenmakelaar voor haar had geregeld, of haar e-mail lezen met de Blackberry die ze van de effectenmakelaar in leen had. Uiteindelijk had ze clandestien ingebeld vanuit een Port Authority-telefooncel en de lange lijst, in toenemende mate wanhopige 10-30-berichten op haar antwoordapparaat aangehoord. Ze had ontslag genomen en haar cliënt in de steek gelaten en was rechtstreeks via JFK vertrokken met America West. Op de luchthaven van Las Vegas had ze Sanchez en Orozco gebeld en geen gehoor gekregen. Erger zelfs, hun voicemail was vol, en dat was een slecht voorteken. Dus had ze een taxi genomen naar hun kantoor, dat ze verlaten had aangetroffen met een berg van drie weken post op de deurmat. De buren hadden hen al lange tijd niet meer gezien.

'Dat is dan dat,' zei Reacher. 'Nu weten we het zeker. Wij met zijn vieren zijn als enigen over.'

Toen was Neagley vijf minuten aan het woord. Ze gaf eenzelfde soort beknopte, exacte samenvatting die ze al duizend keer eerder had gegeven. Geen overbodige woorden, geen ontbrekende details. Ze noemde alle harde feiten en alle speculaties vanaf het eerste telefoongesprek met Angela Franz. Het sectierapport, het kleine huis in Santa Monica, het geruïneerde kantoor in Culver City, de USB-sticks, het gebouw van New Age, de komst van O'Donnell, de dode hond, de ongelukkige aanval op de politieman van L.A. County voor de deur van Swans huis in Santa Ana, het besluit dat daarop was genomen om de auto's af te danken om de onvermijdelijke opsporingsactiviteiten te frustreren.

'Dat deel van het verhaal hebben we nu in ieder geval achter de rug,' zei Dixon. 'Niemand volgt ons nu, dus deze auto is voorlopig schoon.'

'Conclusies?' vroeg Reacher.

Dixon dacht tijdens de driehonderd meter langzaam verkeer op de boulevard na. Toen schoof ze de 405 op, de San Diego Freeway, maar naar het noorden, weg van San Diego, naar Sherman Oaks en Van Nuys.

'Voornamelijk één conclusie,' zei ze. 'Franz heeft niet alleen maar een paar van ons gebeld omdat hij ervan uitging dat niet iedereen beschikbaar zou zijn. En het was ook niet zo dat hij alleen maar sommigen belde omdat hij de aard van zijn problemen onderschatte. Daar was Franz veel te slim voor. En te voorzichtig ook nu, met dat kind en zo. Dus we moeten er anders tegenaan kijken. Wie hier wel zijn en wie niet. Ik denk dat Franz alleen diegenen van ons heeft gebeld die hem snel konden bereiken. Heel snel. Swan, natuurlijk, want die woonde praktisch om de hoek, en dan Sanchez en Orozco, omdat ze maar een uur of zo hiervandaan in Las Vegas zaten. Aan de rest had hij niets. Omdat we allemaal minstens een dag ver weg zaten. Dit heeft dus met snelheid en paniek en dringende noodzaak te maken. Iets waarbij een halve dag al van belang is.'

'Te weten?' vroeg Reacher.

'Geen idee. Het is doodzonde dat je die eerste elf wachtwoorden hebt verknoeid. Dan hadden we kunnen zien wat er nieuw was, of anders.'

O'Donnell zei: 'Het moet om de namen gaan. Dat zijn de enige harde feiten.'

'Getallen kunnen ook harde feiten zijn,' zei Dixon.

'Je kunt ernaar staren tot je een ons weegt en dan weet je nog niets.'

'Misschien. Misschien niet. Soms praten getallen tegen me.'

'Deze niet.'

Het bleef even stil in de auto. Het verkeer viel mee. Dixon bleef op

de 405 en passeerde het knooppunt met de 10 zonder problemen.
'Waar gaan we heen?' vroeg ze.
Neagley zei: 'Laten we naar het Chateau Marmont gaan. Dat ligt afgezonderd en het is discreet.'
'En duur,' zei Reacher. Iets in zijn toon deed Dixon een blik over haar schouder werpen. Neagley zei: 'Reacher is blut.'
'Dat verbaast me niks,' zei Dixon. 'Hij heeft negen jaar niet gewerkt.'
'Toen hij in het leger zat, deed hij ook al niet zoveel. Waarom zou je zo'n ingeroeste levensstijl doorbreken?'
'Hij vindt het niet prettig als andere mensen voor hem betalen,' zei Neagley.
'Het arme kind,' zei Dixon.
Reacher zei: 'Ik probeer alleen maar fatsoenlijk te zijn.'
Dixon volgde de 405 tot aan de Santa Monica Boulevard. Toen sloeg ze af naar het noordoosten, met de bedoeling door Beverly Hills en West Hollywood te rijden en uit te komen bij Sunset aan het begin van Laurel Canyon.
'Taakbepaling,' zei ze. 'Handen af van de Special Investigators. Wij hier met zijn vieren moeten dat overeind houden. Voor de anderen die hier nu niet zijn. Dus hebben we een bevelstructuur nodig en een plan en een budget.'
Neagley zei: 'Ik neem het budget voor mijn rekening.'
'Kun je dat?'
'Alleen dit jaar al gaat er zeven miljard dollar aan geld van Homeland Security rond in het bedrijfsleven. Een deel daarvan rolt naar ons in Chicago en ik ben eigenaar van de helft van alles wat er in onze boeken blijft hangen.'
'Dan ben je rijk?'
'Rijker dan toen ik sergeant was.'
'We krijgen het wel weer terug,' zei O'Donnell. 'Mensen worden vermoord om liefde of geld, en onze jongens werden om de dooie dood niet om liefde vermoord. Dus moet er ergens geld zijn.'
'Zijn we het erover eens dat Neagley voor het budget zorgt?' vroeg Dixon.
'Wat is dit, een democratie?' vroeg Reacher.
'Tijdelijk. Zijn we het eens?'
Er gingen vier handen omhoog. Twee majoors en een kapitein lieten een sergeant de rekening betalen.

'Oké, het plan,' zei Dixon.
'Eerst de bevelstructuur,' zei O'Donnell. 'Je moet het paard niet achter de wagen spannen.'
'Oké,' zei Dixon. 'Ik draag Reacher voor als bevelvoerend officier.'
'Ik ook,' zei O'Donnell.
'En ik,' zei Neagley. 'Net zoals het altijd was.'
'Kan niet,' zei Reacher. 'Ik heb die smeris een klap verkocht. Als het erop aankomt, zal ik me daarvoor moeten verantwoorden en zullen jullie het verder zonder mij moeten doen. Je hebt niets aan een bevelvoerend officier die zich in zo'n positie bevindt.'
Dixon zei: 'Wie dan leeft, wie dan zorgt.'
'Het gaat gebeuren,' zei Reacher. 'Absoluut. Morgen of overmorgen uiterlijk.'
'Misschien laten ze het wel lopen.'
'Wat leuk dat je nog in sprookjes gelooft. Zouden wij het hebben laten lopen?'
'Misschien schaamt hij zich te erg om het te rapporteren.'
'Hij hoeft het helemaal niet te rapporteren. De mensen zien het vanzelf. Het raam van zijn auto is kapot en zijn neus is kapot.'
'Weet hij wie jij bent?'
'Hij heeft Neagleys naam op de lijsten gezet. Hij volgde ons. Hij weet wie we zijn.'
'Je kunt je er niet voor verantwoorden,' zei O'Donnell. 'Ze sluiten je op. Als het erop aankomt, zul je de stad uit moeten.'
'Dat werkt niet. Als ze mij niet te pakken kunnen krijgen, gaan ze achter jou en Neagley aan als medeplichtigen. Dat is niet de bedoeling. We hebben hier mankracht nodig.'
'Dan regelen we een advocaat voor je. Een goedkope.'
'Nee, een goede,' zei Dixon.
'Hoe dan ook, ik zal mijn handen niet vrij hebben,' zei Reacher.
Niemand zei iets.
Reacher zei: 'Neagley moet bevelvoerend officier worden.'
'Ik weiger,' zei Neagley.
'Je kunt niet weigeren, dit is een bevel.'
'Het kan pas een bevel zijn als jij bevelvoerend officier bent.'
'Dixon dan.'
'Geweigerd,' zei Dixon.
'Oké, O'Donnell.'

'Pas.'
Dixon zei: 'Reacher, tot hij de bak in gaat. Dan Neagley. Iedereen voor?'
Er gingen drie handen omhoog.
'Hier zul je nog spijt van krijgen,' zei Reacher. 'Ik zal zorgen dat je er spijt van krijgt.'
'Oké, wat zijn de plannen, baas?' vroeg Dixon. De vraag slingerde Reacher negen jaar terug in de tijd, terug naar de laatste keer dat iemand die vraag aan hem had gesteld.
'Net als altijd,' zei hij. 'We doen onderzoek, we bereiden ons voor en we doen het. We zoeken ze op, we maken ze af en dan pissen we op het graf van hun voorouders.'

25

Het Chateau Marmont was een bohemienachtig geheel op Sunset, dicht bij het begin van Laurel Canyon. Allerlei flimsterren en popmuzikanten hadden er gelogeerd. Er hingen genoeg foto's aan de muren. Errol Flynn, Clark Gable, Marilyn Monroe, Greta Garbo, James Dean, John Lennon, Mick Jagger, Bob Dylan, Jim Morrison. Led Zeppelin en Jefferson Airplane hadden er geboekt. John Belushi was er overleden, na een mix van heroïne en cocaïne waarmee je alle gasten in het hotel plat had kunnen krijgen. Van hem hingen er geen foto's. De receptionist wilde behalve de platina creditcard van Neagley ook identiteitsbewijzen zien, dus schreven ze zich allemaal in onder hun eigen naam. Geen keus. Toen vertelde de man dat hij maar drie kamers beschikbaar had. Neagley had een kamer voor zich alleen nodig, dus deelden O'Donnell en Reacher samen een kamer en kregen de vrouwen elk een eigen kamer. Daarna bracht O'Donnell Neagley terug naar het Beverly Wilshire in de auto van Dixon om de bagage op te halen en af te rekenen. Dan zou Neagley de Mustang terugrijden naar LAX en O'Donnell zou achter haar aan rijden om haar weer terug te brengen. Een intermezzo van drie uur. Reacher en Dixon zouden in het hotel achterblijven en die drie uur besteden aan het bestuderen van de cijfers.

Ze installeerden zich in de kamer van Dixon. Volgens de receptionist was het ooit nog de kamer van Leonardo DiCaprio geweest, maar daar was niets meer van te merken. Reacher legde de zeven spreadsheets naast elkaar op het bed en keek toe hoe Dixon zich voorover boog en ze snel doornam, op dezelfde manier waarop mensen bladmuziek of poëzie even doornemen.

'Twee dingen,' zei ze meteen. 'Er zijn geen honderd procent scores. Geen tien uit tien, geen negen uit negen.'

'En?'

'De eerste drie spreadsheets hebben zesentwintig breuken, de vierde

heeft er zevenentwintig en de laatste drie hebben er weer zesentwintig.'
'En wat betekent dat?'
'Ik weet het niet. Maar geen van de pagina's is helemaal gevuld. En dus moet dat zesentwintig en zevenentwintig een betekenis hebben. Het verschil is opzettelijk, niet per ongeluk. Het is niet gewoon een doorlopende lijst met pagina-einden. Als dat zo was, had Franz alles op zes vellen papier kunnen zetten in plaats van zeven. Het gaat dus om zeven afzonderlijke categorieën van iets.'
'Afzonderlijk, maar wel samenhangend,' zei Reacher. 'Het zijn beschrijvende reeksen.'
'De scores lopen terug,' zei Dixon.
'Dramatisch.'
'En heel abrupt. Het ziet er goed uit en dan, ineens, een diep dal.'
'Maar waar gaat het over?'
'Geen idee.'
Reacher vroeg: 'Wat kun je op deze manier meten, steeds opnieuw?'
'Van alles, denk ik. Misschien wel geestelijke gezondheid, antwoorden op eenvoudige vragen. Sportieve prestaties, opdrachten om coördinatie te meten. Misschien zijn fouten geregistreerd en in dat geval wordt de score juist beter in plaats van slechter.'
'Wat zijn de categorieën? Waar kijken we naar? Zeven keer wat?'
Dixon knikte. 'Dat is de sleutel. Dat moeten we eerst ontdekken.'
'Het kunnen geen medische tests zijn. Het kunnen helemaal geen tests zijn. Want waarom zevenentwintig vragen stellen midden in een reeks die voor de rest uit zesentwintig vragen bestaat. Daarmee haal je de consistentie onderuit.'
Dixon haalde haar schouders op en ging rechtop staan. Liep naar het raam, trok een verschoten gordijn opzij en keek naar buiten, omlaag. Toen omhoog, naar de heuvels.
'Ik houd van L.A.,' zei ze.
'Ik ook, denk ik,' zei Reacher.
'Maar meer van New York.'
'Ik ook, denk ik.'
'Maar het contrast is aardig.'
'Ik denk het.'
'De omstandigheden zijn klote, maar ik ben blij dat ik je weer zie, Reacher, echt blij.'

Reacher knikte. 'Ik ook. Ik dacht dat we jou ook kwijt waren. Dat voelde niet goed.'
'Mag ik je omhelzen?'
'Je wilt mij omhelzen?'
'Ik wilde jullie allemaal omhelzen, daar bij dat kantoor van Hertz. Maar ik heb het niet gedaan, omdat Neagley het vervelend zou hebben gevonden.'
'Ze gaf Angela Franz een hand. En de femme fatale bij New Age.'
'Ze gaat vooruit,' zei Dixon.
'Een beetje,' zei Reacher.
'Ze is misbruikt, ooit. Dat heb ik altijd gedacht.'
'Daar zal ze nooit over praten,' zei Reacher.
'Het is triest.'
'Zeker weten.'
Karla Dixon keerde zich naar hem toe en Reacher nam haar in zijn armen en drukte haar stijf tegen zich aan. Ze rook lekker. Haar haar rook naar shampoo. Hij tilde haar op en draaide haar één keer langzaam helemaal rond. Ze voelde licht en tenger en fragiel aan. Ze had een smalle rug. Ze droeg een zwarte zijden blouse en haar huid voelde daaronder warm aan. Hij zette haar weer op de grond en zij rekte zich helemaal uit en kuste hem op zijn wang.
'Ik heb je gemist,' zei ze. 'Jullie allemaal, bedoel ik.'
'Ik ook,' zei hij. 'Ik besef nu pas hoeveel.'
'Bevalt het leven na het leger je?' vroeg ze.
'Ja, ik vind het prima.'
'Ik niet. Maar misschien pas jij je beter aan.'
'Ik weet niet hoe ik me aanpas. Ik weet helemaal niet of ik me aanpas. Ik kijk naar jullie en dan heb ik het gevoel alsof ik aan het watertrappelen ben. Of langzaam verdrink. Jullie zwemmen allemaal.'
'Ben je echt blut?'
'Bijna tot op de laatste cent.'
'Ik ook,' zei ze. 'Ik verdien drie ton per jaar en kan maar net rondkomen. Zo gaat dat. Jij staat daar ver buiten.'
'Zo voel ik dat wel, meestal. Totdat ik weer mee moet doen. Neagley schreef duizenddertig dollar over naar mijn bankrekening.'
'Als een dertig-tien-code? Slimme meid.'
'En voor mijn ticket. Anders was ik nu nog steeds onderweg geweest. Liftend.'

'Lopend. Niemand die bij zijn volle verstand is, neemt jou mee.'
Reacher wierp een blik op zichzelf in een oude, gevlekte spiegel. Eén meter zesennegentig, honderdtien kilo, handen zo groot als twee diepvrieskalkoenen, overal haar, niet geschoren, gescheurde manchetten op zijn onderarmen, als het monster van Frankenstein.
Een zwerver.
Van de grote groene vechtmachine naar hier.
Dixon zei: 'Mag ik je wat vragen?'
'Toe maar.'
'Ik heb altijd gewild dat wij meer hadden gedaan dan alleen samenwerken.'
'Wie?'
'Jij en ik.'
'Dat is een mededeling, geen vraag.'
'Had jij dat gevoel ook?'
'Eerlijk?'
'Alsjeblieft.'
'Ja.'
'Waarom hebben we dan niet meer gedaan?'
'Dat zou niet juist zijn geweest.'
'We lapten allerlei andere regels aan onze laars.'
'Het zou de eenheid kapot gemaakt hebben. De anderen zouden jaloers zijn geworden.'
'Ook Neagley?'
'Op haar manier.'
'We hadden het geheim kunnen houden.'
Reacher zei: 'Sprookjes.'
'We zouden het nu geheim kunnen houden. We hebben drie uur.'
Reacher zei niets.
Dixon zei: 'Het spijt me. Het komt gewoon omdat al deze shit me het gevoel geeft dat het leven zo kort is.'
Reacher zei: 'En de eenheid is nu toch kapot.'
'Precies.'
'Heb je geen vriend aan de oostkust?'
'Op het moment niet.'
Reacher liep terug naar het bed. Karla Dixon liep naar hem toe en kwam naast hem staan, haar heup tegen zijn dij. De zeven vellen papier lagen nog steeds op een rij.

'Wil je hier nog verder naar kijken?' vroeg Reacher.
'Op het moment niet,' zei Dixon.
'Ik ook niet.' Hij pakte de vellen papier op en maakte er een stapeltje van. Legde dat op het nachtkastje onder de telefoon. Vroeg: 'Weet je het zeker?'
'Al vijftien jaar.'
'Ik ook. Maar het moet wel geheim blijven.'
'Afgesproken.'
Hij nam haar in zijn armen en kuste haar. De vorm van haar tanden was een nieuwe ervaring voor zijn tong. De knoopjes van haar blouse waren klein en onhandelbaar.

26

Naderhand lagen ze samen in bed en Dixon zei: 'We moeten weer aan het werk.' Reacher rolde zich om en wilde het stapeltje papieren van het nachtkastje pakken, maar Dixon zei: 'Nee, laten we het uit het hoofd doen. Dan zien we meer.'

'Is dat zo?'

'In totaal honderddrieëntachtig getallen,' zei ze. 'Wat is er met honderddrieëntachtig, als getal.'

'Geen priemgetal,' zei Reacher. 'Je kunt het delen door drie en éénenzestig.'

'Het kan me niet schelen of het een priemgetal is of niet.'

'Als je het met twee vermenigvuldigt, krijg je driehonderdzesenzestig, het aantal dagen in een schrikkeljaar.'

'Gaat het hier om een half schrikkeljaar dan?'

'Niet met zeven lijsten,' zei Reacher. 'De helft van wat voor jaar dan ook heeft zes maanden en dus zes lijsten.'

Dixon verzonk in gepeins.

Reacher dacht: *een halfjaar.*

Half.

Er zijn meer wegen die naar Rome leiden.

Zesentwintig, zevenentwintig.

Hij zei: 'Hoeveel dagen heeft een halfjaar?'

'Een gewoon jaar? Dat hangt ervan af, welke helft. Het is of honderdtweeëntachtig of honderddrieëntachtig.'

'Hoe kom je aan de helft?'

'Door twee delen.'

'Veronderstel dat je het met zeventwaalfde vermenigvuldigt?'

'Dan heb je meer dan de helft.'

'En dan met zeszevende?'

'Dan kom je precies op de helft uit. Tweeënveertig-vierentachtigste.'

'Nu ben je er.'

'Ik kan je niet volgen.'

'Hoeveel weken in een jaar?'
'Tweeënvijftig.'
'Hoeveel werkdagen?'
'Tweehonderdzestig als je uitgaat van een vijfdaagse werkweek, driehonderdtwaalf als je uitgaat van zes dagen per week.'
'Dus hoeveel dagen heb je in zeven maanden als je uitgaat van een zesdaagse werkweek?'
Dixon dacht even na. 'Hangt ervan af welke zeven maanden je pakt. Hangt ervan af waar de zondagen vallen. Hangt ervan af op welke dag 1 januari valt. Hangt ervan af of je naar een aaneengesloten periode van zeven maanden kijkt, of naar willekeurig bij elkaar gepakte maanden.'
'Denk aan de getallen, Karla. Er zijn maar twee mogelijke antwoorden.'
Dixon aarzelde even. 'Honderdtweeëntachtig of honderddrieëntachtig.'
'Exact,' zei Reacher. 'Op die zeven vellen papier staan cijfers van zeven maanden met een zesdaagse werkweek. Een van de lange maanden had maar vier zondagen. Vandaar de afwijking van zevenentwintig dagen.'
Dixon gleed vanonder het laken, liep naakt naar waar ze haar aktetas had neergezet en kwam terug met een leren Filofax-agenda. Ze legde hem geopend neer op het bed, nam de papieren van het nachtkastje en legde die op een rij onder de agenda. Haar ogen schoten heen en weer, zeven keer.
'Het is dit jaar,' zei ze. 'Het zijn de afgelopen zeven kalendermaanden. Tot aan het einde van de vorige maand. Haal er de zondagen uit, dan krijg je drie maanden van zesentwintig dagen, één van zevenentwintig en dan weer drie van zesentwintig.'
'Bingo!' zei Reacher. 'De een of andere meting van zes keer per week is in de afgelopen zeven maanden steeds slechter uitgevallen. Bepaalde resultaten. We zijn al halverwege.'
'De makkelijkste helft,' zei Dixon. 'Vertel me nu maar wat die cijfers betekenen.'
'Iets zou negen of tien of twaalf of dertien keer per dag moeten gebeuren van maandag tot en met zaterdag, maar dat ging niet altijd goed.'
'Wat voor iets?'
'Ik weet het niet. Wat voor soort iets gebeurt tien of twaalf keer per

dag?'

'Niet de productie van T-Fordjes in ieder geval. Het moet iets op redelijk kleine schaal zijn. Of in de dienstverlening. Zoiets als de afspraken van een tandarts. Of een advocaat. Of een kapper.'

'Er was een nagelsalon in de buurt van het kantoor van Franz.'

'Die maken meer afspraken per dag. En wat kunnen nagels te maken hebben met het verdwijnen van vier mensen en een Syriër met vier valse namen?'

'Ik weet het niet,' zei Reacher.

'Ik ook niet,' zei Dixon.

'We moeten ons douchen en aankleden.'

'Straks.'

'Hoezo straks?'

Dixon gaf geen antwoord. Liep alleen maar terug naar het bed, drukte hem tegen het kussen en kuste hem.

Drieduizend horizontale en tien verticale kilometers daarvandaan zat de donkerharige, veertig jaar oude man die zich op dit moment Alan Mason liet noemen, in de businessclass van een Boeing 757 van United Airlines, op weg van La Guardia, New York, naar Denver, Colorado. Hij had stoel 3A, een glas mineraalwater stond naast hem in een houder bij de armleuning en op zijn schoot lag een opengevouwen krant. Maar hij las niet. Hij staarde naar buiten, naar de sprankelend witte wolken onder het vliegtuig.

En twaalf kilometer naar het zuiden volgde de man in het donkerblauwe pak in de donkerblauwe Chrysler O'Donnell en Neagley op de weg terug van het parkeerterrein bij LAX. Hij had hen opgepikt toen ze het Beverly Wilshire verlieten. Hij had vermoed dat ze een vliegtuig ergens naartoe zouden nemen en dus had hij ervoor gezorgd dat hij hen kon volgen naar de terminals op de luchthaven. Toen O'Donnell weer rechtsaf Sepulveda op was gedraaid, had de man razendsnel moeten reageren om weer achter hen aan te kunnen gaan. Het gevolg was dat hij de hele rit tien auto's achter hen reed. Wat eigenlijk wel goed was, vond hij, vanuit het oogpunt van onopvallend volgen.

27

O'Donnell zei: 'We zijn helemaal nergens,' en Neagley zei: 'We moeten de feiten onder ogen zien. Het spoor is ijskoud en we hebben vrijwel niets om op af te gaan.'

Ze bevonden zich in de kamer van Karla Dixon. Voorheen pleisterplaats van Leonardo DiCaprio. Het bed was opgemaakt. Reacher en Dixon hadden zich gedoucht en aangekleed en hun haar was droog. Ze stonden een flink eind bij elkaar vandaan. De zeven spreadsheets lagen op het dressoir met de agenda ernaast. Er was niemand die bestreed dat ze een afspiegeling vormden van de afgelopen zeven maanden. Maar er was evenmin iemand die wist wat ze ermee aan moesten.

Dixon keek naar Reacher en vroeg: 'Wat wil je gaan doen, baas?'

'Even pauzeren,' zei Reacher. 'We zien iets over het hoofd. We denken niet op de juiste manier. We moeten even pauzeren en daarna weer verder.'

'Vroeger pauzeerden we nooit.'

'Vroeger hadden we er nog vijf paar ogen bij.'

De man in het donkerblauwe pak belde zijn baas: 'Ze zijn verhuisd naar het Chateau Marmont. Ze zijn nu met zijn vieren. Karla Dixon is komen opdagen. Ze zijn er nu dus allemaal.' Toen luisterde hij naar het antwoord van zijn baas en zag hem voor zich, hoe hij zijn stropdas gladstreek over zijn overhemd.

Reacher ging een eind lopen over Sunset, alleen. Alleen zijn was nog steeds het meest natuurlijke voor hem. Hij haalde zijn geld uit zijn zak en telde het. Niet veel over. Hij dook een souvenirwinkel in en vond een rek met afgedankte overhemden. Mode van vorig jaar. Of tien jaar geleden. Aan één kant van het rek hing een aantal blauwe overhemden met witte patronen, glanzend, van een of ander synthetisch materiaal. Gespreide boord, korte mouwen, rechte zoom. Hij koos er een uit. Het zag eruit als iets wat zijn vader zou hebben aangetrokken in de jaren vijftig om te gaan bowlen. Maar dan drie maten groter. Reacher was veel forser dan zijn vader ooit was geweest. Hij zocht een spiegel en hield het knaapje onder zijn kin. Het leek of het overhemd hem wel zou passen. Over de schouders was het waarschijnlijk breed genoeg. De korte mouwen betekenden een oplossing voor het probleem om iets te vinden met mouwen die lang genoeg waren voor zijn armen. Hij had de armen van een gorilla, alleen langer en dikker.

Inclusief BTW kostte het overhemd bijna eenentwintig dollar. Reacher betaalde de man achter de kassa, beet toen ter plekke de etiketten van het overhemd en trok zijn oude overhemd uit en het nieuwe aan. Stopte het niet bij zijn broek in. Trok het wat aan de zomen omlaag en rolde met zijn schouders. Als hij het bovenste knoopje niet dichtdeed, paste het aardig. De mouwen zaten wat strak om zijn biceps, maar het was niet zo erg dat het de bloedsomloop belemmerde.

'Heb je een afvalbak?' vroeg hij.

De man dook onder de toonbank en kwam weer tevoorschijn met een ronde metalen trommel, gevoerd met een witte plastic zak. Reacher rolde zijn oude overhemd op en gooide het in de afvalbak.

'Is er ook een kapper hier in de buurt?' vroeg hij.

'Tweede zijstraat naar het noorden,' zei de man. 'Tegen de heuvel op. Schoenen poetsen en knippen in de hoek van de supermarkt.'

Reacher zei niets.

'Laurel Canyon,' zei de man bij wijze van uitleg.

Bij de supermarkt verkochten ze bier uit kisten met ijs en koffie uit thermoskannen met een drukknop erbovenop. Reacher nam een standaardbeker zwarte koffie, huismelange, en ging op weg naar de kappersstoel. Het was een ouderwets geval, bekleed met rood gespikkeld vinyl. Bij de wasbak lagen rechte scheermessen en er vlakbij stond een schoenenpoetserstroon. Er zat een magere man op met een mouwloos hemd. Hij had sporen van naalden op zijn armen. Hij keek en concentreerde zich, alsof hij probeerde in te schatten wat hem te doen stond.

'Laat me eens raden,' zei hij. 'Knippen en scheren?'

'Hoeveel?' zei Reacher.

'Acht dollar,' zei de man.

Reacher telde zijn geld opnieuw.
'Tien,' zei hij. 'Inclusief schoenen poetsen en de koffie.'
'Dat wordt met elkaar twaalf.'
'Ik heb niet meer dan tien.'
De man haalde zijn schouders op en zei: 'Oké.'
Laurel Canyon, dacht Reacher. Een halfuur later was hij op een laatste dollar na blut, maar zijn schoenen glommen en gladder geschoren was zijn gezicht nog nooit geweest. Zijn hoofd was bijna net zo glad geschoren. Hij had gevraagd om een standaard infanteriekapsel, maar de man had er iets van gemaakt wat veel meer op een marinierskapsel leek. Duidelijk geen veteraan dus. Reacher aarzelde even en keek opnieuw naar de armen van de man.
Hij vroeg: 'Waar kun je hier in de buurt scoren?'
'Jij gebruikt niet,' zei de man.
'Voor een vriend.'
'Je hebt geen geld.'
'Daar kan ik wel aan komen.'
De man in het mouwloze hemd haalde zijn schouders op en zei: 'Meestal is er wel een ploeg achter het wassenbeeldenmuseum.'

Reacher liep terug naar het hotel door de straten in de lage heuvels, zodat hij het aan de achterkant naderde. Onderweg liep hij langs een donkerblauwe Chrysler 300c die langs het trottoir geparkeerd stond. Er zat een man in een donkerblauw pak achter het stuur. Het pak kleurde min of meer perfect bij het glanzende blauw van het metaal. De motor stond uit en de man zat gewoon te wachten. Reacher vermoedde dat het een auto-met-chauffeur was. Een limo. De een of andere ondernemende autoverhuurder had vast een betere prijs kunnen bedingen bij de Chrysler-dealer dan bij de Lincoln-dealer en was dus overgestapt van Town Cars op Chryslers. Had besloten om zijn chauffeurs in een bijpassend pak te steken, iets om de concurrentie de loef af te steken. Reacher wist dat de concurrentie op de markt voor limousineverhuur in L.A. moordend was. Hij had daar ergens een keer iets over gelezen.

Dixon en Neagley reageerden beschaafd op zijn nieuwe overhemd, maar O'Donnell lachte erom. Ze lachten alle drie om zijn kapsel. Het kon Reacher niet schelen. Hij ving er een glimp van op in de oude, gevlekte spiegel en moest toegeven dat het wel een beetje extreem was. Bijna een compleet kale kop. En hij was blij dat hij even voor een moment van luchthartigheid kon zorgen. Elders zou er nergens ruimte zijn voor ontspanning, dat was duidelijk. Samen hadden ze zich door twee jaar vol van misdaden geworsteld, soms was het gruwelijk, soms alleen maar corruptie, soms wreed, soms ontstellend, en ze hadden zich daar al grappen makend doorheen geslagen, net als politiemensen over de hele wereld doen. Galgenhumor. Het universele redmiddel. Ze hadden ooit een keer een lijk aangetroffen in vergaande staat van ontbinding met een spade in wat er van het hoofd over was, en hadden het slachtoffer onmiddellijk Clovis gedoopt en kromgelegen van het lachen. Later tijdens de krijgsraad had Stan Lowrey zich vergist en de bijnaam gebruikt in plaats van de echte naam. De verdediging, iemand van het JAG Corps, had het niet begrepen. Lowrey was ter plekke opnieuw in lachen uitgebarsten en had geprobeerd het uit te leggen: *Clovis, van kloven, een spade in zijn hoofd, ja?*

Nu lachte niemand meer. Het was anders als de slachtoffers aan je eigen kant vielen.

De spreadsheets lagen weer op het bed. Honderddrieëntachtig dagen in zeven maanden tijd. Een totaal van 2.197 gebeurtenissen. Er lag een nieuw vel naast, beschreven in het handschrift van Dixon. Ze had de cijfers geëxtrapoleerd naar driehonderdveertien dagen en 3.766 gebeurtenissen voor een heel jaar. Reacher vermoedde dat ze de anderen had gevraagd naar ideeën over wat er, verdeeld over driehonderdveertien dagen, 3.766 keer per jaar kan gebeuren. Maar de rest van het vel papier was leeg. Niemand had iets kunnen bedenken. Het vel met de vijf namen lag op het kussen. Het lag er wat slordig bij, alsof iemand het had bestudeerd en het toen gefrustreerd van zich af gegooid had.

'Er moet toch meer zijn dan alleen dit,' zei O'Donnell.

'Wat wil je precies?' vroeg Reacher. 'Het filmscript?'

'Ik bedoel dat dit niet genoeg is voor vier mensen om voor te sterven.'

Reacher knikte.

'Daar ben ik het mee eens,' zei hij. 'Het is niet veel. Omdat de schurken vrijwel alles in handen hebben gekregen. Zijn computers, zijn adresboek, zijn klantenlijst, zijn telefoonlijst. Het enige wat wij hebben is het topje van de ijsberg. Fragmenten. Als bij opgravingen. Maar

we kunnen er maar beter aan gewend raken, want meer dan dit gaan we niet krijgen.'
'Wat gaan we doen dan?'
'De gewoonte doorbreken.'
'Welke gewoonte?'
'Mij vragen wat we gaan doen. Misschien ben ik er morgen wel niet meer. Ik stel me zo voor dat die smerissen op dit moment het harnas aantrekken. Jullie zullen zelf moeten gaan nadenken.'
'En wat doen we tot dat moment?'
Reacher negeerde de vraag. Keerde zich in plaats daarvan naar Karla Dixon en vroeg: 'Heb je bij het huren van die auto ook een extra verzekering afgesloten?'
Ze knikte.
'Oké,' zei Reacher. 'Houd nog maar even pauze. Daarna gaan we eten. Ik trakteer. Zoiets als het laatste avondmaal, misschien. Ik zie jullie over een uur in de lobby.'

Reacher nam Dixons Ford over van de parkeerwachten en reed naar het oosten over Hollywood Boulevard. Hij passeerde het Entertainment Museum en Mann's Chinese Theater. Sloeg links af Highland op. Hij was nu nog twee blokken van Hollywood and Vine, waar de handel van oudsher had plaatsgevonden. Nu scheen de handel zich te hebben verplaatst, zoals dat gaat. De autoriteiten wonnen de strijd nooit helemaal. Ze schoven de handel voor zich uit, een blok de ene kant op, dan weer de andere kant uit.
Reacher parkeerde langs de stoeprand. Er liep een brede steeg achter het wassenbeeldenmuseum langs. Meer eigenlijk een braakliggend terrein, half verhard, zonder afrastering, geannexeerd door auto's om te keren, opnieuw geannexeerd door dealers als *drive-through*. De organisatie van de handel was traditioneel en liep over drie schijven. De klant kwam aanrijden en nam gas terug. Een jochie van niet meer dan een jaar of elf benaderde hem. De klant plaatste de bestelling en overhandigde het geld. Het jochie rende met het geld naar de kassier en dan naar de man met het spul om de bestelling op te halen. Ondertussen reed de klant stapvoets een halve cirkel, zodat hij het jochie aan de andere kant van het terrein weer tegen zou komen. Dan vond de overdracht plaats en vertrok de klant. Het jochie rende terug naar zijn basisplek om te wachten op de volgende klant.

Een slim systeem. Geld en product volledig van elkaar gescheiden, gemakkelijk verdwijnen in drie verschillende richtingen als het nodig mocht zijn, en niemand kon ergens mee worden betrapt, behalve een kind dat veel te jong was om te worden berecht. Regelmatige aanvoer van nieuwe drugs, zodat de man met het spul steeds maar een minimale hoeveelheid bij zich had. Regelmatig afdracht van de inkomsten, zodat het verlies nooit hoog kon oplopen en de kassier minder kwetsbaar was.

Een slim systeem.

Een systeem dat Reacher eerder had gezien.

Een systeem waar hij eerder gebruik van had gemaakt.

De kassier zat op een brok beton midden op het terrein met een zwarte plastic plunjezak aan zijn voeten. Hij had een zonnebril op en had ongetwijfeld een wapen dat die week in de aanbieding was.

Reacher wachtte.

Een zwarte Mercedes ML remde af en reed het terrein op. Een fraaie SUV, getint glas, een acroniem op de kentekenplaten dat Reacher niet begreep. Hij stond stil bij de ingang en het jochie rende ernaartoe. Hij kwam met zijn hoofd amper ter hoogte van het raam aan de bestuurderskant. Maar zijn hand had daar geen moeite mee. Die gleed omhoog en kwam weer omlaag met een pak opgevouwen bankbiljetten. De Mercedes begon stapvoets te rijden en het jochie rende naar de kassier. Het geld verdween in de plunjezak en het jochie rende naar de man met het spul. De Mercedes begon langzaam aan zijn halve cirkel.

Reacher zette Dixons Ford in de versnelling. Keek naar het noorden, keek naar het zuiden. Trapte op het gaspedaal en draaide aan het stuur en knalde het terrein op. Negeerde het uitgesleten pad en koerste rechtstreeks naar het midden van het terrein.

Recht op de kassier af, steeds harder, met steenslag dat onder de voorwielen weg spatte.

De kassier verstijfde.

Drie meter voordat hij hem zou overrijden deed Reacher drie dingen. Hij rukte aan het stuur. Hij trapte op de rem. En hij opende het portier. De wagen slingerde naar rechts en de voorwielen slipten op het losse grind en de deur zwaaide in volle beweging open en raakte de man voluit. Het was één harde klap van zijn middel tot in zijn gezicht. Hij sloeg achterover, de auto stond stil, Reacher boog naar buiten en graaide de plastic plunjezak met zijn linkerhand van de grond. Smeet hem op de passagiersstoel, trapte op het gas, knalde het portier dicht en keerde in een krappe bocht binnen de cirkel van de stapvoets rijdende Mercedes. Reed met brullende motor het terrein weer af en bonkte over de stoeprand Highland op. In zijn spiegel zag hij stof ronddwarrelen in de lucht, de kassier plat op zijn rug, twee rennende kerels, complete verwarring. Tien meter later was hij verdwenen achter het massieve gebouw van het wassenbeeldenmuseum. Toen door het stoplicht, terug op Hollywood Boulevard.

Twaalf seconden, van begin tot eind.

Geen reactie, geen schietpartij. Geen achtervolgers.

En dat zou ook niet gebeuren, vermoedde Reacher. Ze hadden een standaard Ford en het afgrijselijke overhemd en het kortgeknipte haar gezien en het toegeschreven aan iemand die freelance voor de LAPD werkte en zijn pensioen op niveau wilde brengen. Bedrijfskosten. En de klant in de Mercedes kon zich niet veroorloven ook maar iets tegen iemand te zeggen.

Ja man, handen af van de Special Investigators.

Reacher nam gas terug, haalde diep adem, sloeg rechts af en reed een toeristisch rondje tegen de wijzers van de klok in. Nichols Canyon Road, Woodrow Wilson Drive en toen weer terug langs Laurel Canyon Boulevard. Er reed niemand achter hem aan. Hij stopte in een verlaten haarspeldbocht hoog in de heuvels, schudde de plunjezak leeg en gooide die in de berm. Toen telde hij het geld. Bijna negenhonderd dollar, voornamelijk in briefjes van tien en twintig. Genoeg om te eten. Zelfs met Noors gletsjerwater. En een fooi.

Hij stapte uit en controleerde de auto. In het portier aan de bestuurderskant zat een kleine deuk, in het midden. Het gezicht van de man. Geen bloed. Hij stapte weer in en deed zijn veiligheidsgordel om. Tien minuten later zat hij in de lobby van het Chateau Marmont, in een met versleten velours beklede leunstoel, te wachten op de anderen.

Veertienhonderd kilometer ten noordoosten van het Chateau Marmont nam de donkerharige, veertig jaar oude man die zich Alan Mason liet noemen, de ondergrondse trein van de gate waar zijn vliegtuig was aangekomen naar de hoofdterminal van Denver Airport. Hij zat alleen in de coupé, vermoeid, maar de hele weg glimlachend om de krankzinnige uitbarstingen van jugband-muziek die steeds voorafgingen aan de aankondigingen van haltes. Dat was vast bedacht door een psycholoog als middel om de spanning van het reizen te verlagen. En dan hielp het dus fantastisch. Hij voelde zich goed. Veel ontspannener dan je zou mogen verwachten.

28

Uiteindelijk kostte het eten Reacher veel minder dan negenhonderd dollar. Ofwel om redenen van smaak of voorkeur, of uit respect voor de omstandigheden, of als tegemoetkoming aan zijn precaire financiële situatie kozen de anderen voor een lawaaierige hamburgertent op Sunset, even ten oosten van het Mondrian Hotel. Ze hadden geen Noors water. Alleen bier op de tap en een huismerk uit de fles en dikke, sappige hamburgerkoekjes en augurken en superieure, luide rhythm-and-blues. Het was het soort tent waar Reacher thuishoorde, als een plaatje uit de jaren vijftig. De anderen vielen er uit de toon. Ze zaten aan een ronde tafel die gedekt was voor vier personen. Het gesprek kabbelde voort in een ambiance van vrienden die elkaar na vele jaren weerzien en stokte zo nu en dan, als de gedachte aan wie er niet waren de kop opstak. Reacher luisterde vooral. De dynamiek van de ronde tafel zorgde ervoor dat niemand het gesprek domineerde. Nu eens was de een, dan weer een ander middelpunt van de belangstelling. Na een halfuur herinneringen ophalen en bijpraten keerde het gesprek weer terug naar Franz.

O'Donnell zei: 'Begin eens helemaal bij het begin. Als we zijn vrouw mogen geloven, heeft hij vier jaar geleden alles opgegeven behalve antecedentenonderzoek. Waarom zou hij dan nu ineens in zoiets serieus terecht zijn gekomen?'

Dixon zei: 'Omdat iemand hem heeft gevraagd.'

'Precies,' zei O'Donnell. 'Het begint allemaal bij zijn cliënt. Wie was dat?'

'Het kan iedereen wel zijn geweest.'

'Nee,' zei O'Donnell. 'Dat moet een bijzonder iemand zijn geweest. Hij heeft extra zijn best gedaan. Hij heeft een vier jaar oude gewoonte doorbroken. Heeft min of meer een belofte aan zijn vrouw en zijn kind verbroken, ook nog.'

Neagley zei: 'Misschien werd hij goed betaald.'

'Of misschien was het iemand die hij iets verschuldigd was,' zei Dixon.

Neagley zei: 'Of misschien leek het aanvankelijk een routineklus. Misschien had hij geen flauw idee wat hem te wachten stond. Misschien wist de cliënt dat ook wel niet.'
Reacher luisterde. *Het moest een bijzonder iemand zijn geweest. Iemand die hij op de een of andere manier iets verschuldigd was.* Hij keek naar O'Donnell toen die aan het woord was, daarna naar Dixon en daarna naar Neagley. De lijn van het gesprek schoot van de een naar de ander en trok een zware driehoek over de tafel. Diep in zijn gedachten begon iets te borrelen. Iets wat Dixon uren geleden had gezegd, toen ze in de auto wegreden van LAX. Hij sloot zijn ogen, maar kon het niet te pakken krijgen. Hij nam het woord en de driehoek breidde zich uit tot een vierkant waar ook hij deel van uitmaakte.
'We moeten het Angela vragen,' zei hij. 'Als hij de een of andere belangrijke cliënt al jarenlang had, heeft hij er misschien thuis iets over gezegd.'
'Ik zou Charlie wel eens willen zien,' zei O'Donnell.
'We gaan morgen,' zei Reacher. 'Tenzij de smerissen me komen halen. In dat geval moeten jullie verder zonder mij.'
'Bekijk het maar van de zonnige kant,' zei Dixon. 'Misschien heb je de man een hersenschudding bezorgd. Misschien kan hij zich niet meer herinneren wie hij is, laat staan dat hij zich jou kan herinneren.'

Ze liepen terug naar het hotel en gingen in de lobby uit elkaar. Geen zin in een laatste borrel. Gewoon de onuitgesproken overeenstemming om te gaan slapen en morgen weer vroeg aan de slag te gaan. Reacher en O'Donnell gingen samen naar boven. Zeiden niet veel. Reacher sliep vijf seconden nadat hij zijn hoofd op het kussen had gelegd.

Om zeven uur 's ochtends werd hij weer wakker. De ochtendzon scheen door het raam naar binnen. David O'Donnell kwam binnen. Gehaast. Volledig gekleed, een krant onder de arm, in beide handen een kartonnen beker met koffie.
'Ik ben een eindje gaan lopen,' zei hij.
'En?'
'Je hebt een probleem,' zei hij. 'Denk ik.'
'Wie?'
'Die agent. Hij staat hier honderd meter vandaan geparkeerd.'

'Dezelfde vent?'
'Dezelfde vent met dezelfde auto. Hij heeft een metalen spalk over zijn neus en over het raam van zijn auto is een vuilniszak geplakt.'
'Heeft hij jou gezien?'
'Nee.'
'Wat doet hij?'
'Hij zit daar gewoon. Alsof hij ergens op wacht.'

29

Ze bestelden ontbijt in de kamer van Dixon. Vuistregel, lang geleden eigen gemaakt: eet als je de kans krijgt, want je weet nooit wanneer je weer een kans krijgt. Vooral als je op het punt staat om uit het systeem te verdwijnen. Reacher schoof eieren en bacon en toast door zijn keel en spoelde het weg met grote hoeveelheden koffie. Hij voelde zich rustig, maar gefrustreerd.
'Ik had in Portland moeten blijven,' zei hij. 'Dat had ik net zo goed kunnen doen.'
'Hoe hebben ze ons zo snel gevonden?' vroeg Dixon.
'Computers,' zei Neagley. 'Homeland Security en de Patriot Act. Ze kunnen tegenwoordig zoeken in de hotelregisters wanneer ze maar willen. Dit is een politiestaat.'
'Wij zijn de politie,' zei O'Donnell.
'Dat waren we.'
'Ik wou dat we het nog waren. Bijna onmogelijk om nog in de problemen te raken.'
'Gaan jullie maar vast,' zei Reacher. 'Ik wil niet dat jullie hierin betrokken raken. Daar hebben we de tijd niet voor. Dus zorg ervoor dat die agent jullie niet ziet vertrekken. Zoek Angela Franz nog een keer op. Ga op zoek naar de cliënt. Ik neem wel weer contact op als ik de kans krijg.'
Hij dronk het laatste restje van zijn koffie op en keerde terug naar zijn kamer. Stopte zijn opvouwbare tandenborstel in zijn zak en verstopte zijn paspoort en zijn pinpas en zevenhonderd dollar van wat er nog over was in de koffer van O'Donnell. Omdat sommige dingen weg kunnen raken na een arrestatie. Toen ging hij met de lift naar beneden. Ging in een leunstoel in de lobby zitten wachten. Het had geen zin om de hele zaak op te blazen tot een groot drama en door hotelgangen heen en weer te gaan rennen. Want, vuistregel nummer twee, geleerd tijdens een leven lang van domme pech en problemen: behoud je waardigheid.

Hij wachtte.

Een halfuur, een uur. Er lagen drie ochtendkranten in de lobby en hij had ze alle drie gelezen. Alles. Sport, hoofdartikelen, redactioneel commentaar, nationaal nieuws, internationaal nieuws. En zakennieuws. Er stond een artikel in over de financiële gevolgen van Homeland Security voor de particuliere sector. Daarin werd dezelfde zeven miljard dollar genoemd die Neagley had genoemd. Veel geld. Alleen overtroffen, aldus het artikel, door het fortuin dat de wapenindustrie ten deel viel. Het Pentagon beschikte nog altijd over meer geld dan wie dan ook, en strooide het als pepernoten in het rond.

Anderhalf uur.

Er gebeurde niets.

Toen er twee uur voorbij waren, stond Reacher op en legde de kranten weer terug. Liep naar de deur en keek naar buiten. Heldere zon, blauwe lucht, weinig smog. De exotische bomen bewogen in een licht briesje. In de was gezette auto's reden langs, langzaam en glanzend. Een mooie dag. De vierentwintigste die Calvin Franz niet meer had meegemaakt. Bijna vier hele weken. Hetzelfde gold voor Tony Swan en Jorge Sanchez en Manuel Orozco, waarschijnlijk.

Ze zijn ten dode opgeschreven, vanaf dit moment. Wie mijn vrienden uit helikopters gooit, zal het niet navertellen.

Reacher liep naar buiten. Bleef even staan, voor iedereen zichtbaar, alsof hij op het vuur van een sluipschutter wachtte. Ze hadden nu tijd genoeg gehad om hele SWAT-teams in positie te brengen. Maar het bleef rustig op het trottoir. Geen geparkeerde wagens. Geen onopvallende bestelbusjes van bloemisten. Geen nep-telefoonmonteurs. Geen patrouillerende politieagenten. Hij sloeg links af Sunset op. Opnieuw links af Laurel Canyon Boulevard op. Liep langzaam en bleef dicht in de buurt van heggen en andere beplanting. Sloeg weer links af, de slingerende weg achter het hotel in.

De bruine Crown Vic stond open en bloot, even verderop.

Hij stond geparkeerd langs de stoeprand, alleen, geïsoleerd, honderd meter verderop. Doodstil, onbeweeglijk, motor uit. Zoals O'Donnell had gezegd, was het raam aan de passagierskant afgeplakt met een zwarte vuilniszak, strakgetrokken. De chauffeur zat achter het stuur. Zat daar gewoon. Bewoog niet, alleen zijn hoofd zo nu en dan. Achteruitkijkspiegel, recht vooruit, buitenspiegel. Reacher ving een glimp op van een aluminium spalk over de neus.

De auto zag er doods en koud uit, alsof hij er al uren stond.
De man was alleen, zat te kijken en te wachten.
Maar waarop?
Reacher keerde zich om en liep langs dezelfde weg terug. Liep de lobby weer in en ging weer in zijn leunstoel zitten, terwijl in zijn gedachten een nieuwe theorie ontkiemde.
Zijn vrouw belde me, had Neagley gezegd.
Wat wilde ze van jou?
Niets, had Neagley gezegd. *Ze wilde het alleen aan me kwijt.*
Ze wilde het alleen kwijt.
En toen: Charlie bungelend aan de deurkruk. Reacher had gevraagd: *Mag je de deur wel helemaal alleen opendoen?* En het jongetje had gezegd: *Ja, dat mag.*
En toen: *Charlie, ga maar even buiten spelen.*
En toen: *Ik denk dat er iets is wat u ons niet vertelt.*
Bedrijfskosten.
Reacher zat in de met velours beklede leunstoel in de lobby van het Chateau Marmont en dacht, wachtte, heen en weer geslingerd tussen hoop en vrees, op wie als eerste de lobby in zouden komen, zijn oude eenheid of een stelletje opgefokte politieagenten van L.A. County.

30

Zijn oude eenheid kwam als eerste de lobby in. Wat ervan over was, tenminste. Het restant. O'Donnell en Neagley en Dixon, alle drie gehaast en gespannen. Ze bleven als aan de grond genageld staan toen ze hem zagen en hij stak een hand op ter begroeting.

'Je bent er nog,' zei O'Donnell.

'Nee, ik ben een geestverschijning.'

'Schitterend.'

'Wat zei Angela?'

'Niets. Ze weet helemaal niets van zijn klanten.'

'Hoe was het met haar?'

'Als een vrouw die net haar man heeft verloren.'

'Wat vond je van Charlie?'

'Aardig joch. Net zijn vader. Franz leeft nog door, in zekere zin.'

Dixon zei: 'Hoe komt het dat jij hier nog bent?'

'Dat is een goede vraag,' zei Reacher.

'En het antwoord?'

'Is die politieagent daar nog steeds buiten?'

Dixon knikte. 'We konden hem vanaf het einde van de straat zien.'

'Laten we naar boven gaan.'

Ze gingen naar de kamer van Reacher en O'Donnell. Die was iets groter dan die van Dixon, omdat het een tweepersoonskamer was. Het eerste wat Reacher deed, was zijn geld en paspoort en pinpas weer uit O'Donnells koffer halen.

O'Donnell zei: 'Het lijkt erop alsof je toch van plan bent te blijven.'

'Ik denk het wel,' zei Reacher.

'Waarom?'

'Omdat Charlie de deur helemaal in zijn eentje opendeed.'

'En wat wil dat zeggen?'

'Angela lijkt me geen slechte moeder. Doorsnee, op zijn minst. Charlie zag er schoon uit, goed gevoed, goed gekleed, evenwichtig, goed verzorgd. Daaruit kun je afleiden dat Angela haar taak als ouder gewetensvol opvat. Toch liet ze haar kind de deur opendoen voor een paar volslagen vreemden.'

Dixon zei: 'Haar man is net vermoord. Misschien was ze er niet helemaal bij.'

'Eerder het tegendeel. Haar man was al drie weken daarvoor vermoord. Ik denk dat ze de eerste schok al had verwerkt. Nu klampt ze zich meer dan ooit aan Charlie vast omdat hij het enige is wat ze nog heeft. En toch liet ze hem opendoen. En daarna zei ze tegen hem dat hij buiten moest gaan spelen. Ze zei niet dat hij in zijn kamer moest gaan spelen. Ze zei buiten. In Santa Monica? In een voortuin aan een drukke straat met een heleboel voorbijgangers? Waarom zou ze dat doen?'

'Geen idee.'

'Omdat ze wist dat het veilig was.'

'Hoezo?'

'Omdat ze wist dat die politieagent het huis in de gaten hield.'

'Denk je?'

'Waarom heeft ze veertien dagen voorbij laten gaan voordat ze Neagley belde?'

'Ze was er niet helemaal bij,' zei Dixon opnieuw.

'Misschien,' zei Reacher. 'Maar misschien is er wel een andere reden. Misschien was ze wel helemaal niet van plan ons te bellen. Wij horen bij het verleden. Ze had meer op met het tegenwoordige leven van Franz. Wij vertegenwoordigen het oude, slechte leven, ruw, gevaarlijk, onbeschaafd. Ik denk dat ze dat afkeurde. En als het dat niet was, was ze misschien wel een beetje jaloers.'

'Dat denk ik ook,' zei Neagley. 'Dat is de indruk die ik kreeg.'

'Maar waarom heeft ze jou dan gebeld?'

'Geen idee.'

'Bekijk het eens vanuit het standpunt van die politieagent. Klein bureau, beperkte capaciteit. Ze vinden een lijk in de woestijn, identificeren hem, zetten de machinerie in werking. Ze volgen het boekje. Het eerste wat ze doen is een profiel maken van het slachtoffer. Gaandeweg komen ze erachter dat hij lid was van een supergeheim onderzoeksteam in het leger. En ze komen erachter dat al zijn oude maten, op één na, nog ergens te vinden zijn.

'En ze verdenken ons?'

'Nee, ik denk dat ze ons als verdachten hebben afgeschreven en verder zoeken. Maar het wordt niets. Geen aanknopingspunten, geen spoor, geen doorbraak. Ze zitten vast.'

'Dus?'

'Dus na twee weken frustraties krijgen ze een idee. Angela heeft hen alles over de eenheid verteld en de loyaliteit en het oude motto, en ze zien een lichtpuntje. In wezen staat er een freelance onderzoeksteam klaar in de coulissen. Een team met slimme, ervaren mensen, en vooral een team dat uiterst gemotiveerd zal zijn. En dus geven ze Angela opdracht ons te bellen. Om het ons te vertellen, meer niet. Omdat ze weten dat dat ongeveer neerkomt op het opwinden van speelgoed met een springveer. Ze weten dat wij hier verdomd snel naartoe zullen komen. Ze weten dat wij op zoek zullen gaan naar antwoorden. Ze weten dat ze rustig in de bosjes kunnen afwachten en ons volgen en mee kunnen liften met onze resultaten.'

'Dat is belachelijk,' zei O'Donnell.

'Maar ik denk wel dat dat precies is wat er gebeurt,' zei Reacher. 'Angela heeft hen verteld dat zij Neagley aan de telefoon heeft gehad, ze hebben Neagleys naam op een lijst gezet, haar gespot toen ze in de stad aankwam, ze zijn haar gevolgd en in de bosjes gaan liggen toekijken toen de rest van ons een voor een arriveerde. En vanaf dat moment houden ze alles in de gaten wat we doen. Recherchewerk bij volmacht. Dat was het wat Angela ons niet heeft verteld. De politie heeft haar gevraagd ons zover te krijgen dat wij de kolen uit het vuur zouden halen en zij heeft daarmee ingestemd. En daarom ben ik hier nog steeds. Er is gewoon geen andere verklaring. Ze vinden een gebroken neus gewoon een kwestie van bedrijfsrisico.'

'Dat is waanzinnig.'

'Er is maar één manier om erachter te komen. Ga een blokje om en ga praten met de politieagent.'

'Denk je?'

'Dixon zou dat moeten doen. Zij was er niet bij in Santa Ana. Dat betekent dat hij haar waarschijnlijk niet zal neerknallen als ik geen gelijk heb.'

31

Dixon deed het. Ze verliet de kamer zonder iets te zeggen. O'-Donnell zei: 'Ik geloof niet dat Angela vandaag iets achterhield. Dus ik denk dat Franz helemaal geen cliënt had.'
'Hoe zwaar heb je haar onder druk gezet?' vroeg Reacher.
'We hoefden haar niet onder druk te zetten. Het lag allemaal voor het oprapen. Ze had ons niets te vertellen. Het is ondenkbaar dat Franz zich zo in de nesten zou hebben gewerkt als het niet voor een belangrijke oude cliënt was die hij al jaren kende, en het is ondenkbaar dat er zo iemand zou zijn geweest zonder dat Angela op zijn minst zijn naam zou hebben horen noemen.'
Reacher knikte. Toen glimlachte hij, kort. Hij was blij met zijn oude team. Hij kon op hen bouwen, absoluut. Geen getwijfel. Als Neagley en Dixon en O'Donnell op stap gingen met een vraag, kwamen ze terug met het antwoord. Altijd, waar het ook over ging, hoe ze er ook aan moesten komen. Je kon ze naar Atlanta sturen en dan zouden ze terugkomen met het geheime recept voor Coca Cola.
Neagley vroeg: 'En wat nu?'
'Laten we eerst maar eens met de politie gaan praten,' zei Reacher. 'In het bijzonder om uit te zoeken of ze ook naar Las Vegas zijn geweest.'
'Naar het kantoor van Sanchez en Orozco? Dixon is er geweest. Er was niets overhoop gehaald.'
'Ze is niet bij hen thuis geweest.'

Dixon kwam een halfuur later terug en zei: 'Hij heeft me niet neergeknald.'
'Goed zo.'
'Dat vond ik ook.'
'Heeft hij nog iets bekend?'
'Hij heeft niets bevestigd en niets ontkend.'
'Is hij kwaad over zijn neus?'

'Woest.'
'Wat had hij te vertellen dan?'
'Hij heeft zijn baas gebeld. Ze willen met ons praten. Hier, over een uur.'
'Wie is zijn baas?'
'Iemand die Curtis Mauney heet. Van het politiebureau van L.A. County.'
'Oké,' zei Reacher. 'Dat kan. We zullen eens zien wat hij te vertellen heeft. Hij krijgt de behandeling van commandant van de MP. Kaken op elkaar en laat hem maar kletsen.'

Ze wachtten beneden in de lobby tot het uur voorbij was. Geen druk, geen spanning. In het leger leer je wel wachten. O'Donnell lag breeduit op een sofa en maakte zijn nagels schoon met zijn springmes. Dixon nam de zeven spreadsheets steeds opnieuw door, legde ze uiteindelijk weg en deed haar ogen dicht. Neagley zat in haar eentje op een stoel tegen de muur. Reacher zat onder een oude ingelijste foto van Raquel Welch. De foto was in de late namiddag voor het hotel genomen en het zonlicht had dezelfde gouden glans als haar huid. Het gouden uurtje, noemen fotografen dat. Duurt maar even, warm, glanzend. Net als roem, dacht Reacher.

De donkerharige, veertig jaar oude man, die zich Alan Mason liet noemen, wachtte ook. Hij wachtte tot het tijd was voor een geheime bijeenkomst op zijn kamer in het Brown Palace Hotel midden in Denver. Hij was op een voor hem ongebruikelijke manier nerveus en uit zijn doen. Om drie redenen. In de eerste plaats was de kamer donker en aftands. Helemaal niet wat hij had verwacht. In de tweede plaats stond er een koffer tegen de muur. Het was een donkergrijze Samsonite met een harde schaal, zorgvuldig uitgezocht, net als alles waarmee hij zich omringde, duur genoeg om te passen bij de weelderige levensstijl die hij wilde uitstralen, maar niet zo opvallend dat hij de aandacht trok. In de koffer zaten toonderpapieren en geslepen diamanten en toegangscodes van Zwitserse bankrekeningen die samen heel wat waard waren. Vijfenzestig miljoen Amerikaanse dollars, om precies te zijn, en als je voorzichtig wilde zijn, waren de mensen die hij zou gaan ontmoeten, nu niet bepaald het soort dat je kon vertrouwen in de buurt van dergelijke handza-

me spullen, die konden verdwijnen zonder een spoor na te laten. En in de derde plaats had hij slecht geslapen. Hij had de hele nacht een onplezierige geur geroken. Hij had in gedachten een hele lijst van geuren afgewerkt en het uiteindelijk op hondenvoer gehouden. Er was duidelijk een fabriek in de buurt en de wind had de geur in een ongelukkige richting geblazen. Daarna had hij wakker gelegen en liggen piekeren over de ingrediënten van hondenvoer. Vlees, vanzelfsprekend. Maar hij wist dat geur een fysiek mechanisme was dat afhankelijk was van het daadwerkelijke contact van moleculen met de slijmvliezen in de neus. Dat betekende in principe dat hij daadwerkelijk deeltjes vlees inademde. En er waren bepaalde vleessoorten waar Azhari Mahmoud niet mee in contact mocht komen, nooit, onder geen enkele omstandigheid.
Hij liep naar de badkamer. Waste zijn gezicht voor de vijfde keer die dag. Keek zichzelf aan in de spiegel. Klemde zijn kaken op elkaar. Hij was Azhari Mahmoud niet. Niet op dat moment. Hij was Alan Mason, een westerling, die een klus moest opknappen.

De eerste die de lobby van het Chateau Marmont binnenkwam, was de gehavende politieman, Thomas Brant. Hij had een zware bloeduitstorting opzij op zijn voorhoofd, en de voorgevormde metalen spalk over zijn neus was zo strak op zijn jukbeenderen geplakt dat de huid om zijn ogen scheef wegtrok. Hij liep alsof het hem pijn deed. Hij straalde een mengeling van drie tegenstrijdige gevoelens uit. Hij leek woest omdat hij te grazen was genomen, maar ook beschaamd omdat hij het had laten gebeuren, en bovendien chagrijnig omdat hij zich omwille van het werk moest inhouden. Achter hem kwam een oudere man de lobby in die zonder meer zijn baas moest zijn, Curtis Mauney. Mauney zag eruit alsof hij tegen de vijftig liep. Hij was klein, gedrongen gebouwd, en had het soort uitdrukking op zijn gezicht van iemand die te lang hetzelfde werk heeft gedaan. Zijn haar was dofzwart geverfd, een kleur die niet bij zijn wenkbrauwen paste. Hij droeg een versleten, leren aktetas. Hij vroeg: 'Welke klootzak heeft mijn assistent hier geslagen?'
'Maakt dat wat uit?' zei Reacher.
'Had niet moeten gebeuren.'
'Trek het je niet aan. Hij had geen schijn van kans. Het was drie tegen één. Ook al was een van die drie een meisje.'

Neagley wierp hem een blik toe die hem het leven zou hebben gekost als blikken konden doden. Mauney schudde zijn hoofd en zei: 'Ik heb het niet over zijn capaciteiten op het gebied van zelfverdediging. Waar ik het over heb is, dat je hier niet naartoe komt en politie in elkaar begint te slaan.'
Reacher zei: 'Hij was buiten zijn werkterrein, hij had zich niet gelegitimeerd en hij gedroeg zich op een verdachte manier. Hij vroeg erom.'
'Waarom zijn jullie hier eigenlijk?'
'Voor de begrafenis van onze vriend.'
'Het lichaam is nog niet vrijgegeven.'
'Dan wachten we.'
'Heb jij mijn man geslagen?'
Reacher knikte. 'Het spijt me. Maar je had alleen maar hoeven vragen.'
'Wat vragen?'
'Om onze hulp.'
Mauney staarde hem met een lege blik in de ogen aan. 'Denk je dat we jullie hierheen hebben gehaald om te helpen?'
'Niet dan?'
Mauney schudde zijn hoofd.
'Nee,' zei hij. 'We hebben jullie hierheen gehaald als lokaas.'

32

Thomas Brant bleef staan, nukkig, niet bereid in de groep te gaan zitten, wat een sociaal gebaar zou zijn geweest. Maar zijn baas Curtis Mauney ging zitten. Hij zette de aktetas tussen zijn enkels en plantte zijn ellebogen op zijn knieën.

'Laten we een paar dingen op een rijtje zetten,' zei hij. 'Wij zijn van de politie van L.A. County. Geen plattelandsdienders, geen idioten, geen neefje van de burgemeester die aan werk geholpen moet worden. Wij zijn snelle, slimme, proactieve professionals. We wisten binnen twaalf uur nadat we het lichaam van Calvin Franz hadden gevonden, alles over zijn leven. Inclusief het feit dat hij één van de acht overlevenden was van een elite-eenheid in het leger. En binnen vierentwintig uur wisten we dat er nog drie van die eenheid werden vermist. Eentje hier uit L.A., en twee uit Las Vegas. Wat je doet afvragen hoe elitair jullie precies waren, denk je niet? Eén keer knipperen met de ogen en de helft van jullie is *missing in action*.'

Reacher zei: 'Ik zou moeten weten wie de tegenstander was, voordat ik uitspraken kan doen over prestaties.'

'Wie het ook is, in ieder geval niet het Rode Leger.'

'Wij hebben nooit tegen het Rode Leger gevochten. Wij vochten tegen het Amerikaanse leger.'

'Dan zal ik eens informeren,' zei Mauney. 'Ik zal eens vragen of ze bij het 81ste Airborne de afgelopen tijd nog krijgsgevangenen hebben gemaakt.'

'Jij denkt dat iemand achter ons achten aan zit?'

'Ik weet niet wat ik denk. Maar dat is in ieder geval een mogelijkheid. Jullie boven water halen is dus voor mij een win-winsituatie. Als jullie niet komen opdagen, hebben ze jullie misschien al te pakken gekregen en dat zijn dan weer nieuwe stukjes van de puzzel. Als jullie wel komen opdagen, heb ik lokaas, en kan ik jullie gebruiken om *hen* boven water te halen.'

'En als ze nu eens niet achter ons achten aan zitten?'

'Dan mogen jullie wat mij betreft hier rondhangen tot de begrafenis. Dat zal mij een zorg zijn.'
'Ben je naar Las Vegas geweest?'
'Nee.'
'Hoe weet je dan dat de twee uit Las Vegas zoek zijn?'
'Omdat ik heb gebeld,' zei Mauney. 'We werken veel samen met de politie van Nevada, en die werken veel samen met de lokale politie van Las Vegas, en jullie mannen Sanchez en Orozco zijn al drie weken zoek en het appartement van beiden is uitgebreid overhoop gehaald. Daarom weet ik dat. Telefoon. Handig apparaat.'
'Even erg overhoop als het kantoor van Franz?'
'Zelfde handwerk.'
'Hebben ze nog iets over het hoofd gezien?'
'Hoezo?'
'Iedereen ziet wel eens iets over het hoofd.'
'Hebben ze iets over het hoofd gezien in het kantoor van Franz. Hebben wij iets over het hoofd gezien?'
Reacher had gezegd: *hij krijgt de behandeling van commandant van de mp. Kaken op elkaar en laat hem maar kletsen.* Maar Mauney was slimmer dan de gemiddelde commandant van de MP. Dat was duidelijk. Het leek een slimme politieman. Niet dom. Misschien wel bespeelbaar. Dus knikte Reacher en zei: 'Franz stuurde zichzelf voor de veiligheid via de post computerbestanden. Dat hebben ze over het hoofd gezien. Die hebben jullie over het hoofd gezien. Die hebben wij gevonden.'
'Uit zijn postbus?'
Reacher knikte.
'Dat is een overtreding van de wet,' zei Mauney. 'Dat kan alleen met een huiszoekingsbevel.'
'Daar kan ik niet meer aan komen,' zei Reacher. 'Ik zit niet meer in het leger.'
'Dan had je je afzijdig moeten houden.'
'Oké, arresteer me maar.'
'Dat kan ik niet,' zei Mauney. 'Ik ben niet van de federale politie.'
'Wat hebben ze in Las Vegas over het hoofd gezien?'
'Zijn dit onderhandelingen?'
Reacher knikte. 'Maar jij eerst.'
'Oké,' zei Mauney. 'In Las Vegas hebben ze een servetje gemist waar

wat op was geschreven. Het was het soort servet dat je krijgt als je Chinees laat brengen. Het lag in elkaar gefrommeld en vettig bij Sanchez in de afvalemmer in de keuken. Ik denk dat Sanchez zat te eten toen de telefoon ging. Hij heeft voor zichzelf een aantekening op het servet gekrabbeld en die later overgenomen in een agenda of een bestand dat we niet hebben gevonden. Daarna heeft hij het servetje weggegooid, omdat hij het niet meer nodig had.'

'Hoe weet je dat het iets te maken heeft met wat er gaande is?'

'Dat weten we niet,' zei Mauney. 'Maar het gaat om de timing. Chinees bestellen is zo ongeveer het laatste wat Sanchez in Las Vegas heeft gedaan.'

'Wat stond er op dat servet?'

Mauney bukte zich, trok de versleten aktetas op zijn knieën en klikte de sloten open. Tilde de klep op. Haalde er een showmap uit met een kleurenkopie. Aan de randen vertoonde de kopie zwarte vegen omdat het servet niet de hele glasplaat had bedekt. De vouwen en vetvlekken waren te zien en de reliëfstructuur van het papier. En een halve regel tekst, neergekrabbeld in het vertrouwde handschrift van Jorge Sanchez met een blauwe fijnschrijver, scherp afgetekend tegen het zachte, ongebleekte geel van het servet.

650 tegen $100k per.

Mauney vroeg: 'Wat betekent dat?'

Reacher zei: 'Al sla je me dood.' Hij keek naar de getallen en hij wist dat Dixon er ook naar keek. De afkorting *k* kwam van *kilo* en betekende *duizend* en werd in het leger door mensen van de generatie van Sanchez algemeen gebruikt, omdat ze dat op school hadden geleerd of tijdens een beroepsopleiding, of omdat ze jarenlang overzee hadden gediend in landen waar afstanden in kilometers werden uitgedrukt in plaats van in mijlen. Een kilometer is duizend meter. *$100k* betekende dan ook *honderdduizend dollar. Per* was het Latijnse voorzetsel en werd gebruikt als *per eenheid*, zoals bijvoorbeeld in kilometers per uur of prijs per stuk.

'Ik denk dat het een offerte of een bod is,' zei Mauney. 'Zoiets als: je kunt zeshonderdvijftig stuks van het een of ander krijgen voor een ton per stuk.'

'Of een verkooprapport,' zei O'Donnell. 'Er zijn er zeshonderdvijftig verkocht voor een ton per stuk. Totaalwaarde vijfenzestig miljoen dollar. Geen kleine zaak. Groot genoeg om mensen voor te vermoorden.'

'Er worden mensen vermoord voor vijfenzestig cent,' zei Mauney. 'Daar heb je niet altijd miljoenen dollars voor nodig.'
Karla Dixon hield zich stil. Onbeweeglijk, stil en in gedachten verzonken. Reacher wist dat ze iets had gezien in het getal 650 dat hij had gemist. Hij kon zich niet voorstellen wat. Het was geen interessant getal.
650 tegen $100k per.
'Geen briljante ideeën?' vroeg Mauney.
Niemand zei iets.
Mauney zei: 'Wat hebben jullie uit de postbus van Franz gehaald?'
'Een USB-stick,' zei Reacher. 'Voor een computer.'
'Wat staat erop?'
'Dat weten we niet. We kunnen niet achter het wachtwoord komen.'
'Wij zouden het kunnen proberen,' zei Mauney. 'We hebben een lab voor dat soort dingen.'
'Ik weet het niet. We kunnen nog maar één poging wagen.'
'Je hebt in feite geen keuze. Het is bewijsmateriaal en dus van ons.'
'Krijgen wij het te horen als je wat vindt?'
Mauney knikte. 'Dit is een ruilbeurs, kennelijk.'
'Oké,' zei Reacher. Hij knikte naar Neagley. Ze woelde met haar hand in haar boodschappentas en haalde het kleine zilveren voorwerp tevoorschijn. Gooide het onderhands naar Reacher. Hij ving het op en gaf het aan Mauney.
'Succes,' zei hij.
'Tips?' vroeg Mauney.
'Er zullen cijfers op staan,' zei Reacher. 'Franz was een man van getallen.'
'Oké.'
'Het was geen vliegtuig, weet je.'
'Weet ik,' zei Mauney. 'Dat was bedoeld om je interesse te wekken. Het was een helikopter. Weet je hoeveel particuliere helikopters er zijn binnen de actieradius van de plek waar we hem hebben gevonden?'
'Nee.'
'Meer dan negenduizend.'
'Hebben jullie het kantoor van Swan doorzocht?'
'Die werd ontslagen. Hij had geen kantoor.'
'Heb je zijn huis doorzocht?'

‘Door de ramen gekeken. Het was niet overhoop gehaald.’
‘Badkamerraam?’
‘Matglas.’
‘Oké, een laatste vraag dan,’ zei Reacher. ‘Je bent bij Swan langsgeweest en hebt de politie van Nevada achter Sanchez en Orozco aan gestuurd. Waarom heb je niet gebeld met Washington en New York en Illinois over de rest van ons?’
‘Omdat ik op dat moment werkte met wat ik wist.’
‘En dat was?’
‘Ik had die vier op film. Franz, Swan, Sanchez en Orozco. Met zijn vieren. Videobewaking, de nacht voordat Franz van huis ging en niet meer terugkwam.’

33

Curtis Mauney wachtte niet tot erom werd gevraagd. Hij tilde nog een keer zijn aktetas op en haalde er een tweede showmap uit. Er zat een kopie in van een beeldje uit een zwart-witfilm van een bewakingscamera. Vier mannen, schouder aan schouder, voor een toonbank. Op de kop en van een afstand kon Reacher weinig details zien. Mauney zei: 'Ik heb ze geïdentificeerd aan de hand van een stapeltje oude foto's uit een schoenendoos in de slaapkamerkast van Franz.' Toen gaf hij de foto door naar rechts, aan Neagley. Ze bestudeerde hem even, met een onbewogen gelaat waarop alleen het licht viel dat van het plastic weerspiegelde. Ze gaf hem tegen de wijzers van de klok in door aan Dixon. Dixon keek er tien seconden lang naar en knipperde één keer met haar ogen en gaf hem toen door aan O'Donnell. O'Donnell pakte hem aan, bekeek hem, schudde zijn hoofd en gaf hem door aan Reacher.

Manuel Orozco, links op de foto, wierp een blik naar rechts en was door de camera gevangen in zijn eeuwigdurende staat van rusteloosheid. Daarnaast stond Calvin Franz, zijn handen in zijn zakken, een geduldige uitdrukking op zijn gelaat. Dan kwam Tony Swan, vooraan in het midden, die recht vooruit keek. Helemaal rechts stond Jorge Sanchez, met een helemaal dichtgeknoopt hemd, geen stropdas, een vinger achter de boord gehaakt. Reacher kende die houding. Hij had hem al honderden keren gezien. Het betekende dat Sanchez zich tien uur daarvoor had geschoren en dat zijn baardstoppels weer begonnen te groeien en hem irriteerden. Zelfs zonder de tijd die in de rechterbenedenhoek van de foto was afgedrukt, zou Reacher hebben geweten dat het een foto was die aan het begin van de avond was genomen.

Ze zagen er allemaal wat ouder uit. Het haar van Orozco begon te grijzen bij de slapen, zijn gezicht was gegroefd rond de ogen, die vermoeid stonden. Franz was misschien een paar kilo lichter. Hij was wat van de spiermassa rond zijn schouders kwijt. Swan was nog even breed als altijd, een borstkas als een regenton, een dikkere pens. Zijn haar was kortgeknipt, de haarlijn misschien een paar centimeter opgeschoven. De frons van Sanchez had zich vastgezet in permanente groeven die van zijn neus naar zijn kin liepen en zijn mond omlijstten. Ouder, maar misschien ook wel wat wijzer. Op die foto was een heleboel talent, ervaring en vaardigheid bij elkaar gepakt. En een gemakkelijke kameraadschap en een wederzijds vertrouwen dat voortborduurde op onlangs hersteld contact. Vier harde kerels. Voor Reacher vier van de beste acht op de wereld.

Wie of wat had hen verslagen?

Achter hen waren nauwe paden tussen winkelschappen te zien die vertrouwd overkwamen.

'Waar is dit?' vroeg Reacher.

Mauney zei: 'De drogist in Culver City. Naast het kantoor van Franz. De man achter de toonbank herkende hen. Swan kocht aspirine.'

'Dat klinkt niet als Swan.'

'Voor zijn hond. Die had versleten heupen. Hij gaf hem iedere dag een kwart aspirine. De drogist zei dat dat vrij veel voorkomt bij honden. Vooral bij grote honden.'

'Hoeveel aspirine kocht hij?'

'De voordeelverpakking. Zesennegentig pillen, doorsnee soort.'

Dixon zei: 'Bij een kwart pil per dag is dat genoeg voor een jaar en negentien dagen.'

Reacher keek opnieuw naar de foto. Vier mannen, ontspannen houding, geen haast, alle tijd van de wereld, een routineaankoop, iets voor een huisdier dat voor meer dan een jaar in de toekomst voldoende moest zijn.

Ze hebben het nooit zien aankomen.

Wie of wat had hen verslagen?

'Mag ik die foto houden?' vroeg hij.

'Waarom?' zei Mauney. 'Staat er iets op?'

'Vier van mijn oude vrienden.'

Mauney knikte. 'Hou maar. Het is een kopie.'

'En wat nu?'

'Blijf hier,' zei Mauney. Hij liet de klep van de tas weer dichtvallen en klikte de sloten dicht, luidruchtig in de stilte. 'Zorg dat je gezien kunt worden en bel me als je iemand ziet rondsnuffelen. Niet meer op eigen houtje aan het werk. Oké?'

'We zijn hier alleen maar voor de begrafenis,' zei Reacher.
'Maar wiens begrafenis?'
Reacher gaf daar geen antwoord op. Stond op, keerde zich om en keek opnieuw naar de foto van Raquel Welch. Het glas in de lijst werkte als een spiegel en hij zag Mauney opstaan, en tegelijkertijd ook de anderen. Als iemand opstaat, schuift hij eerst op zijn stoel naar voren, zodat wanneer iedereen tegelijkertijd opstaat, het resultaat is dat heel even iedereen dichter bij elkaar is dan het geval was toen ze allemaal nog zaten. Daarom is het eerste wat iedereen daarna doet, achteruit schuifelen, zich omkeren, ruimte maken, de cirkel vergroten, de sociale ruimte respecteren. Neagley was de eerste en de snelste, vanzelfsprekend. Mauney draaide zich om naar de buitendeur en begon aan een zigzagkoers in de beperkte ruimte tussen de leunstoelen. O'Donnell stapte de andere kant op, in de richting van het binnenste van het hotel. Dixon liep naast hem, klein, behendig, en ontweek soepel een salontafeltje.
Maar Thomas Brant liep in tegengestelde richting.
De cirkel in.
Reacher bleef kijken naar het spiegelende glas voor de foto van Raquel Welch. Zag het gebruinde spiegelbeeld van Brant. Hij wist onmiddellijk wat er zou gaan gebeuren. Brant zou hem op zijn rechterschouder tikken. De bedoeling was dat Reacher dan over zijn schouder zou kijken wat er aan de hand was en tegen een rechtse directe midden in zijn gezicht zou oplopen.
Brant kwam dichterbij. Reacher staarde naar de gouden ring tussen de twee helften van het bikinitopje van Raquel Welch. Brants linkerhand kroop vooruit en zijn rechter achteruit. De wijsvinger van zijn linkerhand was gestrekt en zijn rechterhand was gebald in een vuist ter grootte van een softbal. Qua techniek goed, maar niet fantastisch. Reacher had het gevoel dat Brants voetenwerk niet perfect was. Brant was een straatvechter, geen bokser. Hij gebruikte maar de helft van zijn kracht.
Brant tikte Reacher op zijn schouder.
Omdat hij wist dat het kwam, keerde Reacher zich veel sneller om dan je zou verwachten en hij ving de rechtse directe dertig centimeter voor zijn gezicht op in zijn linkerhandpalm. Alsof je als korte stop met je blote hand een strakke bal uit de lucht plukt in het *infield*. Het kwam aan als een zware klap. Er zat veel gewicht achter. Het maak-

te een hard smakkend geluid. Het dreunde door in de pezen van zijn arm.

Daarna kwam het allemaal neer op bovenmenselijke zelfbeheersing. Alle instinct en elke spiervezel in Reacher schreeuwde om een kopstoot op Brants gehavende neus. Daar hoefde je geen seconde over na te denken. Een kwestie van adrenaline. Knik vanuit de heupen, sla met het hoofd en houd het voorhoofd laag. Een beweging die Reacher al op zijn vijfde tot in de puntjes beheerste. Een reactie die na al die jaren bijna niet tegen te houden was.

Maar Reacher hield zich in.

Hij bleef doodstil staan, Brants vuist in een ijzeren greep. Hij keek Brant in de ogen, liet zijn adem ontsnappen en schudde zijn hoofd.

'Ik heb mijn excuses al een keer aangeboden,' zei hij. 'En ik bied je mijn excuses nog een keer aan, nu, op dit moment. Als dat voor jou niet goed genoeg is, moet je je inhouden tot dit allemaal voorbij is, oké? Ik blijf wel in de buurt. Dan kun je me met een paar vriendjes komen opzoeken en dan mag je me met drie tegen één in mijn nek springen op een moment dat ik niets in de gaten heb. Is dat eerlijk, of niet?'

'Misschien doe ik dat wel,' zei Brant.

'Moet je doen. Maar zoek je vrienden wel zorgvuldig uit. Neem niemand mee die het zich niet kan veroorloven een halfjaar door te brengen in het ziekenhuis.'

'Stoere jongen.'

'Wie heeft er hier een spalk op zijn neus?'

Curtis Mauney kwam teruglopen en zei: 'Geen knokkerij. Nu niet en nooit niet.' Hij greep Brant bij zijn kraag en trok hem mee. Reacher wachtte tot beiden de deur uit waren, trok toen een grimas, schudde wild met zijn linkerhand en zei: 'Verdomme, dat prikt.'

'Doe er maar ijs op,' zei Neagley.

'Wikkel hem maar om een koude fles bier,' zei O'Donnell.

'Stel je niet aan en luister naar wat ik je te vertellen heb over het getal zeshonderdvijftig,' zei Dixon.

34

Ze gingen naar de kamer van Dixon en zij spreidde de zeven spreadsheets uit op het bed. Zei: 'Oké, daar ligt een reeks van zeven kalendermaanden. De een of andere analyse van geleverde prestaties. Zoiets als slagpercentages bij honkbal. De eerste drie maanden gaat het vrij goed. Vaak raak, weinig missers. Een gemiddelde van ongeveer negentig procent. Een fractie meer dan negenentachtig-komma-vijf-drie procent, om precies te zijn, en ik weet dat jullie dat van me verwachten.'
'Schiet op,' zei O'Donnell.
'In de vierde maand stort de wereld in en daarna wordt het alleen maar erger.'
'Dat wisten we al,' zei Neagley.
'Laten we voor het gemak de eerste drie maanden als basis nemen. We weten dat ze negentig procent kunnen slaan, een beetje meer, een beetje minder. Het gaat erom dat ze dat kunnen. Laten we ervan uitgaan dat ze voortdurend dat niveau hadden moeten of kunnen vasthouden.'
'Maar dat gebeurde niet,' zei O'Donnell.
'Precies. Ze konden het wel, maar het gebeurde niet. Wat is het resultaat?'
Neagley zei: 'Meer gemist dan eerder.'
'Hoeveel meer?'
'Dat weet ik niet.'
'Ik wel,' zei Dixon. 'Bij deze getallen zouden ze, als ze de laatste vier maanden net zo hadden gepresteerd als de eerste drie maanden, precies zeshonderdvijftig missers minder hebben gemaakt.'
'Echt?'
'Echt,' zei Dixon. 'Cijfers liegen niet en percentages zijn cijfers. Er is aan het einde van maand nummer drie iets gebeurd met een blijvend effect van uiteindelijk zeshonderdvijftig missers.'
Reacher knikte. In totaal 183 dagen, in totaal 2.197 gebeurtenissen,

in totaal 1.314 keer succes en 883 mislukking. Maar met een opvallend onevenwichtige verdeling. In de eerste drie maanden 897 gebeurtenissen, 802 keer succes en 95 keer mislukking. De volgende vier maanden 1.300 gebeurtenissen, een armzalige 512 keer succes en een catastrofale 798 keer mislukking, waarvan 650 niet zouden hebben plaatsgevonden als er na de eerste drie maanden niets was veranderd.
'Ik wou dat we wisten waar we naar keken,' zei hij.
'Sabotage,' zei O'Donnell. 'Iemand heeft geld gekregen om er een puinhoop van te maken.'
'Voor een ton per keer?' zei Neagley. 'Zeshonderdvijftig keer? Dat is een aardige baan om op te solliciteren.'
'Kan geen sabotage zijn,' zei Reacher. 'Je kunt ze een hele fabriek of een kantoor of wat dan ook in de as laten leggen voor een ton, koud kunstje. Waarschijnlijk een hele stad. Je zou niet per gebeurtenis hoeven te betalen.'
'Maar wat is het dan?'
'Ik weet het niet.'
'Maar het telt wel bij elkaar op,' zei Dixon. 'Toch? Er is een duidelijk verband tussen wat Franz wist en dat wat Sanchez wist.'

Even later liep Reacher naar het raam van Dixons kamer en bewonderde het uitzicht. Vroeg: 'Is het aannemelijk om ervan uit te gaan dat Orozco hetzelfde wist als Sanchez?'
'Absoluut,' zei O'Donnell. 'En omgekeerd, zeker. Het waren vrienden. Ze werkten samen. Ze moeten de hele dag tegen elkaar hebben gepraat.'
'Dan is het enige wat we missen dat wat Swan heeft geweten. We hebben fragmenten van de andere drie. Maar niets van hem.'
'Bij hem thuis was niets te vinden.'
'Dan moet het op zijn kantoor zijn.'
'Hij had geen kantoor. Hij was ontslagen.'
'Maar nog maar net. Dus zijn kantoor staat daar leeg. Ze ontslaan personeel, nemen geen mensen aan. Geen gebrek aan ruimte. Zijn kantoor staat te verstoffen. Met zijn computer nog steeds op zijn bureau. En misschien zitten er aantekeningen in zijn bureaula, dat soort dingen.'
Neagley zei: 'Wil je nog een keer met de femme fatale gaan praten?'
'Ik denk dat we wel moeten.'

'We zouden haar moeten bellen voordat we dat hele eind daarnaartoe rijden.'
'Onaangekondigd lijkt me beter.'
'Ik zou wel eens willen zien waar Swan werkte,' zei O'Donnell.
'Ik ook,' zei Dixon.

Dixon zat achter het stuur. Haar huurauto, haar verantwoordelijkheid. Ze koerste naar het oosten over Sunset, op zoek naar de 101. Neagley vertelde haar wat ze daarna moest doen. Een ingewikkelde route. Langzaam rijdend verkeer. Maar het was wel een schilderachtige rit door Hollywood. Dixon leek ervan te genieten. Ze hield wel van L.A.

De man in het donkerblauwe pak in de donkerblauwe Chrysler volgde hen de hele weg. Bij de KTLA-studio's, net voordat ze de freeway opreden, pakte hij zijn telefoon. Hij zei tegen zijn baas: 'Ze rijden in oostelijke richting, met zijn vieren in één auto.'
Zijn baas zei: 'Ik ben nog steeds in Colorado. Hou ze voor me in de gaten, oké?'

35

Dixon reed door het openstaande hek van New Age het terrein op en parkeerde op dezelfde plaats waar Neagley had gestaan, met de neus naar de glanzende kubus. Het parkeerterrein was nog steeds halfleeg. De sierboompjes stonden roerloos in de zware lucht. Achter de balie zat dezelfde receptioniste. Zelfde poloshirt, zelfde vertraagde reactie. Ze hoorde de deuren opengaan, maar keek pas op toen Reacher een hand op de balie legde.

'Kan ik helpen?' zei ze.

'Wij moeten nog een keer praten met mevrouw Berenson,' zei Reacher. 'Die van human resources.'

'Ik zal eens zien of zij beschikbaar is,' zei de receptioniste. 'Gaat u zitten.'

O'Donnell en Neagley gingen zitten, maar Reacher en Dixon bleven staan. Dixon was te rusteloos om nog meer van de resterende tijd van de dag door te brengen op een stoel. Reacher bleef staan omdat het Neagley zou benauwen als hij in haar buurt zou gaan zitten, en als hij verder weg ging zitten, zou ze zich afvragen waarom hij dat deed. Ze wachtten opnieuw vier minuten tot het geluid van de klikkende hakken van Berenson op de leistenen vloer weerklonk. Ze kwam de gang uitlopen en de hoek om en aarzelde geen moment. Knikte *dank je* in de richting van de receptioniste en liep haar voorbij. Ze toverde twee glimlachjes op haar gezicht, één voor Reacher en Neagley omdat ze hen al eerder had ontmoet, en een tweede voor O'Donnell en Dixon omdat ze die nog niet eerder had ontmoet. Ze gaf iedereen een hand. Dezelfde littekens onder de make-up, dezelfde koele adem. Ze opende de aluminium deur en wachtte tot ze allemaal langs haar het vergaderzaaltje in waren gelopen.

Met vijf mensen in de kleine ruimte was er één stoel te weinig en dus bleef Berenson bij het raam staan. Beleefd, maar ook psychologisch gunstig. Haar bezoekers moesten nu tegen haar opkijken, tegen het licht in. Ze zei: 'Wat kan ik vandaag voor u doen?' Er klonk iets neerbui-

gends in haar stem. Een lichte irritatie. Een lichte nadruk op *vandaag*.
'Tony Swan is zoek,' zei Reacher.
'Zoek?'
'Zoiets van: we kunnen hem niet vinden.'
'Ik begrijp het niet.'
'Het is niet zo'n ingewikkeld begrip.'
'Maar hij kan wel overal zijn. Een nieuwe baan, een andere staat. Of een steeds maar weer uitgestelde vakantie. Ergens waar hij altijd al een keer naartoe wilde. Soms doen mensen dat in de omstandigheden van meneer Swan. Om zichzelf te troosten.'
O'Donnell zei: 'Zijn hond is van dorst omgekomen, opgesloten in zijn huis. Niets geen troost. Alleen maar ellende. Swan is nergens met een vooropgesteld doel naartoe gegaan.'
'Zijn hond? Wat vreselijk.'
'Dat kun je wel zeggen,' zei Dixon.
'Ze heette Maisi,' zei Neagley.
'Ik zie niet goed hoe ik hierbij kan helpen,' zei Berenson. 'Meneer Swan is hier meer dan drie weken geleden vertrokken. Is dit niet eigenlijk iets voor de politie?'
'Die werken eraan,' zei Reacher. 'Wij ook.'
'Ik zie niet hoe ik u kan helpen.'
'We willen graag een blik werpen in zijn kantoor. Zijn bureau. En zijn computer. En zijn agenda. Misschien maakte hij aantekeningen. Misschien is er informatie of waren er afspraken.'
'Aantekeningen waarover?'
'Over datgene waardoor hij nu zoek is.'
'Hij is niet zoek vanwege New Age.'
'Misschien niet. Maar mensen doen wel eens privézaken tijdens kantooruren. Mensen maken wel eens even een aantekening over iets uit hun privéleven tijdens kantooruren.'
'Hier niet.'
'Waarom niet. Jullie zijn de hele dag lang alleen maar zakelijk bezig?'
'Wij maken geen aantekening. Niets op papier. Geen pennen en potloden. Elementair veiligheidsvoorschrift. Dit is een volstrekt papierloos kantoor. Veel veiliger. Het is een voorschrift. Als het ook maar in iemand opkomt om iets op te schrijven, wordt hij ontslagen. We doen hier alles op computers. We hebben ons eigen netwerk met veilige firewalls en automatische willekeurige databewaking.'

'Mogen we dan zijn computer eens zien?' vroeg Neagley.
'Die mag u wel zien,' zei Berenson. 'Maar u hebt er niets aan. Als iemand hier vertrekt, wordt binnen een halfuur de harde schijf uit zijn computer gehaald en vernietigd. Kapot geslagen. Met hamers. Dat is ook een veiligheidsvoorschrift.'
'Met hamers?' zei Reacher.
'Dat is de enige afdoende manier. Anders kunnen de data weer worden hersteld.'
'Dus er is geen spoor van hem achtergebleven?'
'Ik ben bang van niet.'
'U hebt een aantal behoorlijk strenge regels.'
'Ik weet het. Meneer Swan heeft ze zelf opgesteld. De eerste week dat hij hier was. Het was zijn eerste grote bijdrage.'
'Praatte hij wel eens met iemand?' vroeg Dixon. 'Bij de koffie? Is hier iemand met wie hij wel eens over zijn zorgen kan hebben gepraat?'
'Privézaken?' zei Berenson. 'Ik betwijfel het. Dat zou niet passen bij zijn functie. Hij had hier de rol van politieman. Hij moest een beetje onbenaderbaar blijven om effectief te kunnen werken.'
'En zijn baas?' zei O'Donnell. 'Misschien heeft hij daarmee gepraat. Ze zaten in hetzelfde schuitje, professioneel gesproken.'
'Ik zal het hem zeker vragen,' zei Berenson.
'Hoe heet hij?'
'Dat kan ik u niet zeggen.'
'U bent erg discreet.'
'Meneer Swan stond erop.'
'Kunnen wij met hem spreken?'
'Hij is de stad uit op het moment.'
'En wie past er dan op de winkel?'
'In zekere zin meneer Swan. Zijn procedures zijn nog steeds van kracht.'
'Heeft hij wel eens met u gepraat?'
'Over privézaken? Nee, echt niet.'
'Was hij bezorgd of gespannen in de laatste week hier?'
'Niet dat ik heb gemerkt.'
'Voerde hij veel telefoongesprekken?'
'Vast. Dat doen we hier allemaal.'
'Wat denkt u dat er met hem kan zijn gebeurd?'
'Ik?' zei Berenson. 'Ik heb werkelijk geen idee. Ik ben met hem naar

zijn auto gelopen en heb hem gezegd dat als de zaken weer wat beter zouden gaan, we meteen aan de telefoon zouden hangen om hem te smeken weer terug te komen, en hij zei dat hij zou uitzien naar mijn telefoontje. Dat is het laatste wat ik van hem heb meegemaakt.'

Ze stapten weer in Dixons auto en reden achteruit, weg van het spiegelglas. Reacher zag het spiegelbeeld van de Ford kleiner en kleiner worden.

Neagley zei: 'Verspilde moeite. Ik zei al dat we hadden moeten bellen.'

Dixon zei: 'Ik wilde zien waar hij heeft gewerkt.'

O'Donnell zei: 'Werken is niet het goede woord. Ze hebben hem daar gebruikt, meer niet. Ze hebben een jaar lang al zijn ideeën gejat en hem er toen uitgeschopt. Ze hebben zijn ideeën gekocht in plaats van hem een baan te geven.'

'Daar lijkt het wel op,' zei Neagley.

'Ze maken daar niets. Het gebouw is niet beveiligd.'

'Dat is duidelijk. Ze moeten ergens anders nog een derde locatie hebben. Een afgelegen fabriek voor de productie.'

'Maar waarom kwam UPS dan niet met dat adres aan?'

'Misschien is het geheim. Misschien wordt daar niets bezorgd.'

'Ik zou wel eens willen weten wat ze eigenlijk maken.'

'Waarom?' vroeg Dixon.

'Gewoon nieuwsgierig. Hoe meer we weten, hoe meer geluk we hebben.'

Reacher zei: 'Ga dat maar uitzoeken dan.'

'Ik weet niet aan wie ik het moet vragen.'

'Ik wel,' zei Neagley. 'Ik ken iemand die dingen inkoopt bij het Pentagon.'

Reacher zei: 'Bel hem op.'

In de kamer in het hotel in Denver liep de ontmoeting tussen de donkerharige, veertig jaar oude man die zich Alan Mason liet noemen, en zijn gast op zijn eind. Zijn gast was precies op tijd komen opdagen en werd vergezeld door één enkele lijfwacht. Mason had dat allebei als een positief teken opgevat. Hij waardeerde zakelijk punctualiteit. En verkeren in een minderheid van maar één tegen twee was

een luxe. Maar al te vaak was hij alleen in het gezelschap van wel zes of tien man aan de andere kant van de transactie.
Een goede start dus. Daarna hadden ze ook substantiële resultaten geboekt. Geen slappe discussies over vertraagde leveringen en kleinere aantallen. Geen pogingen knollen voor citroenen te verkopen. Geen pogingen om opnieuw te onderhandelen. Geen plotseling verhoogde prijzen. Gewoon de transactie zoals afgesproken. Zeshonderdvijftig eenheden tegen een ton per stuk.
Mason had zijn koffer opengemaakt en zijn cliënt was begonnen met de trage klus van het tellen van de inhoud. Over de Zwitserse banktegoeden en de toonderpapieren viel niet te twisten. Hun waarde was op het eerste gezicht duidelijk. De waarde van de diamanten was subjectiever. Het gewicht in karaat was aangegeven, vanzelfsprekend, maar veel was afhankelijk van het slijpen en de helderheid. De mensen achter Mason hadden de waarde met opzet conservatief geschat, zodat er een marge overbleef om te onderhandelen. Masons gast had dat snel opgemerkt. Hij verklaarde dat hij volledig tevreden was en bevestigde dat de inhoud van de koffer inderdaad een waarde had van vijfenzestig miljoen dollar.
Op dat moment werd het zijn koffer.
In ruil kreeg Mason een sleutel en een stuk papier.
De sleutel was klein, oud, zat onder de krassen en was versleten, onopvallend en er hing geen label aan. Hij zag eruit als het soort sleutel dat je laat bijmaken terwijl je erop wacht. Mason kreeg te horen dat het de sleutel was van een hangslot op een container die op dat moment in de haven van L.A. stond.
Het stuk papier was de vrachtbrief, waarin de inhoud van de container werd beschreven als zeshonderdvijftig dvd-spelers.
Masons gast en zijn lijfwacht vertrokken en Mason liep naar de badkamer en verbrandde zijn paspoort in de toiletpot. Een halfuur later vertrok Andrew MacBride uit het hotel, op weg naar de luchthaven. Hij constateerde met verbazing dat hij zich erop verheugde de jugband-muziek weer te horen.

Frances Neagley belde op de achterbank van Dixons auto naar Chicago. Ze gaf haar assistent opdracht haar contactpersoon in het Pentagon een e-mail te sturen om uit te leggen dat zij in Californië was, buiten bereik van een beveiligde telefoonverbinding, en dat ze iets wilde vragen over de producten van New Age. Ze wist dat de man liever via e-mail zou reageren dan met haar te praten via een niet-beveiligde telefoonlijn.

O'Donnell zei: 'Hebben jullie beveiligde telefoonlijnen op kantoor?'

'Zeker.'

'Fantastisch. Wie is die kerel?'

'Gewoon een kerel,' zei Neagley. 'Die me veel verschuldigd is.'

'Zoveel dat het iets oplevert?'

'Altijd.'

Dixon verliet de 101 bij Sunset en koerste westwaarts naar het hotel. Het verkeer was traag. Het was maar vijf kilometer, maar een jogger zou er eerder zijn geweest. Toen ze er eindelijk aankwamen, stond er een Crown Vic voor het hotel. Een ongemarkeerde politiewagen. Niet die van Thomas Brant. Deze was nieuwer en ongehavend en had een andere kleur.

Het was de wagen van Curtis Mauney.

Hij klom eruit op het moment dat Dixon parkeerde. Kwam naar hen toelopen, klein, gedrongen, afgetobd, vermoeid. Hij bleef pal voor Reacher staan en bleef even stil. Toen vroeg hij: 'Had een van jullie een tatoeage op zijn rug?'

Met zachte, milde stem.

Rustig.

Meelevend.

Reacher zei: 'O, christus.'

36

Manuel Orozco was vier jaar naar de universiteit geweest met geld van het leger en had verwacht dat hij uiteindelijk officier bij de gevechtstroepen zou worden. Zijn zusje had een panische irrationele angst ontwikkeld dat hij het uiteindelijk niet verder zou brengen dan een geval van *killed in action*, KIA, dusdanig verminkt dat hij niet geïdentificeerd zou kunnen worden. Ze zou nooit te weten komen wat er met hem was gebeurd. Hij had identiteitsplaatjes genoemd. Ze had gezegd dat die verloren konden raken. Hij had vingerafdrukken genoemd. Ze had gepraat over afgerukte ledematen. Hij had identificatie via gebitsgegevens genoemd. Ze had gezegd dat zijn hele kaak wel kon worden weggeblazen bij een explosie. Naderhand had hij beseft dat zij zich op een veel dieper niveau zorgen had gemaakt, maar op dat moment had hij gedacht dat hij haar angsten kon bezweren met een grote tatoeage van zijn naam op zijn rug, *Orozco, M.*, in grote zwarte letters, en daaronder met even grote cijfers zijn nummer. Hij was thuisgekomen, had triomfantelijk zijn hemd uitgetrokken en er niets van begrepen toen zijn zusje nog veel harder was gaan huilen. Uiteindelijk had hij de infanterie links laten liggen en was hij een sleutelfiguur geworden van het 110de MP, waar Reacher hem onmiddellijk had omgedoopt tot Plunjezak, omdat zijn brede, olijfkleurige rug deed denken aan de plunjezak van een soldaat waarop naam en nummer zijn gestempeld. Nu, vijftien jaar later, stond Reacher in de verzengende zon op een parkeerplaats bij het Chateau Marmont, en zei: 'Jullie hebben nog een lichaam gevonden.'

'Ik ben bang van wel,' zei Mauney.

'Waar?'

'Ruwweg hetzelfde gebied. In een kloof.'

'Helikopter?'

'Waarschijnlijk.'

'Orozco,' zei Reacher.

'Dat is de naam op zijn rug,' zei Mauney.

'Waarom vraag je het dan?'
'We moeten het zeker weten.'
'Ging het bij alle lijken maar zo gemakkelijk.'
'Heeft hij familie?'
'Hij heeft nog een zuster ergens. Jonger.'
'Dan zou jij de formele identificatie moeten doen. Als je dat wilt. Dit is niet iets wat een jongere zuster zou moeten zien.'
'Hoe lang heeft hij in die kloof gelegen?'
'Erg lang.'

Ze stapten weer in de auto en Dixon volgde Mauney het hele eind naar een dienstencentrum aan de noordkant van Glendale. Niemand zei iets. Reacher zat achterin naast O'Donnell en was met hetzelfde bezig als O'Donnell. Een lange stroom van herinneringen aan Orozco ging door zijn hoofd. De man was grappig geweest, gedeeltelijk opzettelijk, gedeeltelijk onopzettelijk. Hij was van Mexicaanse afkomst, geboren in Texas en opgegroeid in New Mexico, maar jarenlang had hij zich voorgedaan als een blanke Australiër. Hij had iedereen *maat* genoemd. Als officier kon hij uitstekend leidinggeven, maar hij had nooit orders gegeven. Hij had de gewoonte ontwikkeld om te wachten tot een onderofficier of een groentje in de gaten kreeg wat de bedoeling was en dan zei hij: *als het even kan, maat, graag*. Dat was een eigen leven gaan leiden, even universeel bruikbaar als *Handen af*.
Koffie?
Als het even kan, maat, graag.
Sigaret?
Als het even kan, maat, graag.
Moet ik die klootzak voor je omleggen?
Als het even kan, maat, graag.
O'Donnell zei: 'We wisten het al. Dit is geen verrassing.'
Niemand gaf antwoord.

Het dienstencentrum bleek een gloednieuw medisch centrum te zijn met een ziekenhuis aan de ene kant van een brede nieuwe weg. Aan de andere kant van de weg was een naar de nieuwste inzichten gebouwd ontvangstcentrum voor stadsdelen die geen eigen lijkenhuis hadden. Het was een witte betonnen kubus op palen van een verdieping hoog. Lijkenwagens konden zo onder het gebouw rijden naar verborgen liftdeuren. Netjes, schoon, discreet. Californië ten voeten uit. Mauney parkeerde op een plek voor bezoekers bij een paar bomen. Dixon parkeerde naast hem. Iedereen stapte uit en bleef even staan, zich uitrekkend, rondkijkend, tijdrekkend.

Niemands favoriete uitstapje.

Mauney ging voorop. Aan het einde van een voetpad met een visgraatpatroon was een personenlift. Mauney drukte op de knop, de deur van de lift schoof open en er kwam een koude, chemische lucht naar buiten. Mauney stapte de lift in, daarna Reacher, toen O'Donnell, toen Dixon en tot slot Neagley.

Mauney drukte op vier.

Op de vierde verdieping was het ijskoud. Er was een armzalige bezoekersruimte met een breed, met luxaflex afgedekt raam naar een andere ruimte waar lichamen konden worden opgebaard. Mauney liep er langs en ging een deur door naar een opslagruimte. Drie wanden met gekoelde laden. Tientallen. De lucht was bitter van de kou en zwanger van geuren en het was er lawaaierig omdat het roestvrij staal alle geluid weerkaatste. Mauney trok een la open. Die gleed soepel op lagers naar buiten. Helemaal. Hij kwam uiteindelijk tot stilstand tegen rubberen stootblokken.

In de la lag het gekoelde lichaam van een man. Spaans-Amerikaans. De polsen en de enkels waren aan elkaar gesnoerd met ruw touw dat zich diep in het vlees had gesneden. De armen waren achter de rug vastgebonden. Het hoofd en de schouders waren zwaar beschadigd. Bijna onherkenbaar als mens.

'Hij is met zijn hoofd voorover gevallen,' zei Reacher, zacht. 'Logisch, als ze hem zo hebben vastgebonden. Als het klopt van die helikopter.'

'Er waren geen sporen in de buurt,' zei Mauney.

Het was moeilijk om nog meer medische details vast te stellen. Het ontbindingsproces was al vergevorderd, maar als gevolg van de hitte en de droogte in de woestijn leek het meer op mummificatie. Het lichaam was gekrompen, weggeteerd, ingevallen, gelooid. Het zag er leeg uit. Het was hier en daar aangevreten, maar niet erg. Het klem liggen in de kloof had erger voorkomen.

Mauney vroeg: 'Herken je hem?'

'Niet echt,' zei Reacher.

'Kijk naar de tatoeage.'
Reacher bleef stokstijf staan.
Mauney zei: 'Moet ik een broeder vragen?'
Reacher schudde zijn hoofd en schoof een hand onder de ijzige schouder van het lijk. Tilde het op. Het lijk rolde onhandig om, in één stuk, stijf, als een boomstam of een stronk. Hij kwam met het gezicht omlaag te liggen, de armen omhooggestoken, vastgebonden en verwrongen alsof de wanhopige strijd om zich te bevrijden tot het allerlaatste had geduurd.
Wat waarschijnlijk ook zo was, dacht Reacher.
De tatoeage was wat gekreukt en gerimpeld als gevolg van de losgeraakte huid en de onnatuurlijk naar elkaar toe getrokken armen.
Hij was in de loop der jaren wat vervaagd.
Maar er was geen vergissing mogelijk.
Er stond: *Orozco, M.*
Eronder stonden de negen cijfers van het nummer.
'Hij is het,' zei Reacher. 'Dit is Manuel Orozco.'
Mauney zei: 'Het spijt me.'
Het bleef even stil. Geen enkel ander geluid dan gekoelde lucht die door aluminium luchtschachten werd geblazen. Reacher vroeg: 'Zoeken jullie nog steeds in hetzelfde gebied?'
'Naar de anderen?' zei Mauney. 'Niet actief. Het is wat anders dan een zoekgeraakt kind.'
'Is Franz hier ook? In een van die kloteladen?'
'Wil je hem zien?' vroeg Mauney.
'Nee,' zei Reacher. Toen keek hij weer naar Orozco en vroeg: 'Wanneer is de sectie?'
'Binnenkort.'
'Levert dat touw nog iets op?'
'Het is waarschijnlijk te gangbaar.'
'Hebben jullie een idee van het moment van overlijden?'
Mauney grimlachte, twee politieagenten onder elkaar. 'Toen hij de grond raakte.'
'En wanneer was dat?'
'Drie, vier weken geleden. Vóór Franz, denken we. Maar misschien komen we daar wel nooit achter.'
'Daar komen we achter,' zei Reacher.
'Hoe dan?' vroeg Mauney.

'Ik ga het vragen aan degene die het gedaan heeft. En die gaat het mij vertellen. Tegen die tijd zal hij me smeken of hij het mag vertellen.'
'Niet eigenmachtig optreden, weet je nog?'
'Slaap maar lekker verder.'

Mauney bleef achter om papierwerk af te handelen en Reacher en Neagley en Dixon en O'Donnell gingen met de lift weer naar beneden, naar de warmte en het zonlicht. Ze stonden op het parkeerterrein zonder iets te zeggen. Zonder iets te doen. Maar trillend en sidderend van ingehouden woede. Het was een gegeven dat een soldaat vertrouwd is met de gedachte aan de dood. Ze leven ermee, ze accepteren het. Ze verwachten de dood. Sommigen verlangen ernaar. Maar diep vanbinnen willen ze dat het *eerlijk* zal zijn. Eén tegen één, en de beste mag winnen. Ze willen dat het *nobel* is. Winnen of verliezen, ze willen dat het een betekenis heeft.
Een soldaat dood met zijn armen achter zijn rug vastgebonden was de meest walgelijke wandaad. Het had te maken met hulpeloosheid en onderwerping en mishandeling. Het had te maken met machteloosheid.
Het maakte een einde aan alle illusies.
'Kom op, we gaan,' zei Dixon. 'We verspillen onze tijd.'

37

In het hotel zat Reacher een tijdje te staren naar de foto die hij van Mauney had gekregen. Het shot uit de video van de bewakingscamera. De drogist. Vier mannen voor de toonbank. Manuel Orozco links, naar rechts kijkend, rusteloos. Daarnaast Calvin Franz, handen in de zakken, een en al geduld. Daarnaast Tony Swan die recht voor zich uit keek. En tot slot Jorge Sanchez, rechts, met een vinger achter de boord van zijn overhemd.

Vier vrienden.

Waarvan twee zeker weten dood.

Waarschijnlijk alle vier.

'Er gebeuren altijd klotedingen,' zei O'Donnell.

Reacher knikte. 'En daar komen we ook weer overheen.'

'Is dat zo?' vroeg Neagley. 'Deze keer ook?'

'We zijn er altijd overheen gekomen.'

'Dit is nog nooit eerder gebeurd.'

'Mijn broer is overleden.'

'Dat weet ik. Maar dit is erger.'

Reacher knikte opnieuw. 'Ja, dat is waar.'

'Ik hoopte stiekem dat de andere drie op de een of andere manier niets mankeerde.'

'Dat deden we allemaal.'

'Maar dat is niet zo. Ze zijn allemaal weg.'

'Het lijkt er wel op.'

'We moeten aan het werk,' zei Dixon. 'Dat is het enige wat we kunnen doen.'

Ze gingen naar Dixons kamer, maar werk is een relatief begrip. Ze zaten vast. Ze hadden niets om aan te werken. Dat veranderde niet echt toen ze naar Neagleys kamer gingen en het antwoord van Neagleys contactpersoon in het Pentagon op haar e-mail lazen: *Spijt me, kan niet. New Age is vertrouwelijk*. Niet meer dan acht woorden, koud en definitief.

'Het lijkt erop dat hij je toch niet zoveel verschuldigd is,' zei O'Donnell.
'Toch wel,' zei Neagley. 'Meer dan jij je kunt voorstellen. Dit zegt meer over New Age dan over hem en mij.'
Ze bladerde door haar postvak IN. En toen stopte ze. Er was nog een bericht van dezelfde man. Een andere versie van zijn naam, een ander e-mailadres.
'Wegwerpadres,' zei Neagley. 'Een gratis account dat je één keer gebruikt.'
Ze klikte op het bericht. Er stond: *Frances, fantastisch om iets van je te horen. We moeten eens een afspraak maken. Eten en naar de film? En ik moet je de cd's van Hendrix teruggeven. Heel erg bedankt voor het lenen. Ik vond ze prachtig. Het zesde nummer op de tweede cd is een dynamische briljant. Laat het even weten als je weer in Washington bent. Bel zo snel mogelijk.*
Reacher zei: 'Heb jij cd's?'
'Nee,' zei Neagley. 'En zeker niet van Jimi Hendrix. Ik houd niet van zijn muziek.'
O'Donnell zei: 'Ben je ooit uit eten geweest of naar de film met die man?'
'Nooit,' zei Neagley.
'Dus hij denkt dat jij iemand anders bent.'
'Onwaarschijnlijk,' zei Reacher.
'Het is code,' zei Neagley. 'En niets anders. Het is het antwoord op mijn vraag. Dat moet wel. Een keurig ontwijkend antwoord via zijn officiële adres en dan een gecodeerd bericht vanaf een niet-officieel adres. Zo dekt hij zich in naar twee kanten.'
Dixon vroeg: 'Wat is de code?'
'Het heeft iets te maken met het zesde nummer op de tweede plaat van Hendrix.'
Reacher zei: 'Wat was de tweede plaat van Hendrix?'
O'Donnell zei: '*Electric Ladyland*?'
'Die kwam later,' zei Dixon. 'De eerste was *Are you experienced.*'
'Op welke plaat stond een naakte vrouw op de hoes?'
'Dat was *Electric Ladyland.*'
'Dat vond ik een mooie hoes.'
'Dat is walgelijk. Je was nog maar acht.'
'Bijna negen.'

‘Het is nog steeds walgelijk.’
Reacher zei: ‘*Axis Bold As Love*, dat was de tweede.’
‘Wat was het zesde nummer?’ vroeg Dixon.
‘Ik heb geen idee.’
O’Donnell zei: ‘Als de dames er geen gat meer in zien, gaan ze winkelen.’

Ze liepen een heel eind naar het oosten over Sunset, tot ze een winkel van Tower Records vonden. Ze gingen naar binnen en werden verwelkomd door koele lucht en jonge mensen en luide muziek en zochten naar de H bij pop- en rockmuziek. Er stond een dikke rij van veertig centimeter met cd’s van Jimi Hendrix. Vier oude titels die Reacher herkende en een aantal postuum uitgegeven cd’s. *Axis Bold As Love* stond er ook tussen, drie keer. Reacher trok er een tussenuit en keerde hem om. Hij was in plastic verpakt en het etiket met de streepjescode van de winkel was over de tweede helft van de lijst met nummers geplakt.
Ook bij het tweede exemplaar.
En bij het derde exemplaar.
‘Plukken, dat ding,’ zei O’Donnell.
‘Bedoel je jatten?’
‘Nee, pulk het plastic er af.’
‘Dat kan ik niet doen. Hij is niet van ons.’
‘Jij timmert politieagenten in elkaar, maar je hebt moeite met het beschadigen van een plastic verpakking van een winkel?’
‘Dat is wat anders.’
‘Wat ga je doen dan?’
‘Kopen. Dan kunnen we hem in de auto afspelen. In auto’s zitten toch cd-spelers?’
‘Pas honderd jaar,’ zei Dixon.
Reacher nam de cd mee en ging in de rij staan achter een meisje dat was behangen met meer ijzer dan een slachtoffer van een handgranaat. Toen hij aan de beurt was, pelde hij dertien van de resterende achthonderd dollar van de rol en werd hij voor het eerst in zijn leven eigenaar van een digitaal product.
‘Pak hem uit,’ zei O’Donnell.
Het plastic zat er strak omheen. Reacher pulkte met een nagel een hoekje omhoog en scheurde het toen met zijn tanden open. Toen hij

al het plastic eraf had, draaide hij de cd om en gleed met zijn vingertop langs de lijst met nummers.
'"Little Wing",' zei hij.
O'Donnell haalde zijn schouders op. Neagley gaf geen enkel teken van herkenning.
'Dat schiet niet op,' zei Dixon.
'Ik ken het nummer,' zei Reacher.
'Alsjeblieft, niet zingen,' zei Neagley.
'Wat betekent het?' zei O'Donnell.
Reacher zei: 'Het betekent dat New Age een wapensysteem maakt dat Little Wing heet.'
'Natuurlijk. Maar daar hebben we niets aan als we niet weten wat Little Wing *is*.'
'Klinkt als luchtmacht. Een onbemand vliegtuig of zo.'
'Niemand heeft ervan gehoord?' vroeg Dixon. 'Iemand?'
O'Donnell schudde zijn hoofd.
'Ik niet,' zei Neagley.
'Dan is het echt supergeheim,' zei Dixon. 'Geen lek ergens in Washington of op Wall Street of bij al die contacten van Neagley.'
Reacher probeerde het doosje van de cd open te maken, maar constateerde dat over de hele bovenkant een etiket met de titel was geplakt dat hij er maar in kleverige stukjes vanaf kon peuteren met zijn nagel.
'Geen wonder dat de platenindustrie in de problemen zit,' zei hij. 'Ze maken het je niet gemakkelijk om van die dingen te genieten.'
Dixon vroeg: 'Wat gaan we nu doen?'
'Wat stond er in de e-mail?'
'Dat weet je al.'
'Maar weet jij het ook?'
'Wat bedoel je?'
'Wat stond er?'
'Zoek naar het zesde nummer op de tweede plaat van Hendrix.'
'En?'
'En niks.'
'Nee, er stond bel zo snel mogelijk.'
'Dat is belachelijk,' zei Neagley. 'Als hij het niet in een e-mail wil opschrijven, waarom zou hij het dan wel over de telefoon willen vertellen?'

'Er stond niet bel *mij*. In een gecodeerd briefje zoals dit, moet je op ieder woord letten.'
'Wie moet ik dan wel bellen.'
'Er moet iemand zijn. Hij weet dat jij iemand kent die kan helpen.'
'Wie zou er nou helpen met zoiets als dit, als hij het al niet doet.'
'Van wie weet hij dat jij hem kent? Misschien in Washington, omdat hij dat woord heeft gebruikt, en ieder woord telt?'
Neagley deed haar mond open om te zeggen *niemand*. Reacher zag het woord zich vormen in haar keel. Maar toen hield ze in.
'Er is een vrouw,' zei ze. 'Ze heet Diana Bond. We kennen haar allebei. Ze zit in de staf van een congreslid op Capitol Hill. Hij zit in de defensiecommissie van het Huis.'
'Dat is hem. Wie is het?'
Neagley noemde een bekende, maar niet-geliefde naam.
'Jij hebt een vriendin die voor die klootzak werkt?'
'Niet echt een vriendin.'
'Ik mag hopen van niet.'
'Iedereen heeft werk nodig, Reacher, behalve jij blijkbaar.'
'Hoe dan ook, haar baas betaalt de rekeningen, dus is hij ongetwijfeld op de hoogte. Hij weet wat Little Wing is. En dan weet zij het ook.'
'Niet als het geheim is.'
'Die kerel kan zijn eigen naam nog niet spellen zonder hulp. Geloof mij maar, als hij het weet, weet zij het ook.'
'Maar ze zal het mij niet vertellen.'
'Jawel, omdat je het hard gaat spelen. Je belt haar en vertelt haar dat je weet van het bestaan van Little Wing en dat je op het punt staat om de pers te bellen en te vertellen dat het lek op het kantoor van haar baas zit, en dat ze dat kan voorkomen door alles te vertellen wat ze weet.'
'Dat is smerig.'
'Dat is politiek. De techniek kan haar niet helemaal onbekend voorkomen als ze voor die kerel werkt.'
'Moeten we dit echt doen? Is het relevant?'
'Hoe meer we weten, hoe meer geluk we hebben.'
'Ik wil haar er niet in betrekken.'
'Je kennis in het Pentagon wel,' zei O'Donnell.
'Dat is gokwerk van Reacher.'

‘Nee, het is meer dan dat. Denk even aan de e-mail. Hij zei dat het zesde nummer een dynamische briljant was. Dat is een rare uitdrukking. Hij had gewoon kunnen zeggen dat het een geweldig nummer was. Of fantastisch. Of briljant zonder meer. Maar hij zei een dynamische briljant, dat zijn de letters d en b. De initialen van die vrouw: Diana Bond.’

38

Neagley wilde per se alleen zijn om het telefoongesprek met Diana Bond te voeren. Toen ze terugkwamen bij het hotel, zocht ze een rustig hoekje in de lobby en begon het ene na het andere nummer te kiezen. Toen volgde er een langdurig gesprek. Twintig minuten later voegde ze zich weer bij de anderen. Een uitdrukking van afkeer op haar gezicht. Haar lichaamstaal liet zien dat ze zich wat ongemakkelijk voelde. Maar ook een zekere mate van opwinding.

'Het duurde even voordat ik haar te pakken had,' zei ze. 'Ze blijkt hier niet ver vandaan te zitten. Ze is een paar dagen op Edwards Air Force Base. De een of andere grote presentatie.'

O'Donnell zei: 'Daarom zei jouw kennis in het Pentagon dat je zo snel mogelijk moest bellen. Hij wist dat ze in Californië was. Elk woord telt.'

'Wat zei ze?' vroeg Reacher.

'Ze komt naar ons toe,' zei Neagley. 'Ze wil ons in levenden lijve ontmoeten.'

'Echt?' zei Reacher. 'Wanneer?'

'Zodra ze er daar tussenuit kan.'

'Dat is indrukwekkend.'

'Dat kun je wel zeggen. Little Wing moet wel belangrijk zijn.'

'Voel je je rot vanwege dat telefoontje?'

Neagley knikte. 'Ik voel me rot vanwege zo ongeveer alles.'

Ze gingen naar Neagleys kamer, keken op kaarten en rekenden uit wanneer Diana Bond op zijn vroegst zou kunnen komen. Edwards was aan de andere kant van de San Gabriel Mountains, in de Mojave, een kilometer of honderd naar het noorden, voorbij Palmdale en Lancaster, ongeveer halverwege Fort Irwin. Twee uur wachten, minstens, als Bond direct was vertrokken. Zo niet, dan nog langer.

'Ik ga een eindje wandelen,' zei Reacher.

O'Donnell zei: 'Ik ga met je mee.'

Ze liepen over Sunset naar het oosten tot waar Hollywood samenkwam met West Hollywood. Het was vroeg in de middag en Reacher voelde de zon op zijn hoofd branden door zijn kort geschoren haar. Het leek wel of de zonnestralen extra fel waren nadat ze tegen deeltjes luchtvervuiling heen en weer waren gestuiterd.

'Ik zou een hoed moeten kopen,' zei hij.

'Je zou een ander hemd moeten kopen,' zei O'Donnell. 'Dat kun je je nu veroorloven.'

'Misschien doe ik dat wel.'

Ze zagen een winkel waar ze op weg naar de winkel van Tower Records langs waren gekomen. Het was een filiaal van een populaire winkelketen. De etalage was uitgevoerd in kunstzinnig pastelbleek en hoegenaamd leeg, maar het was geen dure winkel. Ze verkochten er katoenen spullen, spijkerbroeken, kaki overhemden en T-shirts. En basketbalpetjes. Ze waren allemaal gloednieuw, maar ze zagen eruit alsof ze duizend keer waren gewassen. Reacher zocht er een uit, blauw, zonder teksten. Hij kocht nooit iets met teksten. Hij had veel te lang een uniform gedragen. Naamplaatjes en insignes en allerhande teksten waar je maar kijken kon, dertien lange jaren.

Hij maakte het riempje achter op de pet los en paste hem.

'Wat vind je ervan,' vroeg hij.

O'Donnell zei: 'Zoek maar een spiegel.'

'Het maakt niet uit wat ik in een spiegel zie. Jij lacht me uit om hoe ik eruitzie.'

'Het is een mooie pet.'

Reacher hield de pet op en liep door de winkel naar een lage tafel waar hoge stapels T-shirts op lagen. Midden op de tafel stond een torso van een modepop die twee T-shirts aanhad, over elkaar, een lichtgroene en een donkergroene. Het onderste T-shirt was zichtbaar bij de zoom, de mouwen en de kraag. Samen wekten de twee lagen de indruk van een zware, dikke stof.

Reacher vroeg: 'Wat vind je daarvan?'

'Het is mode,' zei O'Donnell.

'Moeten het twee verschillende maten zijn?'

'Waarschijnlijk niet.'

Reacher zocht een lichtblauw en een donkerblauw T-shirt uit, beide XXL. Hij zette zijn petje af en liep met de drie artikelen naar de kassa. Sloeg het aanbod van een tas af, beet de etiketten eraf en trok mid-

den in de winkel zijn bowlinghemd uit. Stond daar naakt tot zijn middel in de kille lucht van de airconditioning.
'Heb je een afvalbak?' vroeg hij.
Het meisje achter de toonbank bukte zich en kwam weer omhoog met een plastic prullenmand met een zak erin. Reacher gooide er zijn oude overhemd in en trok de nieuwe T-shirts aan, de een over de ander. Trok ze glad en rolde met zijn schouders om ze te schikken en schoof de pet op zijn hoofd. Reacher en O'Donnell liepen terug naar de straat. En eenmaal buiten weer oostwaarts.
O'Donnell vroeg: 'Voor wie ben je op de vlucht?'
'Ik ben niet op de vlucht.'
'Je had je oude hemd kunnen houden.'
'Hellend vlak,' zei Reacher. 'Een reservehemd en het duurt maar even of ik heb een reservebroek. Dan heb ik een koffer nodig. Voor je het weet, heb ik een huis en een auto en een spaarloonregeling en zit ik de hele dag formulieren in te vullen.'
'Dat doet iedereen.'
'Ik niet.'
'Dat bedoel ik, waarvoor ben je op de vlucht?'
'Om niet net zo te worden als iedereen, denk ik.'
'Ik ben net als iedereen. Ik heb een huis en een auto en een spaarloonregeling. Ik vul formulieren in.'
'Moet je doen.'
'Vind je dat ik doorsnee ben?'
Reacher knikte. 'In die zin, zeker.'
'Niet iedereen kan zijn zoals jij.'
'Je draait de zaak om. Er zijn er een paar die niet zo kunnen zijn als jij.'
'Zou je dat willen?'
'Dat heeft niets met willen te maken. Het werkt gewoon niet.'
'Waarom niet?'
'Oké, ik ben op de vlucht.'
'Waarvoor? Om niet net zo te hoeven zijn als ik?'
'Omdat ik niet wil veranderen.'
'We veranderen allemaal.'
'Dat hoeven we niet allemaal leuk te vinden.'
'Ik vind het niet leuk,' zei O'Donnell. 'Maar ik leer ermee te leven.'
Reacher knikte. 'Met jou gaat het fantastisch, Dave. Dat meen ik. Ik

maak me zorgen over mezelf. Dan kijk ik naar jou en Neagley en Dixon en dan voel ik me een loser.'

'Echt?'

'Kijk maar naar me.'

'Het enige wat wij hebben, wat jij niet hebt, zijn koffers.'

'Maar wat heb ik wat jullie niet hebben?'

O'Donnell gaf geen antwoord. Ze sloegen af naar het noorden, Vine in, midden op de middag in de op een na grootste stad van de Verenigde Staten, en zagen twee kerels met pistolen in de hand uit een rijdende auto springen.

39

De auto was zwarte Lexus sedan, gloednieuw. Hij trok op en reed onmiddellijk weer weg, de beide kerels alleen, midden op het trottoir achterlatend, zo'n meter of dertig verderop. Het waren de kassier en de man met het spul van het braakliggende terrein achter het wassenbeeldenmuseum. De pistolen waren AMT Hardballers, roestvrijstalen kopieën van de Colt Government 1911.45 automatic. De handen die de pistolen vasthielden, trilden een beetje, zwaaiden omhoog, maakten een draaiende beweging en voldeden in alles aan het beeld van de handen van zware jongens in de film.

O'Donnells handen gingen in de richting van zijn zakken.

'Zoeken die ons?' zei hij.

'Ze zoeken mij,' zei Reacher. Hij wierp een blik over zijn schouder om te zien wat er achter hen was. Hij maakte zich niet zoveel zorgen over de vraag of hij geraakt zou worden met een slecht bediende .45 van een afstand van dertig meter. Hij mocht dan een groot doelwit zijn, de cijfers stonden aan zijn kant. Handwapens waren binnenskamers geschikt. Bediend door een expert in situaties met hoogspanning was de gemiddelde afstand waarbij succes te boeken viel ongeveer drie meter. Maar ook al werd Reacher niet geraakt, iemand anders kon worden geraakt. Of iets anders. Iemand die een blok verderop liep. Of een laagvliegend vliegtuig, misschien. Nevenschade. De straat krioelde van de mogelijke doelwitten. Mannen, vrouwen, kinderen, en nog allerlei ander volk waarvoor Reacher niet een-twee-drie een categorie bij de hand had.

Hij keek weer voor zich. De twee kerels waren niet veel dichterbij gekomen. Niet meer dan een paar stappen. O'Donnells ogen bleven aan hen vastgekluisterd.

'We moeten dit van de straat halen, Dave,' zei Reacher.

O'Donnell zei: 'Roger.'

'Ik ga naar links,' zei Reacher. Hij verplaatste zich zijdelings en wierp een snelle blik naar links. De dichtstbijzijnde deur was van een smal-

le salon van een waarzegster. Zijn hersens werkten onder hoge druk met ijzige snelheid. Zijn tempo was niet veranderd, maar alles om hem heen vond vertraagd plaats. Het trottoir was een vierdimensionaal diagram geworden. Vooruit, achteruit, opzij, tijd.
'Een meter achteruit en naar links, Dave,' zei hij.
O'Donnell was als een blinde. Zijn ogen waren strak gericht op de twee kerels en hij keek nergens anders naar. Hij hoorde Reachers stem en stapte achteruit en naar links, snel. Reacher trok de deur van de waarzegster open en liet O'Donnell om hem heen stappen naar binnen. De twee kerels kwamen op hen af. Nu twintig meter weg. Reacher drong achter O'Donnell naar binnen. De salon van de waarzegster was leeg, op een vrouw van een jaar of negentien na die alleen aan een tafel met tarotkaarten zat. De tafel was een eettafel van een meter of twee lang waarover een rood kleed lag dat tot op de vloer hing. Overal op de tafel lagen stapeltjes kaarten. De vrouw had lang donkerblond haar en droeg een paarse jurk van kaasdoek die waarschijnlijk afgaf, zodat ze wel van top tot teen onder de verf zou zitten.
'Heb je een achterkamer?' vroeg Reacher haar.
'Alleen een toilet,' zei ze.
'Ga naar het toilet en ga op de grond liggen, nu.'
'Wat is er aan de hand?'
'Dat mag je mij vertellen.'
De vrouw verroerde geen vin tot O'Donnell zijn handen uit zijn zakken haalde. De boksbeugel om zijn rechtervuist oogde als de grimlach van een haai. Hij had het springmes in zijn linkerhand. Het was gesloten. Toen sprong het open met een geluid alsof er een bot brak. De vrouw sprong overeind en vluchtte weg. Een inwoonster van L.A. met een zaak op Vine. Ze kende het klappen van de zweep.
O'Donnell vroeg: 'Wat zijn dat voor kerels?'
'Ze hebben net voor die T-shirts betaald.'
'Wordt dit een probleem?'
'Misschien.'
'Plan?'
'Wat vind je van Hardballers?'
'Beter dan niets.'
'Oké dan.' Reacher tilde het tafelkleed op en kroop op zijn knieën achterwaarts onder de tafel. O'Donnell schoof links naast hem en trok

het tafelkleed weer omlaag. Hij gleed er met zijn mes langs, een korte zachte zijdelingse beweging en vóór hem ontstond een spleet. Met zijn vingers maakte hij de spleet wat breder tot die de vorm van een oog had. Hij deed hetzelfde voor Reacher. Reacher zette zijn vlakke handen schrap tegen de onderkant van het tafelblad. O'Donnell verplaatste het mes naar zijn rechterhand en zette zijn linkerhand op dezelfde manier schrap als Reacher.

Toen wachtten ze.

De beide mannen waren acht seconden later bij de deur. Ze aarzelden en gluurden naar binnen door het glas en trokken toen de deur open en kwamen naar binnen. Aarzelden opnieuw, anderhalve meter voor de tafel, de wapens recht vooruit gericht met de kolf parallel aan de vloer.

Ze deden voorzichtig een stap naar voren.

Aarzelden opnieuw.

O'Donnell had de boksbeugel om zijn rechterhand en hield er ook het mes mee vast, maar het was de enige vrije hand onder de tafel. Hij gebruikte hem om af te tellen. Duim, wijsvinger, middelvinger. Eén, twee, drie.

Op drie drukten Reacher en O'Donnell de tafel omhoog en naar voren. Ze duwden hem met kracht door een explosieve kwart cirkel, een meter omhoog en een meter vooruit. Het tafelblad klapte om naar voren, maakte eerst contact met de beide pistolen en raakte toen de beide mannen vol in de borst en het gezicht. Het was een zware tafel. Massief hout. Misschien wel eiken. Hij kegelde de beide mannen zonder problemen ondersteboven. Ze tuimelden op hun rug in een wolk van tarotkaarten en bleven stil liggen onder het houten tafelblad in een warboel van rode doek. Reacher kwam overeind en stapte op de op zijn kop liggende tafel. Hij wiebelde heen en weer alsof hij op een surfplank stond. Toen sprong hij een paar keer op en neer. O'Donnell timede het moment dat Reachers gewicht van het tafelblad was en trapte toen de tafel iets achteruit zodat de beide mannen er tot hun middel onderuit staken en hun handen met pistolen bereikbaar waren. Hij pakte de Hardballers en sneed bij beide mannen het weefsel stuk tussen de duim en de hand. Pijnlijk, en een zeer overtuigend argument om geen pistolen meer vast te pakken tot de wond volledig geheeld was, wat heel lang zou kunnen duren, afhankelijk van hun eetgewoonten en hoe goed ze de wond zouden verzorgen.

Reacher glimlachte, even. De techniek was onderdeel geweest van hun standaardprocedures. Toen bevroor zijn glimlach, want hij herinnerde zich dat het Jorge Sanchez was geweest die de techniek had ontwikkeld, en Jorge Sanchez lag ergens dood in de woestijn.

'Een eitje,' zei O'Donnell.

'We kunnen het nog steeds,' zei Reacher.

O'Donnell borg zijn verzameling keramiek weer op en schoof een Hardballer achter de broekband onder zijn colbert. Gaf het tweede wapen aan Reacher die hem in zijn broekzak stopte en er zijn T-shirts over drapeerde. Toen stapten ze naar buiten, het zonlicht in. Ze liepen over Vine naar het noorden en sloegen af naar het westen, Hollywood Boulevard op.

Karla Dixon wachtte hen op in de lobby van het Chateau Marmont.

'Curtis Mauney heeft gebeld,' zei ze. 'Hij was onder de indruk van wat jij met de post van Franz had gedaan. Dus heeft hij de politie in Las Vegas gevraagd de spullen in het kantoor van Sanchez en Orozco te doorzoeken. En ze hebben wat gevonden.'

40

Mauney zelf arriveerde een halfuur later. Hij kwam de lobby in, nog steeds vermoeid, nog steeds met zijn gehavende aktetas in de hand. Hij ging zitten en vroeg: 'Wie is Adrian Mount?'

Reacher keek op. *Azhari Mahmoud*, *Adrian Mount*, *Alan Mason*, *Andrew MacBride*, *Anthony Matthews*. De Syriër en zijn vier schuilnamen. Informatie waarvan Mauney niet wist dat zij die hadden.

'Geen idee,' zei hij.

'Weet je het zeker?'

'Behoorlijk.'

Mauney balanceerde zijn aktetas op zijn knieën, sloeg de klep open en nam er een vel papier uit. Gaf het aan Reacher. Het was vaag en onduidelijk. Het zag eruit als een fax van een kopie, of een kopie van een fax. Bovenaan stond *Department of Homeland Security*. Maar niet in de stijl van een officieel briefhoofd. Het zag er meer uit als een deel van een gekraakt computerbestand. Onopgemaakte DOS-tekst. Het ging over een vlucht met British Airways van Londen naar New York, geboekt door ene Adrian Mount. De boeking was twee weken geleden bevestigd voor een vlucht drie dagen geleden. Eerste klas, enkele reis, van Heathrow naar JFK, stoel 2K, laatste vlucht van de dag, duur, betaald met een geldige creditcard. Geboekt via de Britse website van British Airways, al was het onmogelijk vast te stellen waar op de wereld met de muis was geklikt.

'Zat dit bij hun e-mail?' vroeg Reacher.

Mauney zei: 'Het was opgeslagen in het geheugen van hun fax. Het is twee weken geleden binnengekomen. Het papier in de fax was op. Maar we weten dat Sanchez en Orozco er twee weken geleden niet waren. Dat betekent dat dit het antwoord moet zijn op een verzoek dat ze minstens een week eerder hebben verstuurd. We vermoeden dat ze een aantal namen op een niet-officiële lijst hebben gezet dat in de gaten moest worden gehouden.'

'Een aantal namen?'

'We hebben iets gevonden wat volgens ons het oorspronkelijke verzoek is. Ze lieten aantekeningen circuleren via e-mail, net als Franz. Vier namen.' Mauney haalde een tweede vel papier uit zijn aktetas. Het was een fotokopie van een vel papier dat bedekt was met het kriebelige handschrift van Manuel Orozco. *Adrian Mount, Alan Mason, Andrew MacBride, Anthony Matthews, aankomst navragen bij dhs.* Snel en slordig neergekrabbeld, haastig geschreven, al had Orozco nooit echt zo'n verfijnd handschrift gehad.

Vier namen. Niet vijf. Azhari Mahmouds echte naam stond er niet bij. Reacher vermoedde dat Orozco wist dat die Mahmoud, wat voor iemand het ook mocht zijn, onder een schuilnaam zou reizen. Wat had je nu aan schuilnamen als je ze niet gebruikte.

'DHS,' zei Mauney. 'Het Department of Homeland Security. Heb jij enig idee hoe moeilijk het voor een burger is om iets gedaan te krijgen van Homeland Security? Ze moeten jouw vriend Orozco daar wel heel wat schuldig zijn. Of hij moet ze een karrenvracht aan smeergeld hebben betaald. Ik wil weten waarom.'

'Casinozaken misschien.'

'Mogelijk. Al interesseert het veiligheidsmensen in Las Vegas niet bepaald of foute mensen in New York opduiken. Mensen die in New York aankomen, zijn eerder op weg naar Atlantic City. Problemen voor anderen.'

'Misschien delen ze informatie. Misschien hebben ze een netwerk. Misschien gaan foute mensen eerst naar Atlantic City en dan naar Las Vegas.'

'Mogelijk,' zei Mauney opnieuw.

'Is die Adrian Mount ook daadwerkelijk in New York aangekomen?'

Mauney knikte. 'Volgens de computer van de immigratiedienst is hij in terminal vier binnengekomen. Terminal zeven was al dicht op dat late uur. De vlucht had vertraging.'

'En toen?'

'Heeft hij een kamer genomen in een hotel op Madison Avenue.'

'En toen?'

'Is hij verdwenen. Geen enkel spoor.'

'Maar?'

'We volgen de lijst. Alan Mason vliegt naar Denver, Colorado. Neemt een kamer in een hotel midden in de stad.'

'En toen?'

'Dat weten we nog niet. We zoeken nog.'
'Maar je denkt dat het steeds om dezelfde man gaat?'
'Natuurlijk is het steeds dezelfde man. Steeds dezelfde initialen.'
Reacher zei: 'Dan ben ik opperrechter van het hooggerechtshof.'
'Zo gedraag je je wel.'
'Oké, wat is het voor iemand?'
'Ik heb geen idee. De man van de immigratiedienst zal hem zich niet kunnen herinneren. We hebben nog niet met Denver gesproken. Maar die zullen zich hem ook wel niet meer kunnen herinneren.'
'Zijn er bij binnenkomst geen foto's gemaakt?'
'We proberen de foto te pakken te krijgen.'
Reacher keek weer naar de eerste fax. De informatie van Homeland Security. De doorgespeelde informatie over vliegtuigpassagiers.
'Het is een Engelsman,' zei hij.
Mauney zei: 'Dat hoeft niet. Hij had minstens één Brits paspoort, meer kun je daar niet van zeggen.'
'Wat ga je nu doen?'
'Een eigen lijst maken om in de gaten te houden. Vroeg of laat duikt ergens Andrew MacBride of Anthony Matthews op. Dan weten we tenminste waar hij heen gaat.'
'Wat verwacht je van ons?'
'Heb je die namen ooit gehoord?'
'Nee.'
'Geen vrienden met de initialen A en M?'
'Niet dat ik me kan herinneren.'
'Vijanden?'
'Ik geloof het niet.'
'Kende Orozco iemand met die initialen?'
'Ik zou het niet weten. Ik heb Orozco in geen tien jaar meer gesproken.'
'Ik zat fout,' zei Mauney. 'Wat dat touw betreft waarmee ze zijn handen en voeten hadden vastgebonden. Ik heb er iemand op gezet. Het is helemaal niet zo gangbaar. Het is sisal uit India.'
'Waar koop je zoiets?'
'Het is nergens in de Verenigde Staten te koop. Het is afkomstig van spullen die van daar worden geïmporteerd.'
'En wat is dat?'
'Opgerolde tapijten, balen katoenstof, dat soort dingen.'

'Bedankt voor de informatie.'
'Geen dank, ik vind het erg wat er met Orozco is gebeurd.'

Mauney vertrok en ze gingen naar Dixons kamer. Niet met een speciale bedoeling. Ze zaten nog steeds muurvast. Maar ze moesten toch ergens zijn. O'Donnell veegde het bloed van zijn springmes en inspecteerde op zijn gebruikelijke overdreven nauwkeurige manier de buitgemaakte Hardballers. Ze waren gefabriceerd door AMT, niet ver daarvandaan in Irwindale, Californië. Ze waren afgeladen met een jacketed.45. Ze waren in prima staat en gebruiksklaar. Schoon, geolied, onbeschadigd, wat erop duidde dat ze waarschijnlijk nog maar onlangs waren gestolen. Drugsdealers waren over het algemeen niet erg zuinig op wapens. De enige beperking van het wapen was dat het een getrouwe kopie was van een ontwerp uit 1911. Het magazijn had een capaciteit van niet meer dan zeven kogels, wat in een tijd van revolvers met zes kogels misschien een luxe was, maar erg ontoereikend in een wereld waar magazijnen een capaciteit hadden van vijftien kogels of meer.
'Kutdingen,' zei Neagley.
'Beter dan met stenen gooien,' zei O'Donnell.
'Te groot voor mijn hand,' zei Dixon. 'Ik houd meer van de Glock 19, persoonlijk.'
'Ik houd van alles wat werkt,' zei Reacher.
'In een Glock gaan zeventien kogels.'
'Je hebt er per hoofd maar één nodig. Ik ben nog nooit zeventien mensen tegengekomen die allemaal tegelijk achter me aan zaten.'
'Je weet maar nooit.'

De donkerharige, veertig jaar oude man, die zich Andrew MacBride liet noemen, zat in de ondergrondse trein van Denver Airport. Hij had tijd over en dus reed hij heen en weer tussen de hoofdterminal en hal C, het eindpunt. Hij genoot van de jugband-muziek. Hij voelde zich opgelucht, onbezorgd en vrij. Hij had vrijwel geen bagage meer bij zich. Geen zware koffer meer. Alleen een kleine reistas en een aktetas. De vrachtbrief zat in de aktetas, opgevouwen in een boek met een harde omslag. Hij had de sleutel van het hangslot opgeborgen in een afgesloten compartiment.

De man in het blauwe pak in de blauwe Chrysler sedan belde zijn baas.

'Ze zijn weer terug in het hotel,' zei hij. 'Alle vier.'

'Komen ze dichterbij?' vroeg zijn baas.

'Ik heb geen flauw idee.'

'Wat denk je?'

'Ja, ik denk dat ze dichterbij komen.'

'Oké, dan wordt het tijd om ze uit te schakelen. Laat ze daar maar en kom hiernaartoe. Over een paar uur slaan we toe.'

41

O'Donnell stond op, liep naar het raam van Dixons kamer en vroeg: 'Wat hebben we?'
Het was een routinevraag uit het verleden. Hij was een belangrijk onderdeel geweest van de standaardprocedures van de eenheid. Een niet uit te roeien gewoonte. Reacher had er altijd op gestaan dat ze steeds opnieuw doornamen wat ze wisten. Hij had erop gestaan dat ze voortdurend met een stofkam door alle informatie gingen, die opnieuw onder woorden brachten, op zijn waarde schatten, van een andere kant bekeken, tegen het licht van nog weer nieuwere informatie. Maar dit keer gaf niemand antwoord, behalve Dixon, die zei: 'Het enige wat we hebben, zijn vier dode vrienden.'
Het werd stil in de kamer.
'Laten we wat gaan eten,' zei Neagley. 'Het heeft geen enkel nut als wij hier van de honger omkomen.'
Eten. Reacher herinnerde zich de hamburgertent waar ze vierentwintig uur geleden hadden gezeten. Sunset Boulevard, het lawaai, de dikke hamburgerkoekjes, het koude bier. Met zijn vieren om de ronde tafel. Het gesprek. De manier waarop het middelpunt van de aandacht steeds van de een naar de ander was verschoven. Steeds een die wat zei en drie die luisterden, een ronddraaiende piramide, eerst de ene kant op, dan de andere.
Een die wat zei en drie die luisterden.
'Fout,' zei hij.
Neagley zei: 'Het heeft wel nut als wij van honger omkomen?'
'Nee, eten is prima. Maar wij maken een fout. Een kolossale denkfout.'
'Waar?'
'Helemaal mijn fout. Ik heb de verkeerde conclusie getrokken.'
'Hoezo?'
'Waarom kunnen we de cliënt van Franz niet vinden?'
'Ik weet het niet.'
'Omdat Franz geen cliënt had. We hebben een fout gemaakt. Zijn li-

chaam is het eerste dat is gevonden, dus gingen we ervan uit dat het allemaal om hem draaide. Dat hij degene was die alles in gang zette. Alsof hij de prater was en de andere drie naar hem luisterden. Maar als hij nu eens niet de prater was?'

'Wie dan wel?'

'We hebben de hele tijd al gezegd dat hij niet uit zijn schulp zou kruipen, tenzij het voor iemand was die heel veel voor hem betekende. Iemand die hij iets verschuldigd was op de een of andere manier.'

'Maar dan ben je weer terug bij de stelling dat hij *wel* degene was die alles in gang zette. Met een cliënt die we niet kunnen vinden.'

'Nee, we hebben een volledig fout beeld van de hiërarchie. Het hoeft helemaal niet zo te zijn van: eerst de cliënt, dan Franz en dan de andere drie die Franz helpen. Ik denk dat Franz in feite lager in de pikorde stond. Hij stond niet bovenaan. Snap je wat ik bedoel? Veronderstel dat hij eigenlijk een van de andere drie hielp. Veronderstel dat hij luisterde en niet praatte? Veronderstel dat het allemaal een zaak van Orozco is? Voor een van zíjn cliënten? Of Sanchez? Als zij hulp nodig zouden hebben, wie zouden ze dan bellen?'

'Franz en Swan.'

'Precies. We zitten vanaf het begin op het verkeerde spoor. We moeten het model omkeren. Veronderstel dat Franz een noodoproep kreeg van Orozco of Sanchez? Dan gaat het werkelijk om mensen die iets voor hem betekenen. Die hij iets verschuldigd is. Geen cliënt, maar hij kan geen nee zeggen. Hij moet in actie komen en helpen, wat Angela en Charlie daar ook van vinden.'

Het was stil in de kamer.

Reacher zei: 'Orozco nam contact op met Homeland Security. Dat is niet gemakkelijk. En het is de enige duidelijke actie die iemand heeft ondernomen, met alles wat we nu weten. Het lijkt meer dan wat Franz heeft gedaan.'

O'Donnell zei: 'Mauney en zijn mensen denken dat Orozco eerder dood was dan Franz. Misschien is dat belangrijk.'

'Ja,' zei Dixon. 'Als het een zaak van Franz was, waarom zou hij dan het moeilijke werk uitbesteden aan Orozco? Het lijkt me dat Franz zelf beter uitgerust was voor zoiets. Dat lijkt erop te wijzen dat de dynamiek omgekeerd was, of niet?'

'Daar lijkt het wel op,' zei Reacher. 'Maar laten we niet twee keer dezelfde fout maken. Het kan ook Swan zijn geweest.'

'Swan had geen werk.'
'Sanchez dan, in plaats van Orozco.'
'Allebei lijkt me waarschijnlijker.'
Neagley zei: 'Dat zou betekenen dat het in Las Vegas speelt, niet hier in L.A. Kunnen die nummers iets met casino's te maken hebben?'
'Misschien,' zei Dixon. 'Het zouden winstpercentages van een casino kunnen zijn nadat iemand een systeem heeft uitgedokterd.'
'Wat voor iets wordt negen of tien of twaalf keer per dag gespeeld?'
'Vrijwel alles. Er is niet echt een minimum of een maximum.'
'Kaarten?'
'Vrijwel zeker, als we het over een systeem hebben.'
O'Donnell knikte. 'Zeshonderdvijftig keer een niet-geplande winstkaart tegen een gemiddelde van een ton per keer blijft niet onopgemerkt.'
Dixon zei: 'Ze zouden niemand zeshonderdvijftig keer laten winnen in vier maanden tijd.'
'Misschien is het meer dan een persoon. Een kartel.'
Neagley zei: 'We moeten naar Las Vegas.'
Toen ging de telefoon. Dixon nam op. Haar kamer, haar telefoon. Ze luisterde even en gaf toen de telefoon aan Reacher.
'Curtis Mauney,' zei ze. 'Voor jou.'
Reacher pakte de telefoon aan en noemde zijn naam en Mauney zei: 'Andrew MacBride is zojuist in een vliegtuig gestapt in Denver. Op weg naar Las Vegas. Ik vertel je dit puur om je terwille te zijn. Blijf waar je bent. Geen eigenmachtig optreden, weet je nog?'

42

Ze besloten om met de auto naar Las Vegas te gaan, niet met het vliegtuig. Sneller te plannen, gemakkelijker te organiseren en even snel van deur tot deur. Ze zouden sowieso de Hardballers op geen enkele manier aan boord van een vliegtuig kunnen krijgen. En ze moesten ervan uitgaan dat ze vroeg of laat vuurkracht nodig zouden hebben. Dus wachtte Reacher in de lobby, terwijl de anderen aan het pakken waren. Neagley kwam als eerste naar beneden en schreef hen uit. Ze keek niet eens naar de rekening. Tekende hem zonder meer. Toen liet ze haar tas bij de deur vallen en wachtte bij Reacher. O'-Donnell was de volgende die beneden kwam. Daarna Dixon met de Hertz-sleutel in de hand.

Ze laadden hun tassen in de kofferbak en stapten in. Dixon en Neagley voorin, Reacher en O'Donnell achterin. Ze reden naar het oosten op Sunset en vochten zich een weg door het vastgelopen verkeer op de freeways tot ze bij de 15 kwamen. Over de 15 zouden ze naar het noorden door de bergen rijden en dan naar het noordoosten, de staat uit, het hele eind naar Las Vegas.

Het zou hen ook dicht langs de plaats voeren waar meer dan drie weken geleden minstens twee keer een helikopter op een hoogte van een kilometer had ingehouden, in het holst van de nacht, portieren open. Reacher was vastbesloten niet te kijken, maar deed het toch. Toen ze uit de heuvels kwamen, werd zijn blik onweerstaanbaar naar het vlakke, bruine woestijnlandschap getrokken. Hij zag dat O'Donnell ook keek. En Neagley, en Dixon. Ze keek steeds seconden lang naar links, haar gezicht in een frons vertrokken tegen de ondergaande zon, haar lippen strak op elkaar geklemd, omlaag getrokken mondhoeken.

Ze stopten aan het einde van de middag in Barstow, Californië, om te eten, in een armzalig wegrestaurant, dat als enige deugd had dat het er was en dat de weg verder tot aan de horizon leeg was. Het was er vies, de bediening was traag, het eten was slecht. Reacher was geen fijnproever, maar zelfs hij voelde zich bedrogen. In het verleden zou hij of Dixon of Neagley, maar zeker O'Donnell hebben geklaagd of een stoel door een raam hebben gegooid, maar nu deed niemand iets. Ze werkten zich door de drie gangen, dronken slappe koffie en gingen weer op weg.

De man in het blauwe pak rapporteerde het vanaf het parkeerterrein van het Chateau Marmont: 'Ze zijn weg. Vertrokken. Alle vier.'
Zijn baas vroeg: 'Waarheen?'
'De receptioniste denkt naar Las Vegas. Dat had ze gehoord.'
'Uitstekend. Dan doen we het daar. In alle opzichten beter. Ga met de auto, niet met het vliegtuig.'

De donkerharige, veertig jaar oude man, die zich Andrew MacBride liet noemen, stapte de vliegtuigslurf uit op Las Vegas Airport en het eerste wat hij zag, was een rij fruitautomaten. Zwaar, zwart, zilver- en goudkleurig, met flikkerende neonstrepen. Een stuk of twintig, in twee rijen met de achterkanten tegen elkaar. Voor elke machine stond een met vinyl beklede kruk. Elke machine had onderaan een smalle grijze rand met links een asbak en rechts een houder voor een koffiebeker. Zo ongeveer de helft van de krukken was bezet. De mannen en vrouwen die erop zaten, staarden naar het scherm met een eigenaardig soort vermoeide concentratie.
Andrew MacBride besloot zijn geluk te beproeven. Hij besloot dat de uitkomst een voorbode zou zijn van komend succes. Als hij zou winnen, zou alles goed komen.
En als hij zou verliezen?
Hij glimlachte. Hij wist dat hij het resultaat zou wegrationaliseren als hij zou verliezen. Hij was niet bijgelovig.
Hij nam plaats op een kruk en zette de aktetas tegen zijn enkel. Hij had een portemonnee voor kleingeld. Dat scheelde tijd bij beveiligingspoortjes op luchthavens en zorgde er dus voor dat hij minder opviel. Hij pakte zijn portemonnee, wroette erin rond met een vinger en haalde er alle kwartjes uit die hij had. Dat waren er niet veel. Hij legde ze op een rijtje op de rand tussen de asbak en de houder voor koffiebekers.
Hij stopte ze stuk voor stuk in de automaat. Als ze omlaag vielen, zorgde dat voor een tevreden, metaalachtig gerinkel. Een rode LED

gaf aan dat hij vijf credits had. Er was een grote touchpad om het spel te starten. Versleten en vettig van miljoenen vingers.
Hij drukte erop, en nog een keer, en nog een keer.
De eerste vier keer verloor hij.
De vijfde keer won hij.
Er klonk een dof belgeluid en een zachte sirene en de automaat stond licht te schudden terwijl een of ander mechanisme binnenin honderd kwartjes uittelde. Ze ratelden door een buis en kletterden in een metalen bakje bij zijn knie.

Van Barstow, Californië, naar Las Vegas, Nevada, was ongeveer driehonderd kilometer. Dat zou 's nachts op de 15, eerbiedig rekening houdend met de Highway Patrol van de ene staat en de State Police van de andere, iets meer dan drie uur rijden zijn. Dixon zei dat ze met plezier het hele stuk zou rijden. Ze woonde in New York en autorijden was iets bijzonders voor haar. O'Donnell zat achterin te dommelen. Reacher staarde uit het raam. Neagley zei: 'Verdomme, we hebben Diana Bond helemaal vergeten. Die komt van Edwards naar L.A. En dan zijn wij vertrokken.'
'Dat is nu niet belangrijk meer,' zei Dixon.
'Ik moet haar bellen,' zei Neagley. Maar ze had geen signaal voor haar mobiele telefoon. Ze waren midden in de Mojave, waar de dekking gebrekkig was.

Ze kwamen rond middernacht in Las Vegas aan, voor Reacher precies het moment dat de stad zich op zijn best presenteerde. Bij daglicht zag Las Vegas er absurd uit. Onbegrijpelijk, triviaal, smakeloos, ontmaskerd, ontdaan van mysterie. Maar 's nachts met alle verlichting zag het eruit als een sprookje. Ze kwamen de stad in over de verkeerde kant van de Strip en Reacher zag een eenvoudige betonnen kroeg met afbladderende verf, zonder ramen en een neonreclame met vier woorden, zonder interpunctie: GOEDKOOP BIER STOUTE MEISJES. Ertegenover was een groepje stoffige, ingezakte motels en een vervallen hoteltoren. Het was het soort buurt waar hij op zoek zou gaan naar een kamer, maar Dixon reed er zonder iets te zeggen voorbij, in de richting van de glinsterende paleizen een kilometer verderop. Ze reed het parkeerterrein op van een hotel met een Italiaanse naam, waar een zwerm parkeerwachten en piccolo's meteen op hen afkwam, hun tassen aanpakte en de auto wegreed. De lobby was een en al tegels en fonteinen en vijvers en het gerinkel van fruitautomaten was niet van de lucht. Neagley stevende op de receptie af en betaalde voor vier kamers. Reacher keek mee over haar schouder.

'Duur,' zei hij peinzend.

'Maar misschien wel handig,' zei Neagley. 'Misschien kenden ze Orozco en Sanchez hier. Misschien hadden ze hier zelfs wel een beveiligingscontract.'

Reacher knikte. *Van de grote groene vechtmachine naar hier.* In dit geval was dat een gigantische stap omhoog geweest, in ieder geval financieel. Het geld droop ervan af hier, letterlijk. De fonteinen en de vijvers waren symbolisch. Zoveel water midden in de woestijn was een teken van adembenemende buitensporigheid. De investering moest kolossaal zijn geweest. De kasstroom moest gigantisch zijn. Het was heel wat als Sanchez en Orozco daar middenin hadden gezeten, als beveiliging van zo'n omvangrijke onderneming. Hij besefte dat hij trots was op zijn oude maten. Maar tegelijkertijd verbaasden ze hem. Toen hij het leger had verlaten, was hij er zich voor de volle honderd procent van bewust geweest dat hij zou beginnen aan de rest van zijn leven, maar hij had nooit verder gekeken dan de eerstvolgende dag. Hij had geen plannen gemaakt en geen visie ontwikkeld.

De anderen wel.

Hoe?

Waarom?

Neagley deelde de sleutelkaarten uit. Ze spraken af om zich op te frissen en over tien minuten weer bij elkaar te komen om aan het werk te gaan. Het was na middernacht, maar Las Vegas was een vierentwintiguurseconomie. Tijd speelde geen rol. Er waren beroemde clichés over het ontbreken van ramen en klokken in de casino's, en voor zover Reacher wist, waren die allemaal waar. Niets mocht het rollen van het geld onderbreken. Zeker niet zoiets laag-bij-de-gronds als een speler die vond dat het tijd werd om even te gaan slapen. Er ging niets boven een vermoeide speler die de hele nacht door blijft verliezen.

Reachers kamer was op de zeventiende verdieping. Het was een donkere betonnen kubus, die was opgedirkt zodat hij leek op een eeuwenoude salon in Venetië. Alles bij elkaar weinig overtuigend. Reacher was in Venetië geweest. Hij klapte zijn opvouwbare tandenborstel

open en zette hem rechtop in een glas in de badkamer. Hij spetterde water in zijn gezicht, haalde een natte hand over zijn borstelige hoofd en ging weer naar beneden om alvast rond te kijken.
Zelfs in een elitaire toestand als dit was het grootse deel van de begane grond gewijd aan fruitautomaten. Geduldig, onvermoeibaar, aangestuurd door microprocessors, schraapten ze een klein, maar nimmer aflatend percentage van de stroom munten die ze te verwerken kregen, vierentwintig uur per dag, zeven dagen per week. Er rinkelden bellen en er klonken geluidssignalen. Er waren genoeg mensen die wonnen, maar nog net iets meer die verloren. De zaal werd heel onopvallend bewaakt. Er bestond ook niet echt gevaar van diefstal of vals spelen, gezien het mechanische karakter van fruitautomaten en het scherpe toezicht van de Gaming Board van Nevada. Reacher ontdekte tussen de honderden mensen in de zaal maar twee personeelsleden. Een man en een vrouw, net zo gekleed als iedereen, even verveeld als iedereen, maar zonder de manische glans van hoop in de ogen.
Hij vermoedde dat Sanchez en Orozco weinig energie hadden gestoken in fruitautomaten.
Hij liep verder, naar gigantische zalen achterin, waar roulette en poker en blackjack werden gespeeld. Hij keek omhoog en zag camera's. Keek naar links en naar rechts en vooruit en zag steeds grotere groepen gokkers en bewakers en hoeren.
Hij stond stil bij een roulettetafel. Voor zover hij het begreep verschilde roulette niet principieel van een fruitautomaat. Als je er tenminste van uitging dat er niet met het wiel was geknoeid. De klant zette geld in en het wiel betaalde het rechtstreeks weer uit, maar als de bal op *0* of *00* viel, hield het huis de hele inzet. Een ingebouwd percentage voor het huis, even meedogenloos en betrouwbaar als de microprocessor van een fruitautomaat.
Hij vermoedde dat Sanchez en Orozco niet veel energie in roulette hadden gestoken.
Hij liep verder naar de kaarttafels, waar het waarschijnlijk allemaal echt gebeurde. Kaarten was het enige in een casino waarbij menselijke intelligentie kon worden ingezet. En zodra menselijke intelligentie begon mee te spelen, volgde misdaad snel. Maar bij echte misdaad kwam meer kijken dan intelligent spel. Een speler met zelfdiscipline en een goed geheugen en basiskennis van statistiek kon de kansen

doen keren. Maar de kansen keren was geen misdaad. En op die manier kon je ook geen vijfenzestig miljoen dollar winnen in vier maanden tijd. Zo groot waren de winstkansen eenvoudigweg niet. Tenzij de inzet zich op het niveau bevond van het BBP van een kleine zelfstandige natie. Voor vijfenzestig miljoen dollar in vier maanden had je de hulp van een croupier nodig. Maar een croupier die zo zwaar zou verliezen, werd binnen een week ontslagen. Binnen een dag of misschien wel binnen het uur. Dat betekende dat je om vier maanden lang te winnen een geweldige zwendel op touw moest zetten. Een samenzwering. Een complot. Tientallen croupiers, tientallen spelers. Misschien wel honderden.

Misschien speelde het hele huis wel tegen de investeerders.

Misschien wel de hele stad.

Dat zou een zaak zijn die groot genoeg was om mensen voor te vermoorden.

In deze zaal was ruimschoots bewaking. Er waren camera's, gericht op de spelers en de croupiers. Sommige waren groot en overduidelijk aanwezig, andere klein en discreet. Waarschijnlijk waren er nog meer die je niet zag. Er liepen mannen en vrouwen te patrouilleren met een oortje en polsmicrofoons, alsof het geheim agenten waren. Er waren er nog meer, heimelijk, gewoon gekleed als iedereen. Reacher ontdekte er binnen een minuut vijf en ging ervan uit dat er nog veel waren die hij niet had herkend.

Hij zocht tussen de mensen door zijn weg terug naar de lobby. Zag Karla Dixon wachten bij de fonteinen. Ze had zich gedoucht en haar spijkerbroek en leren jack verruild voor een zwart broekpak. Haar haar was nat en glad achterovergestreken. Ze had het jasje van haar pak dichtgeknoopt en droeg er geen blouse onder. Ze zag er aantrekkelijk uit.

'Las Vegas is gebouwd door de Mormonen,' zei ze. 'Wist je dat?'

'Nee,' zei Reacher.

'Nu groeit de stad zo hard, dat ze twee keer per jaar een telefoonboek drukken.'

'Dat wist ik ook niet.'

'Zevenhonderd nieuwe huizen per maand.'

'Op een gegeven moment raakt het water op.'

'Zonder twijfel. Maar zolang als het duurt, gaan ze door. Het gokken alleen al brengt bijna zeven miljard dollar per jaar op.'

'Het klinkt alsof je de reisgids hebt gelezen.'
Dixon knikte. 'Er lag een folder in mijn kamer. Ze hebben dertig miljoen bezoekers per jaar. Dat betekent dat een bezoeker gemiddeld meer dan tweehonderd dollar verliest.'
'Tweehonderddertig dollar en drieëndertig cent,' zei Reacher automatisch. 'De definitie van irrationeel gedrag.'
'De definitie van menselijk gedrag,' zei Dixon. 'Iedereen denkt dat hij de grote winnaar zal zijn.'
Toen verscheen O'Donnell. Zelfde pak. Andere stropdas, misschien een schoon overhemd. Zijn schoenen glommen in het licht. Misschien had hij een poetsdoek gevonden in zijn badkamer.
'Dertig miljoen bezoekers per jaar,' zei hij.
Reacher zei: 'Dixon heeft het al verteld. Ze heeft dezelfde folder gelezen.'
'Dat is tien procent van de hele bevolking. En moet je het hier zien.'
'Vind je het mooi?'
'Ik begin heel anders tegen Sanchez en Orozco aan te kijken.'
Reacher knikte. 'Zoals ik al zei. Jullie zijn allemaal geklommen op de maatschappelijke ladder.'
Toen stapte Neagley uit de lift. Ze was net als Dixon gekleed, in een streng, zwart pak. Haar haar was nat en gekamd.
'We wisselen informatie uit de folder uit,' zei Reacher.
'Ik heb die van mij niet gelezen,' zei Neagley. 'Ik heb Diana Bond gebeld. Ze was in L.A., heeft een uur gewacht en is weer vertrokken.'
'Was ze kwaad op ons?'
'Ze maakt zich zorgen. Het zint haar niet dat de naam Little Wing rondgaat. Ik heb gezegd dat ik weer contact zou opnemen.'
'Waarom?'
'Ze maakt me nieuwsgierig. Ik wil graag alles weten.'
'Ik ook,' zei Reacher. 'Nu zou ik graag willen weten of iemand in deze stad vijfenzestig miljoen dollar bij elkaar heeft gezwendeld. En hoe.'
'Dat zou een geweldige zwendel zijn,' zei Dixon. 'Uitgesmeerd over een heel jaar komt het in de buurt van drie procent van de totale omzet.'
'Twee komma achtenzeventig,' zei Reacher automatisch.
'Aan de slag,' zei O'Donnell.

43

Ze begonnen bij de balie van de huismeester, waar ze vroegen naar het dienstdoende hoofd van de beveiliging. De huismeester vroeg of er problemen waren en Reacher zei: 'Wij denken dat we gemeenschappelijke vrienden hebben.'

Het duurde lang voordat het dienstdoende hoofd van de beveiliging kwam opdagen. Sociale bezoekjes stonden kennelijk niet erg hoog op zijn agenda. Uiteindelijk kwam er een man met een doorsnee postuur, gekleed in een kostuum van duizend dollar en met Italiaanse schoenen aan zijn voeten, op hen af. Hij was een jaar of vijftig, nog slank en fit, had alles onder controle, was ontspannen, maar de rimpels rond zijn ogen vertelden een verhaal van een andere carrière van minstens twintig jaar. En zwaardere carrière. Hij verborg zonder moeite zijn ongeduld, stelde zich voor en schudde handen met iedereen. Hij zei dat hij Wright heette en stelde voor een rustige hoek op te zoeken. Pure reflex, dacht Reacher. Zijn instinct en zijn opleiding zorgen ervoor dat hij potentiële problemen meteen isoleert. Niets mocht hier het rollen van het geld belemmeren.

Ze vonden een rustig hoekje. Geen stoelen, vanzelfsprekend. Geen enkel casino in Las Vegas gunt gasten een comfortabele plek om te zitten, weg van de plaatsen waar het geld moet worden verdiend. Om dezelfde reden was er alleen maar gedimd licht in de kamers. Je had niets aan een gast die op zijn kamer een boek las. Ze stonden in een keurig kringetje en O'Donnell liet zijn vergunning als privédetective in Washington zien en de een of andere aanbeveling van de politie daar. Dixon voegde daar haar vergunning bij en een kaart van de NYPD. Neagley had een kaart van de FBI. Reacher liet niets zien. Trok alleen zijn T-shirts strak over de vorm van het pistool in zijn zak.

Wright zei tegen Neagley: 'Ik heb nog voor de FBI gewerkt, ooit.'

Reacher vroeg hem: 'Heb jij Manuel Orozco en Jorge Sanchez gekend?'

'Heb ik die gekend?' zei Wright. 'Of ken ik die?'

'Heb je die gekend,' zei Reacher. 'Orozco is zeker weten dood en we gaan ervan uit dat Sanchez ook dood is.'
'Vrienden van jullie?'
'Van het leger.'
'Het spijt me.'
'Wij vinden het ook heel erg.'
'Dood wanneer?'
'Drie, vier weken geleden.'
'Dood, hoe?'
'Dat weten we niet. Daarom zijn we hier.'
'Ik kende hen,' zei Wright. 'Ik kende hen vrij goed. Iedereen in de sector kende ze.'
'Heb je van hun diensten gebruikgemaakt? Professioneel?'
'Niet hier. We hebben geen mensen op contractbasis. Daar zijn we te groot voor. Dat geldt voor alle grote zaken.'
'Alles in eigen beheer?'
Wright knikte. 'Hier komen gepensioneerde FBI-agenten en inspecteurs van politie naartoe om oud te worden. Wij krijgen de eerste keus uit het nest. Met het salaris dat hier valt te verdienen, staan ze in rijen voor de deur te dringen. Er gaat geen dag voorbij dat ik niet een of twee sollicitatiegesprekken moet voeren, met kerels die in de laatste vakantie voor hun pensioen hierheen komen.'
'Waar kende je Orozco en Sanchez van dan?'
'Omdat de zaken die zij beveiligen een soort oefencentra zijn. Als iemand iets nieuws bedenkt, proberen ze het hier niet uit. Dat zou waanzin zijn. Ze perfectioneren het eerst ergens anders. Dus houden we mensen als Orozco en Sanchez te vriend, omdat we hun informatie nodig hebben. We komen zo nu en dan met zijn allen bij elkaar, we praten met elkaar, vergaderen, eten samen, drinken een borrel.'
'Hadden ze het druk? Heb jij het druk?'
'Als een behanger met maar één arm.'
'Heb je ooit gehoord van iemand die Azhari Mahmoud heet?'
'Nee. Wie is dat?'
'Dat weten we niet. Maar we denken dat hij hier is met een schuilnaam.'
'Hier?'
'Ergens in Las Vegas. Kun jij hotelregisters inzien?'
'Die van ons natuurlijk. En ik kan een paar telefoontjes plegen.'

'Probeer het met Andrew MacBride en Anthony Matthews.'
'Subtiel.'
Dixon vroeg: 'Hoe weten jullie of een kaartspeler vals speelt?'
Wright zei: 'Als hij wint.'
'Er moeten altijd mensen zijn die winnen.'
'Ze winnen precies wat wij ze laten winnen. Winnen ze meer, dan spelen ze vals. Het is een kwestie van statistiek. Cijfers liegen niet. Het gaat om hoe, niet of.'
O'Donnell zei: 'Sanchez had een stuk papier waar een getal op was geschreven. Zeshonderdvijftig miljoen dollar. Een ton, bij vijfenzestig afzonderlijke gelegenheden, verdeeld over een periode van vier maanden, om precies te zijn.'
'En?'
'Zijn dat het soort cijfers dat jij zou herkennen?'
'Als wat?'
'Als een zwendel.'
'Hoeveel is dat in een jaar? Bijna tweehonderd miljoen?'
'Honderdvijfennegentig,' zei Reacher.
'Dat is denkbaar,' zei Wright. 'We proberen de verliezen te beperken tot minder dan acht procent. Als een soort productiedoelstelling. Dat betekent dat we veel meer verliezen dan tweehonderd miljoen. Maar los daarvan, als het om tweehonderd miljoen gaat in één zwendel, is dat wel een heel groot deel van het verlies in een keer. Tenzij het iets nieuws is, volstrekt onbekend. In dat geval kun je die acht procent wel vergeten. In dat geval begin ik me zorgen te maken.'
'Ik denk dat zij zich zorgen begonnen te maken,' zei Reacher. 'Ik denk dat ze daarom vermoord zijn.'
'Het zou wel een hele grote klapper zijn,' zei Wright. 'Vijfenzestig miljoen in vier maanden? Dan moeten ze croupiers en zaalmanagers en beveiliging inschakelen. Ze zouden met camera's moeten knoeien en banden wissen. Ze zouden kassiers moeten afkopen. Het zou een compleet bedrijf zijn.'
'Het kan gebeurd zijn.'
'Maar waarom staat de politie hier dan niet?'
'Wij zijn iets verder dan zij.'
'De politie van Las Vegas? De Gaming Board?'
Reacher schudde zijn hoofd. 'Onze vrienden zijn vermoord in L.A. County. Er zijn daar een paar lokale politieagenten mee bezig.'

'En jullie zijn verder dan zij? Wat betekent dat?'
Reacher zei niets. Wright bleef even stil. Toen keek hij hen stuk voor stuk aan. Eerst Neagley, toen Dixon, toen O'Donnell, toen Reacher.
'Wacht even,' zei hij. 'Niets zeggen. Het leger? Jullie zijn de Special Investigators. De oude eenheid. Daar hadden ze het de hele tijd over.'
Reacher zei: 'Dan begrijp je ook hoe belangrijk het voor ons is. Jij hebt ook met mensen samengewerkt.'
'Hou je me op de hoogte als je iets ontdekt?'
'Dat moet je verdienen,' zei Reacher.
'Er is een meisje,' zei Wright. 'Ze werkt in de een of andere afschuwelijke tent met een vuurplaats. Een kroeg, in de buurt van waar de Riviera was. Zij is dik met Sanchez.'
'Zijn vriendin?'
'Niet precies. Misschien ooit. Maar ze zijn goed bevriend. Zij weet vast meer dan ik.'

44

Wright ging weer aan het werk en Reacher informeerde bij de huismeester waar de Riviera was geweest. Ze kregen aanwijzingen terug in de richting van het goedkope deel van de Strip. Ze liepen. Het was een warme woestijnnacht. De sterren stonden laag aan de hemel, tegen de horizon, voorbij het lijkkleed van de smog en de straatverlichting. De trottoirs lagen bezaaid met weggegooide ansichtkaarten met reclame voor prostituees in felle kleuren. Het leek erop dat de vrije markt de bodemprijs had gedrukt naar een cent onder de vijftig dollar. Al twijfelde Reacher er geen moment aan dat de prijs snel zou stijgen op het moment dat een ongelukkige gokker een vrouw wist mee te tronen naar zijn kamer. De vrouwen op de ansichtkaarten waren mooi, maar ze waren ongetwijfeld niet echt. Het waren waarschijnlijk kopieën van onschuldige modellen in badpak in Rio of Miami. Las Vegas was een stad van zwendel. Sanchez en Orozco moesten het druk hebben gehad. *Als eenarmige behangers*, had Wright gezegd, en het kostte Reacher geen enkele moeite hem te geloven.

Bij de afbladderende betonnen kroeg met het goedkope bier en de stoute meisjes sloegen ze rechts af een wirwar van kronkelende straten in, geflankeerd door bruine, gestuukte gebouwen zonder verdieping. Er waren motels, kruidenierswinkels, restaurants en kroegen. Ze hadden allemaal hetzelfde soort uithangbord, een wit bord achter glas op een hoge paal, met horizontale groeven waar zwarte letters in waren geschoven. De letters waren allemaal van hetzelfde smalle type, zodat het moeite kostte om de ene zaak van de andere te onderscheiden. Kruidenierswinkels maakten reclame voor sixpacks met frisdrank voor $1,99, motels roemden de airconditioning, zwembaden en kabel, restaurants boden ontbijt aan, eet-zoveel-als-je-maar-wilt, vierentwintig uur per dag. De kroegen adverteerden met happy hours en permanent lage prijzen voor shooters. Ze leken allemaal op elkaar. Ze liepen er vijf of zes voorbij tot ze er een zagen met een uithangbord waarop VUURPLAATS stond.

Het uithangbord hoorde bij een onopgesmukte gestuukte schoenendoos met te weinig ramen. Het zag er niet uit als kroeg. Het had van alles kunnen zijn. Het had een bureau voor seksuele voorlichting kunnen zijn of een gebedshuis van een sekte. Maar eenmaal binnen niet meer. Binnen was het absoluut een kroeg in Las Vegas. Het was een pandemonium van decor en lawaai. Vijfhonderd mensen die dronken, schreeuwden, lachten, luid praatten. Paarse wanden, donkerrode banken langs de muren. Niets was recht of vierkant. Aan de lange, s-vormige bar stonden de mensen opeen gepropt. De staart van de s kromde rond een soort zitkuil. Midden in die kuil was een namaakvuurplaats gebouwd. Als vlammen deden grillige stroken oranje zijde dienst, omhooggeblazen door een onzichtbare ventilator. Ze zwaaiden heen en weer en bewogen en dansten in felrode lichtstralen. De ruimte was verder opgedeeld in zitjes van pluche. Alle zitjes waren overbevolkt. De zitkuil was stampvol mensen. Overal stonden mensen. Uit verborgen luidsprekers klonk muziek. Serveersters in minuscule kostuums laveerden met hooggeheven dienbladen als experts door de menigte.

'Schattig,' zei O'Donnell.

'Bel de smaakpolitie,' zei Dixon.

'Laten we het meisje zoeken en haar mee naar buiten nemen,' zei Neagley. Ze voelde zich ongemakkelijk in de drukte. Maar ze konden het meisje niet vinden. Reacher vroeg aan de bar naar de vriendin van Jorge Sanchez en de vrouw waar hij mee sprak, leek precies te weten wie hij bedoelde, maar zei dat ze tot middernacht had gewerkt. Ze zei dat het meisje Milena heette. Om het zeker te weten stelde Reacher dezelfde vraag aan twee andere serveersters. Hij kreeg twee keer hetzelfde antwoord. Hun collega Milena was een goede vriendin van een beveiligingsman die Sanchez heette, maar ze was de rest van de nacht vrij, thuis, slapen, zich aan het voorbereiden op de twaalf uren zwaar werk van morgen.

Niemand wilde zeggen waar thuis was.

Hij gaf zijn naam aan alle drie de serveersters. Toen vocht hij zich een weg terug naar de andere drie en slalomden ze naar buiten. Las Vegas was om een uur 's nachts nog volop verlicht en draaide op volle toeren, maar na wat ze binnen hadden gezien, leek het buiten wel even vreedzaam en rustig als op de koude, grijze bodem van een krater op de maan.

'Plan?' vroeg Dixon.
'We komen hier morgen om halftwaalf terug,' zei Reacher. 'En dan vangen we haar op als ze aan het werk gaat.'
'En tot die tijd?'
'Niets. We nemen de rest van de nacht vrij.'
Ze liepen terug naar de Strip en wandelden met zijn vieren naast elkaar in alle rust terug naar het hotel. Veertig meter achter hen remde een donkerblauwe Chrysler sedan abrupt af om langs de rand van het trottoir te parkeren.

45

De man in het donkerblauwe pak rapporteerde het onmiddellijk: 'Ik heb ze gevonden. Ongelooflijk. Ze doken ineens vlak voor me op.'
Zijn baas vroeg: 'Alle vier?'
'Ze lopen hier vlak voor me.'
'Kun je ze aan?'
'Ik denk het wel.'
'Maak het dan maar af. Wacht niet op versterking. Maak het af en kom terug hierheen.'
De man in het pak brak het gesprek af, reed weg van de stoeprand, manoeuvreerde door vier rijbanen met verkeer en parkeerde in een zijstraat voor een kruidenierswinkel die adverteerde met de goedkoopste sigaretten in de hele stad. Hij klom uit de auto, sloot hem af en zette koers naar de Strip, lopend, snel, met zijn rechterhand in de zak van zijn colbert.

Las Vegas had meer hotelkamers per vierkante centimeter dan welke stad op aarde ook, maar Azhari Mahmoud bevond zich in niet één daarvan. Hij bevond zich in een gehuurd huis in een buitenwijk vijf kilometer van de Strip. Het huis was twee jaar daarvoor gehuurd voor een klus die was gepland, maar geannuleerd. Het was toen een veilig huis, en dat was het nu ook.
Mahmoud was in de keuken. Hij had het telefoonboek open voor zich op het aanrecht. Hij bladerde door het deel met autoverhuurbedrijven en vroeg zich af hoe groot de vrachtauto moest zijn die hij nodig had.

De Strip was onderhevig aan een permanente getijdenbeweging die heen en weer golfde als het water in een badkuip. Ooit was de Riviera het middelpunt geweest van de schone schijn. Het had een vloedgolf van investeringen veroorzaakt die zich blok na blok over de straat uitspreidde. Tegen de tijd dat die vloedgolf het andere einde van de

Strip had bereikt, was de inzet steeds hoger geworden en had de Riviera er plotseling oud en armetierig uitgezien vergeleken bij de nieuwere bouwwerken. En dus was de hele investeringsgolf weer teruggespoeld, blok na blok in omgekeerde volgorde. Het resultaat was een permanent zich verplaatsende bouwput ter grootte van een heel blok die het allernieuwste scheidde van dat wat al wat ouder was en op het punt stond te worden gesloopt. De weg en de trottoirs werden steeds in de nasleep van de bouwgolf hersteld. Op de nieuwe rijbanen vond het verkeer ongehinderd doorgang. De oude slingerden zich om puin en opgebroken gedeelten. Daar was de stad even rustig en verlaten, als een soort onbewoond niemandsland.

Het was precies bij dat niemandsland dat de man in het blauwe pak zijn slachtoffers inhaalde. Ze liepen met zijn vieren naast elkaar, langzaam, alsof ze wel ergens naartoe moesten, maar geen enkele haast hadden om daar te komen. Neagley liep helemaal links, Reacher en O'Donnell liepen in het midden en Dixon liep rechts. Dicht naast elkaar, zonder elkaar aan te raken. Als in een marsformatie, verspreid over de hele breedte van het trottoir. Samen vormden ze een doelwit van een meter of drie breed. Het was Neagley geweest die het oude trottoir had gekozen. Ze had die koers genomen zonder erbij na te denken en de anderen waren haar eenvoudigweg gevolgd.

De man in het donkerblauwe pak haalde zijn wapen uit zijn rechterzak. Het was een Daewoo DP 51, gefabriceerd in Zuid-Korea, zwart, klein, illegaal verkregen, niet geregistreerd en niet traceerbaar. In het magazijn zaten dertien negen-millimeter Parabellums. Hij droeg het wapen op de enige manier die hij als eigenaar tijdens jarenlange training had leren beschouwen als veilig: lege kamer, veiligheidspal vergrendeld.

Hij hield het wapen in zijn rechterhand en oefende het schieten in de juiste volgorde met de vergrendelde trekker. Hij besloot dat hij eerst op de twee grootste doelwitten zou schieten. Zijn ervaring had hem geleerd dat dat het beste werkte. Dus eerst Reacher, midden in de rug, dan een kleine zwaai naar rechts en O'Donnell in de rug, dan een grote zwaai naar links naar Neagley, en tot slot helemaal terug naar Dixon. Vier schoten, misschien drie seconden, vanaf vijf meter, wat dichtbij genoeg was om zeker te weten dat hij raak zou schieten, maar niet zo dichtbij dat de zwaai van links naar rechts en weer terug te groot zou zijn. De grootste uitslag zou iets meer dan twin-

tig graden zijn. Een eenvoudige situatie. Een eenvoudige klus. Geen probleem.
Hij keek om zich heen.
Alles veilig.
Hij keek achter zich.
Alles veilig.
Hij schoof de veiligheidspal omlaag, greep de loop van de Daewoo met zijn linkerhand en rukte de slee heen en weer met zijn rechterhand. Voelde hoe de eerste patroon omhoogkwam, keurig in de kamer gleed.

De nacht was niet rustig. Er was veel stedelijk geluid. Verkeer op de Strip. Ronkende motoren van airconditioning hoog op daken, ventilatoren, het gedempte geluid van honderdduizend mensen die om het hardst aan het gokken waren. Toch hoorde Reacher het geluid van de slee vijf meter achter zich. Hij hoorde het heel duidelijk. Het was precies het soort geluid dat hij zich had aangeleerd nooit te missen. In zijn oren klonk het als een volledige, gecompliceerde symfonie van een fractie van een seconde, waarvan hij elk onderdeel haarscherp registreerde. Het schrapen van legering op legering, de metalen resonantie die gedeeltelijk werd gedempt door de palm van de hand en de muis van de duim en de zijkant van een wijsvinger, het bevrijdende zich ontspannen van de veer van het magazijn, de klap van de koperen patroon in de kamer en het terugkeren van de slee. Die geluiden deden er misschien een dertigste deel van een seconde over om zijn oren te bereiken en het duurde misschien nog eens een dertigste deel van een seconde om ze te verwerken.
In zijn leven en zijn achtergrond ontbrak veel. Hij had nooit een stabiel of normaal leven geleid of comfort en tradities gekend. Hij had nooit ergens op gerekend, met uitzondering van verrassingen, onvoorspelbaarheid en gevaar. Hij accepteerde alles precies zoals het kwam, zoals het was. Daarom hoorde hij de slee terugschuiven zonder verlammende schrik. Geen paniek. Geen opwelling van ongeloof. Het kwam hem volstrekt natuurlijk en redelijk voor dat hij midden in de nacht ergens op straat liep en achter zich iemand hoorde die voorbereidingen trof om hem neer te schieten. Er was geen aarzeling, geen twijfel, geen twijfel aan zichzelf, geen enkele remming. Er was alleen het bewijs van een puur mechanisch probleem achter hem als

een onzichtbaar vierdimensionaal diagram waarin tijd en ruimte en potentiële slachtoffers en snelle kogels een rol speelden.
En er was een reactie, nog weer een dertigste van een seconde later.
Hij wist waar de eerste kogel op gericht zou zijn. Hij wist dat een belager die zijn verstand een beetje gebruikte, zou proberen het grootste doelwit als eerste neer te schieten. Dat was niet meer dan gezond verstand. Dus zou het eerste schot op hem gericht zijn.
Of misschien op O'Donnell.
Beter voorkomen dan genezen.
Hij duwde met zijn rechterarm hard tegen O'Donnells linkerschouder zodat die breeduit tegen Dixon aan tuimelde en liet zich toen de andere kant op vallen tegen Neagley. Ze struikelden en terwijl hij viel, hoorde hij achter zich het wapen afgaan en voelde hij de kogel door de v-vormige ruimte met niets dan lucht suizen waar zo-even nog zijn rug was geweest.
Hij had zijn hand om de Hardballer, nog voordat hij het trottoir raakte. Hij berekende al hoeken en kogelbanen voordat hij hem achter zijn broeksband vandaan had getrokken. De Hardballer had een dubbele beveiliging. Een conventionele veiligheidspal links achter op het frame, en een beveiliging in de greep die werd vrijgegeven als het wapen op de juiste manier werd vastgepakt.
Voordat hij ook nog maar een van beide had ontgrendeld, had hij al besloten om niet te schieten.
Niet meteen, in ieder geval.
Hij was boven op Neagley gevallen langs de binnenste rand van het trottoir. Hun belager bevond zich midden op het trottoir. De kogelbaan vanaf de binnenrand van het trottoir in de richting van hun belager zou gericht zijn op de weg. Als hij de man zou missen, zou hij een passerende auto kunnen raken. Zelfs als hij de man zou raken, zou hij alsnog een passerende auto kunnen raken. Een jacketed.45 ging dwars door vlees en botten. Gemakkelijk. Veel kracht. Veel penetratiekracht.
Hij besloot in een fractie van een seconde te wachten op O'Donnell. De hoek van O'Donnell was beter. Veel beter. Hij was over Dixon heen gevallen, naar de stoeprand. Naar de goot. Zijn zichtlijn was binnenwaarts gericht. Naar de bouwput. Als hij zou missen of dwars door de man heen zou schieten, zou de kogel zich in een bult zand boren.

Hij kon maar beter O'Donnell laten schieten.
Reacher rolde om op het moment dat hij het trottoir raakte. Hij functioneerde in een bewustzijnstoestand waarin zijn geest razendsnel werkte, maar de fysieke wereld traag was. Het voelde alsof zijn lichaam in een vat stroop wentelde. Hij brulde tegen zijn lichaam dat het zich moest *omkeren, omkeren, omkeren,* maar zijn lichaam reageerde met tegenzin. Achter hem tuimelde Neagley stoffig op de grond met de precisie van een vertraagde opname. Vanuit een ooghoek zag hij hoe haar schouder het trottoir raakte en hoe haar hoofd nog doorveerde als dat van een lappenpop. Hij bewoog zijn eigen hoofd met een enorme inspanning, alsof het was verzwaard met enorme gewichten en hij zag Dixon spartelen onder O'Donnell.
Hij zag O'Donnells linkerarm pijnlijk langzaam bewegen. Zag zijn hand. Zag zijn duim de veiligheidspal van de Hardballer schuiven.
Hun belager schoot opnieuw.
En schoot opnieuw mis. Een tevoren gepland schot door de lege ruimte waar O'Donnells rug was geweest. De man werkte volgens een plan. Hij had geoefend. *Schieten-bewegen-schieten.* Eerst Reacher en O'Donnell. Een goed plan, maar de man was niet in staat te reageren op onverwachte complicaties. Zijn gedachten gingen traag, conventioneel. Zijn hersens zaten op slot. Goed, maar niet goed genoeg.
Reacher zag hoe O'Donnells hand zich om de greep van zijn wapen klemde. Zag hoe zijn vinger de vrije slag uit de trekker kneep, zag het wapen omhooggaan, en omhoog, en omhoog.
Reacher zag hoe O'Donnell schoot.
Te laag, dacht Reacher. *Op zijn best een schot in het been.*
Hij dwong zijn hoofd in de richting van hun belager. Hij had gelijk. Een schot in het been. Maar een schot in het been van een high velocity jacketed.45 was geen aangename ervaring. Dat kwam aan alsof je met een dertig centimeter lange betonboor in een zware boormachine dwars door een been boorde. En dat allemaal in minder dan een duizendste van een seconde. De aangerichte schade was spectaculair. De kogel raakte de man in het onderste deel van zijn dijbeen en de slagader explodeerde van binnenuit alsof er een bom afging. Een immense wond. Verlammende shock. Onmiddellijk catastrofaal bloedverlies uit verwoeste slagaders.
De man bleef overeind, maar de hand met zijn wapen zakte omlaag. O'Donnell kwam meteen in beweging. Hij krabbelde overeind, zijn

hand verdween in zijn zak en kwam weer tevoorschijn en hij legde de zes meter in één beweging af en ramde de man in zijn gezicht met zijn boksbeugel. Een rechtse directe, met alle kracht van honderd kilo lichaamsgewicht in beweging. Alsof je een meloen raakt met een voorhamer.

De man sloeg achterover. O'Donnell trapte zijn wapen weg, hurkte bij hem neer en drukte de Hardballer tegen zijn keel.

Game over.

46

Reacher hielp Dixon overeind, Neagley stond zelf op. O'Donnell schoof heen en weer en probeerde de grote uitdijende plas bloed te ontwijken die uit het been van de man stroomde. Zijn slagader was duidelijk wijd opengebarsten. Een gezond hart was een behoorlijk krachtige pomp en het hart van deze man was bezig om zijn hele bloedvoorraad op straat te pompen. Bij een man van dit formaat ging dat misschien wel om zeven liter. Het meeste daarvan was hij al kwijt.
'Achteruit, Dave,' zei Reacher. 'Laat hem maar bloeden. Het heeft weinig zin om voor hem een paar schoenen te ruïneren.'
'Wie is dit?' vroeg Dixon.
'Daar komen we misschien wel nooit achter,' zei Neagley. 'Zijn gezicht is een puinhoop.'
Ze had gelijk. O'Donnells keramische boksbeugel had zijn werk goed gedaan. De man zag eruit alsof hij met hamers en messen was bewerkt. Reacher liep in een wijde boog om zijn hoofd, greep hem bij zijn kraag en trok hem achteruit. De plas bloed kreeg de vorm van een traan. Op een droog deel van het trottoir hurkte Reacher bij hem neer en doorzocht zijn zakken.
Helemaal niets, in geen enkele zak.
Geen portefeuille, geen identiteitsbewijs, helemaal niets.
Alleen autosleutels en een afstandsbediening aan een eenvoudige stalen ring.
De man was bleek en werd blauw. Reacher legde een vinger tegen zijn hals en voelde een onregelmatige, zwakke hartslag. Het bloed dat uit zijn dij kwam, begon te schuimen. Er bevond zich lucht in zijn bloedbaan. Het bloed eruit, lucht erin. Eenvoudige natuurkunde. De natuur heeft een hekel aan het luchtledige.
'Hij is er bijna geweest,' zei Reacher.
'Goed geschoten, Dave,' zei Dixon.
'Links, bovendien,' zei O'Donnell. 'Ik hoop dat je dat hebt gezien.'
'Maar je bent rechts.'

'Ik viel op mijn rechterarm.'
'Uitstekend,' zei Reacher.
'Wat had je gehoord?'
'De slee. Heeft iets met evolutie te maken. Zoiets als een roofdier dat op een twijg trapt.'
'Dus het is een voordeel om dichter bij de holbewoners te staan dan wij.'
'Zeker weten.'
'Maar wie doet zoiets? Aanvallen zonder kogel in de kamer?'
Reacher stapte achteruit en keek omlaag om de man in zijn geheel op te nemen.
'Ik denk dat ik hem herken,' zei hij.
'Hoe doe je dat?' zei Dixon. 'Zelfs zijn eigen moeder zou hem niet herkennen.'
'Het pak,' zei Reacher. 'Ik geloof dat ik dat eerder heb gezien.'
'Hier?'
'Ik weet het niet. Ergens. Ik kan het me niet herinneren.'
'Denk na.'
O'Donnell zei: 'Ik heb dat pak nog nooit eerder gezien.'
'Ik ook niet,' zei Neagley.
'En ik ook niet,' zei Dixon. 'Maar hoe dan ook. Het is een gunstig teken, toch? Niemand heeft geprobeerd ons in L.A. neer te schieten. We moeten in de buurt komen.'

Reacher gooide het wapen en de sleutels van de man naar Neagley en brak een stuk uit de schutting om de bouwput. Hij sleepte de man door het gat zo snel als hij kon om een bloedspoor zo veel mogelijk te voorkomen. De man lekte nog een beetje. Reacher sleepte hem over braakliggend terrein langs bergen grind tot hij bij een brede sleuf kwam, afgetimmerd met bekistingsmateriaal. De sleuf was zo'n tweeënhalve meter diep. Op de bodem lag een laag grind. Het bekistingsmateriaal diende om vorm te geven aan beton voor een fundering. Reacher rolde de man in de sleuf. Hij viel tweeënhalve meter omlaag en belandde zwaar, knarsend op het grind, half op zijn zij.
'Zoek eens een paar schoppen,' zei Reacher. 'We moeten er meer grind overheen gooien.'
Dixon zei: 'Is hij al dood?'
'Wat maakt dat uit?'

O'Donnell zei: 'We zouden hem op zijn rug moeten leggen. Dan hebben we minder grind nodig.'
'Meld je je als vrijwilliger?' zei Reacher.
'Ik heb een goed pak aan. En tot dusverre heb ik al het zware werk gedaan.'
Dus haalde Reacher zijn schouders op en sprong omlaag in de sleuf. Gaf de man een trap zodat hij op zijn rug kwam te liggen en stampte hem aan, zodat hij gedeeltelijk verzonk in het grind dat er al lag. Toen hees hij zich weer omhoog en kreeg hij een schop van O'Donnell. Met zijn allen moesten ze tien keer heen en weer naar de berg grind voordat de man behoorlijk begraven was. Neagley had een bouwkraan gevonden, rolde een slang uit en draaide de kraan open. Ze spoot het trottoir schoon en spoelde waterig bloed naar de goot. Toen wachtte ze, liep achteruit achter de anderen aan het terrein af en spoelde hun voetstappen weg uit het zand op het terrein van de bouwput. Reacher duwde het materiaal van de schutting weer zo goed en zo kwaad als het ging terug op zijn plaats. Draaide een keer om zijn as en bekeek het resultaat. *Niet perfect, maar geloofwaardig.* Hij wist dat er zat sporen waren waar een competent CSI-team zijn tanden in kon zetten, maar op korte termijn was er niets dat verdacht overkwam. Dat gaf hen een veiligheidsmarge. Een paar uur, minstens. Misschien langer. Misschien gingen ze morgenvroeg wel meteen beton storten en zou de man als zoveelste eindigen op de lijst van vermiste personen. En waarschijnlijk niet als enige in de fundering van een gebouw, vermoedde hij, in Las Vegas.
Hij ademde uit.
'Oké,' zei hij. 'Nú nemen we de rest van de nacht vrij.'
Ze klopten het stof van hun kleren, namen hun plaats weer in en liepen verder langs de Strip, langzaam, met zijn vieren naast elkaar, klaar om te ontspannen. Maar in de lobby van het hotel werden ze opgewacht door Wright. Hoofd van de beveiliging. Voor iemand die in Las Vegas werkte, stelde zijn pokerface niet veel voor. Het was duidelijk dat hem iets dwarszat.

47

Wright kwam haastig hun kant op toen ze binnenkwamen en nam hen mee naar hetzelfde rustige hoekje van de lobby waar ze eerder hadden gepraat.

'Azhari Mahmoud is in geen enkel hotel in Las Vegas,' zei hij. 'Dat staat vast. Dat geldt ook voor Andrew MacBride en Anthony Matthews.'

Reacher knikte.

'Bedankt voor het uitzoeken,' zei hij.

Wright zei: 'En ik heb een paar noodnummers gebeld van collega's. Liever dat dan de hele nacht wakker liggen en piekeren. En weet je wat ik heb ontdekt? Dat verhaal van jullie klopt voor geen cent. Het is volstrekt onmogelijk dat er in deze stad in de afgelopen vier maanden vijfenzestig miljoen dollar is verdwenen. Dat is gewoon niet gebeurd.'

'Weet je het zeker?'

Wright knikte. 'We hebben allemaal de kasstroom gecontroleerd. En er is niets aan de hand. De dagelijkse grijpstuivers, dat is alles. Verder helemaal niets. Ik stuur jullie de rekening voor mijn prozac. Ik had bijna een overdosis nodig vannacht.'

In een bar die aan de lobby grensde, kochten ze glazen bier voor elkaar en gingen op een rij naast elkaar zitten voor vier niet bezette fruitautomaten. Die van Reacher bootste het winnen van de jackpot na, keer op keer, als aanlokkelijke uitnodiging. Vier wielen hielden klikkend stil op vier kersen, lampen begonnen te flikkeren en joegen elkaar na achter het glas. Vier wielen, acht symbolen op elk wiel, onwaarschijnlijk kleine kansen, zelfs zonder de heimelijke interventies van de microprocessor. Reacher probeerde het gewicht te berekenen van de kwartjes die je in de automaat zou moeten gooien voordat je ook maar een kans op uitbetalen zou maken. Maar hij wist niet precies hoeveel een kwartje woog. Een fractie van een ons, natuurlijk, en

dan ging het snel. Dan kwamen er beschadigde pezen bij kijken, overspannen spieren, RSI. Hij vroeg zich af of de eigenaren van casino's ook aandelen hadden in orthopedische klinieken. Waarschijnlijk wel.
Dixon zei: 'Wright dacht al dat het fraude zou moeten zijn op grote, commerciële schaal. Dat zei hij meteen. Croupiers, zaalmanagers, beveiliging, camera's, banden, kassiers. Van daar naar het idee van het masseren van kasstromen is maar een klein sprongetje. Misschien hebben ze wel een nepprogramma geïnstalleerd waardoor alles in orde lijkt zolang ze bezig zijn. Dat is precies wat ik zou doen.'
Reacher vroeg: 'Wanneer zouden ze daarachter komen?'
'Als ze de boeken sluiten aan het einde van het boekjaar. Op dat moment is het geld er of het is er niet.'
'Hoe zouden Sanchez en Orozco er al eerder achter kunnen komen?'
'Misschien zijn ze er lager in de voedselketen ingedoken en hebben ze zich van daaruit teruggewerkt omhoog.'
'Wie zouden erbij betrokken moeten zijn?'
'Sleutelfiguren.'
'Zoals Wright zelf?'
'Misschien,' zei Dixon.
O'Donnell zei: 'We praten met hem en een halfuur later probeert iemand ons in de rug te schieten.'
'We moeten die vriendin van Sanchez te pakken krijgen,' zei Neagley. 'Voordat iemand anders ons voor is.'
'Dat lukt niet,' zei Reacher. 'Er is geen bar op de wereld waar ze het adres van een van hun meisjes afgeven aan een stelletje volslagen vreemden.'
'We zouden kunnen zeggen dat er gevaar dreigt.'
'Alsof ze dat nog nooit eerder hebben gehoord.'
'Op een andere manier,' zei Dixon. 'De UPS-truc.'
'We weten haar achternaam niet.'
'Wat doen we dan?'
'We laten het met rust en wachten tot morgenvroeg.'
'Moeten we nog naar een ander hotel? Als Wright misschien wel niet deugt?'
'Heeft geen zin. Hij heeft overal in de stad vriendjes. Doe je deur maar op slot.'

Reacher volgde zijn eigen advies op toen hij terugkeerde in zijn kamer. Hij sloot de deur af met het nachtslot en de veiligheidsketting. Niet echt een betrouwbare verdediging tegen iemand die vastbesloten was, maar het zorgde voor een paar seconden vertraging, en meer dan een paar seconden had Reacher over het algemeen niet nodig.

Hij legde de Hardballer in de la van het nachtkastje. Legde zijn kleren onder de matras om ze te strijken en stond een tijd lang onder een hete douche. Toen begon hij aan Karla Dixon te denken.

Ze was alleen.

Misschien vond ze dat wel niet leuk.

Misschien stelde ze het beetje extra veiligheid van gezelschap wel op prijs.

Hij sloeg een handdoek om zijn middel en liep op blote voeten naar de telefoon. Maar voordat hij daar aankwam, werd er op de deur geklopt. Hij verlegde zijn koers. Negeerde het kijkgaatje. Hij hield er niet van om zijn oog onbeschermd tegen dat glas te houden. Er was niets gemakkelijker voor een belager op de gang dan te wachten tot het lensje donker zou worden en er vervolgens met een zwaar kaliber pistool dwars doorheen te schieten. Dat zou voor een enorme rotzooi zorgen. De kogel, plus splinters en scherven glas en staal, allemaal door het oog naar binnen, de hersens in en aan de achterkant dwars door de schedel er weer uit. Kijkgaatjes waren een waardeloze uitvinding, vond Reacher.

Hij haalde de ketting van de deur en ontsloot het nachtslot. Opende de deur.

Karla Dixon.

Ze was nog volledig gekleed. Natuurlijk, dacht hij, vanwege die wandeling door de gangen en het ritje met de lift. Zwart pak, geen shirt.

'Mag ik binnenkomen?' zei ze.

'Ik wilde je net opbellen,' zei Reacher.

'Juist.'

'Ik was op weg naar de telefoon.'

'Waarom?'

'Eenzaam.'

'Jij?'

'Ik in ieder geval. Jij ook, hoopte ik.'

'Mag ik binnenkomen dan?'

Hij opende de deur helemaal. Ze kwam binnen. In minder dan een minuut kwam hij erachter dat ze onder het pak niet alleen geen shirt droeg.

Neagley belde de volgende ochtend om halftien.
'Dixon is niet in haar kamer,' zei ze.
'Misschien is ze naar buiten,' zei Reacher. 'Een rondje hardlopen of zo.'
Dixon glimlachte en bewoog zich naast hem, warm en lui.
Neagley zei: 'Dixon doet niet aan hardlopen.'
'Dan staat ze misschien onder de douche.'
'Ik heb het twee keer geprobeerd.'
'Relax. Ik probeer het wel. Ontbijt over een halfuur, beneden.'
Hij verbrak de verbinding met Neagley en gaf de telefoon aan Dixon. Hij zei haar tot zestig te tellen en dan Neagley op te bellen en te vertellen dat ze net uit bad kwam. Een halfuur later zaten ze aan het ontbijt in weer een ander restaurant in de herrie van fruitautomaten. Een uur later liepen ze opnieuw over de Strip, opnieuw op weg naar de bar met de vuurplaats.

48

Las Vegas in de ochtend zag er vlak en klein en kwetsbaar uit onder de harde woestijnzon. Het licht was meedogenloos. Het maakte elk gebrek en elk compromis zichtbaar. Wat 's nachts geïnspireerd impressionisme had geleken, zag er overdag belachelijk vals uit. De Strip zou een willekeurige versleten vierbaansweg ergens in de Verenigde Staten kunnen zijn. Deze keer liepen ze twee aan twee, twee voorop en twee erachteraan, een kleiner gezamenlijk doelwit, alert en zich steeds bewust van wat er voor hen en achter hen gebeurde.

Maar er liep niemand voor hen en niemand achter hen. Er was weinig verkeer en de trottoirs waren leeg. Las Vegas in de ochtend, stiller zou het er nooit zijn.

Op de bouwplaats halverwege de Strip was het ook stil.

Verlaten.

Geen enkele activiteit.

'Is het zondag vandaag?' vroeg Reacher.

'Nee,' zei O'Donnell.

'Feestdag?'

'Nee.'

'Waarom werken ze dan niet?'

Er liep geen politie rond. Geen met tape afgezette plaats delict. Geen grootschalig onderzoek. Helemaal niets. Reacher zag waar hij de avond ervoor een deel van de schutting had weggebogen. Erachter waren de grond en het zand nat waar Neagley hun sporen had gewist. Op het oude trottoir lag een gigantische opgedroogde vlek. In de goot naast het oude wegdek kroop nog een dun stroompje drab naar een put. Rommelig, maar bij een bouwput was het nooit keurig netjes opgeruimd. Er was niets te zien wat de aandacht zou trekken.

'Vreemd,' zei Reacher.

'Misschien is het geld op,' zei O'Donnell.

'Jammer. Het zal niet lang duren voordat die kerel gaat stinken.'

Ze liepen verder. Dit keer wisten ze precies waar ze heen gingen en bij het daglicht ontdekten ze een weggetje binnendoor in de wirwar van kronkelende straatjes. Ze kwamen nu vanuit een andere richting bij de bar met de vuurplaats. Die was nog niet open. Ze gingen op een laag muurtje zitten en wachtten en knepen hun ogen dicht tegen de zon. Het was erg warm, bijna heet.

'Tweehonderdelf wolkeloze dagen per jaar in Las Vegas,' zei Dixon.

'Maximum temperatuur 's zomers eenenveertig graden,' zei O'Donnell.

'Minimum 's winters twee graden boven nul.'

'Honderd millimeter regen per jaar.'

'Tweeënhalve centimeter sneeuw, soms.'

'Ik ben nog steeds niet aan mijn gids toegekomen,' zei Neagley.

Toen de klok in Reachers hoofd op twintig voor twaalf stond, verschenen de eerste mensen die aan het werk moesten. Ze kwamen de straat door in losse groepjes, alleen of met zijn tweeën, mannen en vrouwen die langzaam liepen zonder zichtbaar enthousiasme. Als ze passeerden, vroeg Reacher de vrouwen of ze Milena heetten. Ze zeiden allemaal nee.

Toen werd het weer stil op het trottoir.

Om negen minuten voor twaalf kwam er een nieuwe groep aan. Reacher realiseerde zich dat hij het rittenschema van een busdienst in werking zag. Er liepen drie vrouwen langs. Jong, moe, eenvoudig gekleed, witte sportschoenen aan de voeten.

Geen van hen heette Milena.

De klok in Reachers hoofd tikte verder. Eén minuut voor twaalf. Neagley keek op haar horloge.

'Maak je je al zorgen?' vroeg ze.

'Nee,' zei Reacher, want over haar schouder zag hij een vrouw van wie hij zeker wist dat zij het moest zijn. Ze was nog vijftig meter weg en haastte zich een beetje. Ze was klein en slank en donker, ze droeg een strakke spijkerbroek en een kort wit T-shirt. In haar navel knipoogde een edelsteen. Over haar ene schouder hing een blauwe nylon rugzak. Ze had lang, gitzwart haar dat naar voren viel om een mooi gezicht van een jaar of zeventien. Maar afgaand op de manier waarop ze liep, was ze eerder dertig. Ze zag er moe en afwezig uit.

Ze zag er ongelukkig uit.

Reacher kwam overeind van het muurtje toen ze nog drie meter weg was en zei: 'Milena?' Ze hield in met de plotselinge achterdocht die bij iedere vrouw zou opkomen als ze zomaar op straat zou worden aangesproken door een reus van een kerel. Ze wierp een blik naar de deur van de bar verderop en toen naar de overkant van de straat alsof ze haar kansen voor een snelle vlucht inschatte. Ze struikelde half alsof ze niet goed kon kiezen tussen stilstaan en hard weglopen.

Reacher zei: 'Wij zijn vrienden van Jorge.'

Ze keek naar hem, toen naar de anderen, en ten slotte weer naar hem. Haar gezicht verraadde dat haar langzaam iets begon te dagen, eerst verwarring, daarna hoop, daarna ongeloof, en uiteindelijk acceptatie, in dezelfde volgorde als bij een pokerspeler die een vierde aas tevoorschijn ziet komen in zijn hand.

Toen kreeg haar blik iets van een gedempte tevredenheid, alsof ondanks alles een troostende mythe toch werkelijkheid bleek te zijn.

'Jullie zijn van het leger,' zei ze. 'Hij zei dat jullie zouden komen.'

'Wanneer?'

'De hele tijd. Hij zei dat jullie vroeg of laat zouden komen opdagen als hij ooit in de problemen zou raken.'

'En hier zijn we dan. Waar kunnen we ergens praten?'

'Ik moet eerst even gaan zeggen dat ik later kom vandaag.' Ze glimlachte een beetje verlegen, manoeuvreerde om hen heen en ging de bar binnen. Kwam twee minuten later weer naar buiten, liep nu sneller, met geheven hoofd, de schouders recht, alsof er een last van haar was afgevallen. Alsof ze niet langer alleen was. Ze zag er jong uit, alsof ze de wereld weer aankon. Ze had heldere, bruine ogen en een fijne huid en het soort pezige handen dat je overhoudt aan tien jaar hard werken.

'Laat me eens raden,' zei ze. Ze keerde zich naar Neagley. 'Jij bent vast Neagley.' Toen keerde ze zich naar Dixon en zei: 'En dan moet jij Karla zijn.' Ze keek naar Reacher en O'Donnell en zei: 'Reacher en O'Donnell, klopt? De grote en de knappe.' O'Donnell glimlachte naar haar. Ze keek Reacher opnieuw aan en zei: 'Ze zeiden dat jullie hier vannacht al waren om mij te zoeken.'

Reacher zei: 'We willen met je praten over Jorge.'

Milena haalde diep adem en slikte en zei: 'Hij is dood, hè?'

'Waarschijnlijk,' zei Reacher. 'We weten zeker dat Manuel Orozco dood is.'

Milena zei: 'Nee.'

Reacher zei: 'Het spijt me.'

Dixon vroeg: ‘Waar kunnen we ergens praten?’
‘We zouden naar de flat van Jorge moeten gaan,’ zei Milena. ‘Naar zijn appartement. Dat moeten jullie zien.’
‘We hebben gehoord dat het kort en klein geslagen is.’
‘Ik heb een beetje opgeruimd.’
‘Is het ver?’
‘We kunnen het lopend doen.’

Ze liepen terug naar de Strip, met zijn vijven, naast elkaar. De bouwplaats was nog steeds verlaten. Geen enkele activiteit. Maar ook geen ophef. Geen politie. Milena vroeg nog twee keer of Sanchez dood was, alsof ze door het herhalen van de vraag uiteindelijk het antwoord zou krijgen dat ze wilde horen. Beide keren zei Reacher: ‘Waarschijnlijk.’
‘Maar je weet het niet zeker?’
‘Ze hebben zijn lichaam nog niet gevonden.’
‘Orozco wel?’
‘Ja. We hebben hem gezien.’
‘En Calvin Franz en Tony Swan? Waarom zijn die hier niet?’
‘Franz is dood. Swan waarschijnlijk ook.’
‘Zeker weten?’
‘Franz zeker weten.’
‘Maar Swan niet?’
‘Dat is niet zeker.’
‘En Jorge is ook niet zeker?’
‘Niet zeker. Maar waarschijnlijk.’
‘Oké.’ Ze liep verder, weigerde zich over te geven, weigerde alle hoop te laten varen. Ze passeerden de luxe hotels, het ene na het andere, passeerden de oppervlakkige nabootsing van alle grote steden van de wereld, verspreid over een paar honderd meter. Toen doemden flatgebouwen op. Milena liet hen links afslaan, daarna rechts af, een straat parallel aan de Strip in. Ze stond stil in de schaduw van een zonnescherm voor de hal van een gebouw dat misschien vier generaties van stadsvernieuwing geleden een toplocatie was geweest.
‘Hier is het,’ zei ze. ‘Ik heb een sleutel.’
‘Ze liet de rugzak van haar schouders glijden en rommelde door de inhoud op zoek naar een portemonnee. Ze trok de ritssluiting open en haalde er een sleutel uit van verweerd messing.
‘Hoe lang heb je hem gekend?’ vroeg Reacher.

Ze aarzelde lang, zich kennelijk afvragend of ze de verleden tijd moest gebruiken, en zoekend naar een manier om het minder definitief te laten klinken.

'We hebben elkaar een paar jaar geleden ontmoet,' zei ze.

Ze ging hen voor de hal in. Achter een bureau zat een portier. Hij groette haar met een zekere vertrouwdheid. Ze liep voor hen uit naar de lift. Ze gingen naar de tiende verdieping en liepen rechtsaf een versleten gang in. Stonden stil voor een groen geverfde deur.

Ze stak de sleutel in het slot.

Binnen bleek het appartement geen balzaal, maar het was ook niet klein. Twee slaapkamers, een woonkamer, een keuken. Eenvoudig ingericht, vooral veel wit, een paar felle kleuren, een beetje ouderwets. Ruime vensters. Ooit moest er een mooi uitzicht zijn geweest over de woestijn, maar nu keek het uit op een nieuwer flatgebouw er recht tegenover.

Het was een mannenhuishouding, eenvoudig, onopgesmukt, geen design.

Het was een puinhoop.

Er was ongeveer dezelfde schade aangericht als in het kantoor van Calvin Franz. De wanden, de vloer en het plafond waren van massief beton, dus daar was niets aan beschadigd. Maar los daarvan had het appartement dezelfde behandeling ondergaan. Al het meubilair was opengesneden en kapotgeslagen. Stoelen, banken, een bureau, een tafel. Boeken en kranten lagen overal. Een tv en een stereo-installatie waren aan gruzelementen geslagen. Overal lagen cd's. Kleden waren opgetild en aan de kant gegooid. De keuken was vrijwel geheel gesloopt.

Het opruimen door Milena was beperkt gebleven tot het op een hoop gooien van een deel van de rommel en het terugstouwen van een deel van de veren in een paar kussens. Ze had een aantal boeken en tijdschriften op stapels gelegd bij de planken waar ze thuishoorden.

Veel meer had ze niet kunnen doen. Een hopeloze onderneming.

Reacher vond de afvalbak in de keuken, waar volgens Curtis Mauney het verfrommelde servet was gevonden. De bak was van de beugel onder de gootsteen afgerukt en door de keuken getrapt. Het leek of een deel van de inhoud eruit was gevallen, een ander deel niet.

'Dit lijkt meer op woede dan efficiënt zoeken,' zei hij. 'Vernieling om dingen te vernielen. Alsof ze minstens zo kwaad als bezorgd waren.'

'Dat denk ik ook,' zei Neagley.

Reacher deed een deur open en liep de grote slaapkamer in. Het bed was vernield. De matras was aan stukken gescheurd. In de klerenkast lagen overal kleren. De rails waren eruit getrokken. De planken waren stukgeslagen. Jorge Sanchez was altijd al netjes geweest en die netheid was alleen maar versterkt door jaren militaire tucht en normen. Er was niets van hem over in dit appartement. Geen snipper, geen echo.

Milena liep heen en weer door de woonkamer, moedeloos, en legde nog meer spullen op wankele stapels, stond zo nu en dan stil om in een boek te bladeren of naar een foto te kijken. Ze probeerde met haar dij de bank weer op zijn plaats te schuiven, ook al zou er nooit meer iemand op zitten.

Reacher vroeg haar: 'Is de politie hier geweest?'

'Ja,' zei ze.

'Hebben die nog conclusies getrokken?'

'Ze denken dat wie hier dan ook mag zijn geweest, binnengekomen is onder valse voorwendselen. Kabel of telefoon.'

'Oké.'

'Maar ik denk dat ze de portier hebben omgekocht. Dat zou gemakkelijker zijn geweest.'

Reacher knikte. *Las Vegas, stad van zwendel.* 'Hadden ze ook enig idee waarom het is gebeurd?'

'Nee,' zei ze.

Hij vroeg haar: 'Wanneer heb je Jorge voor het laatst gezien?'

'We hebben samen gegeten,' zei ze. 'Hier. Opgehaald van de Chinees.'

'Wanneer?'

'Zijn laatste avond in Las Vegas.'

'Toen waren jullie hier?'

'Alleen met zijn tweeën.'

Reacher zei: 'Hij heeft toen wat op een servet geschreven.'

Milena knikte.

'Omdat iemand hem opbelde?'

Milena knikte opnieuw.

Reacher vroeg: 'Wie belde er?'

Milena zei: 'Calvin Franz.'

49

Milena stond te trillen op haar benen, dus schoof Reacher met zijn arm scherven porselein van het aanrecht, zodat ze ergens kon zitten. Ze drukte zich omhoog en ging zitten met haar ellebogen wijd gespreid en haar handen vlak op het aanrechtblad, de handpalmen omlaag, gevangen onder haar knieën.

Reacher zei: 'We moeten weten waar Jorge aan werkte. We moeten weten wat al deze ellende heeft veroorzaakt.'

'Ik weet niet wat het was.'

'Maar jij hebt met hem opgetrokken.'

'Veel.'

'En jullie kenden elkaar goed.'

'Heel goed.'

'Al jaren.'

'Bij vlagen.'

'Dan moet hij vast wel tegen jou gepraat hebben over zijn werk.'

'Voortdurend.'

'Waar was hij mee bezig dan?'

Milena zei: 'De zaken gingen slecht. Daar was hij mee bezig.'

'Zijn zaken hier? In Las Vegas?'

Milena knikte. 'In het begin ging het fantastisch. Jaren geleden hadden ze het altijd druk. Ze hadden veel contracten. Maar de grote bedrijven lieten hen vallen, stuk voor stuk. Die namen zelf mensen in dienst. Jorge zei dat het onvermijdelijk was. Bij een bepaalde grootte is dat veel slimmer.'

'We hebben met iemand in ons hotel gesproken en die zei dat Jorge het nog steeds druk had. Als een behanger met maar één arm.'

Milena glimlachte. 'De man deed beleefd. En Jorge hield zijn schouders recht. Manuel Orozco ook. Eerst zeiden ze, we doen wel net alsof, tot het weer gaat lopen. En daarna zeiden ze, we doen wel net alsof nu het niet meer loopt. Ze hielden de schijn op. Ze waren te trots om te bedelen.'

'Dus je beweert dat ze eraan onderdoor gingen?'
'In rap tempo. Ze deden hier en daar nog wat spierballenwerk. Portier bij een club. Valsspelers de stad uit jagen, dat soort dingen. Ze deden nog wat *consulting* voor hotels. Maar niet zoveel meer. Die lui denken altijd dat ze het beter weten, ook als dat niet zo is.'
'Heb je gezien wat Jorge op dat servet schreef?'
'Natuurlijk. Ik heb het eten opgeruimd nadat hij was vertrokken. Hij had cijfers opgeschreven.'
'Wat betekenden ze?'
'Ik weet het niet. Maar hij maakte er zich grote zorgen over.'
'En wat deed hij toen? Nadat Franz belde?'
'Hij belde Manuel Orozco. Meteen. Orozco maakte zich ook grote zorgen over die cijfers.'
'Hoe was het allemaal begonnen? Wie was er bij hen geweest?'
'Bij hen geweest?'
Reacher vroeg: 'Wie was hun klant?'
Milena keek hem aan. Toen keerde ze zich half om en keek naar O'-Donnell, en toen naar Dixon, en toen naar Neagley.
'Je luistert niet naar me,' zei ze. 'Ze hadden geen klanten. Niet meer.'
'Er moet iets zijn gebeurd,' zei Reacher.
'Ik snap niet wat je bedoelt.'
'Ik bedoel dat iemand hen moet hebben benaderd met een probleem. Terwijl ze aan het werk waren ergens, of op kantoor.'
'Ik heb geen idee wie er bij hen is geweest.'
'Jorge heeft niets gezegd?'
'Nee. Het ene moment zaten ze zich te vervelen en het volgende moment waren ze zo druk als strontvliegen. Zo zeiden zij dat. Strontvliegen, niet behangers met één arm.'
'Maar je hebt geen idee waarom?'
'Dat hebben ze me niet verteld.'
'Wie zou dat wel kunnen weten?'
'Orozco's vrouw misschien.'

50

Het werd heel erg stil in het verwoeste appartement. Reacher staarde Milena aan en zei: 'Manuel Orozco was getrouwd?'
Milena knikte. 'Ze hebben drie kinderen.'
Reacher keek naar Neagley en vroeg: 'Waarom wisten we dat niet?'
'Ik weet niet alles,' zei Neagley.
'We hebben Mauney verteld dat zijn zuster zijn naaste bloedverwant was.'
Dixon vroeg: 'Waar woonde Orozco?'
'Verderop in de straat,' zei Milena. 'In net zo'n gebouw als dit.'

Milena nam hen mee, nog een paar honderd meter verder van het centrum van de stad naar een flatgebouw aan de andere kant van dezelfde straat. De flat van Orozco. Hij leek op die van Sanchez. Even oud, zelfde stijl, zelfde bouw, even groot, een blauw zonnescherm in plaats van het groene zonnescherm bij Sanchez.
Reacher vroeg: 'Hoe heet mevrouw Orozco?'
'Tammy,' zei Milena.
'Is ze thuis, denk je?'
Milena knikte. 'Ze slaapt. Ze werkt 's nachts. In de casino's. Dan komt ze thuis en zet de kinderen op de bus naar school en dan gaat ze naar bed.'
'Dan moeten we haar wakker maken.'

Het was de portier die haar wakker maakte. Hij belde naar de flat. Het duurde lang voordat er werd opgenomen. De portier noemde Milena's naam, daarna die van Reacher, en Neagley, en Dixon, en O'-Donnell. De man voelde de sfeer meteen goed aan en sprak met serieuze stem. Hij liet er geen twijfel over bestaan dat ze slecht nieuws kwamen brengen.
Het duurde opnieuw lang. Reacher vermoedde dat Tammy Orozco probeerde de vier nieuwe namen te passen in de nostalgische herin-

neringen van haar man, en dat ze een optelsommetje maakte. Toen bedacht hij dat ze waarschijnlijk een ochtendjas aantrok. Hij had eerder weduwen ontmoet. Hij wist hoe dat ging.
'Gaat u maar naar boven,' zei de portier.
Ze namen de lift naar de achtste verdieping, op elkaar geperst in de kleine ruimte. Sloegen links af een gang in en hielden stil voor een blauwe deur. Die stond al open. Milena klopte niettemin en liep toen voor de rest uit naar binnen.
Tammy Orozco zat klein en in elkaar gedoken op de bank. Woest zwart haar, bleke huid, een ochtendjas met motieven erop. Waarschijnlijk was ze veertig, maar zoals ze daar zat, had ze honderd kunnen zijn. Ze keek op. Ze negeerde Reacher en O'Donnell en Dixon en Neagley volledig. Keek niet naar hen. Er hing een sfeer van vijandigheid. Niet alleen maar jaloezie of een vaag gevoel van rancune, zoals bij Angela Franz het geval was geweest. Hier ging het om echte woede. Ze keek Milena aan en zei: 'Manuel is dood?'
Milena ging naast haar zitten en zei: 'Dat zeggen deze mensen. Het spijt me heel erg.'
Tammy vroeg: 'Jorge ook?'
'Dat weten we nog niet.'
De twee vrouwen omhelsden elkaar en huilden. Reacher liet het begaan. Hij wist hoe dat werkte. Het appartement was groter dan dat van Sanchez. Misschien drie slaapkamers, een andere indeling, uitzicht een andere kant op. Het rook er bedompt en naar gebakken eten. Alles was versleten en slordig. Misschien omdat drie weken geleden alles overhoop was gehaald, misschien was het er altijd wel een chaos met twee volwassenen en drie kinderen. Reacher wist niet zoveel van kinderen, maar hij vermoedde dat die van Orozco nog jong waren, te oordelen aan het soort boeken en speelgoed en kleren dat overal rondslingerde. Er waren poppen en beren en videospelletjes en ingewikkelde bouwwerken van plastic onderdelen. Dan moesten de kinderen wel negen, zeven en vijf zijn. Ongeveer. Maar allemaal jong. Na het leger. In het leger was Orozco niet getrouwd geweest. Dat wist Reacher vrijwel zeker, in ieder geval.
Uiteindelijk keek Tammy Orozco op en vroeg: 'Wat is er gebeurd?'
Reacher zei: 'De politie heeft alle details.'
'Heeft hij geleden?'
'Hij was op slag dood,' zei Reacher, zoals hij het lang geleden had

geleerd. Van alle KIA's in het leger werd altijd gezegd dat ze op slag dood waren, tenzij het aantoonbaar niet zo was. Dat werd beschouwd als een troost voor de nabestaanden. En in het geval van Orozco was het technisch juist, dacht Reacher. Nadat ze hem hadden gepakt, in ieder geval, en na de mishandeling en het uithongeren en de dorst en de vlucht met de helikopter en het kronkelen, schreeuwen tijdens een twintig seconden durende val.

'Waarom?' vroeg Tammy.

'Dat proberen we te ontdekken.'

'Doe dat. Het is het minste wat je kunt doen.'

'Daarom zijn we hier.'

'Maar je vindt hier geen antwoorden.'

'Die moeten er wel zijn. Om te beginnen de klant.'

Tammy wierp een blik op Milena, met behuild gezicht, verbaasd.

'Klant?' zei ze. 'Maar weet je dan nog niet wie het gedaan heeft?'

'Nee,' zei Reacher. 'Anders zouden we hier niet zijn om ernaar te vragen.'

'Ze hadden geen klanten,' zei Milena, alsof ze namens Tammy sprak.

'Niet meer. Dat zei ik al.'

'Iets moet dit op gang hebben gebracht,' zei Reacher. 'Iemand moet met een probleem bij hen zijn gekomen, op kantoor, of ergens in een van de casino's. We moeten weten wie dat is geweest.'

'Dat is niet gebeurd,' zei Tammy.

'Dan moeten ze op eigen kracht tegen het probleem op gelopen zijn. En dan moeten we weten waar, wanneer en hoe.'

Het bleef lang stil. Toen zei Tammy: 'Je begrijpt het echt niet, hè? Dit had helemaal niets met hen te maken. Helemaal niets. Het heeft niets te maken met Las Vegas.'

'Niet?'

'Nee.'

'Wat is er dan gebeurd?'

'Ze werden opgebeld door iemand die om hulp vroeg,' zei Tammy. 'Zo is het begonnen. Op een dag, plotseling, vanuit het niets. Door één van jullie in Californië. Door een van die dierbare oude vrienden uit het leger.'

51

Azhari Mahmoud gooide het paspoort van Andrew MacBride in een afvalcontainer en veranderde op weg naar het verhuurbedrijf in Anthony Matthews. Hij had een heel pak creditcards op die naam en een geldig rijbewijs. Het adres op het rijbewijs was bovendien opgewassen tegen een strenge controle. Het was een bestaand gebouw, een huis dat werd bewoond, niet zomaar een postadres of een braakliggend terrein. Het was hetzelfde adres als het factuuradres van de creditcards. Mahmoud had veel geleerd in de loop van de jaren.

Hij besloot om een middelgrote vrachtwagen te huren. Over het algemeen gaf hij de voorkeur aan middelmaat. Dat viel minder op. Ze vergaten je niet als je naar het grootste of het kleinste van het een of ander vroeg. Aan een middelgrote vrachtwagen had hij bovendien genoeg. Hij was wiskundig weinig onderlegd, maar rekenen kon hij wel. Hij wist dat je volume kon berekenen door hoogte te vermenigvuldigen met lengte en breedte. Dus wist hij dat je van zeshonderdvijftig dozen een stapel kon maken van tien dozen breed en dertien dozen diep en vijf hoog. Eerst had hij gedacht dat tien dozen breed meer was dan je in wat voor vrachtwagen dan ook kwijt zou kunnen, maar toen had hij zich gerealiseerd dat je de breedte kon reduceren door de dozen op hun kant te zetten. Het kwam wel goed.

Eigenlijk wist hij wel zeker dat het goed zou komen, want hij had nog steeds de honderd kwartjes bij zich die hij op de luchthaven had gewonnen.

Ze condoleerden Tammy Orozco, gaven haar de gegevens van Curtis Mauney en lieten haar achter op de bank. Toen liepen ze met Milena naar de bar met de vuurplaats. Ze moest geld verdienen en er waren al drie uur van haar werkdag voorbij. Ze zei dat ze het gevaar liep te worden ontslagen als ze er niet zou zijn met de drukte van het happy hour later in de middag. De Strip was in de loop van de dag wat drukker geworden. Maar de bouwplaats was nog steeds verlaten. Geen enkele activiteit. De drab in de goot was eindelijk opgedroogd. Verder was er niets veranderd. De zon stond hoog aan de hemel. Niet verzengend, maar het was warm genoeg. Reacher begon te denken aan hoe oppervlakkig ze de man hadden begraven. En aan ontbinding, en gassen, en stank, en nieuwsgierige beesten.

'Zijn hier coyotes?' vroeg hij.

'In de stad?' zei Milena. 'Ik heb er nog nooit een gezien.'

'Oké.'

'Waarom?'

'Gewoon, dat vroeg ik me af.'

Ze liepen verder. Langs hetzelfde weggetje binnendoor waar ze eerder langs waren gegaan. Kwamen iets na drieën bij de bar aan.

'Tammy is boos,' zei Milena. 'Dat vind ik jammer.'

'Dat kun je verwachten,' zei Reacher.

'Ze was thuis toen de schurken het huis kwamen doorzoeken. Ze sliep. Ze sloegen haar op haar hoofd. Ze is een week bewusteloos geweest. Ze herinnert er zich niets van. Nu geeft ze wie het dan ook was die opbelde, de schuld van al haar problemen.'

'Begrijpelijk,' zei Reacher.

'Maar ik beschuldig jullie niet,' zei Milena. 'Jullie zijn het niet geweest. Ik denk dat de helft van jullie groep erbij betrokken was en de andere helft niet.'

Ze dook de bar in zonder nog om te kijken. De deur ging achter haar dicht. Reacher liep ervan weg en ging op het muurtje zitten waar ze 's morgens hadden zitten wachten.

'Het spijt me, mensen,' zei hij. 'We hebben een heleboel tijd verspild. Mijn schuld, helemaal.'

Niemand zei iets.

'Neagley moet het maar overnemen,' zei hij. 'Ik raak mijn zesde zintuig kwijt.'

'Mahmoud kwam hiernaartoe,' zei Dixon. 'Niet naar L.A.'

'Hij is waarschijnlijk overgestapt. Waarschijnlijk zit hij op dit moment in L.A.'

'Waarom niet rechtstreeks vliegen?'

'Waarom vier valse paspoorten? Hij is voorzichtig, wie hij dan ook mag zijn. Hij laat valse sporen achter.'

'We zijn hier aangevallen,' zei Dixon. 'Niet in L.A. Dat klopt niet.'

'We hebben met zijn allen besloten hiernaartoe te komen,' zei O'-Donnell. 'Niemand heeft zich daartegen verzet.'
Reacher hoorde een sirene op de Strip. Niet het zware geluid van een brandweerwagen, niet het hoge kermende geluid van een ambulance. Een politiewagen die hard reed. Hij wierp een blik in de richting van de bouwplaats, een kilometer verderop. Hij stond op, liep naar rechts, hield zijn hand boven zijn ogen tegen het zonlicht en tuurde het gedeelte van de Strip af dat hij kon zien. Eén politiewagen stelde niets voor, bedacht hij. Als de een of andere opzichter op de bouw eindelijk aan het werk was gegaan en iets had gevonden, zou er een heel konvooi van politiewagens uitrukken.
Hij wachtte.
Er gebeurde niets. Niet nog meer sirenes. Niet nog meer politie. Geen konvooi. Misschien niet meer aan de hand dan een dagelijkse verkeersopstopping. Hij deed nog een stap in de richting van de Strip, voor een breder blikveld, om het zeker te weten. Zag blauw en rood knipogen om de hoek bij een kruidenierswinkel. Een auto, geparkeerd in de zon. De reflectie van zonlicht op een rood achterlicht. Donkerblauwe lak op een bumper.
Een auto.
Donkerblauwe lak.
Hij zei: 'Ik weet waar ik die kerel eerder heb gezien.'

52

Ze stonden om de Chrysler heen op voorzichtige en eerbiedige afstand, alsof het een met koorden afgezet object was in een museum voor moderne kunst. Een 300C, donkerblauw, kentekenplaten uit Californië. Hij stond strak langs de stoeprand geparkeerd, was afgesloten, stil en koud, wat stoffig van een lange reis. Neagley haalde de sleutels tevoorschijn die Reacher had gevonden in de broekzak van de stervende man, strekte haar arm zoals de man had gedaan met zijn pistool en drukte op de knop van de afstandsbediening.

De lichten van de blauwe Chrysler knipperden en portieren sprongen van het slot met een rafelig *tjonk*.

'Hij stond achter het Chateau Marmont,' zei Reacher. 'Te wachten. Diezelfde kerel zat erin. De kleur van zijn pak paste precies bij de lak van de auto. Ik dacht dat het een verhuurbedrijf was dat wou opvallen.'

'De anderen hebben gezegd dat wij zouden komen,' zei O'Donnell. 'Eerst als dreigement, denk ik. Later om zichzelf moed in te spreken. Dus hebben ze die kerel achter ons aan gestuurd om ons uit te schakelen. Hij zag ons lopen op het trottoir, denk ik, net toen hij de stad in kwam. We liepen daar pal vóór hem. Hij had mazzel.'

'Echt mazzel,' zei Reacher. 'Mogen al onze vijanden even fortuinlijk zijn.'

Hij opende het portier van de auto. De auto rook naar nieuw leer en plastic. Binnenin was niets opvallends te zien. In het vak in het portier zaten kaarten, splinternieuw en opgevouwen. Dat was alles. Verder niets te zien. Hij gleed naar binnen en rekte zijn arm uit naar het dashboardkastje. Opende het. Haalde er een portemonnee en een mobiele telefoon uit. Meer zat er niet in. Geen kentekenpapieren, geen verzekering. Geen instructieboekjes. Alleen een portemonnee en een mobiele telefoon. De portemonnee was een slank geval dat was ontworpen om in je broekzak te steken. Het was een stijve rechthoek van zwart leer met aan de ene kant een vak met een klem voor papiergeld en aan de andere kant een vak voor creditcards. In de klem zat een pak geld. Meer dan zevenhonderd dollar, het meeste in briefjes van vijftig en twintig. Reacher haalde het er allemaal uit. Trok het gewoon uit de klem en stopte het in zijn broekzak.

'Dat zijn weer twee weken voordat ik op zoek moet naar een baan,' zei hij. 'Achter de wolken schijnt altijd de zon.'

Hij hield de portemonnee op de kop. Het vak voor creditcards zat boordevol. Er was een geldig rijbewijs uit Californië en vier creditcards. Twee van Visa, een van Amex en een MasterCard. Alle vier met een vervaldatum in de verre toekomst. Het rijbewijs en de vier creditcards stonden op naam van een zekere Saropian. Het adres op het rijbewijs bestond uit een vijfcijferig huisnummer en een straatnaam ergens in Los Angeles en een postcode waar Reacher niets mee kon.

Hij liet de portemonnee op de passagiersstoel vallen.

De mobiele telefoon was een zilverkleurig opvouwbaar ding met een rond lcd-schermpje op de voorkant. Het signaal was uitstekend, maar de batterij was bijna leeg. Reacher klapte de telefoon open en een groter kleurenscherm floepte aan. Er waren vijf voicemailberichten.

Hij gaf de telefoon aan Neagley.

'Kun jij die berichten ophalen?' vroeg hij.

'Niet zonder zijn code.'

'Zoek de gesprekkenlijst eens op.'

Neagley zocht haar weg door menu's en koos opties.

Alle binnenkomende en uitgaande gesprekken zijn met hetzelfde nummer,' zei ze. 'Netnummer 310. Dat is Los Angeles.'

'Vaste lijn of mobiel?'

'Kan allebei zijn.'

'Een schurk die zijn baas belt?'

Neagley knikte. 'En omgekeerd. Een baas die orders uitdeelt aan een schurk.'

'Zou jouw assistent in Chicago een naam en adres van die baas kunnen opduikelen?'

'Uiteindelijk wel.'

'Zet hem maar aan het werk. Ook met het kenteken van die auto.'

Neagley belde met haar eigen mobiele telefoon naar haar kantoor. Reacher tilde het deksel op van de console met de armsteun en vond niets behalve een balpen en een apparaat om de mobiele telefoon in de auto op te laden. Hij zocht achter in de auto. Niets. Hij stapte uit en controleerde de kofferbak. Reservewiel, krik en kriksleutel. Verder leeg.

'Geen bagage,' zei hij. 'De man was niet van plan lang op reis te gaan. Hij dacht dat wij een makkie zouden zijn.'

'Dat was het ook bijna,' zei Dixon.

Neagley klapte de telefoon van de dode man dicht en gaf hem terug aan Reacher. Reacher liet hem naast de portemonnee vallen op de passagiersstoel.

Toen pakte hij hem weer op.

'Dit is een belachelijke situatie,' zei hij. 'Toch? We weten niet wie deze kerel achter ons aan heeft gestuurd, of waarvandaan, of waarom.'

'Maar?' zei Dixon.

'Wie het ook was, we hebben wel zijn nummer. We zouden hem kunnen opbellen en de groeten doen, als we dat zouden willen.'

'En willen we dat?'

'Ja, ik denk het wel.'

53

Ze stapten in de geparkeerde Chrysler, voor meer privacy. De portieren waren dik en zwaar en sloten precies. Ze creëerden het soort afgesloten stilte dat je van een luxe sedan verwacht. Reacher klapte de telefoon van de dode man open, zocht in de gesprekkenlijst naar het laatst gevoerde gesprek en drukte toen op de groene knop om de verbinding opnieuw tot stand te brengen. Toen hield hij de telefoon bij zijn oor en wachtte. En luisterde. Hij had nog nooit een mobiele telefoon gehad, maar hij wist hoe je ermee om moest gaan. Je voelde hem in je zak vibreren of je hoorde hem rinkelen. Je haalde hem tevoorschijn, keek op het scherm wie er belde en besloot dan of je het gesprek zou aannemen of weigeren. Alles met elkaar duurde dat veel langer dan het aannemen van een traditionele telefoon. De telefoon kon wel vijf of zes keer overgaan, minstens, voordat er iets gebeurde.

De telefoon ging een eerste keer over.

Een tweede keer.

Drie keer.

Toen werd er haastig opgenomen.

Een stem zei: 'Waar heb jij verdomme gezeten?'

Het was een diepe stem. Een man, niet jong. Niet klein. Door de wrevel en de haast heen klonk een beschaafd accent van de westkust, zakelijk, maar met een restje van een verleden op de straat. Reacher antwoordde niet. Hij luisterde gespannen naar achtergrondgeluiden. Maar die waren er niet. Geen enkel geluid. Alleen maar stilte, als van een afgesloten kamer of een stil kantoor.

De stem zei: 'Hallo? Waar zit je verdomme? Wat is er aan de hand?'

'Met wie spreek ik?' zei Reacher, alsof hij het volste recht had om dat te vragen. Alsof hij per ongeluk een verkeerd nummer had gekozen. Maar de man hapte niet. Hij had gezien wie hem belde.

'Nee, wie ben jij?' vroeg hij op zijn beurt, traag.

Reacher aarzelde even en zei toen: 'Je jongen heeft gefaald, gisteravond. Hij is dood en begraven, letterlijk. Nu komen we naar jou toe.'

Het bleef een hele tijd stil. Toen zei de stem: 'Reacher?'

'Je weet wie ik ben?' zei Reacher. 'Lijkt niet eerlijk dat ik niet weet wie jij bent.'

'Niemand heeft ooit gezegd dat het leven eerlijk was.'

'Dat is waar. Maar eerlijk of niet, geniet ervan zolang het nog kan. Koop een fles wijn, huur een dvd. Maar niet iets in meerdere delen. Je hebt nog een dag of twee, maximaal.'

'Je lult uit je nek.'

'Kijk eens uit het raam.'

Reacher hoorde plotseling bewegen. Het ritselen van jaspanden, het geoliede wentelen van een bureaustoel. *Een kantoor. Een man in een pak*. Een bureau naar de deur gericht.

Daarvan waren er niet meer dan, pak hem beet, een miljoen in het gebied van 310.

'Je lult uit je nek,' zei de stem opnieuw.

'We komen elkaar binnenkort tegen,' zei Reacher. 'Dan gaan we samen een eindje vliegen met een helikopter. Net zoals je de vorige keer hebt gedaan. Maar met één groot verschil. Mijn vrienden waren onwillig, neem ik aan. Maar jij niet. Je zult erom smeken om eruit te mogen springen. Dat garandeer ik je.'

Toen klapte hij de telefoon dicht en liet hem op schoot vallen.

Het was stil in de auto.

'Eerste indruk?' vroeg Neagley.

Reacher liet zijn adem ontsnappen.

'Een directeur,' zei hij. 'Een hoge pief. Een baas. Niet dom. Een gewone stem. Een kantoor voor zich alleen met een raam en een gesloten deur.'

'Waar?'

'Valt niet te zeggen. Er was geen achtergrondgeluid. Geen verkeer, geen vliegtuigen. En het leek hem niet te verontrusten dat we zijn telefoonnummer hebben. De registratie zal zo vals zijn als maar kan. Deze auto ook, vast en zeker.'

'En wat nu?'

'Nu gaan we terug naar L.A. We hadden er nooit weg moeten gaan.'

'Dit heeft met Swan te maken,' zei O'Donnell. 'Dat moet wel, toch? Het lukt ons niet om het aan Franz vast te knopen, het gaat niet om

Sanchez en Orozco, dus wat blijft er dan nog over? Hij moet ergens tegenaan gelopen zijn meteen nadat hij wegging bij New Age. Misschien had hij het allemaal al op een rijtje op dat moment.'

Reacher knikte. 'We moeten met zijn vorige baas praten. Uitzoeken of hij ook iets over privézaken heeft verteld voordat hij wegging.' Hij keerde zich om naar Neagley. 'Schakel Diana Bond nog maar een keer in. De vrouw uit Washington. Over New Age en Little Wing. We hebben wisselgeld nodig. Misschien is Swans oude baas meer geneigd om te praten als hij weet dat wij iets hebben waarover we in ruil onze mond zullen houden. Bovendien ben ik nieuwsgierig.'

'Ik ook,' zei Neagley.

Ze stalen de Chrysler. Stapten zelfs niet uit. Reacher pakte de sleutel aan van Neagley, startte de motor en reed hem naar het hotel. Hij wachtte voor het hotel terwijl de anderen naar binnen gingen om in te pakken. Hij mocht de auto wel. Hij was stil en krachtig. Hij kon de weerspiegeling van de auto in de glazen pui van het hotel zien. De auto zag er in het blauw fraai uit. Hij was vierkant en zwaar en ongeveer zo subtiel als een voorhamer. Zijn soort machine. Hij probeerde alle knoppen en hendels en speeltjes uit, legde de telefoon van de dode man aan de oplader in de armsteun en klapte het deksel ervan dicht.

Dixon kwam als eerste de lobby uit, achter haar aan een piccolo die haar bagage droeg en voor haar uit een haastige parkeerwacht om haar auto te halen. Toen kwamen Neagley en O'Donnell samen naar buiten. Neagley propte een reçu van haar creditcard in haar tas en klapte tegelijkertijd haar telefoon dicht.

'We hebben beet voor wat betreft het kenteken,' zei ze. 'Het staat op naam van een brievenbusmaatschappij met de naam Walter en een postadres in downtown L.A.'

'Grappig,' zei Reacher. 'Walter van Walter Chrysler. Ik wil wedden dat de telefoon geregistreerd staat op naam van een bedrijf dat Alexander heet, van Graham Bell.'

'De Walter Corporation leaset in totaal zeven wagens,' zei Neagley.

Reacher knikte. 'Dat moeten we niet vergeten. Er zullen wel ergens versterkingen klaarstaan.'

Dixon zei dat zij met O'Donnell terug zou rijden in haar huurauto. Dus drukte Reacher op de knop om de kofferbak van de Chrysler

open te maken. Neagley tilde daar haar bagage in voordat ze naast hem op de passagiersstoel schoof.
'Waar zoeken we een hol?' vroeg Dixon door het portierraampje.
'Ergens anders,' zei Reacher. 'Tot nu toe hebben ze ons in het Wilshire en het Chateau Marmont gezien. Dus we moeten nu maar eens van stijl veranderen. We hebben iets nodig op een plek waar ze ons niet zullen zoeken. Laten we de Dunes op Sunset maar proberen.'
'Wat is dat?'
'Een motel. Mijn soort verblijf.'
'Is het erg slecht?'
'Het gaat wel. Ze hebben er bedden en de deuren kunnen op slot.'

Reacher en Neagley vertrokken als eersten. Het hele eind de stad uit was het verkeer traag, maar daarna werd de 15 leger en maakte Reacher zich op voor de tocht door de woestijn. De auto was stil, snel en beschaafd. Neagley bracht het eerste halfuur door met een soort telefonisch verstoppertje spelen met Edwards Air Force Base, in een poging Diana Bond aan de lijn te krijgen voordat het signaal voor haar mobiele telefoon wegviel. Reacher verbande haar uit zijn gedachten en concentreerde zich op de weg voor hen. Hij kon aardig rijden, maar niet fantastisch. Hij had rijles gehad in het leger en daarna nooit meer. Had nooit rijexamen gedaan, had nooit een rijbewijs gehad. Neagley kon veel beter autorijden dan hij. En veel sneller. Ze beëindigde haar telefoongesprekken en zat onrustig te wiebelen. Bleef maar naar de snelheidsmeter kijken.
'Je moet rijden alsof je de auto gestolen hebt,' zei ze. 'Wat nog waar is ook.'
Dus trapte hij het gas wat dieper in. Haalde andere mensen in, onder andere een vrachtwagen van een verhuurbedrijf, die in de rechter rijstrook naar het westen ploeterde.

Vijftien kilometer voor Barstow haalde Dixon hen in. Ze knipperde met haar lichten, kwam naast hen rijden en O'Donnell maakte eetgebaren vanaf de passagiersstoel. Als hulpeloze masochisten stopten ze bij hetzelfde wegrestaurant waar ze op de heenweg hadden gegeten. Geen alternatief in de wijde omtrek en ze hadden allemaal honger. Ze hadden de lunch overgeslagen.
Het eten was nog net zo slecht als eerder en het gesprek sprong van

de hak op de tak. Ze praatten vooral over Sanchez en Orozco. Over hoe moeilijk het was om een klein bedrijf aan de gang te houden. Vooral over hoe moeilijk dat was voor mensen die uit het leger kwamen. Ze stapten de burgerwereld in met allemaal verkeerde veronderstellingen. Ze verwachtten dezelfde soort zekerheden die ze tot dan toe hadden gekend. De rechtlijnigheid, de transparantie, de eerlijkheid, de gedeelde opofferingsgezindheid. Reacher had het idee dat Dixon en O'Donnell het een deel van de tijd eigenlijk over zichzelf hadden. Hij vroeg zich af hoe goed het in feite met hen ging, achter de façade. Hoe het er precies uitzag op papier, bij de belastingaangifte. En hoe ze er over een jaar voor zouden staan. Dixon had problemen omdat ze haar laatste klus niet had afgemaakt. O'Donnell was er een tijdje tussenuit geweest vanwege zijn zuster. Alleen Neagley scheen geen problemen te hebben. Die was ondubbelzinnig succesvol. Maar dat was er maar één op de negen. Een succespercentage van iets meer dan elf procent, en dat voor een clubje elitesoldaten zoals het leger ze maar zelden produceerde.
Niet zo best.
Jij staat daar ver buiten, had Dixon gezegd.
Zo voel ik dat wel, meestal, had hij geantwoord.
Het enige wat wij hebben, wat jij niet hebt, zijn koffers, had O'Donnell gezegd.
Maar wat heb ik, wat jullie niet hebben? had hij geantwoord.
Toen hij het eten op had, was hij iets dichter bij het antwoord dan daarvoor.

Na Barstow kwamen Victorville en Lake Arrowhead. Toen doemden de bergen voor hen op. Maar eerst was er nog, deze keer rechts, de woestijn waar de helikopter had gevlogen. Opnieuw zei Reacher tegen zichzelf dat hij niet zou kijken, maar opnieuw deed hij het wel. Hij keek steeds seconden lang opzij naar het noordwesten zonder op de weg te letten. Sanchez en Swan waren daar ergens, vermoedde hij. Hij zag geen enkele reden er anders over te denken.
Ze reden door een gebied waar het signaal doorkwam en Neagleys mobiele telefoon begon te rinkelen. Diana Bond, die op het punt stond om Edwards te verlaten. Reacher zei: 'Zeg tegen haar dat we met haar willen praten bij Denny's op Sunset. Waar we toen ook waren.' Neagley trok een vies gezicht en zei: 'Dat wordt dan alsof we bij Maxim's

in Parijs zijn, vergeleken met die tent waar we zojuist hebben gegeten.'

Neagley regelde de ontmoeting, Reacher schakelde naar de bergversnelling en begon aan de klim van de eerste lage hellingen van Mount San Antonio. Nog geen uur later checkten ze in bij het Dunes Motel.

Het Dunes was het soort motel waar ze geen enkele kamer hadden met een prijs die ook maar in de buurt van de drie cijfers kwam en waar de gasten borg moesten betalen voor de afstandsbediening van de tv, die samen met de sleutel met groot ceremonieel werd overhandigd. Reacher betaalde contant van het gestolen pak papiergeld voor alle vier de kamers, zodat echte namen en identiteitsbewijzen niet nodig waren. Ze parkeerden de auto's zodat ze vanaf de straat niet te zien waren en kwamen bij elkaar in de donkere, uitgeleefde lobby, zo anoniem als vier mensen in Los Angeles County maar konden zijn.

Reachers favoriete onderkomen.

Een uur later belde Diana Bond Neagley om te zeggen dat ze de parkeerplaats van Denny's opreed.

54

Ze liepen een klein eindje langs Sunset en stapten de met tl-buizen verlichte Denny's binnen waar een lange, blonde vrouw hen opwachtte. Ze was alleen. Ze was helemaal in het zwart gekleed. Zwart jackje, zwarte blouse, zwarte rok, zwarte nylons, zwarte schoenen met hoge hakken. De serieuze stijl van de oostkust, niet helemaal op zijn plaats aan de westkust en helemaal niet op zijn plaats in een Denny's aan de westkust. Ze was slank, aantrekkelijk, duidelijk intelligent, ergens achter in de dertig.

Ze oogde wat geïrriteerd en afwezig.

Ze oogde wat bezorgd.

Neagley stelde haar voor aan iedereen. 'Dit is Diana Bond,' zei ze. 'Uit Washington D.C. via Edwards Air Force Base.'

Diana Bond had niets bij zich behalve een kleine tas van krokodillenleer. Geen aktetas, al verwachtte Reacher niet dat hij aantekeningen of blauwdrukken te zien zou krijgen. Ze namen haar mee het sjofele restaurant door en namen plaats aan een ronde tafel achterin. Met zijn vijven pasten ze niet in een van de setjes langs de muren. Er kwam een serveerster op hen af en ze bestelden koffie. De serveerster kwam terug met vijf zware bekers en een thermoskan en schonk hun in. Ze namen allemaal een eerste slok, in stilte. Toen begon Diana Bond te praten. Ze verspilde geen tijd met koetjes en kalfjes. In plaats daarvan zei ze: 'Ik zou jullie allemaal kunnen laten arresteren.'

Reacher knikte.

'Het verbaast me min of meer dat je dat niet hebt gedaan,' zei hij. 'Ik had je hier eigenlijk verwacht met een hele ploeg agenten.'

Bond zei: 'Eén telefoontje naar de Defense Intelligence Agency zou genoeg zijn.'

'Waarom heb je niet gebeld dan?'

'Ik probeer beschaafd te blijven.'

'En loyaal,' zei Reacher. 'Naar je baas.'

'En mijn vaderland. Ik moet jullie echt dringend aanraden het zoeken in deze richting te staken.'
Reacher zei: 'Dat zou jou met nog een vergeefse reis opzadelen.'
'Ik zou met genoegen deze reis vergeefs hebben gemaakt.'
'Ons belastinggeld aan het werk.'
'Ik vraag het jullie.'
'Dovemansoren.'
'Ik doe een beroep op jullie vaderlandsliefde. Dit is een zaak van nationale veiligheid.'
Reacher zei: 'Wij met zijn vieren hier hebben zestig jaar in een uniform doorgebracht. En jij?'
'Geen enkele.'
'En je baas?'
'Ook niet.'
'Houd dan op over vaderlandsliefde en nationale veiligheid, oké? Je hebt geen recht van spreken.'
'Waarom moeten jullie in vredesnaam iets weten over Little Wing?'
'We hadden een vriend die voor New Age werkte. We proberen zijn biografie af te ronden.'
'Hij is dood?'
'Waarschijnlijk.'
'Dat spijt me.'
'Dank je.'
'Maar nogmaals, ik doe een beroep op jullie niet aan te dringen.'
'Afgewezen.'
Diana Bond bleef lange tijd stil. Toen knikte ze.
'Ik wil ruilen,' zei ze. 'Ik vertel jullie in grote lijnen het verhaal en in ruil daarvoor zweren jullie op die zestig jaar in uniform dat je het niet door zult vertellen.'
'Akkoord.'
'En na dit ene gesprek hoor ik nooit meer iets van jullie.'
'Akkoord.'
Opnieuw lange tijd stilte. Alsof Bond met haar geweten worstelde.
'Little Wing is een nieuw soort torpedo,' zei ze. 'Voor de marinevloot in de Stille Oceaan. Hij is vrij conventioneel, afgezien van een verbeterde besturing dankzij nieuwe elektronica.'
Reacher glimlachte.
'Goed geprobeerd,' zei hij. 'Maar we geloven je niet.'

'Waarom niet?'
'We zouden het eerste antwoord dat je gaf nooit geloven. Vanzelfsprekend zou je proberen ons een loer te draaien. Bovendien hebben wij het grootste deel van die zestig jaar doorgebracht met het luisteren naar leugenaars, en dus herkennen we die als we ze tegenkomen. Bovendien hebben we nog een deel van die zestig jaar doorgebracht met het lezen van allerlei rotzooi van het Pentagon, en dus kennen we hun woordgebruik. Een nieuwe torpedo zou waarschijnlijk zoiets als Little Fish worden genoemd. Bovendien was New Age een nieuw bedrijf dat zelf kon bepalen waar ze zouden neerstrijken, en als zij voor de marine zouden werken, zouden ze zich hebben gevestigd in San Diego, of Connecticut of Newport News, Virginia. Maar dat hebben ze niet gedaan. Ze hebben East L.A. gekozen. En het dichtst bij East L.A. zijn alleen maar luchtmachtbases, zoals Edwards, waar jij net vandaan komt, en de naam is Little Wing, dus het gaat om een vliegend apparaat.'
Diana Bond haalde haar schouders op.
'Ik moest het proberen,' zei ze.
Reacher zei: 'Probeer nog eens.'
Opnieuw stilte.
'Het is een wapen voor de infanterie,' zei ze. 'De landmacht, niet de luchtmacht. New Age zit in East L.A. vanwege Fort Irwin, niet Edwards. Maar je hebt gelijk, Little Wing vliegt.'
'Om precies te zijn?'
'Het is een draagbare, vanaf de schouder lanceerbare luchtdoelraket. De volgende generatie.'
'Wat doet hij?'
Diana Bond schudde haar hoofd. 'Dat kan ik je niet vertellen.'
'Dat zul je wel moeten. Of het kost je baas zijn kop.'
'Dat is niet eerlijk.'
'Vergeleken waarmee?'
'Ik kan alleen maar zeggen dat het een revolutionaire innovatie is.'
'Dat hebben we eerder gehoord. Dat betekent dat hij over een jaar verouderd is, in plaats van na de gebruikelijke zes maanden.'
'Twee jaar, denken wij, eerlijk gezegd.'
'Wat doet hij?'
'Je gaat geen kranten opbellen. Dat zou landverraad zijn.'
'Wacht maar af.'

'Meen je het serieus?'
'Bloedserieus.'
'Ik geloof het niet.'
'Houd ermee op. Anders kan je baas morgen op zoek naar een nieuwe baan. Wat dat betreft zouden we het land een dienst bewijzen.'
'Je mag hem niet.'
'Wie wel?'
'De kranten zouden het niet publiceren.'
'Droom maar lekker verder.'
Bond bleef opnieuw even stil.
'Beloof me dat niemand het verder te weten komt,' zei ze.
'Dat heb ik al gedaan,' zei Reacher.
'Het is ingewikkeld.'
'Zoiets als rakettechnologie?'
'Ken je de Stinger?' vroeg Bond. 'De huidige generatie?'
Reacher knikte. 'Ik heb ze aan het werk gezien. Wij hebben het allemaal gezien.'
'En wat doen ze?'
'Ze volgen het hittepatroon van de verbrandingsgassen van een vliegtuig.'
'Maar van onderen,' zei Bond. 'Dat is een zwak punt. Ze moeten klimmen en tegelijkertijd manoeuvreren. Dat maakt ze relatief langzaam en relatief log. Ze zijn te zien op een omlaag gerichte radar. Een piloot kan ze ontwijken met slimme manoeuvres. En ze zijn kwetsbaar voor tegenmaatregelen, bijvoorbeeld met ernstvuurwerk als camouflage.'
'Maar?'
'Little Wing is revolutionair. Net als bij de meeste grote ideeën begint het bij een heel eenvoudig uitgangspunt. Little Wing negeert het doel volledig tijdens het stijgen en doet al het werk op de weg omlaag.'
'Juist,' zei Reacher.
Bond knikte. 'Op weg omhoog is het niet meer dan een domme raket. Heel, heel snel. Hij komt tot ongeveer tachtigduizend voet. Dan neemt de snelheid af en keert hij om. Begint terug te vallen. Op dat moment wordt de elektronica ingeschakeld en gaat hij op zoek naar zijn doelwit. Hij heeft stuurraketten om te manoeuvreren en besturingspanelen, en omdat het meeste werk door zwaartekracht wordt gedaan, kan hij ongelofelijk precies manoeuvreren.'

'Hij valt van boven op zijn prooi,' zei Reacher. 'Als een havik.'
Bond knikte opnieuw.
'Met ongelofelijke snelheid,' zei ze. 'Diep in het supersonische. Hij kan niet missen. En er is geen manier om hem tegen te houden. Een vliegende grond-luchtradar is altijd naar omlaag gericht. Ernstvuurwerk wordt altijd omlaag afgeschoten. Tot nu toe zijn vliegtuigen van boven altijd heel kwetsbaar geweest. Dat was geen probleem. Want er kwam weinig bedreiging van boven. Nu is het anders. Daarom is dit zulk gevoelig materiaal. We hebben een voorsprong van ongeveer twee jaar waarin onze afweer voor gevaar vanuit de lucht volstrekt onverslaanbaar is. Gedurende een jaar of twee kan alles wat gebruikmaakt van Little Wing alles wat maar vliegt uit de lucht halen. Misschien wel langer. Dat hangt ervan af hoe lang men erover doet een passend antwoord te vinden.'
Reacher zei: 'Door die snelheid zal het moeilijk worden om een antwoord te vinden.'
'Bijna onmogelijk,' zei Bond. 'De menselijke reactiesnelheid zal te traag zijn. Dat betekent dat de verdediging geautomatiseerd moet worden. Dat betekent dat we op computers moeten vertrouwen als het gaat om het verschil tussen een vogel honderd meter hoger, Little Wing een kilometer hoger of een satelliet vijftig kilometer hoger. Een potentiële chaos. De burgerluchtvaart zal bescherming eisen, natuurlijk, uit angst voor terroristische aanslagen. Maar in het luchtruim boven luchthavens cirkelen ze in stapels boven elkaar. Vals alarm zou norm worden, geen uitzondering. Dus zouden ze hun bescherming moeten uitschakelen bij het landen en opstijgen, juist die momenten wanneer ze het kwetsbaarst zijn.'
'Een waar wespennest,' zei Dixon.
'Maar een theoretisch wespennest,' zei O'Donnell. 'Want Little Wing schijnt niet best te werken.'
'Dit mag absoluut niet bekend worden,' zei Bond.
'Dat hebben we al afgesproken.'
'Want het gaat nu om bedrijfsgeheimen.'
'Veel belangrijker dan militaire geheimen.'
'De prototypes deden het goed,' zei Bond. 'De bètatesten verliepen perfect. Maar er zijn problemen ontstaan bij de productie.'
'Raket of elektronica, of beide?'
'Elektronica,' zei Bond. 'De rakettechnologie is al meer dan veertig

jaar oud. Ze kunnen die raketten slapend maken. Dat gebeurt in Denver, Colorado. Het is het elektronicapakket dat zorgen baart. Hier in L.A. Ze zijn zelfs nog niet begonnen met massaproductie. Ze monteren ze nog steeds op de werkbank. En nu gaat het zelfs daar fout.'
Reacher knikte en zei niets. Hij staarde een tijdje uit het raam, pakte toen een stapeltje servetten uit de houder, waaierde die uit en schoof ze weer bij elkaar op een stapeltje. Hield ze op hun plaats met de suikerpot. Het restaurant was vrijwel leeggelopen. Er waren nog twee mannen afzonderlijk van elkaar in een setje aan de andere kant van de ruimte. Mensen van de plantsoenendienst, hongerig en in elkaar gedoken. Verder was er niets te doen. Buiten op straat werd de namiddagzon zwakker. Het rood en het geel van de neonreclame van het restaurant werden in vergelijking daarmee steeds helderder. Een aantal van de auto's die voorbijreden op de boulevard, had al licht aan.
'Dus Little Wing is gewoon meer van hetzelfde, eigenlijk,' zei O'Donnell in de stilte. 'Een papieren droom van het Pentagon die alleen maar geld kost.'
Diana Bond zei: 'Dat was niet de bedoeling.'
'Dat is het nooit.'
'Het is niet helemaal mislukt. Sommige eenheden werken wel.'
'Ze zeiden hetzelfde bij de M16. Dat was een ware troost als je ermee op patrouille moest.'
'Maar de M16 is uiteindelijk geperfectioneerd. En dat gebeurt ook met Little Wing. En het is de moeite waard daarop te wachten. Weet je welk vliegtuig op de wereld het best beschermd wordt?'
Dixon zei: 'De Air Force One, waarschijnlijk. Politici redden altijd het eerst hun eigen huid.'
Bond zei: 'Little Wing kan Air Force One uit de lucht blazen zonder erbij na te denken.'
'Doen,' zei O'Donnell. 'Gemakkelijker dan stemmen.'
'Je zou de Patriot Act eens moeten lezen. Ze kunnen je arresteren, alleen al omdat je dat denkt.'
'Te weinig gevangenissen,' zei O'Donnell.

Hun serveerster kwam op hen af en bleef even dralen. Het was duidelijk dat ze hoopte op meer van een grote tafel met vijf personen dan vijf bodemloze koppen koffie. Dixon en Neagley reageerden op de

hint en bestelden een ijscoupe met slagroom. Diana Bond sloeg af. O'Donnell bestelde een hamburger. De serveerster bleef staan wachten en keek nadrukkelijk naar Reacher. Hij zag haar niet staan. Hij speelde nog steeds met zijn stapel servetten. Zette er de suikerpot op, haalde de suikerpot er weer af, zette hem er weer op.
'Meneer?' zei de serveerster.
Reacher keek op.
'Appeltaart,' zei hij. 'Met ijs. En nog een keer koffie.'
De serveerster liep weg en Reacher begon weer te spelen met zijn servetten. Diana Bond pakte haar tasje van de vloer en begon er overdreven het stof af te kloppen.
'Ik moet weer terug,' zei ze.
'Oké,' zei Reacher. 'Bedankt dat je bent gekomen.'

55

Diana Bond vertrok om het hele eind terug te rijden naar Edwards. Reacher tikte alle servetten in de stapel in het gelid en zette er de suikerpot bovenop, precies in het midden. Het ijs arriveerde, er werd opnieuw koffie geschonken en O'Donnells hamburger werd geserveerd. Reacher peuzelde de helft van zijn appeltaart op en stopte toen met eten. Hij bleef even stilzitten, uit het raam starend. Toen bewoog hij plotseling, wees naar de suikerpot, keek Neagley aan en vroeg: 'Weet je wat dat is?'

'Suiker,' zei ze.

'Nee, het is een presse-papier,' zei hij.

'Nou, en?'

'Wie loopt er rond met een pistool zonder patroon in de kamer?'

'Iemand die op die manier is getraind.'

'Bijvoorbeeld een politieagent. Of een ex-politieagent. Ex-LAPD, misschien wel.'

'Nou en?'

'De femme fatale bij New Age heeft tegen ons gelogen. Mensen maken aantekeningen. Ze maken tekeningetjes. Ze werken beter met pen en papier. Er bestaat niet zoiets als een volslagen papierloos kantoor.'

O'Donnell zei: 'Er zou het een en ander veranderd kunnen zijn sinds jij voor het laatst een baan had.'

'De eerste keer dat we met haar praatten, vertelde ze ons dat Swan zijn steen uit de Berlijnse muur gebruikte als presse-papier. Het is nogal moeilijk om een presse-papier te gebruiken in een papierloos kantoor, hè?'

O'Donnell zei: 'Misschien was het bij wijze van spreken. Presse-papier, souvenir, bureauversiering, maakt dat wat uit?'

'De eerste keer dat we daar waren, moesten we wachten om het terrein op te komen, weet je nog?'

Neagley knikte. 'Er kwam een vrachtwagen het terrein af.'

'Wat voor soort vrachtwagen?'

'Iets met fotokopieerapparaten. Reparatie of aflevering van een bestelling.'
'Je hebt niet zoveel aan een fotokopieerapparaat in een volstrekt papierloze omgeving, is het wel?'
Neagley zei niets.
Reacher zei: 'Als ze daarover heeft gelogen, kan ze over wel veel meer hebben gelogen.'
Niemand zei iets.
Reacher zei: 'Het hoofd Beveiliging van New Age is ex-LAPD. Ik wil wedden dat het grootste deel van zijn voetvolk daar ook vandaan komt. Veiligheidspal erop, kamer leeg. Basistraining.'
Niemand zei iets.
Reacher zei: 'Bel Diana Bond op. Laat haar hiernaartoe komen, nu meteen.'
'Ze is net weg,' zei Neagley.
'Dan is ze nog niet ver. Ze kan omkeren. Ze heeft vast een stuur in haar auto.'
'Ze zal er geen zin in hebben.'
'Ze zal wel moeten. Zeg maar dat er heel wat meer dan alleen de naam van haar baas in de kranten komt, als ze niet komt opdagen.'

Het duurde iets meer dan vijfendertig minuten voordat Diana Bond terug was. Traag verkeer, verkeerd gelegen afritten van de snelweg. Ze zagen haar auto het parkeerterrein oprijden. Een minuut later stond ze bij hun tafel. Ze ging niet zitten. Ze was kwaad.
'We hadden een afspraak,' zei ze. 'Ik zou één keer met jullie praten en daarna zouden jullie me met rust laten.'
'Nog zes vragen,' zei Reacher. 'Dan laten we je met rust.'
'Je kunt barsten.'
'Dit is belangrijk.'
'Niet voor mij.'
'Je bent teruggekomen. Je had door kunnen rijden. Je had de Defense Intelligence Agency kunnen opbellen. Dat heb je niet gedaan. Dus stop met doen alsof. Je gaat antwoord geven.'
Het werd stil in het restaurant. Geen enkel geluid, behalve autobanden op de boulevard en een zacht gebrom uit de keuken. Een vaatwasser misschien.
'Zes vragen?' zei Bond. 'Oké, maar ik tel ze nauwkeurig.'

'Ga zitten,' zei Reacher. 'En bestel nog iets.'
'Ik wil niets,' zei ze. 'Niet hier.' Maar ze ging wel zitten, op dezelfde plek waar ze eerder had gezeten.
'Eerste vraag,' zei Reacher. 'Heeft New Age concurrentie? Iemand ergens anders die dezelfde technologie beheerst?'
Diana Bond zei: 'Nee.'
'Niemand die verbitterd en gefrustreerd is omdat hun bod niet goed genoeg was?'
'Nee,' zei Bond opnieuw. 'New Age was de enige in de bieding.'
'Oké, tweede vraag. Willen ze in Washington echt dat Little Wing gaat functioneren?'
'Waarom zouden ze dat niet willen?'
'Omdat regeringen nerveus worden bij het ontwikkelen van aanvalwapens waartegen ze zichzelf niet al kunnen verdedigen.'
'Dat is iets waar ik nog nooit van gehoord heb.'
'Echt waar? Veronderstel dat Little Wing wordt gestolen en gekopieerd? Het Pentagon weet hoeveel schade Little Wing kan aanrichten. Zijn we er gelukkig mee om te moeten beseffen dat het ding tegen ons gebruikt kan worden?'
'Dat is niet aan de orde,' zei Bond. 'We zouden niets meer van de grond krijgen als we zo zouden denken. Ze zouden het Manhattan Project hebben geannuleerd, supersonische gevechtsvliegtuigen, alles.'
'Oké,' zei Reacher. 'Vertel me nu eens alles over de assemblage op de werkbank bij New Age.'
'Is dat de derde vraag?'
'Ja.'
'Wat is ermee, met die assemblage op de werkbank?'
'Vertel me maar wat het inhoudt, in principe. Ik heb nog nooit in de elektronica gewerkt.'
'Het gaat om assemblage met de hand,' zei Bond. 'Vrouwen die in steriele ruimten aan laboratoriumtafels met douchemutsen op met vergrootglazen en soldeerbouten aan het werk zijn.'
'Traag,' zei Reacher.
'Vanzelfsprekend. Een dozijn eenheden per dag in plaats van een paar honderdduizend.'
'Een dozijn?'
'Dat is het gemiddelde op dit moment. Negen of tien of dertien per dag.'

'Wanneer zijn ze begonnen met de assemblage?'
'Is dit de vierde vraag?'
'Ja.'
'Ze zijn ongeveer zeven maanden geleden begonnen.'
'En hoe ging dat?'
'Is dit de vijfde vraag?'
'Nee, dit is een vervolgvraag.'
'De eerste drie maanden ging het prima. Ze haalden de doelstellingen.'
'Zes dagen per week, klopt?'
'Ja.'
'Wanneer begonnen de problemen?'
'Ongeveer vier maanden geleden.'
'Wat voor soort problemen?'
'Is dit de laatste vraag?'
'Nee, dit is ook een vervolgvraag.'
'Na de assemblage worden de eenheden getest. Steeds meer deden het niet.'
'Wie test die eenheden?'
'Ze hebben een manager voor kwaliteitscontrole.'
'Onafhankelijk?'
'Nee. Hij is de ingenieur die alles oorspronkelijk heeft ontwikkeld. Op dit moment is hij de enige die ze kan testen, omdat hij de enige is die weet wat die dingen zouden moeten doen.'
'Wat gebeurt er met de exemplaren die worden afgekeurd?'
'Die worden vernietigd.'
Reacher zei niets.
Diana Bond zei: 'Nu moet ik echt weg.'
'Laatste vraag,' zei Reacher. 'Heb je gesneden in hun budget vanwege hun problemen? Hebben ze mensen ontslagen?'
'Natuurlijk niet,' zei Bond. 'Ben jij gek? Zo werkt dat niet. Wij hebben hun budget overeind gehouden. Zij hebben hun personeel aangehouden. Dat moesten we wel. Dat moesten zij ook. We moeten van dit ding een succes maken.'

56

Diana Bond vertrok voor de tweede keer en Reacher zette zich weer aan zijn appeltaart. De appels waren koud, de korst was taai en het ijs was gesmolten tot een plas melk op het bord. Maar hij vond het niet erg. Eigenlijk proefde hij niets van wat hij at.

O'Donnell zei: 'We zouden een feestje moeten vieren.'

'O ja?' zei Reacher.

'Natuurlijk. We weten nu wat er is gebeurd.'

'En dat betekent dat we een feestje moeten vieren.'

'Niet dan?'

'Vertel mij het verhaal maar eens, en dan kijken of je er nog zo over denkt.'

'Oké, Swan was niet met privézaken bezig. Hij was bezig met een onderzoek naar zijn eigen bedrijf. Hij was aan het uitzoeken waarom de productie zo scherp onderuitging na drie maanden. Hij maakte zich zorgen over betrokkenheid van binnenuit. Daarom had hij hulp nodig buiten het bedrijf, omdat er in het bedrijf werd afgeluisterd en gecontroleerd. Daarom betrok hij Franz en Sanchez en Orozco erbij. Wie kon hij anders vertrouwen?'

'En?'

'Ze begonnen met het analyseren van de productiecijfers. Dat waren al die cijfers die we hebben gevonden. Zeven maanden, zes dagen per week. Daarna hebben ze sabotage uitgesloten. New Age had geen rivalen die daar wat aan zouden hebben en het Pentagon werkte hen niet achter de schermen tegen.'

'Dus?'

'Wat kon het anders zijn? Ze bedachten dat de man van de kwaliteitscontrole onterecht zeshonderdvijftig exemplaren had afgekeurd en dat het bedrijf die als vernietigd afboekte, maar in feite door de achterdeur voor een ton per stuk verkocht aan iemand die Azhari Mahmoud heet, alias noem-maar-op. Vandaar die lijst met namen en de aantekening op het servetje van Sanchez.'

'En?'
'Ze hebben New Age daar te vroeg mee geconfronteerd en dat werd hun dood. Het bedrijf heeft een verhaal bedacht om het verdwijnen van Swan te verklaren en dat heeft de femme fatale jou verteld.'
'En dus gaan we nu feestvieren?'
'We weten nu wat er is gebeurd, Reacher. Dan vierden we altijd feest.'
Reacher zei niets.
'Het is een homerun,' zei O'Donnell. 'Toch? En, weet je? Het is bijna grappig. Jij zei toch dat we met Swans oude baas moesten gaan praten? Nou, volgens mij hebben we dat al gedaan. Wie kan het anders zijn geweest aan die mobiele telefoon? Dat was het hoofd Beveiliging van New Age.'
'Waarschijnlijk.'
'Wat is het probleem dan?'
'Wat zei jij een tijd geleden in die hotelkamer in Beverly Hills?'
'Weet ik niet. Een heleboel.'
'Jij zei dat je op het graf van hun voorouders wilde pissen.'
'En dat doe ik ook.'
'Dat doe je niet,' zei Reacher. 'En ik ook niet. En niemand van ons. En dat voelt niet goed. En daarom kunnen we niet feestvieren.'
'Ze zitten hier in de stad. Klaar om gepakt te worden.'
'Ze hebben zeshonderdvijftig goed functionerende elektronische pakketten door de achterdeur verkocht. En dat maakt het gecompliceerd. Als er mensen zijn die belang hebben bij die technologie, kopen ze één pakket en kopiëren ze het. Als iemand er zeshonderdvijftig koopt, doet hij dat omdat hij belang heeft bij de raketten zelf. En ze kopen die elektronica niet hier, als ze niet tegelijkertijd de raketten en de lanceerbuizen in Colorado kopen. Daar hebben we mee te maken. Een zekere Azhari Mahmoud is nu eigenaar van zeshonderdvijftig splinternieuwe exemplaren van de nieuwste generatie SAM's. Wat voor iemand het ook mag zijn, het laat zich raden waar hij ze voor wil gebruiken. Dat wordt een hele, hele grote klap. En dus mensen, zullen we het aan iemand moeten vertellen.'
Niemand zei iets.
'En als dat kwartje valt, zitten we in een mum van tijd tot onze nek in de federale agenten. We zullen de straat niet meer kunnen oversteken zonder toestemming, laat staan dat we achter dat tuig aan kunnen gaan. We zullen ons koest moeten houden en moeten toekijken

hoe ze een legertje advocaten inhuren en tien jaar lang drie maaltijden per dag geserveerd krijgen terwijl die advocaten zich door alle rechtszaken heen worstelen.'

Niemand zei iets.

'En daarom valt er niets te vieren,' zei Reacher. 'Ze hebben met hun tengels aan de Special Investigators gezeten, maar we kunnen ze met geen vinger aanraken.'

57

Reacher deed die nacht geen oog dicht. Geen seconde, geen minuut. *Ze hebben met hun tengels aan de Special Investigators gezeten, maar we kunnen ze met geen vinger aanraken.* Hij lag te woelen en was klaarwakker, uur na uur. Hij had zijn ogen wagenwijd open, maar hij werd geteisterd door beelden en koortsige hallucinaties. Calvin Franz, lopend, pratend, lachend, een en al energie en sympathie en betrokkenheid. Jorge Sanchez, de samengeknepen ogen, de schaduw van zijn glimlach, zijn gouden tand, het onophoudelijke cynisme dat uiteindelijk even geruststellend was als een constant opgeruimd humeur. Tony Swan, klein, dik, geblokt, oprecht, een door en door fatsoenlijk man. Manuel Orozco, de absurde tatoeage, het nepaccent, de grappen, het metalen geklik van zijn altijd aanwezige Zippo.

Allemaal vrienden.

Allemaal ongewroken.

Allemaal in de steek gelaten.

Vervolgens kwamen er anderen bij, even echt alsof ze net onder het plafond zweefden. Angela Franz, schoon, zorgvuldig gekleed, de ogen wijd open in paniek. Het jochie Charlie, schommelend in zijn kleine houten stoel. Milena, die als een geest vanuit het schelle zonlicht van Las Vegas de duisternis van de bar indook. Tammy Orozco op haar bank. Haar drie kinderen, helemaal van slag, die door het kort en klein geslagen appartement zwierven, op zoek naar hun vader. Reacher zag hen als twee meisjes en een jongen, negen en zeven en vijf, ook al had hij hen nog nooit ontmoet. De hond van Swan was er ook, een lange zwiepende staart, een donkere, rommelende blaf. Zelfs de brievenbus van Swan was er, verblindend in het zonlicht van Santa Ana.

Om vijf uur in de ochtend gaf Reacher het op en kleedde zich aan. Hij ging naar buiten om een eindje te lopen. Hij sloeg af naar het westen, Sunset op, en stampte anderhalve kilometer over het trottoir in de ijdele hoop dat er iemand tegen hem op zou botsen, hem zou lastigvallen of in de weg zou lopen, zodat hij zijn geduld kon verliezen en kon gaan snauwen en schreeuwen en zijn frustraties kon afreageren. Maar de trottoirs waren uitgestorven. In L.A. loopt niemand, zeker niet om vijf uur 's ochtends, en al helemaal niet in de buurt van een reus van een kerel die zichtbaar woedend is. De boulevard was ook rustig. Geen verkeer, op een enkele anonieme derdehands auto na die nederig voetvolk naar het werk vervoerde, en een eenzame, winden latende Harley met een vette, grijsharige, in leer gehulde klootzak. Reacher ergerde zich aan het lawaai en stak zijn vinger op naar de man. De Harley nam gas terug. Eén heerlijk moment leek het of de man zou stoppen en er een punt van zou maken. Maar Reacher had pech. De man keek één keer naar hem, trok het gas open en verdween, snel.

Verderop rechts zag Reacher op een hoek een met een hek omheind terrein. Bij een bushalte in de zijstraat stond een groepje dagloners, te wachten op de zon, te wachten op werk, kleine bruine mannetjes met vermoeide stoïcijnse gezichten. Ze dronken koffie van een stalletje van de missie dat buiten, voor een of ander gemeenschapshuis was ingericht. Reacher ging die kant op en betaalde honderd van zijn gestolen dollars voor een beker koffie. Hij zei dat het een gift was. De vrouwen in het stalletje namen het zonder commentaar aan. Die hadden wel gekkere dingen meegemaakt, vermoedde hij, in Hollywood. De koffie was goed. Minstens zo goed als bij Denny's. Hij nam er kleine slokjes van en leunde achterover tegen het hek van het terrein. Het gaas gaf iets mee en zorgde als een trampoline voor tegendruk. Hij zweefde daar, niet helemaal rechtop, koffie in zijn mond en mist in zijn hersens.

Langzaam trok de mist op en begon hij te denken.

Over Neagley, vooral, en haar mysterieuze contactpersoon in het Pentagon.

Hij is me wat verschuldigd, had ze gezegd. *Meer dan je je kunt voorstellen.*

Tegen de tijd dat hij zijn koffie op had en de lege beker had weggegooid, was er een glimpje nieuwe hoop in hem geboren, en ontwikkelden zich de vage contouren van een nieuw plan. Kans van slagen, vijftig-vijftig. Dat was meer kans dan bij roulette.

Om zes uur 's ochtends was hij terug bij het motel. Hij kon de anderen niet te pakken krijgen. Op het nummer van hun kamers werd niet gereageerd. Dus liep hij Sunset af en trof hij ze aan bij Denny's, op dezelfde plek waar Neagley al vanaf het begin was gaan zitten. Hij ging op de enige overgebleven plaats zitten. De serveerster legde een papieren placemat voor hem neer en rangschikte daar kletterend bestek en een beker op. Hij bestelde koffie, pannenkoekjes, bacon, worst, eieren, toast en jam.
'Jij hebt honger,' zei Dixon.
'Uitgehongerd,' zei hij.
'Waar was je?'
'Lopen.'
'Niet geslapen?'
'Léék er niet op.'
De serveerster kwam terug en vulde zijn beker. Hij nam een lange teug. De anderen werden stil. Ze prikten wat in hun eten. Ze zagen er moe en lusteloos uit. Hij vermoedde dat ze geen van allen goed hadden geslapen, of misschien wel helemaal niet.
O'Donnell vroeg: 'Wanneer laten we het kwartje vallen?'
Reacher zei: 'Misschien doen we dat wel niet.'
Niemand zei iets.
'Vuistregels,' zei Reacher. 'We moeten het over een paar dingen eens worden. Als Mahmoud die raketten heeft, dan gaat dit hele gedoe ons boven de pet. Dan moeten we het maar slikken zoals het is en wat anders gaan doen. Er staat te veel op het spel. Hij is paramilitair en wil het hele Midden-Oosten veranderen in één grote no-flyzone, of hij is een terrorist die een aanslag plant waarbij vergeleken de Twin Towers meer weg hebben van een dagje naar het strand. Hoe je het ook bekijkt, het gaat om honderden of duizenden slachtoffers. Misschien tienduizenden. Tegen dat soort cijfers leggen wij het af. Klopt?'
Dixon en Neagley knikten en keken een andere kant op.
O'Donnell zei: 'Daar zit geen "als" aan. We moeten ervan uitgaan dat Mahmoud die raketten heeft.'
'Nee,' zei Reacher. 'We moeten ervan uitgaan dat hij de elektronica heeft. We weten niet of hij de raketten en lanceerbuizen al heeft. Dat is een kans van vijftig procent. Hij heeft eerst de raketten opgehaald, of eerst de elektronica. Maar we laten het kwartje pas vallen als hij allebei heeft.'

‘Hoe komen we daar achter?’
‘Neagley gaat op zoek naar haar Pentagon-man. Ze maakt gebruik van alle krediet dat ze nog heeft. Hij organiseert de een of andere controle in Colorado. Als daar spullen zoek zijn, is het voor ons afgelopen. Maar als daar alles nog aanwezig is en het klopt en ze kunnen alles verantwoorden, dan gaan wij door.’
Neagley keek op haar horloge. Even na zessen in het westen, even na negenen in het oosten. Het Pentagon zoemde al meer dan een uur van bedrijvigheid. Ze pakte haar telefoon en koos een nummer.

58

Neagleys Pentagon-man was niet dom. Hij stond erop terug te bellen van buiten het gebouw, en ook niet met zijn eigen mobiele telefoon. En hij was slim genoeg om te beseffen dat alle telefooncellen in een straal van een kilometer rondom het Pentagon permanent zouden worden afgeluisterd. Dus duurde het een uur voordat hij de rivier was overgestoken, de halve stad had doorkruist en een telefoon had gevonden op de zijgevel van een bar op New York Avenue. Toen werd het leuk.

Neagley vertelde hem wat ze wilde. Hij bedacht allerlei redenen waarom het onmogelijk was. Ze herinnerde hem aan alle keren dat ze iets voor hem had gedaan. De man was haar heel wat schuldig. Dat was duidelijk. Reacher kreeg tot op zekere hoogte medelijden met hem. Als Neagley aan de bankschroef stond, konden je ballen er maar beter niet tussen zitten. Binnen tien minuten gaf de man zich over en stemde toe. Toen werd het een logistieke discussie. Hoe moest het gedaan worden, en door wie, en wat zou als positief bewijs worden beschouwd. Neagley suggereerde om er onaangekondigd de inlichtingendienst van het leger heen te sturen en die de administratie te laten vergelijken met de aanwezige voorraden. Haar Pentagon-man stemde toe en vroeg om een week. Neagley gaf hem vier uur.

Reacher bracht de vier uur slapend door. Toen het plan eenmaal op de rails stond en de beslissing was genomen, raakte hij zo ontspannen dat hij zijn ogen niet meer kon openhouden. Hij ging naar zijn kamer en ging op bed liggen. Na een uur kwam er een schoonmaakster binnen. Hij stuurde haar weg en viel weer in slaap. Het eerstvolgende wat hij gewaar werd, was Dixon, die in zijn deuropening stond. Ze zei dat Neagley in de lobby wachtte, met nieuws.

Het nieuws van Neagley was niet goed en niet slecht. Het zat ertussenin. New Age had geen fabriek in Colorado. Alleen maar een kantoor. Ze lieten hun raketten op contractbasis maken door een van de gevestigde vliegtuigbouwers in Denver. Die had een paar geassembleerde exemplaren van Little Wing klaarliggen voor inspectie. Een officier van de inlichtingendienst van het leger had ze allemaal gezien en allemaal geteld en zijn totaal kwam precies overeen met wat er volgens de boeken zou moeten zijn. Alles was er, alles klopte en ze konden alles verantwoorden. Geen probleem. Behalve dat er op het moment precies zeshonderdvijftig exemplaren apart waren opgeslagen in een beveiligd pakhuis, in kratten, klaar voor transport naar een locatie in Nevada waar ze ontmanteld zouden worden en vernietigd.

'Waarom?' vroeg O'Donnell.

'De huidige productie moet kwaliteitsniveau 2 halen,' zei Neagley. 'Wat er nog is van niveau 1 wordt afgedankt.'

'En dat zijn er toevallig precies zeshonderdvijftig.'

'Jij snapt het.'

'Wat is het verschil?'

'Op niveau 2 wordt een kleine fluorescerende pijl aangebracht. Om het laden in het donker te vergemakkelijken.'

'Is dat alles?'

'Jij snapt het.'

'Het is bedrog.'

'Natuurlijk is het bedrog. Het is alleen maar een manier om het op papier legaal te laten lijken als de mensen van Mahmoud ermee de poort uit rijden.'

Reacher knikte. De wacht bij de poort zou zich doodvechten om te voorkomen dat materieel zonder toestemming het terrein zou verlaten. Maar als ze hem papieren zouden laten zien ter verantwoording van het transport, zou hij het glimlachend uitwuiven. Ook al ging het om niet meer dan één klein geverfd pijltje op een ding dat meer kostte dan hij in een jaar verdiende. Reacher had wel meegemaakt dat er bij het Pentagon dingen werden vernietigd om minder dringende redenen.

Hij vroeg: 'Hoe bevestigen ze er die elektronica op?'

'Erin,' zei Neagley. 'Niet erop. Aan de zijkant zit een luik. Dat schroef je los en dan klik je het pakket erin. Daarna worden er wat testen uitgevoerd en wordt het systeem gekalibreerd.'

'Zou ik dat kunnen doen?'

'Ik betwijfel het. Je moet ervoor worden opgeleid. Buiten de fabriek is het werk voor specialisten.'
'Dus Mahmoud kan het ook niet, en zijn mensen evenmin.'
'We moeten ervan uitgaan dat ze een mannetje hebben. Ze zouden geen vijfenzestig miljoen uitgeven zonder dat iemand hen uitlegt hoe je de zaak in elkaar schroeft.'
'Kunnen we die transportorder annuleren?'
'Niet zonder dat er alarm wordt geslagen. En dat zou hetzelfde zijn als het laten vallen van het kwartje.'
'Heb je nog krediet bij die man?'
'Een beetje.'
Zeg tegen hem dat iemand jou moet bellen op het moment dat het transport de poort uit rijdt.'
'En tot die tijd?'
'Tot die tijd heeft Mahmoud zijn raketten niet. Tot die tijd kunnen we in alle vrijheid handelen.'

59

Daarna werd het een race tegen de klok. Op het moment dat de deur van het pakhuis in Colorado open zou gaan, zou er een deur van heel ander soort definitief dichtslaan. Maar ze moesten nog veel voorbereiden. Ze moesten nog veel uitzoeken. Onder andere de precieze locaties. Het was duidelijk dat de glazen kubus van New Age in East L.A. niet het middelpunt van de gebeurtenissen was. Om maar wat te noemen: ze hadden daar geen helikopter.

En ze moesten namen hebben.

Ze moesten erachter zien te komen wie waarvan wist en wie aan de stuurknuppel zat.

'Ik wil ze allemaal,' zei Reacher.

'Ook de femme fatale?' vroeg Neagley.

'Te beginnen met de femme fatale. Ze heeft tegen me gelogen.'

Ze hadden spullen nodig, kleren, communicatieapparatuur en vervangend vervoer.

En training, dacht Neagley.

'We zijn oud, we zijn traag en we zijn roestig,' zei ze. 'We zijn bij lange na niet wat we waren.'

'Het valt wel mee,' zei O'Donnell.

'Er was ooit een tijd dat je die man door beide ogen geschoten zou hebben,' zei ze. 'Geen toevalstreffer in zijn been.'

Ze zaten bij elkaar in de lobby als vier lui van buiten de stad die overlegden hoe ze de dag zouden doorbrengen. Hun uitrusting bestond uit twee Hardballers en de Daewoo DP 51 uit Las Vegas. Dertien patronen voor de Hardballers, elf voor de Daewoo. Volstrekt ontoereikend. O'Donnell en Dixon en Neagley hadden een mobiele telefoon die geregistreerd stond op hun eigen naam en op de echte adressen, en Reacher had niets. Volstrekt ontoereikend. Ze hadden een Ford 500 van Hertz die was gehuurd op naam van Dixon, en de gekaapte Chrysler. Volstrekt ontoereikend. O'Donnell droeg een pak van duizend dollar van de oostkust en Neagley en Dixon had-

den een spijkerbroek, een jack en avondkleding. Volstrekt ontoereikend.
Neagley bezwoer dat het budget geen probleem was. Maar dat loste het probleem van de tijdsfactor niet op. Ze hadden vier prepaid telefoons nodig die geen sporen achterlieten, vier anonieme auto's, en werkkleding. Dat was op zich een dag winkelen. En dan hadden ze wapens en munitie nodig. Bij voorkeur, vrije keuze voor elk en een heleboel extra munitie. En als het niet anders kon, nog één extra wapen en een heleboel munitie. Dat was nog eens een dag winkelen. Net als de meeste steden had L.A. een markt voor wapens die niet konden worden getraceerd, maar het zou tijd kosten om die markt binnen te dringen.
Twee dagen voorbereiding.
Misschien nog eens twee dagen surveillance en onderzoek.
'We hebben geen tijd over om te trainen,' zei Reacher.

Azhari Mahmoud had tijd genoeg voor een ontspannen lunch. Hij genoot ervan bij een restaurantje in Laguna Beach. Hij had zijn intrek genomen in een gehuurd rijtjeshuis even lopen daarvandaan. Veilig genoeg. Het huis was legaal gehuurd. Het was een stadsdeel met een snelle doorlooptijd. Het was niet ongebruikelijk dat er een nacht lang een gehuurde vrachtwagen stond. Die van Mahmoud stond twee straten verderop, op een parkeerterrein, op slot en leeg.
Maar hij zou niet lang leeg blijven.
Zijn contactpersonen bij New Age hadden hem bezworen Little Wing niet in de Verenigde Staten te gebruiken. Dat had hij graag toegezegd. Hij had gezegd dat hij het wapen in Kasjmir wilde gebruiken, bij de grens, tegen de Indiase luchtmacht. Hij had gelogen, natuurlijk. Het had hem verbaasd dat ze hem voor een Pakistani hadden aangezien. Het had hem verbaasd dat het hun iets kon schelen wat hij van plan was. Misschien waren ze wel vaderlandslievend. Of misschien hadden ze wel familie die veel vloog, op binnenlandse vluchten.
Maar het was tactisch verstandig geweest om meegaand te zijn om verder te komen. Vandaar het tijdelijke ongemak van de transportcontainer en de locatie in de haven. Maar dat was gemakkelijk op te lossen. Het stikte in Californië van de losse arbeiders. Mahmoud berekende dat het hun niet meer dan een halfuur zou kosten de vrachtwagen te laden.

Ze gingen ervan uit dat de kleren en de telefoons geen probleem zouden vormen. Die zouden ze in ieder winkelcentrum kunnen kopen. Wapens waren wapens, op tijd verkrijgbaar of niet. Dixon wilde een Glock 19. Neagleys handen waren groter en dus opteerde zij voor de Glock 17. O'Donnell gaf de voorkeur aan een Beretta. Reacher kon het niet schelen. Hij was niet van plan iemand neer te schieten. Hij was van plan zijn blote handen te gebruiken. Maar hij zei dat hij genoegen zou nemen met een Glock of een SIG of een Beretta of een H&K, of wat dan ook als er 9mm Parabellums in gingen. Op die manier zouden ze allemaal dezelfde munitie gebruiken. Efficiënter.

Auto's was nog lastiger. Het was moeilijk om een echt anonieme auto te vinden. Uiteindelijk suggereerde O'Donnell kleine Japanners, sedan of coupé met sieruitlaat, verlaagde wielophanging, sportvelgen en blauwe koplampen. En zwarte ramen. Drie, vier jaar oud zouden ze niet duur zijn, en je zag ze overal. Vrijwel onzichtbaar in Zuid-Californië. Het leek O'Donnell een uiterst effectieve camouflage, psychologisch. In de publieke opinie werden ze zo zeer geassocieerd met Latino's dat niemand ook maar op het idee zou komen dat er een blanke ex-soldaat achter het donkere glas zou zitten.

Ze gaven voorrang aan de auto's en de telefoons boven de wapens. Op die manier konden er tenminste twee of drie beginnen met surveilleren. En als ze de telefoons bij een filiaal van een keten in een winkelcentrum haalden, konden ze daar meteen bij een winkel wel kleren inslaan. Daarna, klaar voor communicatie, en onopvallend, konden ze uit elkaar gaan en bij tweedehands autohandelaren op zoek gaan naar geschikt vervoer.

Voor al die zaken hadden ze contant geld nodig. Hopen. Dat betekende dat Neagley een bezoek moest brengen aan een bank. Reacher bracht haar in de gestolen Chrysler naar een bank in Beverly Hills en wachtte buiten. Een kwartier later kwam ze weer naar buiten met vijftigduizend dollar in een bruine papieren zak. Anderhalf uur later hadden ze kleren en telefoons. De telefoons waren eenvoudige prepaid apparaten waar je alleen mee kon bellen, geen camerafunctie, geen spelletjes, geen rekenmachines. Ze kochten carkits voor het opladen en oortjes. De kleren waren broeken en hemden van zacht, grijs katoen met een zwart canvas-jack, gekocht in een winkel voor merkloze kleding op Santa Monica Boulevard, twee paar voor O'Donnell en Dixon en Neagley, en één paar voor Reacher, aangevuld met handschoenen, bivakmutsen en zware schoenen uit een wandelsportwinkel op Melrose.

Ze kleedden zich om in het motel en waren tien minuten druk met het opslaan van elkaars nummers in het geheugen van de telefoon en het uitzoeken hoe je telefonisch kon vergaderen. Daarna trokken ze naar het noordwesten, naar de Van Nuys Boulevard, op zoek naar auto's. Elke stad heeft minstens één autoboulevard. In L.A. waren er meer dan één. In L.A. waren er veel. Maar O'Donnell had gehoord dat het deel van Van Nuys aan de noordkant van de Ventura freeway de beste was. En hij had goed geluisterd. Het was een hoorn des overvloeds. Onbeperkte keuze, nieuw en tweedehands, goedkoop en duur, geen lastige vragen. Vier uur later was het grootste deel van het vervoersbudget van Neagley verdwenen en waren ze eigenaar van vier Honda's, twee gehavende Civics en twee gehavende Preludes, twee zilverkleurig, twee wit. Alle vier waren ze gedeukt en in hun laatste levensfase beland. Maar de motoren startten, de remmen deden het en het stuur functioneerde, en niemand zou er een tweede keer naar kijken.

Samen met de gekaapte Chrysler moesten ze nu met vijf auto's terug naar Sunset. Omdat ze maar met zijn vieren waren, reden ze twee keer. Daarna nam ieder een Honda en worstelden ze zich door het verkeer naar East L.A. voor een kijkje bij New Age. Maar het verkeer was traag en pas laat in de middag kwamen ze er aan. Het gebouw was afgesloten en verlaten. Niets te zien.

Ze vergaderden mobiel en gingen naar Pasadena om te eten. Daar vonden ze in een hamburgertent in een drukke straat een tafel voor vier man, met zijn tweeën tegenover elkaar, schouder aan schouder in hun nieuwe grijze katoen. Een soort uniform. Niemand zei het, maar Reacher wist gewoon dat ze zich allemaal goed voelden. Geconcentreerd, energiek, in beweging, klaar om zwaar weer te trotseren. Ze praatten over het verleden. Wilde avonturen en kwajongensstreken, schandalen, wandaden. De jaren vielen weg en in Reachers gedachten veranderde het grijs in groen en Pasadena in Heidelberg en Manilla en Seoul.

De oude eenheid, weer bij elkaar.

Bijna.

Terug op Sunset, twee uur later, boden O'Donnell en Neagley aan de eerste wacht te lopen bij New Age. Ze waren van plan er voor vijf uur de volgende ochtend aanwezig te zijn. Het was aan Reacher en Dixon wapens te kopen. Voordat hij naar bed ging, pakte Reacher de telefoon van de dode man uit de gekaapte Chrysler en koos opnieuw het nummer waarmee hij in Las Vegas had gesproken. Er werd niet opgenomen. Alleen voicemail. Reacher liet geen boodschap achter.

60

Reacher wist uit ervaring dat je maar het beste een wapen kon stelen van iemand die het zelf had gestolen, als je zeker wilde weten dat het niet traceerbaar was. Of van iemand die het illegaal in zijn bezit had. Dan had je nooit last van mensen die officieel verhaal zouden komen halen. Hoogstens van mensen die niet-officieel verhaal kwamen halen, zoals met die kerels achter het wasmuseum, maar dat kon je met een minimum aan problemen oplossen.

Maar de aanschaf van vier wapens had iets meer om het lijf. Het was altijd moeilijker om een groep uit te rusten dan individuen. De eis van maar één soort munitie maakte het nog moeilijker. Je moest rekening houden met de staat waarin de wapens verkeerden, met onderhoud. Bij het drinken van zijn eerste kop koffie van de dag maakte hij voor de lol een berekeningetje. De 9mm Parabellum was zeker een populaire patroon, maar er waren ook nog genoeg .380's en .45's en .22's en .357's en .40's, in alle varianten. Als er dus, zeg maar, een kans van één op vier was dat een bepaalde roofoverval een pistool zou opleveren dat gebruikmaakte van 9mm Parabellums, en een kans van één op drie dat de buit niet al onherstelbaar stuk was, dan zouden ze achtenveertig afzonderlijke overvallen moeten beramen om in handen te krijgen wat ze nodig hadden. Ze zouden er de hele dag mee zoet zijn. Het zou op zich een ware misdaadgolf zijn.

Toen bedacht hij dat ze misschien op zoek moesten naar een corrupte kwartiermeester. Fort Irwin was niet ver weg. Of nog beter, een corrupte kwartiermeester bij de mariniers. Camp Pendleton was wat verder weg dan Fort Irwin, maar de wegen waren beter, en dus was het in zekere zin dichterbij. En mariniers leden aan het onuitroeibare vooroordeel dat de Beretta M9 een onbetrouwbaar wapen was. Wapenmeesters waren maar al te bereid om ze af te keuren. Soms terecht, soms niet. Als ze onterecht werden afgekeurd, verdwenen ze door de achterdeur voor honderd dollar per stuk. Hetzelfde principe als de zwendel bij New Age. Maar het organiseren van een deal kon dagen kosten. Of zelfs weken. Het vertrouwen moest worden gewonnen. Niet eenvoudig. Jaren geleden had hij het undercover gedaan, meerdere keren. Veel werk voor uiteindelijk weinig tastbare winst.

Karla Dixon dacht dat ze een beter idee had. Ze legde het uit tijdens het ontbijt. Vanzelfsprekend ging ze voorbij aan het idee om naar een winkel te gaan en daar legaal wapens te kopen. Zij was evenmin als Reacher op de hoogte van de voorschriften in Californië, maar ze gingen ervan uit dat er sprake zou zijn van registratie en een verplichting tot legitimatie en misschien zelfs wel van een bedenktijd. Dus stelde Dixon voor om L.A. County uit te rijden naar een naburige county waar meer Republikeinen woonden. In de praktijk kwam dat neer op Orange County, verder naar het zuiden. Daar zouden ze dan op zoek moeten gaan naar tweedehands winkels en met gulle gebaren het budget van Neagley aanspreken om de ongetwijfeld minder strenge regelgeving daar te omzeilen. Ze vermoedde dat meer lokaal respect voor het recht op zelfverdediging en grotere winstmarges zouden opleveren wat ze zochten. En ze vermoedde dat er veel keus zou zijn daar. Ze zouden er precies kunnen uitzoeken wat ze wilden.

Reacher was er minder van overtuigd dan zij, maar stemde niettemin toe. Hij stelde voor dat zij haar grijze katoen zou verruilen voor haar zwarte pak. Hij stelde voor om met de blauwe Chrysler te gaan en niet met een van de gehavende Honda's. Dan zou ze eruitzien als een bezorgde burgervrouw uit de middenklasse. Dat zou minder alarmbellen doen rinkelen. Ze zou ze stuk voor stuk kopen. Hij zou doorgaan voor haar adviseur. Een buurman misschien, die nog iets van wapens wist uit het verleden.

'Zover zijn de anderen ook gekomen, toch?' vroeg Dixon.

'Verder,' zei Reacher.

Ze knikte. 'Ze wisten alles. Wie, wat, waar, waarom en hoe. Maar iets heeft hen te pakken gekregen. Wat?'

'Ik weet het niet,' zei Reacher. Hij stelde zichzelf die vraag al dagenlang.

Ze vertrokken meteen na het ontbijt op weg naar Orange County. Ze hadden geen idee hoe laat tweedehands winkels hun deuren zouden openen, maar ze vermoedden dat het er vroeger op de dag rustiger zou zijn dan later op de dag. Reacher reed, eerst de 101 en toen de 5, langs dezelfde route die ze met behulp van O'Donnells gps hadden

genomen naar het huis van Swan. Maar deze keer bleven ze iets langer op de freeway en namen ze een afrit de andere kant op, naar het oosten. Dixon wilde het eerst proberen in Tustin. Daar had ze slechte verhalen over gehoord. Of goede verhalen, het was maar hoe je het bekeek.
Ze vroeg: 'Wat ga je doen als dit allemaal voorbij is?'
'Hangt ervan af of ik dit overleef.'
'Denk je van niet?'
'Zoals Neagley al zei, we zijn niet meer wat we zijn geweest. De anderen in ieder geval niet.'
'Ik denk dat we het wel redden.'
'Ik hoop het.'
'Zin om langs te komen in New York dan?'
'Dat zou ik wel willen.'
'Maar?'
'Ik maak geen plannen, Karla.'
'Waarom niet?'
'Ik heb dit gesprek al met Dave gevoerd.'
'Mensen maken plannen.'
'Weet ik. Mensen zoals Calvin Franz. En Jorge Sanchez en Manuel Orozco. En Tony Swan. Hij was van plan zijn hond de komende vierenvijftigeneenhalve week iedere dag een aspirine te geven.'

Ze toerden door de straten die parallel aan de freeway liepen. Kleine winkelcentra langs de straat en benzinestations en drive-in filialen van banken lagen verdoofd en slaperig in het ochtendlicht van de zon. Winkels voor matrassen en zonnestudio's en meubelzaken lagen er uitgestorven bij.
Dixon vroeg: 'Wie heeft er nu een zonnestudio nodig in Zuid-Californië?'
De eerste tweedehands winkel die ze ontdekten, lag naast een boekhandel in een rijtje winkels van een wat beter niveau. Maar het was niet wat ze zochten. Om te beginnen was hij gesloten. Metalen roosters voor de ramen. In de tweede plaats handelde hij in het verkeerde assortiment. De etalages lagen vol antiek zilver en juwelen. Serviesgoed, fruitschalen, servetringen, spelden, hangers aan fijne kettingen, bewerkte portretlijsten. Geen Glock te zien. Geen SIG-Sauers, geen Beretta's, geen H&K's.

Ze reden verder.
Twee weids opgezette blokken verder naar het oosten vanaf de freeway vonden ze het soort tweedehands winkel dat ze zochten. Hij was open. De etalages stonden vol elektrische gitaren, zware mannenringen van negenkaraats goud met kleine diamantjes en goedkope horloges.
En wapens.
Niet in de etalage zelf, maar duidelijk zichtbaar in een lange, platte vitrine die dienst deed als toonbank. Misschien zo'n vijftig handwapens, revolvers en automatische pistolen, zwart en verchroomd, rubberen en houten handgrepen, allemaal netjes op een rij. Het soort tweedehands winkel dat ze zochten.
Maar het verkeerde soort pandjesbaas.
Het was een eerlijk man. Rechtschapen. Hij was blank, ergens in de dertig, iets te zwaar, een goed gestel dat werd ondermijnd door te veel eten. Aan de muur achter hem hing een vergunning om in wapens te handelen. Hij somde de verplichtingen op die voortvloeiden uit zijn vergunning, als een priester die de mis leest. Om te beginnen moest een koopster zorgen voor een veiligheidscertificaat voor handwapens, een soort vergunning om te kopen. Daarna zouden er minstens drie verschillende onderzoeken worden ingesteld naar haar achtergrond, waarvan het eerste moest bevestigen dat ze niet probeerde om in een periode van dertig dagen meer dan één wapen te kopen, het tweede dat ze geen strafblad had in de staat Californië, en het derde dat ze geen federaal strafblad had.
Dan zou ze tien dagen moeten wachten voordat ze haar aankoop kon afhalen, om te voorkomen dat ze een crime passionnel zou plegen.
Dixon opende haar tasje en zorgde ervoor dat de man een blik kon werpen op het pak papiergeld. Maar hij was niet onder de indruk. Hij keek er even naar en toen weer weg.
Ze gingen verder.

Vijftig kilometer verder naar het noordwesten stond Azhari Mahmoud in de zon, licht zwetend toe te kijken hoe de lading van de transportcontainer langzamerhand in zijn vrachtwagen verdween. De dozen waren kleiner dan hij had verwacht. Logisch, dacht hij, want de elektronica die erin zat, was niet groter dan een pakje sigaretten. Het was dom geweest om het op papier te omschrijven als componenten voor homecinema-installaties, bedacht hij. Tenzij je zou denken in de richting van kleine draagbare dvd-spelers. Het soort dingen dat mensen meenamen een vliegtuig in. Of MP3-spelers misschien, met van die witte snoeren en oordopjes. Dat was aannemelijker.

Toen glimlachte hij. *Vliegtuigen.*

Reacher reed naar het oosten, slingerde in een willekeurig zigzagpatroon van het ene billboard met reclame voor een goedkoop merk naar het volgende, op zoek naar het goedkoopste deel van de stad. Hij was ervan overtuigd dat er meer dan genoeg financiële spanningen waren van Beverly Hills tot Malibu, maar daar was het verborgen en discreet. Hier in sommige delen van Tustin was het voor iedereen zichtbaar. Op het moment dat bandenzaken sets van vier radiaalbanden begonnen aan te bieden voor minder dan honderd dollar, begon hij beter op te letten. De beloning kwam vrijwel meteen. Hij ontdekte een winkel aan de rechterkant van de straat op hetzelfde moment dat Dixon er een links zag. Die van Dixon was iets groter, dus reden ze door naar het eerstvolgende stoplicht om om te keren, en onderweg reden ze langs nog drie tweedehands winkels.

'Keus genoeg,' zei Reacher. 'We kunnen ons wel een experimentje veroorloven.'

'Wat voor experiment?'

'De directe benadering. Maar dan moet jij in de auto blijven. Je ziet er teveel uit alsof je van de politie bent.'

'Jij zei dat ik dit aan moest trekken.'

'Nieuwe plannen.'

Reacher parkeerde de Chrysler op een plaats waar die vanuit de winkel niet direct zichtbaar was. Hij pakte het pak papiergeld van Neagley uit Dixons tasje en propte het in zijn broekzak. Toen liep hij naar het pand om een kijkje te nemen. Het was groot voor een tweedehands winkel. Reacher was meer gewend aan stoffige smalle winkels. Dit was een pand met een dubbel brede pui, meer het formaat van een tapijtwinkel. De etalages waren volgepropt met elektronica en camera's en muziekinstrumenten en juwelen. En geweren. Er was een tiental jachtgeweren in een horizontaal rek achter een woud van verticale gitaarhalzen. Fatsoenlijke wapens, al vond Reacher dat jagen weinig fatsoenlijks had. Er was niet veel fatsoenlijks aan om op een hert te jagen, verstopt achter een boom op een afstand van honderd meter, met een doos *high-velocity* kogels. Hij vond dat het veel sportiever zou zijn om een gewei op je hoofd vast te binden en er dan frontaal op af te gaan. Dan had het stomme dier tenminste een gelijke kans. Of misschien wel een betere kans, en dat was waarschijnlijk de reden waarom jagers te schijterig waren om het te proberen.

Hij liep naar de voordeur van de tweedehands winkel en gluurde naar binnen. En gaf het onmiddellijk op. De winkel was te groot. Te veel personeel. De directe benadering werkte alleen op kleine schaal in één-op-één situaties. Hij liep terug naar de auto en zei: 'Mijn fout. We moeten bij een kleinere winkel zijn.'

'Aan de overkant,' zei Dixon.

Ze reden van het parkeerterrein af, honderd meter naar het westen en keerden om bij het stoplicht. Reden terug en hobbelden het parkeerterreintje van gescheurd en verzakt beton op voor een drankwinkel. Ernaast lag een onduidelijke vitaminewinkel en daarnaast nog een tweedehands winkel. Niet keurig netjes, maar stoffig en smal. In de etalage de gebruikelijke rommel. Horloges, trommels, bekkens van drumstellen, gitaren. En in het halfduister zichtbaar over de hele achterwand van de winkel een kast afgesloten met draadglas. Vol met handwapens. Misschien wel driehonderd. Ze hingen allemaal op de kop met hun trekkerbeugel aan spijkers. Achter de toonbank stond een man in zijn eentje, helemaal alleen.

'Mijn soort winkel,' zei Reacher.

Hij ging alleen naar binnen. Op het eerste gezicht leek de winkelier heel erg op de eerste waar ze waren geweest. Blank, in de dertig, gezet. Het hadden broers kunnen zijn. Maar deze zou dan wel het zwarte schaap van de familie zijn geweest. Terwijl de eerste een glanzende, roze huid had gehad, zag deze er grauw uit als gevolg van een fout consumptiepatroon en had hij groezelige, blauwe en paarse tatoeages die duidden op een verleden in tuchtscholen en gevangenissen. Of de marine. Zijn bloeddoorlopen ogen vlogen jachtig heen en weer, alsof hij onder stroom stond.

Makkelijk, dacht Reacher.

Hij haalde het grootste deel van Neagleys pak geld uit zijn zak, waaierde de biljetten uit, stootte ze weer samen en liet ze op de toonbank vallen vanaf een hoogte die een massief geluid produceerde. Gebruikt geld in redelijke hoeveelheden was zwaarder dan de meeste mensen zouden denken. Papier, inkt, vuil, vet. De winkelier hield zijn ogen lang genoeg stil om het goed in zich op te nemen en zei toen: 'Kan ik u helpen?'

'Vast wel,' zei Reacher. 'Ik heb net verderop een lesje maatschappijleer gehad. Het schijnt dat je aan allerlei regels moet voldoen als je vier pistolen wilt kopen.'

'Dat klopt,' zei de man en hij wees met zijn duim over zijn schouder. Achter hem aan de muur hing een ingelijste vergunning voor het handelen in wapens, net als bij de andere winkel.

'Kun je die regels ook omzeilen?' vroeg Reacher. 'Of vergeten? Of naast je neerleggen?'

'Nee,' zei de man. 'Regels zijn regels.' Toen grijnsde hij, alsof hij iets zeer diepzinnigs had gezegd. Even ging het door Reacher heen om hem bij zijn nek te pakken en met zijn hoofd het glas in te slaan van de kast. Toen keek de man opnieuw omlaag naar het geld en zei: 'Ik moet me houden aan de wet van Californië.' Maar hij zei het op een bepaalde manier en met een vage blik in de ogen, zodat Reacher wist dat er iets goeds ging komen.

'Ben jij advocaat?' vroeg de man.

'Zie ik eruit als een advocaat?' vroeg Reacher.

'Ik heb eens een keer met een advocaat gepraat,' zei de man

Wel heel wat vaker dan één keer, dacht Reacher. *En meestal in afgesloten kamers waar de tafel en de stoelen zijn vastgeklonken aan de vloer.*

'Er is een clausule,' zei de man. 'In de regels.'

'O ja?' zei Reacher.

'Een technische clausule,' zei de man. Hij moest het een paar keer proberen voordat hij de woorden eruit kreeg. De harde medeklinkers kostten hem moeite. 'Jij of ik of wie dan ook kunnen iemand geen wapen verkopen of geven zonder alle formaliteiten.'

'Maar?'

'Jij of ik of wie dan ook mogen wel een wapen uitlenen. Tijdelijk en niet geregeld, minder dan dertig dagen is oké.'

'Is dat zo?' vroeg Reacher.

'Het staat in de regels.'

'Interessant.'

'Bijvoorbeeld gezinsleden,' zei de man. 'De man aan de vrouw, de vader aan de dochter.'

'Ik begrijp het.'
'Of bijvoorbeeld vrienden,' zei de man. 'Je kunt een wapen uitlenen aan een vriend, dertig dagen, tijdelijk.'
'Zijn wij vrienden?' vroeg Reacher.
'Het zou kunnen,' zei de man.
Reacher vroeg: 'Wat doen vrienden zoal voor elkaar?'
De man zei: 'Misschien lenen ze dingen aan elkaar. De een leent bijvoorbeeld een wapen uit, een ander leent iemand geld.'
'Maar alleen tijdelijk,' zei Reacher. 'Dertig dagen.'
'Soms loopt het verkeerd af met een lening. Soms moet je iets gewoon afschrijven. Er zitten risico's aan. Mensen gaan verhuizen, ze verdwijnen uit beeld. Je weet het maar nooit met vrienden.'
Reacher liet het geld liggen waar het lag. Liep naar de kast met draadglas. Een deel van de inhoud was rommel. Maar er zat ook goed spul tussen. Ongeveer half om half revolvers en automatische pistolen. Zo'n twee derde van de automatische wapens was van een goedkoop merk, een derde van topmerken. Ongeveer één op de vier van de topmerken gebruikte negen millimeter.
In totaal een keuze uit dertien bruikbare pistolen. Uit een voorraad van ongeveer driehonderd. Vier-eenderde procent. Minder goed dan in zijn berekening bij het ontbijt, met een factor van bijna twee.
Zeven van de bruikbare pistolen waren Glocks. Die waren ooit mode geweest, maar nu duidelijk niet meer. Een ervan was een 19. De andere zes waren 17's. Zo op het oog varieerden ze van goed tot uitstekend.
'Veronderstel dat je me vier Glocks zou lenen,' zei Reacher.
'Veronderstel dat ik dat niet zou doen,' zei de man.
Reacher keerde zich om. Het geld was verdwenen van de toonbank. Dat had Reacher wel verwacht. De man hield een revolver in zijn hand. Dat had Reacher niet verwacht.
We zijn oud, we zijn traag en we zijn roestig, had Neagley gezegd. *We zijn bij lange na niet wat we waren.*
Klopt, dacht Reacher.
De revolver was een Colt Python. Blauw koolstofstaal, walnoten kolf, .357 Magnum, 8-inch loop. Niet de grootste revolver van de wereld, maar het scheelde niet veel. Het was in ieder geval niet de kleinste van de wereld. En misschien was het wel een van de meest nauwkeurige.

'Dat is niet erg vriendelijk,' zei Reacher.
'Wij zijn geen vrienden,' zei de man.
'Het is ook een beetje dom,' zei Reacher. 'Ik ben op het moment in een heel slecht humeur.'
'Vergeet het maar. En houd je handen daar waar ik ze kan zien.'
Reacher aarzelde, en hief toen zijn handen, half, handpalm naar buiten gekeerd, vingers gespreid, zonder dreiging. De man zei: 'Doe de deur achter je dicht als je naar buiten loopt.'
De winkel was smal. Reacher bevond zich helemaal achterin. De man stond achter de toonbank, op een derde van de afstand tot de deur. Het pad naar de deur was nauw. Het zonlicht schitterde in de etalage.
De man zei: 'Eruit, Elvis.'
Reacher bleef een ogenblik stilstaan. Luisterde geconcentreerd. Wierp een blik naar links, een blik naar rechts, keek achter zich. In de hoek links achterin was een deur. Waarschijnlijk alleen een wc. Geen kantoor. Er lagen papieren opgestapeld achter de toonbank. Niemand stapelt zijn papierwinkel op achter de toonbank als hij er een aparte ruimte voor heeft. Dat betekende dat de man alleen was. Geen partner, geen hulp.
Niet nog meer verrassingen.
Reacher trok zijn gezicht in het soort plooi dat hij in Las Vegas had gezien. De verliezer met spijt. *Het was de moeite van het proberen waard. Die niet waagt, die niet wint.* Toen hief hij zijn handen tot naast zijn schouders en begon te lopen. Eén stap. Twee, drie. Met de vierde stap bevond hij zich op dezelfde hoogte als de man. Niet meer dan de breedte van de toonbank tussen hen in. Reacher stond naar de deur gericht. De man bevond zich negentig graden links van hem. De toonbank was misschien tachtig centimeter breed. Minder dan een meter.
Reachers linkerarm schoot uit, haaks opzij vanuit de schouder.
Er werd gezegd dat de bokser Mohammed Ali een bereik had van een meter en ooit was de snelheid van zijn handen gemeten op een gemiddelde van honderdveertig kilometer per uur tijdens die beweging. Reacher was geen Ali. Bij lange na niet. Zeker niet aan zijn zwakke kant. Zijn linkerhand bewoog niet sneller dan honderd kilometer per uur, maximaal. Niet meer dan dat. Maar honderd kilometer per uur is iets meer dan anderhalve kilometer per minuut, en dat was weer

ongeveer dertig meter per seconde. Het kwam erop neer dat Reachers linkerhand er ongeveer driehonderdste van een seconde over deed om de andere kant van de toonbank te bereiken. Halverwege die beweging balde zijn hand zich tot een vuist.

En driehonderdste van een seconde was veel te weinig tijd voor de man om de trekker over te halen van de Python. Een revolver is een gecompliceerd mechanisch systeem en een revolver zo groot als een Python heeft een zwaardere actie dan de meeste revolvers. Gaat niet zo gemakkelijk per ongeluk af. De vinger van de man spande zich niet eens om de trekker. Reachers vuist belandde midden in zijn gezicht, nog voordat zijn hersens de beweging hadden geregistreerd. Reacher was veel trager dan Mohammed Ali, maar zijn armen waren veel langer. Dat betekende dat het hoofd van de man nog eens een zwaai van dertig centimeter maakte voordat Reachers arm helemaal gestrekt was. En het hoofd van de man zwaaide door. Het bleef doorzwaaien tot het werd tegengehouden door de muur achter de toonbank en het versplinterende glas van de lijst met de vergunning.

Op dat moment zwaaide het hoofd niet verder, maar begon het traag omlaag te glijden langs de muur naar de vloer.

Reacher was al over de toonbank gesprongen voordat de man languit lag. Hij schopte de Python aan de kant en trapte met zijn hak op de vingers van de man om ze te breken. Beide handen. Noodzaak in een omgeving met veel wapentuig en minder omslachtig dan vastbinden. Daarna haalde hij Neagleys geld uit de broekzak van de man en zocht hij zijn sleutels. Sprong terug over de toonbank, liep naar het achterste deel van de winkel en deed de kast met draadglas van het slot. Pakte alle zeven Glocks, trok een koffer uit een rek met tweedehands bagage en legde daar de wapens in. Toen veegde hij zijn vingerafdrukken van de sleutels en zijn handafdrukken van de toonbank en liep naar buiten, het zonlicht in.

Ze stopten bij een legale wapenwinkel in Tustin en kochten munitie. Veel munitie. Kennelijk werden aan een dergelijke aankoop geen restricties opgelegd. Toen keerden ze terug naar het noorden. Het verkeer was traag. Ongeveer ter hoogte van Anaheim werden ze gebeld door O'Donnell in East L.A.

'Hier gebeurt niets,' zei hij.

'Niets?'

'Geen enkele activiteit. Je had niet moeten bellen vanuit Las Vegas. Dat was een grote fout. Ze zijn in paniek geraakt. Ze hebben zich helemaal opgesloten.'

61

Reacher en Dixon bleven de hele weg terug naar Hollywood op de 101, parkeerden de Chrysler op het parkeerterrein van het motel en namen een Honda voor de tocht naar East L.A. Die van Reacher was een zilverkleurige Prelude coupé met een opgevoerde viercilinder. Er zaten brede banden onder die niet goed spoorden op slecht asfalt en een hese uitlaat die hem drie blokken lang amuseerde en daarna begon te vervelen. De bekleding stonk naar poetsolie en er zat een scheur in de voorruit die bij iedere hobbel in de weg zichtbaar langer werd. Maar hij kon de stoel ver genoeg achteruitschuiven om comfortabel achter het stuur te zitten en de airconditioning werkte. Al met al niet zo'n slechte auto voor surveillance. Hij had wel in mindere auto's gezeten, vaak genoeg.

Ze vergaderden mobiel met zijn vieren en parkeerden hun auto's ver bij elkaar vandaan. Reacher stond twee blokken van New Age en kon de hoofdingang gedeeltelijk zien van een afstand van zo'n zestig meter, langs een diagonale lijn tussen een opslagruimte voor documenten en een eenvoudig, grijs pakhuis. Het hek van New Age was gesloten en het terrein lag er verlaten bij. De deuren van de ontvangstruimte waren dicht. Alles was even stil.

'Wie zijn er binnen?' vroeg Reacher.

'Misschien wel niemand,' zei O'Donnell. 'We zijn hier al vanaf vijf uur en er is nog niemand naar binnen gegaan.'

'Zelfs de femme fatale niet?'

'Negatief.'

'Geen receptioniste?'

'Negatief.'

'Hebben we hun telefoonnummer?'

Neagley zei: 'Ik heb een algemeen nummer.' Ze noemde het, Reacher verbrak de verbinding, tikte het in op zijn telefoon en drukte op de groene knop.

Beltoon.

Maar geen antwoord.
Hij maakte weer verbinding met de anderen.
'Ik had gehoopt dat we iemand hadden kunnen volgen naar de productiehal.'
'Dat gaat niet gebeuren,' zei O'Donnell.
Alle telefoons bleven stil. Geen activiteit bij de glazen kubus.
Vijf minuten. Tien. Twintig.
'Genoeg,' zei Reacher. 'Terug naar de basis. Wie het laatste aankomt, betaalt de lunch.'

Reacher arriveerde als laatste. Hij reed niet snel. De andere drie Honda's stonden al op het parkeerterrein toen hij aankwam. Hij zette zijn Prelude in een onopvallend hoekje, haalde de koffer met gestolen wapens uit de kofferbak van de Chrysler en borg hem op in zijn kamer. Toen liep hij naar Denny's. Het eerste wat hij zag, was de niet gemarkeerde auto van Curtis Mauney op het parkeerterrein. De Crown Vic. De sheriff van L.A. County. Het tweede wat hij zag, was Mauney zelf, door het raam, in het restaurant, aan een ronde tafel met Neagley en O'Donnell en Dixon. Het was dezelfde tafel waaraan ze hadden gezeten met Diana Bond. Vijf stoelen, waarvan één niet bezet stond te wachten. Niets op de tafel. Zelfs geen ijswater of servetten of bestek. Ze hadden niets besteld. Ze waren er nog niet zo lang. Reacher liep naar binnen en ging zitten. Het bleef even gespannen stil en toen zei Mauney: 'Opnieuw hallo.'
Een zachte klank in zijn stem.
Rustig.
Meelevend.
Reacher vroeg: 'Sanchez of Swan?'
Mauney zei niets.
Reacher zei: 'Wat, allebei?'
'Dat komt zo. Vertel me eerst maar eens waarom jullie je verstoppen.'
'Wie zegt dat we ons verstoppen?'
'Jullie zijn vertrokken uit Las Vegas. Jullie staan in geen enkel hotel in L.A. geregistreerd.'
'Dat wil nog niet zeggen dat we ons verstoppen.'
'Jullie zitten in een tent in West Hollywood onder valse namen. De receptionist gaf jullie door. Als groep vallen jullie behoorlijk op, qua uiterlijk. Het was niet zo moeilijk om jullie te vinden. En al helemaal

niet om te raden dat jullie hier zouden komen eten. Als jullie er niet waren geweest, was ik vanavond teruggekomen. Of morgen bij het ontbijt.'

Reacher zei: 'Jorge Sanchez of Tony Swan?'

Mauney zei: 'Tony Swan.'

62

Mauney zei: 'We hebben de laatste paar weken het een en ander bijgeleerd. We laten nu de gieren het werk voor ons doen. We gaan de woestijn in alsof we ornithologen zijn, steeds als we maar een halfuurtje overhebben. Je gaat op het dak van je auto staan met je verrekijker en dan zie je meestal wel wat je zoekt. Twee rondcirkelende vogels, dan is het waarschijnlijk een coyote die door een slang is gebeten. Meer dan twee vogels, dan is het waarschijnlijk groter.'

Reacher vroeg: 'Waar?'

'Ongeveer hetzelfde gebied.'

'Wanneer?'

'Een tijdje geleden.'

'Helikopter?'

'Kan niet anders.'

'Enige twijfel over zijn identiteit?'

'Hij lag op zijn rug. Zijn handen waren achter zijn rug vastgebonden. Zijn vingerafdrukken zijn bewaard gebleven. Hij had zijn portefeuille in zijn zak. Het spijt me.'

De serveerster kwam naar hen toe. Dezelfde die hen eerder had bediend. Ze aarzelde bij de tafel, voelde de stemming aan en vertrok weer.

Mauney vroeg: 'Waarom verstoppen jullie je?'

'We verstoppen ons niet,' zei Reacher. 'We wachten alleen op de begrafenissen.'

'Waarom dan valse namen?'

'Jij hebt ons hier als lokaas naartoe gehaald. Wie er dan ook achter zitten, we willen het hen niet gemakkelijk maken.'

'Weet je nog niet wie het zijn?'

'Jij wel?'

'Geen privéacties, oké?'

'We zijn hier op Sunset,' zei Reacher. 'Dat is territorium van de LAPD. Spreek jij voor hen?'

'Vriendelijk advies,' zei Mauney.
'Genoteerd.'
'Andrew MacBride is in Las Vegas verdwenen. Is er aangekomen, heeft nergens geboekt, heeft geen auto gehuurd, is nergens met een vliegtuig heen gevlogen. Het spoor loopt dood.'
Reacher knikte. 'Is het niet vreselijk?'
'Maar een kerel met de naam Anthony Matthews heeft een vrachtwagen gehuurd.'
'De laatste naam op de lijst van Orozco.'
Mauney knikte. 'De laatste ronde van het spel.'
'Waar is hij ermee naartoe gegaan?'
'Ik heb geen idee.' Mauney schoof vier visitekaartjes uit zijn borstzak. Hij spreidde ze zorgvuldig uit op de tafel. Zijn naam stond erop, met twee telefoonnummers. 'Bel me op. Ik meen het. Misschien heb je hulp nodig. Dit zijn geen amateurs. Tony Swan zag eruit als een harde noot om te kraken. Wat er van hem over was.'

Mauney ging terug aan het werk. De serveerster kwam vijf minuten later nog een keer op hen af en bleef in de buurt rondhangen. Reacher vermoedde dat ze geen van vieren erg hongerig waren, maar ze bestelden desondanks. Oude gewoonten. Eet als je de kans krijgt, zodat je niet het risico loopt later zonder energie te zitten. Swan zou dat hebben goedgekeurd. Swan at overal, altijd, de hele tijd. Bij een autopsie, het opgraven van een stoffelijk overschot, een plaats delict. Reacher wist eigenlijk wel zeker dat Swan een broodje rosbief aan het eten was toen ze Clovis hadden gevonden, de man in ontbinding met de spade in zijn hoofd.
Niemand bevestigde het.
Geen van allen praatten ze. De zon scheen helder buiten. Een prachtige dag. Blauwe hemel, kleine witte wolkjes. Auto's reden voorbij op de boulevard, klanten kwamen en gingen. Telefoons rinkelden, de vaste lijn in de keuken, mobiele telefoons die mensen in hun zak hadden. Reacher at methodisch en mechanisch zonder dat hij ook maar een flauw benul had van wat er op zijn bord lag.
'Moeten we verhuizen?' vroeg Dixon. 'Nu Mauney weet waar we zijn?'
'Ik vind het maar niks dat die receptionist ons heeft aangegeven,' zei O'Donnell. 'We zouden zijn afstandsbedieningen moeten stelen.'

'We hoeven niet te verhuizen,' zei Reacher. 'Mauney is geen gevaar. En ik wil het horen als ze Sanchez vinden.'
'Wat gaan we nu doen dan?' vroeg Dixon.
'We rusten uit,' zei Reacher. 'Na donker gaan we weer op pad. Dan brengen we New Age een bezoekje. Met surveilleren komen we nergens, dus het is tijd om handelend op te treden.'
Hij liet tien dollar achter op de tafel voor de serveerster en betaalde de rekening bij de kassa. Daarna liepen ze naar buiten, het zonlicht in, en stonden ze even te knipperen met de ogen voordat ze teruggingen naar de Dunes.

Reacher haalde de koffer en ze kwamen bij elkaar in O'Donnells kamer om de gestolen Glocks te bekijken. Dixon pakte de 19 en verklaarde dat ze daar gelukkig mee was. O'Donnell bekeek de resterende zes 17's en haalde er de beste drie tussenuit. Hij verdeelde de magazijnen van de drie afgewezen pistolen over de geselecteerde drie, zodat Neagley en Reacher en hij snel konden herladen als het eerste magazijn leeg was. Dixon zou na haar eerste zeventien schoten met de hand moeten herladen. Geen echt probleem. Een vuurgevecht met een handwapen dat na zeventien schoten nog niet was beslist, gebeurde alleen als er iemand niet oplette, en Reacher vertrouwde er blindelings op dat Dixon goed zou opletten. Dat had ze altijd gedaan, in het verleden.
Reacher vroeg: 'Wat voor soort beveiliging kunnen we bij dat gebouw verwachten?'
'Het nieuwste van het nieuwste op het gebied van sloten,' zei Neagley. 'Een inbraakalarm op het hek. Ik denk dat de deuropener bij de receptie 's nachts wel zal zijn aangesloten op een omgevingssensor. En een tweede inbraakalarm, waarschijnlijk. En binnen overal bewegingsmelders. En inbraakalarm op de deuren van een aantal kantoren, misschien. Allemaal met een vaste verbinding via telefoonlijnen. Misschien wel met een draadloze back-up, misschien zelfs wel met een satellietverbinding.'
'En wie reageert daarop?'
'Dat is een goede vraag. Niet de politie, denk ik. Daarvoor betalen ze te weinig huur. Ik vermoed dat het allemaal rechtstreeks naar hun eigen beveiligingsmensen voert.'
'Niet de regering?'

'Dat zou zinnig zijn, zeker. Het Pentagon geeft daar kapitalen uit, dan denk je dat de regering betrokken zou willen zijn. Maar ik betwijfel het. Niet alles wat ze doen tegenwoordig, is even zinnig. Ze hebben de beveiliging van luchthavens uitbesteed aan particuliere ondernemers. En het dichtstbijzijnde kantoor van de Defense Intelligence Agency is mijlenver weg. Dus ik denk dat ze bij New Age de beveiliging zelf doen, hoe belangrijk Little Wing ook mag zijn.'

'Hoeveel tijd hebben we nadat we het hek doorgaan?'

'Wie zegt dat we dat doen? We hebben geen sleutels en dergelijke sloten maak je niet open met een roestige spijker. Ik denk niet dat we ook maar één van die sloten open krijgen.'

'Ik zorg wel voor de sloten. Hoeveel tijd hebben we als we binnen zijn?'

'Twee minuten,' zei Neagley. 'In een dergelijke situatie is de twee-minutenregel het enige waar je je aan vast kunt houden.'

'Oké,' zei Reacher. 'We gaan om één uur vannacht. Vanavond om zes uur eten. Ga maar rusten.'

De anderen liepen naar de deur. Hij volgde hen naar buiten, met de sleutels van de gekaapte Chrysler in de hand. Neagley keek hem vragend aan.

'Die hebben we niet meer nodig,' zei hij tegen haar. 'Ik ga hem teruggeven. Maar eerst laat ik hem wassen. We moeten proberen beschaafd te blijven.'

Reacher reed de Chrysler terug naar de Van Nuys Boulevard, de noordkant van de Ventura Freeway. De autoboulevard, met het ene na het andere bedrijf dat iets te maken had met auto's. Dealers, natuurlijk, met nieuwe auto's en occasions, goedkoop en duur, opzichtig en bescheiden, maar ook bandenshops, velgenshops, uitdeukshops, shops voor accessoires, shops voor uitlaten en schokdempers.

En bedrijven voor het wassen van auto's.

Er was een geweldige keuze. Autowasstraten, wassen met de hand zonder borstels, drie-fasen-wax, poetsbeurten voor binnen en buiten. Hij reed een kilometer de ene kant op en toen een kilometer de andere kant op en koos voor vier bedrijven die het allemaal aanboden. Hij reed naar het eerste bedrijf en vroeg om de complete behandeling. Een zwerm mannen in overall namen de auto onderhanden en hij bleef er in het zonlicht bij staan kijken. Eerst werd het interieur gestofzuigd en toen werd de auto aan een ketting door een glazen tunnel getrokken, waar hij werd bespoten door een hele reeks spuitkoppen, met water en allerlei soorten schuim en vloeistof. Mannen met sponzen poetsten het plaatstaal en weer andere mannen op plastic trapjes zeemden het dak. Daarna ging de auto door een brullende luchtdroger en werd hij naar het voorplein gereden waar nog weer andere mannen paraat stonden om het interieur te lijf te gaan met spuitbussen en lappen. Ze pakten elke centimeter aan en het resultaat was een glanzende auto waar geen vlekje meer op te zien was, die dampte van poetsolieresten. Reacher betaalde en gaf een fooi. Hij haalde zijn handschoenen uit zijn zak, trok ze aan en reed weg.

Hij stopte honderd meter verder bij het tweede poetsbedrijf dat hij had uitgezocht en vroeg opnieuw om de hele beurt. De receptionist keek even verbaasd, haalde toen zijn schouders op en wuifde naar een ploeg. Reacher bleef opnieuw in het zonnetje staan kijken naar de show. Het stofzuigen, de shampoo, het interieur, de spuitbussen en de lappen. Hij betaalde, gaf een fooi, trok zijn handschoenen aan en reed terug naar het motel.

Hij parkeerde de auto in een hoek van het parkeerterrein, in de zon, waar hij kon drogen. Toen liep hij een lang blok naar het zuiden, naar Fountain Avenue. Vond daar een winkel die ooit als drogist was begonnen, maar was uitgegroeid tot het soort winkel waar ze allerhande kleine huishoudelijke artikelen verkochten. Hij ging naar binnen en kocht vier zaklantaarns. Staaflantaarns, drie batterijen, zwart, krachtig genoeg om te gebruiken, klein genoeg om mee te nemen, groot genoeg om als knuppel te gebruiken. Het meisje bij de kassa deed ze in een plastic tasje waar *I love L A* op stond, drie hoofdletters en een rood hart. Reacher droeg de tas terug naar het motel, liet hem zacht heen en weer slingeren en luisterde naar het ritselen van het plastic.

Ze konden het niet opbrengen opnieuw naar Denny's te gaan voor hun avondeten. Ze belden in plaats daarvan Domino's en bestelden pizza's, die ze opaten in de uitgeleefde lobby, naast de wasserij van het motel. Ze haalden blikjes frisdrank uit een lawaaierige automaat buiten de voordeur. Een perfecte maaltijd voor wat ze van plan waren. Wat lege calorieën, wat vet en wat complexe koolhydraten. Energie die pas na verloop van tijd vrijkwam, goed voor een uur of twaalf.

Een arts in het leger had hen dat allemaal eens uitgelegd, jaren geleden.

'Doelen voor vannacht?' vroeg O'Donnell.

'Drie,' zei Reacher. 'Dixon zoekt bij de balie van de receptie alles wat maar bruikbaar is. Neagley zoekt het kantoor van de femme fatale en verzamelt daar wat bruikbaar is. Jij en ik doen de andere kantoren voor wat er nog meer is. Honderdtwintig seconden, naar binnen en er weer uit. Daarna kijken wat voor beveiliging er op komt dagen.'

'We blijven nog even rondhangen na de tijd?'

'Ik,' zei Reacher. 'Jullie gaan terug naar het motel.'

Reacher ging naar zijn kamer, poetste zijn tanden en nam een lange, hete douche. Daarna ging hij languit op het bed liggen om een dutje te doen. De wekker in zijn hoofd maakte hem om halfeen wakker. Hij rekte zich uit, poetste opnieuw zijn tanden en kleedde zich aan. Grijze katoenen broek, grijs hemd, zwart windjack, helemaal dichtgeritst. Hoge schoenen, de veters strak aangetrokken. Handschoenen aan, de sleutels van de Chrysler in zijn ene broekzak, het reservemagazijn van de Glock in de andere broekzak. De gekaapte mobiele telefoon uit Las Vegas in de ene borstzak, zijn eigen telefoon in de andere borstzak. De zaklantaarn in de ene zak van zijn jack. De Glock in de andere zak. Verder niets.

Hij liep naar het parkeerterrein om tien minuten voor een. De anderen stonden er al, een spookachtig trio, ver weg van elke lichtbron.

'Oké,' zei hij. Hij keerde zich naar O'Donnell en Neagley. 'Jullie gaan met je Honda.' Hij keerde zich naar Dixon. 'Karla, jij neemt de mijne. Parkeer de auto dichtbij, naar het westen gericht, en laat de sleutel erin voor mij. Je rijdt terug met Dave.'

Dixon zei: 'Laat je die Chrysler daar werkelijk achter?'

'We hebben hem niet meer nodig.'

'Hij zit vol met vingerafdrukken, haren en vezels.'

'Niet meer. Een stelletje kerels op de Van Nuys heeft dat goed geregeld. Kom op, we gaan.'

Ze stootten hun gebalde vuisten tegen elkaar als sporters, een oud ritueel, en toen gingen ze uit elkaar en klommen in hun auto's. Reacher schoof in de Chrysler en startte de motor, de zware v-8 klonk traag en luid in het donker. Hij hoorde de Honda's starten, de lichtere motoren kuchten en ploften en de sieruitlaten maakten een zwaar kloppend geluid. Hij reed achteruit van zijn plek en keerde en reed naar de uitgang van het terrein. In zijn spiegel zag hij drie paar helderblauwe koplampen op een rijtje achter zich. Hij zwaaide Sunset op in oostelijke richting, daarna naar het zuiden op La Brea en toen weer naar het oosten op Wilshire en zag de anderen hem volgen, een haveloos konvooi in het lichte nachtelijke verkeer.

63

De grote stad werd rustig toen ze eenmaal voorbij MacArthur Park waren en de 110 opreden. Rechts van hen lag downtown stil en verlaten. Er brandde licht in Chinatown, maar er was geen zichtbare activiteit. De andere kant op lag het Dodger Stadium, gigantisch en donker en leeg. Ze verlieten de snelweg en doken de straten naar het oosten in. De weg vinden was lastig geweest bij daglicht en het was nog lastiger bij nacht. Maar Reacher had de tocht nu drie keer gemaakt, twee keer als passagier en één keer als chauffeur en hij dacht dat hij wel wist waar hij moest afslaan.

Dat lukte, zonder problemen. Drie blokken voor New Age nam hij gas terug en liet de anderen dichterbij komen. Toen reed hij, voor hen uit, een keer om New Age, uit voorzorg op een afstand van twee blokken. Toen nog een keer op één blok afstand. Er hing nevel in de lucht. De glazen kubus zag er donker en verlaten uit. De sierboompjes op het terrein werden verlicht met decoratieve spotjes en het verstrooide licht werd weerspiegeld door de glazen pui van het gebouw, maar verder was er geen speciale verlichting. Het prikkeldraad op de omheining glansde dofgrijs in het donker en het toegangshek was gesloten. Reacher nam gas terug bij het hek en opende zijn portierraam. Hij stak zijn arm naar buiten en maakte met zijn in een handschoen gehulde vinger een cirkelend gebaar in de lucht, als een umpire bij honkbal die een homerun aangeeft. *Nog één keer rond.* Hij reed voor hen uit, driekwart rond, en wees toen naar de stoeprand om aan te geven dat ze daar moesten parkeren. Voorop Neagley, daarachter O'Donnell en als laatste Dixon in zijn eigen zilverkleurige Prelude. Ze namen gas terug en parkeerden. Hij maakte een gebaar alsof hij zijn hals doorsneed. Ze zetten de motor uit en klommen uit de auto's. O'Donnell maakte een omweg langs het toegangshek, kwam terug en zei: 'Het is een heel groot slot.' Reacher zat nog achter het stuur van zijn stationair draaiende Chrysler. Zijn raam was nog steeds open. Hij zei: 'Hoe groter, des te harder de klap.'

'Gaan we dit heel zachtjes doen?'

'Niet echt,' zei Reacher. 'Ik zie jullie zo bij het hek.'

Ze liepen vooruit. Hij zette de Chrysler in de versnelling en reed achter hen aan, stapvoets. De straten overal rond New Age waren standaard asfaltwegen van zeven meter breed, zoals je ze overal op nieuwe bedrijfsterreinen vindt. Geen trottoirs. Dit was L.A. Vierendertigduizend kilometer wegdek, maar waarschijnlijk minder dan vierendertigduizend meter trottoir. Vanaf de weg boog een oprit van een meter of zes naar het toegangshek van New Age, zodat auto's van de weg af konden draaien om te wachten tot het hek openging. Totale afstand van het hek tot de berm aan de andere kant van de weg: dertien meter. Automatisch begon het manische deel van Reachers hersens die afstand om te rekenen in allerlei mogelijke andere maten, in inches, voeten en mijlen. Hij draaide de oprit op en reed met de Chrysler tot op een paar centimeter van het hek. Toen reed hij recht achteruit tot hij voelde dat de achterwielen aan de overkant de rand van het asfalt raakten. Hij trapte de rem met zijn linkervoet diep in, zette de auto in de versnelling en liet alle vier de ramen zakken. De nachtlucht waaide naar binnen, scherp en koud. De anderen keken naar hem en hij wees waar hij hen wilde hebben, twee links van het hek en één rechts.

'Start de klok,' riep hij. 'Twee minuten.'

Hij hield zijn linkervoet op de rem en trapte met zijn rechtervoet op het gas tot de versnelling voluit had aangegrepen en de wagen stond te schudden en te beven. Toen liet hij zijn voet van het rempedaal glijden en trapte het gas helemaal in. De auto spoot vooruit. Hij legde de dertien meter af met rokende, gierende achterbanden en ramde het hek frontaal. Het slot brak onmiddellijk. Het hek sloeg open en opzij en een tiental airbags explodeerde in de Chrysler, uit het stuur, uit het dashboard voor de passagiersstoel, uit de balken bij de portieren en uit de stoelen. Reacher was er op voorbereid. Hij stuurde met één hand en hield zijn andere arm omhoog voor zijn gezicht. Hij hield de airbag voor de bestuurder tegen met zijn elleboog. Geen probleem. De vier open portierramen namen de schokgolf voor hun rekening en redden zijn trommelvliezen. Ondanks dat was het lawaai oorverdovend. Het was alsof hij in een auto zat en iemand met een .44 op hem schoot. Voor hem op de voorgevel van het gebouw begon een blauw licht dringend te flitsen. Als dat gepaard ging met een sirene, kon hij die niet horen.

Hij hield zijn voet stijf op het gaspedaal. De auto stotterde een ogenblik na de klap tegen het hek, kwam toen weer op gang en liet rubbersporen na over het hele terrein. Hij zette de auto recht, riskeerde een blik in de achteruitkijkspiegel en zag de anderen op volle snelheid achter hem aan rennen. Toen keek hij voor zich, zette beide handen op het stuur en mikte op de deuren van de ontvangstruimte.
Hij reed bijna tachtig kilometer per uur toen hij bij de deuren kwam. De voorwielen raakten het lage stoepje. De hele auto kwam omhoog en kraakte door de deuren, meer dan twintig centimeter los van de grond. Glas versplinterde en het kozijn werd volledig uit de muur gerukt. De auto vloog min of meer ongehinderd naar binnen. Hij kwam op de leistenen vloer terecht met het rempedaal tot op de bodem ingetrapt, schoof rechtdoor, liet niets heel van de receptie, sloopte de muur erachter en stond uiteindelijk stil in een puinhoop die tot aan het raam reikte, terwijl de resten van de balie onder de auto tussen de wielen lagen.
Wat het er voor Dixon niet makkelijker op maakt, dacht Reacher.
Toen verbande hij dat probleem uit zijn gedachten. Hij maakte zijn veiligheidsgordel los en wrikte het portier open. Rolde uit de auto op de vloer van de hal en kroop weg. Overal rondom hem flitsten kleine, witte alarmlichten. Zijn gehoor begon terug te komen. Een sirene loeide luidkeels. Hij krabbelde overeind en zag de anderen over de ravage van de verwoeste ingang springen en naar binnen rennen.
Dixon rende rechtdoor naar het achterste deel van de hal en Neagley en O'Donnell renden naar de gang waar de femme fatale twee keer uit tevoorschijn was gekomen. Ze hadden hun zaklantaarns aan en heldere lichtkegels verlichtten springerig hun pad door wolken ronddwarrelend wit stof. Hij pakte zijn eigen zaklantaarn, knipte hem aan en ging achter hen aan.
Eenentwintig seconden voorbij, dacht hij.
Halverwege de gang waren twee liften. Op de bedieningspanelen was te zien dat het een gebouw was met drie verdiepingen. Hij drukte niet op de knop. Hij ging ervan uit dat het alarm de liften al zou hebben uitgeschakeld. In plaats daarvan rukte hij een deur naast de liften open en rende de trap op. Rende helemaal naar de derde verdieping, twee treden tegelijk. Het lawaai van de sirene in het trappenhuis was niet om uit te houden. Hij denderde de gang in op de derde verdieping. Hij had zijn zaklantaarn niet nodig. Het flikkerende alarm ver-

lichtte alles alsof het de disco in de hel was. Aan beide zijden van de gang bevonden zich deuren van ahorn, zes meter van elkaar verwijderd. Kantoren. Op de deuren waren naamplaten aangebracht. Lange plastic rechthoeken met letters die door een zwarte toplaag in een witte achtergrondlaag waren gegraveerd. Vlak voor hem trapte Neagley een deur in waar *Margaret Berenson* op stond. Het stroboscoopeffect van het alarmlicht gaf haar bewegingen iets houterigs en vreemds. De deur gaf niet mee. Ze trok haar Glock tevoorschijn en vuurde drie gerichte schoten af op het slot. Drie luide explosies. De lege hulzen werden door het pistool uitgeworpen en rolden weg over de vloerbedekking, door het stroboscooplicht gevangen als een lange messingkleurige ketting. Neagley trapte opnieuw tegen de deur, die nu open zakte. Ze ging naar binnen.

Reacher liep verder. *Tweeënvijftig seconden voorbij*, dacht hij.

Hij liep voorbij een deur met *Allen Lamaison*. Zes meter vloerbedekking verder was de volgende deur: *Anthony Swan*. Hij zette zich schrap tegen de muur ertegenover, spande zijn spieren en plaatste een machtige trap met de hak van zijn schoen net boven het slot. Het esdoornhout versplinterde en de deur verzakte, maar het slot hield. Hij maakte de klus af met een korte klap van zijn met een handschoen bedekte vlakke hand en tuimelde naar binnen.

Drieënzestig seconden voorbij, dacht hij.

Hij bleef staan en scheen met zijn zaklantaarn het kantoor rond van zijn vermoorde vriend. Er was niets gebeurd. Het was alsof Swan net even was weggelopen om naar het toilet te gaan of een broodje te gaan eten. Er hing een jas aan een kapstok. Het was een kaki windjack, oud, versleten, met een voering met een ruitmotief zoals bij een golfjack, kort en wijd. Er waren ladekasten. Telefoons. Een leren stoel, op sommige plekken ingedeukt door het gewicht van een zware man met een tonvormig postuur. Er was een computer op het bureau. Een nieuw, leeg notitieblok. En pennen, en potloden. Een nietmachine. Een klok. Een stapeltje papieren.

Een presse-papier, op het stapeltje papieren. Een brok Sovjetbeton, onregelmatig van vorm, ter grootte van een vuist, grijs en gepolijst tot een vettige glans door het vele vastpakken, op één vlakke kant nog steeds blauwe en rode sporen van graffiti.

Reacher liep naar het bureau en stak de brok beton in zijn zak. Pakte de stapel papieren en rolde die stijf op en stak ze in zijn andere zak.

Plotseling werd hij zich ervan bewust dat hij op iets zachts stond. Hij scheen met de zaklantaarn omlaag. Zag volle rode kleuren in het licht. Barokke patronen. Een dik kleed. Een oosters karpet. Splinternieuw. Hij herinnerde zich het koord om Orozco's polsen en enkels en Curtis Mauney die zei: *Het is sisal uit India. Het is afkomstig van spullen die van daar worden geïmporteerd.*

Negenentachtig seconden voorbij, dacht hij. *Nog dertig.*

Hij liep naar het raam. Zag Karla Dixon ver beneden zich in het donker, al weer op weg het terrein af. Haar broek en haar jack vertoonden schuurplekken en zaten onder het witte stof. Ze zag eruit als een geestverschijning. Door het rondkruipen in het stof van die ingestorte muur, vermoedde hij. Ze droeg papieren mee en een witte drierings map of iets dergelijks. Ze werd steeds kort blauw verlicht door de flitsen van het alarmlicht op de voorgevel.

Nog twintig seconden.

Hij zag O'Donnell beneden wegrennen alsof hij probeerde te ontsnappen uit een brandend huis, met grote passen, allerlei spullen tegen zijn borst geklemd. En een fractie van een seconde later Neagley, hardlopend, haar donkere haar achter haar aan wuivend, haar armen zwaaiend, met in iedere hand een pak groene dossiermappen.

Nog negentien seconden.

Hij liep diagonaal door het kantoor en tikte het windjack aan de kapstok zacht op de schouder, alsof Swan er nog in zat. Toen liep hij terug naar het bureau en ging op de stoel zitten. Die kraakte bij het opvangen van het gewicht. Hij hoorde het geluid duidelijk boven de sirene uit.

Nog twaalf seconden.

Hij keek naar het maniakale flitsen van het alarm in de gang en wist dat hij gewoon kon wachten. Vroeg of laat, misschien binnen een minuut, zouden de mensen komen die zijn vriend hadden vermoord. Zolang het er minder waren dan vierendertig, kon hij blijven zitten waar hij zat en ze allemaal uitschakelen, stuk voor stuk.

Nog vijf seconden.

Maar dat werkte natuurlijk niet. Niemand was zo dom. Nadat de eerste drie of vier KIA's over elkaar op de drempel waren getuimeld, zou de rest zich terugtrekken in de gang en beginnen te denken aan traangas en versterkingen en kogelvrije vesten. Misschien zouden ze zelfs gaan denken aan het inschakelen van de politie of de FBI. En Reacher wist dat hij er op geen enkele manier achter kon komen of hij de juiste mensen uitschakelde voordat hij na een beleg van drie of vier dagen het onderspit zou delven tegen een paar SWAT-teams.

Nog één seconde.

Hij explodeerde omhoog uit de stoel, rende langs de vernielde deur, dook linksaf de gang in en rechtsaf het trappenhuis in. Neagley had de deur voor hem klemgezet. Hij kwam ongeveer tien seconden na het verstrijken van de deadline op de begane grond aan. Hij manoeuvreerde om de bewegingloze Chrysler in de lobby heen en was ongeveer vijftien seconden na de deadline buiten op het terrein. Door het vernielde hek op straat na ongeveer veertig seconden. Hij rende naar de bleke weerschijn van de zilverkleurige Prelude. Die stond honderd meter verderop, afstandelijk, onschuldig en alleen. De andere twee Honda's waren al verdwenen. Hij liep die honderd meter in twintig seconden en slingerde zich in de auto. Hij smeet het portier achter zich dicht en worstelde overeind op de stoel. Hij ademde zwaar, zijn mond wijd open. Hij draaide zijn hoofd opzij en zag een set koplampen in de verte snel dichterbij komen, in zijn richting, door bochten zwiepend en dan omlaag duiken door het remmen.

64

In totaal verschenen er drie auto's. Ze kwamen met grote snelheid aanrijden, stopten midden op de weg buiten het verwoeste hek en bleven daar staan, slordig geparkeerd in allerlei richtingen, de motoren stationair draaiend, de lichtbundels van de koplampen door de mist op niets gericht. Het waren drie splinternieuwe Chryslers 300C, donkerblauw, vrijwel identiek aan de Chrysler die hij in de lobby van New Age had geparkeerd.

In totaal kwamen er vijf man uit de drie auto's. Twee uit de eerste, een uit de tweede, en twee uit de derde. Reacher keek ernaar van een afstand van honderd meter, door getint glas, het zicht belemmerd door de hoek van de omheining van New Age en half verblind door de zes koplampen, en hij zag dus weinig details. Maar de man die alleen was gearriveerd in de tweede wagen leek de baas te zijn. Het was een tengere man die een korte regenjas droeg die zwart leek te zijn. Daaronder droeg hij iets als een wit T-shirt. Hij staarde naar het opengebroken hek en gebaarde de anderen er uit de buurt te blijven alsof het op de een of andere manier gevaarlijk was.

Ex-politieman, dacht Reacher. *Puur instinctmatig de plaats delict smetvrij houden.*

Toen vormden de vijf man een hechte driehoekige formatie, met de man met de regenjas het dichtst bij de ravage. Ze liepen erop af, langzaam en op hun hoede, steeds één stap vooruit, voorovergebogen vanaf de heup, het hoofd vooruitgestoken, alsof ze niet begrepen wat ze zagen. Toen stonden ze stil, keerden snel op hun schreden terug en namen posities in achter de auto's. De motoren werden afgezet, de koplampen gingen uit en het werd donker op straat.

Niet zó dom, dacht Reacher. *Ze zijn bang dat het een hinderlaag is. Ze denken dat we misschien nog steeds binnen zijn.*

Hij bleef naar hen kijken tot zijn ogen gewend waren aan het duister. Toen pakte hij de mobiele telefoon die hij mee terug had genomen uit Las Vegas en drukte op de knoppen tot hij bij het laatste nummer was dat met de telefoon was gekozen. Hij drukte op de groene knop, hield de telefoon bij zijn oor en keek uit het raam om te zien wie van de vijf de oproep zou beantwoorden.

Hij gokte op de man met de regenjas.

Fout.

Geen van de vijf nam op.

Geen van allen reageerde. Geen van allen trok een telefoon uit zijn zak om te kijken wie er belde. Geen van allen bewoog zelfs maar. De beltoon bleef maar in Reachers oor rinkelen en schakelde uiteindelijk over naar voicemail. Hij verbrak de verbinding en koos het nummer opnieuw. Hetzelfde gebeurde nog een keer. Hij keek, maar niemand bewoog. Het was ondenkbaar dat een hoofd Beveiliging zou reageren op onraad zonder zijn mobiele telefoon aan te zetten. Het was ondenkbaar dat een hoofd Beveiliging onder dergelijke omstandigheden een oproep zou negeren. Dat betekende dat geen van de vijf hoofd Beveiliging was. Niet de man met de regenjas. Hij was de derde op de ladder, op zijn best, ervan uitgaand dat Swan nummer twee was geweest. En hij handelde ook als een nummer drie. Hij handelde traag en omslachtig. Hij had geen instinctieve greep op tactiek. Als je ook maar een beetje verstand had, had je allang bedacht wat de beste benadering was. Een klein vierkant gebouw, mogelijk gewapende tegenstanders binnen, drie solide auto's tot je beschikking, dan had je het probleem allang opgelost. Met alle drie de auto's eropaf, met hoge snelheid, vanuit verschillende richtingen, gebouw omcirkelen, vuur openen, twee man achterom, twee door de voordeur, game over.

Burgers, dacht Reacher.

Hij wachtte.

Ten langen leste nam de man met de regenjas de juiste beslissing. Het duurde pijnlijk lang, maar het drong tot hem door. Hij commandeerde iedereen terug de auto's in, ze manoeuvreerden wat en toen spoten ze met hoge snelheid het terrein op. Reacher keek toe hoe ze een paar keer rond het gebouw reden. Toen startte hij de Honda en reed weg naar het westen.

Reacher zocht zijn weg door de gewone straten en meed de freeway. Het was hem opgevallen dat het op freeways 's nachts wemelde van de politie, terwijl hij ze ergens anders niet zag. Dus nam hij het zekere voor het onzekere. In de buurt van het Dodger Stadium raakte hij verdwaald en reed doelloos rondjes die hem uiteindelijk pal voor de L.A. Police Academy langs voerden. Hij stopte in Echo Park en nam contact op met de anderen. Die waren bijna thuis, behoedzaam rijdend alsof ze bommenwerpers waren, op weg terug naar de basis na een nachtelijke aanval.

Ze kwamen bij elkaar in O'Donnells kamer exact om drie uur 's nachts. Al het verzamelde papierwerk werd in drie nette stapeltjes op het bed gelegd. Reacher haalde het spul van Swan uit zijn zak, ontrolde het en legde het bij de rest. Het was niet erg boeiend. Het meeste had betrekking op de vraag naar toekomstig overwerk van zijn administratieve medewerkers. De rest was een verantwoording van overwerk dat al had plaatsgevonden.

O'Donnells verzameling was evenmin erg boeiend, maar leverde in negatieve zin nog wel iets op. Het toonde aan dat de glazen kubus een louter administratieve functie had. Het gebouw was relatief licht beveiligd omdat er weinig waardevols te stelen viel. Er werd wat onbeduidend ontwerpwerk verricht, inkoop van wat onderdelen, maar het grootste deel van de kantoorruimte werd in beslag genomen door managers. Personeelszaken, financiële zaken, routinematig transport en onderhoud en bureaucratie. Niets wat op zich waarde had.

En dat maakte het nog belangrijker de locatie van de productiefaciliteit te achterhalen.

Op dat punt was het materiaal van Dixon doorslaggevend. Ze had lopen wroeten in de ravage van de receptie, was onder de Chrysler gekropen en in minder dan een minuut had ze een ware goudader opgegraven. In de gekraakte restanten van een afgesloten la had ze de interne telefoonlijst van New Age gevonden. Die lag daar nu op het bed, een dik pak losse bladen, bij elkaar gehouden in een drierings map, wat gehavend en onder het stof.

Op de omslag was het logo van New Age afgedrukt en op de meeste pagina's stonden namen die nietszeggend waren, in combinatie met viercijferige toestelnummers. Maar helemaal voorin de map was een diagram afgedrukt met de verschillende divisies van het bedrijf. In kaders waren namen afgedrukt en de kaders waren met lijnen met elkaar verbonden in een boomstructuur die de hele hiërarchie van het bedrijf liet zien. Aan het hoofd van de Beveiliging stond iemand met de naam Allen Lamaison. Tony Swan was zijn tweede man geweest.

Van Swan leidden twee lijnen naar twee anderen, en daaronder waaierden vijf lijnen uit naar nog eens vijf man, waarvan er een Saropian heette, die even dood was als Tony Swan en in het fundament lag van een hotel in Las Vegas. Negen man beveiligingspersoneel, min twee, zeven overlevenden.

'Kijk eens achterin,' zei Dixon.

In het laatste deel van de lijst stonden rekeningnummers voor FedEx en UPS en DHL. En de volledige adressen en vaste telefoonlijnen van twee vestigingen van New Age, gegevens die koeriersbedrijven nodig hebben. Het adres van de glazen kubus in East L.A. en het kantoor in Colorado.

En daaronder, bizar, een derde adres, waarbij een vetgedrukte en onderstreepte opmerking stond: *Geen leveringen op dit adres.*

Het derde adres was dat van de fabriek waar de elektronica werd gemaakt.

Het was in Highland Park, halverwege Glendale en South Pasadena. Tien kilometer ten noordoosten van downtown, vijftien kilometer oostelijk van waar ze stonden.

Zo dichtbij dat je het bijna kon ruiken.

'En nu een paar bladzijden terug,' zei Dixon.

Reacher bladerde terug. Er was een uitgebreid gedeelte met toestelnummers van de fabriek.

'Kijk bij de P,' zei Dixon.

Het deel met de P begon met iemand die Pascoe heette en eindigde bij Purcell. Halverwege de lijst stond *Piloot, kantoor.*

Dixon zei: 'We hebben de helikopter gevonden.'

Reacher knikte. Toen glimlachte hij naar haar. Zag haar naar binnen rennen met haar zaklantaarn, zag haar vijftig seconden later weer onder het stof naar buiten rennen. Zijn oude team. Je kon ze naar Atlanta sturen en dan zouden ze terugkomen met het geheime recept voor Coca Cola.

Neagley had de dossiers van alle beveiligingsmensen. Negen groene mappen. Eén was van Saropian, één van Tony Swan. Reacher keek naar geen van beide. Dat had geen zin. Hij begon met de baas, Allen Lamaison. Aan het eerste vel in de map was een foto gehecht. Lamaison was een zwaargebouwde man met een stierennek, donkere, lege ogen en een mond die te klein was voor zijn kaken. Zijn persoonsgegevens stonden op het tweede vel en daaruit bleek dat hij twin-

tig jaar voor de LAPD had gewerkt, waarvan de laatste twaalf jaar bij Overvallen en Moordzaken. Hij was negenenveertig jaar oud.
De volgende waren de twee mannen die de derde plaats in de hiërarchie deelden. De eerste heette Lennox. Eenenveertig jaar oud, ex-LAPD, grijs, kort geschoren haar, zwaargebouwd, een vlezig, rood gezicht. De tweede was de man met de regenjas. Hij heette Parker. Tweeënveertig jaar, ex-LAPD, lang, slank, een hard, bleek gezicht dat werd ontsierd door een gebroken neus.
'Allemaal ex-LAPD,' zei Neagley. 'En volgens de gegevens zijn ze allemaal rond dezelfde tijd gestopt.'
'Na een schandaal?'
'Er zijn altijd schandalen. Het is statistisch gesproken bijna niet mogelijk op een andere manier bij de LAPD weg te gaan.'
'Zou jouw assistent in Chicago hun verleden kunnen opduikelen?'
Neagley haalde haar schouders op. 'We zouden misschien in hun computer kunnen komen. En we kennen wel een paar mensen. Misschien dat we een paar geruchten kunnen opvangen.'
'Wat lag er in het kantoor van Berenson op de vloer?'
'Een nieuw oosters karpet. Perzisch, maar vrijwel zeker een kopie uit Pakistan.'
Reacher knikte. 'In het kantoor van Swan ook. Ze moeten ze over die hele verdieping hebben gelegd.'
Neagley koos het nummer van haar assistent in Chicago op haar mobiel om zijn voicemail in te spreken. Reacher legde de map van Parker aan de kant en bekeek de foto's van de vier overgebleven beveiligingsmensen. Toen klapte hij de vier mappen dicht, stootte ze netjes recht in een stapeltje en legde ze op de map van Parker, als een soort subcategorie.
'Deze vijf heb ik vannacht gezien,' zei hij.
'Wat waren het voor lui?' vroeg O'Donnell.
'Waardeloos. Verschrikkelijk traag en stom.'
'Waar waren die andere twee?'
'Highland Park, neem ik aan. Daar bewaren ze het snoepgoed.'
O'Donnell schoof de vijf apart gelegde dossiers naar zich toe en vroeg: 'Hoe kunnen we vier man zijn kwijtgeraakt aan de Keystone Cops?'
'Ik weet het niet,' zei Reacher.

65

Uiteindelijk, en hij wist wel dat hij dat zou doen, sloeg Reacher de map open die New Age had bijgehouden van Tony Swan. Hij kwam niet verder dan de foto. Die was een jaar oud en kwam niet in de buurt van studiokwaliteit, maar hij was veel duidelijker dan de foto die Curtis Mauney uit de videobeelden had gehaald. Tien jaar na het leger was Swans haar korter dan het destijds was geweest. In die tijd had de trend van kort geschoren koppen al wel ingang gevonden onder de manschappen, maar was nog niet doorgedrongen tot het kader. Swan had een normaal kapsel gehad, met een scheiding en geborsteld. In de loop van de jaren moest zijn haar dunner zijn geworden en droeg hij het kort geschoren met een tondeuse die was ingesteld op een centimeter. In het leger was zijn haar kastanjebruin geweest. Nu was het stoffig grijs. Zijn ogen puilden wat uit en bij het scharnier van zijn kaken waren vetkwabben ontstaan. Zijn nek was dikker dan ooit. Het verbaasde Reacher dat er shirts werden gemaakt met een kraag op die maat. Als autobanden.

'Wat nu?' vroeg Dixon, in de stilte. Reacher wist dat het geen echte vraag was. Ze wilde hem er alleen van weerhouden het dossier te lezen. Probeerde zijn gevoelens te sparen. Hij sloeg de map dicht. Liet hem ver bij de andere mappen vandaan op het bed vallen, helemaal alleen in een eigen categorie. Swan verdiende beter dan te worden geassocieerd met zijn recente collega's, zelfs op papier.

'Wie ervan wist, en wie er hebben gevlogen,' zei Reacher. 'Dat moeten we uitzoeken. De rest mag nog even langer leven.'

'En wanneer komen we daarachter?'

'Later vandaag. Jij en Dave kunnen poolshoogte gaan nemen in Highland Park. Neagley en ik gaan terug naar East L.A. Over een uur. Dus ga maar even slapen en zorg dat je straks weer fit bent.'

Reacher en Neagley verlieten het motel om vijf uur 's ochtends, in twee Honda's, met één hand aan het stuur en de mobiele telefoon in de andere hand om met elkaar te praten zoals forenzen dat overal doen. Reacher zei dat hij vermoedde dat toen het alarm was afgegaan, Lamaison en Lennox regelrecht naar Highland Park waren vertrokken. Standaardprocedure in noodgevallen, dacht hij, omdat Highland Park kwetsbaarder was. De aanval in East L.A. had immers niet meer dan een schijnaanval kunnen zijn. Maar als er verder niets zou gebeuren, zou de vrees daarvoor wegebben, en zouden ze ongetwijfeld tegen het aanbreken van de dag naar de plaats van de echte inbraak gaan. Ze zouden vaststellen dat normaal werken in de glazen kubus niet mogelijk was en iedereen een dag vrij geven. Met uitzondering van de afdelingshoofden, die aan het werk zouden worden gezet om de schade op te nemen en te rapporteren wat er werd vermist. Neagley was het met zijn analyse eens. En ze begreep ook wat de volgende fase van het plan was zonder dat ze ernaar hoefde te vragen, en dat was een van de redenen waarom Reacher haar zo graag mocht.

Ze parkeerden honderd meter bij elkaar vandaan in twee verschillende straten, zich open en bloot verbergend. De zon kwam net boven de horizon en de dageraad was grijs. Reacher stond vijftig meter van het gebouw van New Age en kon de weerspiegeling van zijn auto zien in het spiegelglas, klein en ver weg en anoniem, een van de honderden auto's die overal geparkeerd stonden. Een autotransporter stond met de achterkant tegen de vernielde ingang van het gebouw geparkeerd. Er liep een staalkabel naar binnen, het schemerige interieur in. De man die Parker heette was er nog steeds met zijn regenjas. Hij gaf aanwijzingen. Er was ook nog iemand van het voetvolk bij. Reacher vermoedde dat de andere drie naar Highland Park waren gestuurd om Lamaison en Lennox af te lossen.
De kabel van de autotransporter zwiepte, trok strak en begon op te winden. De blauwe Chrysler kwam achterstevoren tevoorschijn uit de lobby, heel wat langzamer dan hij naar binnen was gegaan. Er zaten krassen op de lak en de voortrein was licht beschadigd. De voorruit was verbrijzeld en zakte iets naar binnen. Maar voor het overige zag de auto er nog goed uit. Zo subtiel als een voorhamer, zo kwetsbaar als een voorhamer. Hij kwam tot stilstand op de autotransporter. De chauffeur snoerde de wielen vast met singels en reed weg. Op het moment dat de Chrysler uit het zicht verdwenen was, reed zijn tweelingbroer het terrein op. Nog een blauwe 300C, snel en

betrouwbaar. Hij stond net binnen de omheining stil en Allen Lamaison klom eruit om het hek te bekijken.
Reacher herkende hem onmiddellijk van de foto. In levenden lijve was hij zo'n één meter tachtig en woog hij misschien honderd kilo. Brede schouders, smalle heupen, dunne benen. Hij oogde snel en beweeglijk. Hij droeg een grijs pak met een wit overhemd en een rode stropdas. Hij hield de stropdas met zijn hand vlak tegen zijn borst, ook al stond er geen wind. Hij keek vluchtig naar het hek, stapte weer in zijn auto en reed verder het terrein op. Hij stapte opnieuw uit, dicht bij de vernielde deuren. Parker liep op hem af en ze begonnen te praten.
Voor de zekerheid haalde Reacher de telefoon die hij had meegenomen uit Las Vegas uit zijn zak en koos het nummer. Vijftig meter verder schoot Lamaisons hand naar zijn zak en kwam weer tevoorschijn met een telefoon. Hij keek op het scherm en verstijfde.
Kip, ik heb je, dacht Reacher.
Hij verwachtte niet dat Lamaison zou antwoorden. Maar dat deed hij wel. Hij klapte de telefoon open, hield hem bij zijn gezicht en zei: 'Wat?'
'Hoe gaat het vandaag?' zei Reacher.
'Ik ben net begonnen,' zei Lamaison.
'En hoe was het vannacht?'
'Ik ga jou van kant maken.'
'Dat hebben er al genoeg geprobeerd,' zei Reacher. 'Ik ben er nog steeds. Zij niet.'
'Waar ben je?'
'We zijn de stad uit. Veiliger op die manier. Maar we komen terug. Misschien volgende week, volgende maand, misschien volgend jaar. Wen er maar aan om steeds over je schouder te kijken. Want dat zul je nog vaak doen.'
'Ik ben niet bang voor jou.'
'Dan ben je een idioot,' zei Reacher en hij verbrak de verbinding. Hij zag Lamaison naar zijn telefoon staren en toen een nummer kiezen. Hij belde niet terug. Reacher wachtte, maar zijn telefoon bleef stil, en Lamaison begon te praten, klaarblijkelijk met iemand anders.
Tien minuten later verscheen Lennox in nog weer een blauwe 300C. Zwart pak, grijs, kort geschoren haar, zwaargebouwd, rood, vlezig gezicht. De tweede nummer drie, direct onder Swan, zelfde niveau als

Parker. Hij droeg een kartonnen dienblad met koffie en verdween het gebouw in. Vijftig minuten later verscheen Margaret Berenson op het toneel. De femme fatale. Human resources. Zeven uur 's ochtends. Ze reed in een zilverkleurige Toyota uit de middenklasse. Ze sloeg rechts af de weg af, reed over het terrein en parkeerde keurig op een parkeerplaats dicht bij de ingang. Toen zocht ze door de rommel haar weg naar binnen. Lamaison kwam even naar buiten en dirigeerde de overgebleven beveiligingsman naar het hek, om wacht te lopen. Parker vormde bij de ingang de tweede verdedigingslinie. Hij had nog steeds zijn regenjas aan. Er daagden nog twee managers op. Waarschijnlijk financiën en huismeester, dacht Reacher. De wachtpost wuifde hen langs het vernielde hek en Parker liet hen binnen bij de ingang. Toen arriveerde er een soort directeur. Een oudere man, een Jaguar sedan, onderdanigheid bij het hek, Parker stijf in het gelid bij de ingang. De oudere man overlegde met Parker door het opengedraaide raam van de Jaguar en vertrok weer. Kennelijk voerde hij een beleid waarvan delegeren een belangrijk bestanddeel uitmaakte.

Toen werd het rustig, en het bleef de eerstvolgende twee uren rustig.

Halverwege het wachten belde Dixon vanuit Highland Park. Zij en O'Donnell hielden de wacht sinds even voor zessen. Ze hadden de drie beveiligingsmensen zien opdagen. Ze hadden Lamaison en Lennox zien vertrekken. Ze hadden arbeiders zien arriveren. Ze waren om de fabriek gereden op een afstand van twee blokken, voor een volledig beeld van de situatie.

'Het is een echt complex,' zei Dixon. 'Meerdere gebouwen, een echte omheining, uitstekende beveiliging. En achter op het terrein is een heliport. Met een helikopter. Een witte Bell 222.'

Om halftien vertrok de femme fatale. Ze zocht haar weg door de rommel, bleef even op het lage stoepje voor de receptie staan en liep toen terug naar haar Toyota. Reachers telefoon ging over. Zijn prepaid van de Radio Shack, niet die van de man in Las Vegas. Het was Neagley.

'Gaan we allebei?'

'Absoluut,' zei Reacher. 'Jij erachter, ik op afstand. Tijd voor een feestje.'

Hij trok zijn handschoenen aan en startte de motor van de Honda op hetzelfde moment dat Berenson de motor van haar Toyota startte. Ze was rechtsaf het terrein opgereden en zou dus linksaf het terrein afrijden. Reacher reed kalm weg bij de stoeprand en keerde na twintig meter bij het kruispunt met de volgende zijstraat om. Hij was stijf van het lange stilzitten. Hij reed rustig terug langs de omheining van New Age. Berenson kwam haastig het terrein af. Een blok verderop zag hij de Honda van Neagley, langzaam rijdend, een spoor witte damp uit de uitlaat. Berenson bereikte het vernielde hek en zwaaide erlangs zonder in te houden. Sloeg links af. Neagley sloeg eveneens links af en reed twintig meter achter haar aan. Reacher nam gas terug en wachtte, sloeg toen zelf af en nam zijn plaats in, zeventig meter achter Neagley en negentig meter achter Berenson.

66

De Prelude was een lage auto, zodat het zicht niet al te best was, maar het merendeel van de tijd kon hij de zilverkleurige Toyota daar voor zich goed zien. Berenson reed ruim onder de toegestane maximumsnelheid. Misschien was ze bang haar rijbewijs kwijt te raken. Misschien had ze andere zaken aan haar hoofd. Of misschien waren de littekens van het auto-ongeluk tussen de oren levendiger dan op haar gezicht. Ze sloeg rechts af een straat in die Huntington Drive heette, en Reacher was er vast van overtuigd dat dat een deel was geweest van de oude Route 66. Ze reed naar het noordoosten. Reacher begon zacht te zingen over het krijgen van een kick. Toen hield hij op. Berenson nam gas terug en haar richtingaanwijzer knipperde. Ze stond op het punt om links af te slaan. Ze was op weg naar South Pasadena.

Zijn telefoon ging over. Neagley.

'Ik rijd al te lang achter haar,' zei ze. 'Ik maak een omweg om het volgende blok. Nu ben jij een tijdje aan de beurt.'

Hij hield de lijn open en gaf gas. Berenson was een straat ingeslagen die Van Horne Avenue heette. Ongeveer vijftig meter achter haar sloeg hij af, de straat in. Hij zag haar niet. De straat kronkelde te veel. Hij gaf opnieuw gas en liet toen de auto weer uitlopen en kwam een laatste bocht door en zag haar veertig meter voor zich. Hij reed rustig door en in zijn achteruitkijkspiegel zag hij Neagley achter zich de weg opdraaien.

Monterey Hills maakte plaats voor South Pasadena en op de grens van beide gemeenten veranderde de straatnaam in Via Del Rey. Een aardige naam, een aardige buurt. De Californische droom. Lage heuvels, bochtige straten, bomen, altijd lente, altijd bloei. Reacher was opgegroeid op grauwe militaire bases in Europa en de Stille Oceaan en ze hadden hem in boeken laten zien hoe thuis eruitzag. Op de meeste foto's zag het er net zo uit als in South Pasadena.

Berenson sloeg links af en daarna rechts af en reed een rustige doodlopende straat met woonhuizen in. Reacher ving een glimp op van kleine, knusse huisjes die baadden in het vroege zonlicht. Hij reed niet achter haar aan. De gehavende Honda was een vrij anonieme auto in het grootste deel van L.A., maar niet in een dergelijke straat. Hij remde af en kwam dertig meter verder tot stilstand. Neagley parkeerde achter hem.

'Nu?' vroeg ze door de telefoon.

Er waren in principe twee manieren waarop je een ontmoeting kon arrangeren met mensen die net thuiskwamen. Je kon ze eerst op orde laten komen en ze later een dringende reden geven om je binnen te laten, maar je kon ze ook op hun hielen volgen en je kans grijpen als ze de sleutels nog in de hand hielden of net de deur hadden opengemaakt.

'Nu,' zei Reacher.

Ze gleden uit de auto, sloten hem af en begonnen te rennen. Geen probleem. Een man alleen die rent, is verdacht. Een vrouw alleen bijna nooit. Een man en een vrouw die samen rennen, worden meestal gezien als joggers, of een paartje dat lol maakt.

Ze renden de doodlopende straat in en zagen eerst niets. De weg liep omhoog en daarna kwam een bocht. Toen ze de bocht om renden, zagen ze rechts een garagedeur omhoogschuiven naast een huis op ongeveer een derde van de straat. De zilverkleurige Toyota van Berenson stond te wachten op het zwarte asfalt van de oprit. Het was een keurig, klein huis. Bakstenen gevel. Netjes geschilderd. De voortuin bestond uit rotsblokken en gravel en allerlei bloeiende bloemen. Boven de garagedeur hing een basketbalring. De langzaam omhooggaande deur liet genoeg licht binnen om een warboel aan kinderspeelgoed zichtbaar te maken, opgestapeld tegen een van de wanden. Een fiets, een skateboard, een honkbalknuppel, kniebeschermers, helmen, handschoenen.

De remlichten van de Toyota doofden en de auto kroop vooruit. Neagley begon te sprinten. Ze was veel sneller dan Reacher. Ze rende de garage in net op het moment dat de deur weer omlaag begon te schuiven. Reacher kwam ongeveer tien seconden achter haar aan en trapte met zijn voet op de veiligheidsschakelaar. Hij wachtte tot de deur weer een meter omhooggeschoven was en dook er toen onderdoor naar binnen.

Margaret Berenson was al uit haar auto gestapt. Neagley hield met één gehandschoende hand haar haar in een vaste greep en met de ander beide polsen achter haar rug. Berenson worstelde, maar niet erg hard. Ze hield er helemaal mee op nadat Neagley haar hoofd omlaag gedwongen had en twee keer tegen de motorkap van de Toyota had getikt. Op dat moment verslapte ze en begon te gillen. Precies een seconde later hield ze weer op met gillen nadat Neagley haar rechtop had getrokken en naar Reacher had gekeerd en Reacher haar een stomp in haar maag had gegeven, eentje maar, zacht, net hard genoeg om de lucht uit haar longen te jagen.

Toen stapte Reacher opzij en drukte op de knop, zodat de deur weer omlaag begon te schuiven. Er hing een zwak peertje aan het plafond en toen het zonlicht werd buitengesloten, nam een zwak geel schijnsel het over. Rechts achter in de garage was een deur naar buiten, en links nog een die naar het huis leidde. Ernaast zat het bedieningspaneel van een alarmsysteem.

'Staat het alarm aan?' vroeg Reacher.

'Ja,' zei Berenson, buiten adem.

'Nee,' zei Neagley. Ze knikte naar de fiets en het skateboard. 'Het jochie is een jaar of twaalf. Mammie was vanmorgen al vroeg de deur uit. Het jochie moest er voor één keertje zelf voor zorgen dat hij op tijd was voor de schoolbus. Waarschijnlijk niet gebruikelijk. Het aanzetten van het alarm zal wel geen onderdeel van zijn dagelijkse routine zijn.'

'Misschien heeft pappie het alarm aangezet.'

'Pappie is al heel lang uit beeld. Mammie draagt geen ring.'

'Vriend?'

'Grapje zeker.'

Reacher voelde aan de deur. Hij was op slot. Hij haalde de sleutels uit het contactslot van de Toyota en ging met zijn duim langs de sleutels tot hij een huissleutel vond. Die paste in het slot. De deur ging open. Geen waarschuwende piepgeluidjes. Een halve minuut later, geen alarmlichten, geen sirenes.

'U vertelt heel wat leugens, mevrouw Berenson,' zei hij.

Berenson zei niets.

Neagley zei: 'Ze is van human resources. Die doen niet anders.'

Reacher hield de deur open en Neagley werkte Berenson voor zich uit door een wasruimte een keuken in. Het huis was gebouwd voordat architecten waren begonnen om keukens zo groot te maken als vliegtuighangars, dus deze keuken was een kleine ruimte vol kasten en apparaten die een paar jaar oud waren. Er stond een tafel met twee stoelen. Neagley dwong Berenson omlaag op een van de stoelen. Reacher ging terug naar de garage en zocht daar tussen allerlei rommel tot hij op een plank een aangebroken rol stevige tape vond. Met handschoenen aan kon hij geen beginnetje maken, dus liep hij terug naar de keuken waar hij een mes uit een essenhouten messenblok gebruikte. Hij tapete Berenson stevig vast aan de stoel, haar bovenlichaam, armen, benen, snel en efficiënt.

'Wij hebben in het leger gezeten,' zei hij tegen haar. 'Dat hebben we verteld, klopt? Als wij informatie nodig hadden, gingen we altijd eerst naar de administrateur. Dat ben jij. Begin maar te praten.'

'Jullie zijn gek,' zei Berenson.

'Vertel eens over het auto-ongeluk.'

'Waarover?'

'Je littekens.'

'Dat is lang geleden.'

'Was het erg?'

'Verschrikkelijk.'

'Dit kan nog veel erger worden.' Reacher legde het keukenmes op tafel, haalde uit zijn ene zak de Glock en legde die erbij en haalde uit zijn andere zak de brok beton en legde die er ook bij. 'Steekwonden, kogelwonden of klappen met een brok beton. Jij mag kiezen.'

Berenson begon te huilen. Wanhopige, hulpeloze snikken en uithalen. Haar schouders schokten, haar hoofd zakte voorover en de tranen drupten in haar schoot.

'Dat helpt niets,' zei Reacher. 'Je huilt tegen de verkeerde man.'

Berenson tilde haar hoofd op en keek naar Neagley. Neagleys gezicht was ongeveer zo expressief als het brok beton van Tony Swan.

'Vertel,' zei Reacher.

'Dat kan ik niet,' zei Berenson. 'Dan doet hij mijn zoon pijn.'

'Wie?'

'Dat mag ik niet zeggen.'

'Lamaison?'

'Dat kan ik niet zeggen.'

'Het wordt tijd een besluit te nemen, Margaret. Wij willen weten wie ervan wisten en wie er hebben gevlogen. Op dit moment rekenen we jou daar ook bij. Als je wilt dat we je daarbuiten houden, dan wordt het tijd om serieus te gaan praten.'

'Hij zal mijn zoon pijn doen.'
'Lamaison?'
'Ik kan niet zeggen wie.'
'Bekijk het eens van onze kant, Margaret. Als wij over jou twijfelen, maken we je af.'
Berenson zei niets.
'Wees slim, Margaret,' zei Reacher. 'Wie het dan ook mag zijn die je zoon bedreigt, als jij ons genoeg over hem vertelt, overleeft hij het niet. Dan kan hij niemand meer kwaad doen.'
'Daar kan ik niet op vertrouwen.'
'Schiet haar maar dood,' zei Neagley. 'Ze verknoeit onze tijd.'
Reacher liep naar de koelkast en deed hem open. Haalde er een plastic fles Evian uit. Bronwater, Frans, iedere liter drie keer zo duur als benzine. Hij schroefde de dop van de fles en nam een lange teug. Bood Neagley de fles aan. Zij schudde haar hoofd. Hij liet de rest van het water weglopen in de gootsteen, liep terug naar de tafel en zaagde met het keukenmes een ovaal gat in de bodem van de fles. Hij schoof de fles over de loop van de Glock. Verschikte de fles wat zodat de hals zich precies voor de opening van de loop bevond.
'Huis-, tuin- en keukendemper,' zei hij. 'De buren zullen niets horen. Hij werkt maar één keer, maar één keer is ook genoeg.'
Hij hield het wapen een halve meter van Berensons gezicht en richtte zo dat zij met haar rechteroog recht in de plastic fles keek.
Berenson begon te praten.

67

Achteraf was het een verhaal dat Reacher vooraf had kunnen bedenken. De oorspronkelijke ingenieur die de elektronica had ontwikkeld, deed nu de kwaliteitscontrole in Highland Park, en was tekenen gaan vertonen van zware spanningen. Hij heette Edward Dean en woonde een heel eind naar het noorden, voorbij de bergen. Heel toevallig stond zijn jaarlijkse functioneringsgesprek drie weken nadat zijn vreemde gedrag was begonnen, in de planning. Margaret Berenson was een getraind professional en het was haar onmiddellijk opgevallen dat hij uit zijn doen was en ze was erop doorgegaan.

Aanvankelijk beweerde Dean dat zijn verhuizing naar het noorden de oorzaak van zijn problemen was. Hij was op zoek gegaan naar een ontspannen leven en had een paar hectare land gekocht in de woestijn ten zuiden van Palmdale. Het heen en weer rijden brak hem op. Berenson geloofde het niet. Iedereen die in Los Angeles werkte, reed zich een ongeluk van en naar het werk. Toen had Dean het op problemen met de buren gegooid. In de buurt waren vrijgevochten motorjongens en speedfabrieken. Dat kwam Berenson geloofwaardiger over. Verhalen zat over wat zich allemaal afspeelde in de woestijn. Maar een pijnlijke echo bij een toevallige opmerking over Deans dochter deed haar vermoeden dat zij het werkelijke probleem was. Ze was veertien jaar oud. Berenson begon te rekenen en maakte van één plus één drie. Ze dacht dat het meisje misschien was gaan optrekken met die motorjongens of aan het experimenteren was geslagen met pillen en thuis voor moeilijkheden zorgde.

Maar toen herzag ze haar mening. De kwaliteitsproblemen in Highland Park raakten algemeen bekend binnen het bedrijf. Berenson wist dat Dean een dubbele verantwoordelijkheid had. Als manager van New Age was hij verplicht ervoor te zorgen dat het bedrijf goed draaide. Maar daarnaast was hij aan het Pentagon verantwoording verschuldigd voor de geleverde producten. Berenson vermoedde dat het

dat conflict was, dat de spanningen veroorzaakte. In grote lijnen deed hij echter niets onwettigs en dus zette ze haar zorgen opzij.
Toen verdween Tony Swan.
Hij verdween. De ene dag was hij er nog, de volgende was hij weg. Margaret Berenson was een getraind professional en het was haar onmiddellijk opgevallen dat hij was verdwenen. Ze was op onderzoek uitgegaan. Ze had zelf dubbele verantwoordelijkheden. Swan was op de hoogte van vertrouwelijke informatie. Er waren banden naar nationale veiligheid. Ze zat erbovenop met de verbetenheid van een hond die met een kluif bezig is. Ze stelde allerlei mensen allerlei vragen.
Toen, op een dag, kwam ze thuis en trof ze op de oprit Allen Lamaison aan die aan het basketballen was met haar zoon.
Berenson was bang voor Lamaison. Dat was ze altijd al. Ze besefte pas hoe bang ze was toen ze hem door het haar van haar twaalfjarige zoon zag woelen met een hand die groot genoeg was om de schedel van de jongen fijn te knijpen. Hij stelde voor dat de jongen buiten nog wat zou oefenen op zijn driepunters, terwijl hij naar binnen zou gaan om een paar belangrijke zaken te bespreken met zijn moeder.
Het gesprek begon met een bekentenis. Lamaison vertelde Berenson precies wat er met Swan was gebeurd. Elk detail. En hij suggereerde waarom het was gebeurd. Deze keer begon Berenson te rekenen en maakte ze van twee plus twee vier. Ze herinnerde zich de spanningen bij Dean. Heel langzaam gaf Lamaison prijs dat Dean betrokken was bij een speciaal project, omdat, als hij niet meewerkte, zijn dochter zou verdwijnen en weken later zou worden teruggevonden terwijl het bloed langs haar enkels drupte, te midden van een groep tevreden lachende motorjongens.
Of misschien zou ze wel helemaal nooit worden teruggevonden.
Toen zei Lamaison dat hetzelfde haar zoon kon overkomen. Hij zei dat er heel wat van die vrijgevochten motorjongens waren die het niet zo nauw namen. De meesten hadden in de gevangenis gezeten en in de gevangenis werd je smaak geruïneerd.
Hij gaf een waarschuwing met twee instructies. De waarschuwing was dat vroeg of laat twee mannen en twee vrouwen zouden opdagen om vragen te stellen. Oude vrienden van Swan uit het leger. De eerste instructie was om ze om de tuin te leiden, vastberaden, beleefd en af-

doende. De tweede instructie was om nooit iets van dat gesprek naar buiten te brengen.
Toen had hij Berenson mee naar boven genomen, waar ze een bepaalde seksuele handeling moest uitvoeren. Ter bevestiging van hun afspraken voor de toekomstige samenwerking, zei hij.
Toen ging hij naar buiten en gooide nog wat ballen door de ring, samen met haar zoon.
Toen was hij weggereden.

Reacher geloofde haar. Hij had zijn hele leven al geluisterd naar mensen die leugens vertelden, en minder vaak naar mensen die de waarheid vertelden. Hij wist hoe je beide moest onderscheiden. Hij wist wat je wel kon vertrouwen en wat niet. Hij was bijzonder cynisch, maar bezat ook het bijzondere talent om als het moest de wereld onbevooroordeeld tegemoet te treden. Hij geloofde het verhaal over het basketballen, en de verwijzing naar gevangenissen, en de seks. Mensen als Margaret Berenson verzonnen zoiets niet. Dat konden ze niet. Hun referentiekader was niet breed genoeg. Hij pakte het keukenmes en sneed de tape los. Hielp haar opstaan.
'En wie wisten ervan?'
'Lamaison,' zei Berenson. 'Lennox, Parker en Saropian.'
'Meer niet?'
'Nee.'
'En die andere vier ex-LAPD'ers?'
'Die zijn anders. Die komen uit een andere tijd en een ander gebied. Lamaison zou ze met zoiets als dit niet echt vertrouwen.'
'Waarom heeft hij ze dan ingehuurd?'
'Gewoon personeel, getalsmatig noodzakelijk. En hij vertrouwt hen wel met al het andere werk. Ze doen wat hij hen opdraagt.'
'Waarom heeft hij Tony Swan ingehuurd? Daarmee groef hij haast op voorhand zijn eigen graf.'
'Lamaison heeft Swan niet ingehuurd. Hij wilde hem niet. Maar ik heb onze directeur ervan overtuigd dat we mensen nodig hadden met verschillende achtergronden. Het was gewoon bedrijfstechnisch ongezond om alle mensen van dezelfde plek te halen.'
'Dus jij hebt hem ingehuurd.'
'In principe wel. Het spijt me.'
'Waar heeft al die ellende zich afgespeeld?'

'Highland Park. Daar is de helikopter. En daar zijn loodsen. Het is een groot complex.'
'Kun je ergens heen?' vroeg Reacher.
'Heen?' zei Berenson.
'Een paar dagen, tot het voorbij is.'
'Het gaat niet voorbij. Jij kent Lamaison niet. Die krijg je er niet onder.'
Reacher keek naar Neagley.
'Krijgen wij hem eronder?' vroeg hij.
'Onder de grond,' zei Neagley.
Berenson zei: 'Maar ze zijn met zijn vieren.'
'Met zijn drieën,' zei Reacher. 'We hebben al met Saropian afgerekend. Zij met zijn drieën, wij met zijn vieren.'
'Je bent gek.'
'Dat zullen zij ook denken. Zeker weten. Ze zullen denken dat ik compleet psychotisch ben.'
Berenson bleef lange tijd stil.
'Ik zou in een hotel kunnen trekken,' zei ze.
'Wanneer komt je zoon uit school?'
'Ik zal hem ophalen.'
Reacher knikte. 'Ga je spullen maar inpakken.'
Berenson zei: 'Dat zal ik doen.'
'Wie hebben er gevlogen?' vroeg Reacher.
'Lamaison, Lennox en Parker. Alleen die drie.'
'En de piloot,' zei Reacher. 'Dat maakt vier.'

Berenson liep naar boven en Reacher borg het keukenmes weg. Toen stopte hij Swans brok beton weer in zijn zak en trok de Evianfles van de Glock.
'Zou dat echt gewerkt hebben?' vroeg Neagley. 'Als demper.'
'Ik betwijfel het,' zei Reacher. 'Ik heb het eens in een boek gelezen. Daar werkte het wel. Maar in het echt denk ik dat hij ontploft zou zijn en mij zou hebben verblind met plastic scherven. Maar het zag er goed uit, niet? Het voegde iets toe. Beter dan zomaar het pistool op haar richten.'
Toen ging zijn telefoon over. Zijn prepaid van de Radio Shack, niet de telefoon van Saropian uit Las Vegas. Het was Dixon. O'Donnell en zij waren nu viereneenhalf uur op hun post in Highland Park. Zij

hadden alles gezien wat ze te zien zouden krijgen en ze maakten zich zorgen dat ze in het oog zouden lopen.
'Ga maar naar huis,' zei Reacher. 'We weten wat we moeten weten.'
Toen ging de telefoon van Neagley over. Haar eigen telefoon, niet de prepaid. Haar assistent in Chicago. Half elf in L.A., middaguur in Illinois. Ze luisterde, zonder te bewegen, zonder iets te vragen, nam alle informatie in zich op. Daarna verbrak ze de verbinding.
'Voorlopige, officieuze gegevens van de LAPD,' zei ze. 'In twintig jaar tijd heeft Lamaison achttien onderzoeken van Interne Zaken aan zijn broek gehad en die heeft hij allemaal zonder kleerscheuren doorstaan.'
'Aanklacht?'
'Noem maar op. Buitensporig geweld, omkoping, corruptie, zoekgeraakte drugs, zoekgeraakt geld. Hij deugt niet, maar hij is slim.'
'Hoe komt een kerel met zo'n staat van dienst aan een baan bij een bedrijf dat voor defensie werkt?'
'Hoe komt zo iemand om te beginnen aan een baan bij de LAPD? En dan ook nog promoties naar de top? Door een scherm op te trekken en zijn stinkende best te doen om zijn dossier schoon te houden, zo doet hij dat. En door te zorgen dat hij een partner had die wist hoe en wanneer hij zijn mond moest houden.'
'Zijn partner deugde waarschijnlijk evenmin. Meestal werkt dat zo.'
'Jij kunt het weten.' zei Neagley.

Veertig minuten later kwam Berenson de trap af met een koffer en een tas. Een dure, zwarte leren koffer en een felgroene nylon tas met een sportlogo erop. Voor zichzelf en de jongen, dacht Reacher. Hij laadde ze in de kofferbak van de Toyota. Reacher en Neagley liepen de straat uit naar hun Honda's, reden naar Berensons huis en formeerden een strak konvooi voor bescherming. In principe net als bij het volgen, maar met een ander doel. Neagley bleef direct achter Berenson rijden en Reacher op afstand. Na een kilometer bedacht hij dat O'Donnell geen gelijk had gehad dat de afgejakkerde Honda's de onopvallendste auto's van Californië waren. De Toyota voldeed beter aan die eis. Hij keek ernaar en zag hem amper.
Berenson stopte bij een school. Het was een groot bruin complex met het soort stilte van een zwart gat eromheen dat kenmerkend is voor scholen als de kinderen binnen aan het werk zijn. Na twintig minuten kwam ze weer naar buiten met een jongen met bruin haar op

sleeptouw. Hij was klein. Hij kwam amper tot haar schouder. Hij keek een beetje verbaasd, maar aangenaam verrast omdat ze hem uit school haalde.
Berenson reed vervolgens een eindje over de 110, nam de afrit in Pasadena en koerste af op een eenvoudig hotel in een rustige straat. Reacher keurde haar keuze goed. Achter het hotel was een parkeerplaats waar haar Toyota niet zichtbaar was vanaf de straat, er was een portier bij de deur en binnen waren twee vrouwen achter een balie. Genoeg waakzaam toezicht op de liften en kamers. Beter dan een motel.
Reacher en Neagley bleven nog even om Berenson en de jongen de tijd te geven zich te installeren. Tien minuten zou genoeg moeten zijn. Ze maakten van de gelegenheid gebruik om te lunchen, in een bar naast de lobby. Sandwiches, koffie voor Reacher, frisdrank voor Neagley. Reacher hield wel van sandwiches. Hij vond het plezierig naderhand zijn tanden te stoken met de prikker die de sandwiches bij elkaar hield. Hij hield er niet van om met mensen te praten met resten kippenvlees tussen zijn tanden.
Zijn telefoon ging over toen hij de laatste slok koffie nam. Dixon opnieuw. Ze was terug in het motel, met O'Donnell. Er wachtte hem een dringend bericht bij de receptie. Van Curtis Mauney.
'Hij wil ons zien bij dat mortuarium aan de noordkant van Glendale,' zei Dixon. 'Nu meteen.'
'Daar waar we naartoe zijn geweest voor Orozco?'
'Ja.'
'Omdat ze Sanchez hebben gevonden?'
'Dat heeft hij niet gezegd. Maar Reacher, hij wil ons niet in het mortuarium ontmoeten. Hij zei dat we naar het ziekenhuis aan de overkant moesten komen. Dus als het om Sanchez gaat, leeft hij nog.'

68

Dixon en O'Donnell vertrokken vanaf het Dunes Motel en Reacher en Neagley vanaf het hotel in Pasadena. Beide locaties waren even ver van het ziekenhuis aan de noordkant van Glendale. Vijftien kilometer, langs twee zijden van een smalle driehoek.

Reacher vermoedde dat Neagley en hij er het eerst zouden zijn. Dankzij de manier waarop de freeways langs de flanken van de San Gabriel Mountains lagen, konden ze er in één rechte lijn heen over de 210. Dixon en O'Donnell zouden in noordoostelijke richting rijden, dwars op de freeways, een veel zwaardere tocht, voortdurend worstelen met lokaal verkeer.

Maar de 210 zat vol. Nog geen honderd meter na de oprit stond alles vast. Een stroom vastgelopen auto's kromde voor hen uit in de verte, blinkend in de zon, benzine verbrandend, op weg naar nergens. Een klassiek L.A.-panorama. Reacher keek in zijn spiegel en zag Neagleys Honda direct achter zich. Zij had een Civic, wit, ongeveer vier modellen oud. Hij kon haar niet aan het stuur zien. De voorruit was te donker getint. Langs de bovenrand was een plastic strook geplakt, donkerblauw met daarop in een hakerig schrift de tekst *No Fear*. Heel toepasselijk, dacht hij, voor Neagley.

Hij belde haar op.

'Verderop is een ongeluk gebeurd,' zei ze. 'Ik hoorde het net op de radio.'

'Fantastisch.'

'Als Sanchez het zo lang heeft uitgehouden, houdt hij het ook nog wel wat langer uit.'

Reacher vroeg: 'Waar zijn ze de fout in gegaan?'

'Ik weet het niet. Dit was niet het moeilijkste wat ze ooit hebben gedaan.'

'Dus moet er iets zijn gebeurd. Iets onvoorspelbaars. Waar zou Swan zijn begonnen?'

'Bij Dean,' zei Neagley. 'De kwaliteitscontroleur. Zijn gedrag moet hem aan het denken hebben gezet. Slechte productiecijfers op zich zeggen niet zoveel. Maar slechte cijfers en een overspannen kwaliteitscontroleur zijn veelbetekenend.'

'Heeft hij het hele verhaal uit Dean losgekregen?'

'Waarschijnlijk niet. Maar genoeg om de losse einden aan elkaar te breien. Swan was heel wat slimmer dan Berenson.'

'Wat heeft hij daarna gedaan?'

'Twee stappen tegelijk,' zei Neagley. 'Hij heeft de situatie met Dean gecontroleerd en hij is op zoek gegaan naar aanvullend bewijs.'

'Met hulp van de anderen.'

'Meer dan hulp,' zei Neagley. 'Hij huurde hen in feite in. Hij moest wel omdat de situatie binnen het bedrijf onzeker was.'

'Dus hij heeft er niet één keer met Lamaison over gepraat?'

'Absoluut niet. Regel één: vertrouw niemand.'

'Waar is het fout gegaan dan?'

'Ik weet het niet.'

'Wat zou hij hebben gedaan om de situatie met Dean onder controle te krijgen?'

'Hij zal met de lokale politie zijn gaan praten. Heeft ze om bescherming gevraagd, of op zijn minst dat er een surveillancewagen op gezette tijden langs zou rijden.'

'Lamaison is ex-LAPD. Misschien heeft hij nog maatjes bij de politie. Misschien hebben die hem getipt.'

'Klopt niet,' zei Neagley. 'Swan heeft niet met de LAPD gepraat. Dean woont aan de andere kant van de heuvel. Buiten de jurisdictie van de LAPD.'

Reacher bleef even stil.

'Wat in feite betekent dat Swan met niemand heeft gepraat,' zei hij. 'Want aan die kant ligt het koninkrijk van Curtis Mauney, en die wist niets van Dean of New Age. Of zelfs maar van Swan, behalve dan via Franz.'

'Swan zou Dean niet onbeschermd hebben laten rondlopen.'

'Misschien was het dan wel niet Dean waardoor het allemaal op gang kwam. Misschien wist Swan wel helemaal niets van Dean. Misschien is hij er op een andere manier achter gekomen.'

'Hoe dan?' vroeg Neagley.

'Geen idee,' zei Reacher. 'Misschien kan Sanchez ons dat vertellen.'

'Jij denkt dat hij nog leeft?'

‘Laten we het beste ervan hopen.’
‘En rekening houden met het ergste.’
Ze verbraken de verbinding. De auto’s in hun rijbaan kwamen langzaam in beweging. Gedurende een minuut en een kwart van hun gesprek waren ze vijf auto’s opgeschoven. In de volgende vijf minuten stilte nog eens tien, zes keer langzamer dan lopen. Rondom hen berustten mensen in hun lot. Ze voerden telefoongesprekken, lazen, scheerden zich, maakten zich op, rookten, aten, luisterden naar muziek. Sommigen probeerden bruin te worden in de zon. Ze stroopten hun mouwen op en hingen hun armen buiten het raam.
Reachers prepaid ging over. Opnieuw Neagley.
‘Meer nieuws uit Chicago,’ zei ze. ‘We hebben toegang tot delen van het mainframe van de LAPD. Lennox en Parker waren ongeveer net zulke boeven als Lamaison. Ze waren partners. Ze namen ontslag toen ze voor de twaalfde keer in twaalf jaar werden geconfronteerd met een onderzoek door Interne Zaken. Ze moeten ongeveer een week hebben rondgelopen zonder werk voordat Lamaison hen inhuurde voor New Age.’
‘Ik ben blij dat ik geen aandelen heb in New Age.’
‘Die heb je wel. Het is allemaal geld van het Pentagon. Waar denk je dat dat vandaan komt?’
‘Niet van mij,’ zei Reacher.
Tweehonderd meter verder lag het einde van de bocht in de freeway, die licht omhoogliep, zodat ze de oorzaak van hun vertraging konden zien, in de verte, in de heiige lucht. In de linker rijbaan stond een auto met pech. Een obstakel van niets, maar al het verkeer kwam erdoor tot stilstand. Reacher verbrak de verbinding met Neagley en koos het nummer van Dixon.
‘Zijn jullie er al?’ vroeg hij.
‘Misschien nog een minuut of tien.’
‘Wij zitten vast in het verkeer. Bel ons maar als er goed nieuws is. Bel ook maar als er slecht nieuws is, denk ik.’

Het kostte nog een kwartier om de auto met pech te bereiken en een paar keer hachelijk van rijbaan veranderen om erlangs te komen. Daarna loste de file op en reed iedereen verder met honderd kilometer per uur alsof er niets was gebeurd. Tien minuten later waren Reacher en Neagley bij het dienstencentrum. Vijftien kilometer in veertig minuten. Gemiddelde snelheid twintig kilometer per uur. Niet geweldig.

Ze negeerden het lijkenhuis en parkeerden op het parkeerterrein voor bezoekers van het ziekenhuis. Ze liepen in de zon naar de hoofdingang. Reacher zag eerst de Honda van O'Donnell en toen die van Dixon. Achter de hoofdingang van het ziekenhuis lag een hal, vol met rode plastic stoeltjes. Hier en daar zaten er mensen op, de meeste waren leeg. Het was er vrij rustig. Er was geen enkel teken van Dixon of O'Donnell. Of Curtis Mauney. Er was een lange balie met mensen erachter. Geen verpleegkundigen. Administratief personeel. Reacher vroeg één van hen naar Mauney, maar ving bot. Hij vroeg naar Jorge Sanchez en ving opnieuw bot. Hij vroeg naar opnamen in de spoedpoli en werd doorverwezen naar een tweede balie om de hoek.

Bij die nieuwe balie kreeg hij te horen dat er geen recente spoedopnamen waren geweest en wisten ze niets van een patiënt die Jorge Sanchez heette of een sheriff van L.A. County met de naam Curtis Mauney. Reacher haalde zijn telefoon tevoorschijn, maar ze vroegen hem de telefoon niet in het ziekenhuis te gebruiken om te voorkomen dat het signaal delicate medische apparatuur zou storen. Hij liep naar buiten en belde Dixon.

Geen antwoord.

Hij probeerde het nummer van O'Donnell.

Geen antwoord.

Neagley zei: 'Misschien hebben ze de telefoon uitgezet. Omdat ze op de IC zijn of zo.'

'Bij wie? Ze hebben hier nog nooit van Sanchez gehoord.'

'Ze moeten hier ergens zijn. Ze zijn net aangekomen.'

'Dit voelt niet goed,' zei Reacher.

Neagley haalde het kaartje van Mauney uit haar zak. Gaf het aan Reacher. Reacher koos Mauneys mobiele nummer.

Geen antwoord.

Zijn vaste lijn.

Geen antwoord.

Toen ging de telefoon van Neagley. Haar eigen telefoon, niet de prepaid. Ze nam op. Luisterde. Haar gezicht trok wit weg. Letterlijk bloedeloos, als was.

'Dat was Chicago,' zei ze. 'Curtis Mauney was de partner van Allen Lamaison. Ze hebben samen twaalf jaar bij de LAPD gewerkt.'

69

Er was iets fout gegaan. Iets onvoorspelbaars. Neagley had gelijk gehad, maar half. Dean was wel een belangrijke factor geweest, maar het was allemaal niet door hem aan het rollen gekomen. Swan was pas veel later achter zijn rol in het geheel gekomen, op een andere manier, toen de anderen al meededen. De omvang van de ramp kon niet op een andere manier worden verklaard. Reacher stond op het parkeerterrein van het ziekenhuis, sloot zijn ogen en vormde zich een beeld van wat er moest zijn gebeurd. Zag Swan praten met Dean, het laatste puzzelstukje, bij hem thuis, aan de noordkant van de bergen, in de woestijn bij Palmdale, een paradijs voor mensen die de stad ontvluchtten, een wijkplaats, een jong meisje dat zonder iets te zeggen langs een openstaande deur liep, angst op het gezicht van Dean, bezorgdheid op het gezicht van Swan. Reacher zag hoe Swan het hele verhaal eruit trok, steeds Dean geruststellend, solide en zelfverzekerd. Daarna zag Reacher Swan naar het stoffige kantoor van een sheriff rijden, met Mauney praten, uitleg geven, om hulp vragen, hulp eisen. Daarna zag hij Swan vertrekken en Mauney een telefoon pakken. Zag hoe Swans lot bezegeld werd. En dat van Franz, en Orozco, en Sanchez.

Iets onvoorspelbaars.

Reacher deed zijn ogen open en zei: 'We gaan er niet nog twee kwijtraken. Niet zolang ik leef en ademhaal.'

Ze lieten de Civic van Neagley achter op het parkeerterrein van het ziekenhuis en namen de Prelude van Reacher. Maar ze hadden niets om naartoe te gaan. Ze reden om in beweging te zijn. En praatten om maar wat te zeggen. Neagley zei: 'Ze wisten dat we vroeg of laat zouden opdagen. Ze werden gek van het wachten. Dus manipuleerden ze het tijdschema in hun voordeel. Mauney dwong Angela Franz om mij te bellen. Hij verzon het verhaal van het lokaas om Thomas Brant niet achterdochtig te maken. Hij volgde ons bij iedere stap die we de-

den en gaf ons kleine beetjes informatie die we al hadden om ons in de buurt te houden en vroeg ons wat we nog meer te weten waren gekomen en wachtte af of we misschien zouden opgeven en hun niet langer zouden lastigvallen. En toen we niet opgaven, besloten ze met ons af te rekenen. Eerst in Las Vegas, en nu hier.'
Ze reden terug de 210 op. Het verkeer raasde ongehinderd en vrij voort.
'Plan?' vroeg Neagley.
'Geen plan,' zei Reacher.

De telefoonlijst die Dixon had buitgemaakt, lag in de kamer van O'-Donnell in het motel, maar ze wilden zich niet laten zien in de buurt van Sunset Boulevard. Niet op dat moment. Dus legden ze gedeeltelijk onthouden fragmenten van het adres van de fabriek in Highland Park bij elkaar en reden in die richting.
Ze vonden Highland Park gemakkelijk genoeg. Het was een behoorlijk stadsdeel vol straten en huizen en bedrijventerreinen en kleine, schone hightechbedrijven. Het was moeilijker om de locatie van New Age te vinden. Ze verwachtten nu niet bepaald dat het zou worden aangekondigd op een billboard, en dat was ook niet zo. In plaats daarvan zochten ze vooral naar gebouwencomplexen zonder naam, en naar serieuze omheiningen en heliports. Ze vonden een paar van dergelijke locaties. Het was zo'n soort buurt.
'Dixon zei dat die helikopter een Bell 222 was,' zei Reacher. 'Zou je die herkennen als je er een zag?'
'In de afgelopen vijf minuten heb ik er drie gezien,' zei Neagley.
'Ze zei dat hij wit was.'
'Twee in de laatste vijf minuten.'
'Waar?'
'De tweede was anderhalve kilometer terug. Twee keer links en dan rechts. De eerste was nog drie locaties daarvoor.'
'Allebei met omheiningen?'
'Jep.'
'Loodsen?'
'Allebei.'
Reacher remde en overtrad het verkeersreglement door om te keren over de volle breedte van de weg. Hij reed terug in de richting waaruit ze waren gekomen. Hij sloeg twee keer links af en één keer rechts

af en nam gas terug. Neagley wees naar een verzameling grijze metalen gebouwen achter een omheining die eruitzag alsof hij thuishoorde rondom een extra beveiligde penitentiaire inrichting. Hij was minstens tweeënhalve meter hoog en meer dan een meter breed, twee rijen met strengen prikkeldraad dicht bij elkaar met gigantische rollen prikkeldraad ertussenin, en bovenop nog meer rollen prikkeldraad. Een afschrikwekkende barrière. Achter de omheining stonden vier gebouwen. Een ervan was een grote loods, de andere drie waren kleiner. Er was een grote rechthoekige plaat beton waar een helikopter op stond met een lange neus, wit, stil en in rust.

'Dat is een Bell 222?' vroeg Reacher.

'Onmiskenbaar,' zei Neagley.

'Dus dit is het?'

'Moeilijk te zeggen.'

Naast de heliport was een oranje windzak aan een lange paal. Hij hing slap in de warme, droge lucht. Er was een klein parkeerterrein met dertien auto's. Geen dure auto's. Geen blauwe Chryslers.

'In wat voor auto's rijden arbeiders?' vroeg Reacher.

'In dat soort auto's,' zei Neagley.

Reacher reed door, langs een eerste locatie, langs een tweede. De derde locatie leek veel op de eerste. Een serieuze omheining, vier onopgesmukte gebouwen van grijs plaatmateriaal, een parkeerterrein vol goedkope auto's, een heliport, een geparkeerde Bell 222, wit. Geen namen, geen borden op de gevels, niets.

Reacher zei: 'We hebben een precies adres nodig.'

'Daar hebben we geen tijd voor. Het Dunes Motel is hier een heel eind vandaan.'

'Maar Pasadena niet.'

Het was een klein sprongetje naar het oosten over de York Boulevard en de 110. Ze parkeerden vijftien minuten later bij het hotel in Pasadena. Vijf minuten later stonden ze in de kamer van Margaret Berenson. Vertelden haar wat ze nodig hadden. Ze vertelden niet waarom. Ze wilden voor haar een schijn van succes ophouden. Berenson vertelde hen dat de eerste locatie die ze hadden gezien, was wat ze zochten.

Nog weer vijftien minuten later reden ze opnieuw langs de eerste locatie. De omheining was angstaanjagend. Wreed. Een tank zou er misschien doorheen komen. Een auto vrijwel zeker niet. Een Honda Prelude niet. Zelfs niet zo'n zware bak als de Chrysler. Zelfs geen zware vrachtwagen. Het was een kwestie van veerkracht van het prikkeldraad. Scheermesjesdraad. De buitenste strengen zouden meegeven als gitaarsnaren voordat ze zouden breken en zo de kracht van de klap opvangen, het voertuig vertragen en beroven van zijn snelheid. Dan zouden de rollen prikkeldraad in elkaar worden gedrukt. Als een spons. Als een veer. Het voertuig zou verstrikt raken en nog meer snelheid kwijtraken en stilstaan. Geen schijn van kans om er op wielen doorheen te komen. En evenmin te voet. Iemand met een betonschaar zou doodbloeden, eer hij er halverwege doorheen was. En je kon er ook niet overheen. De rollen prikkeldraad daar waren te breed en te los om iets met een ladder te kunnen bereiken.

Reacher reed een keer om het hele blok. Het complex besloeg een terrein van een hectare. Het was min of meer vierkant, ongeveer honderd bij honderd meter. Vier gebouwen, één groot en drie kleinere. Verdord, bruin gras en sintelpaden van het ene gebouw naar het andere. De omheining was vierhonderd meter lang en vertoonde nergens zwakke plekken. En maar één toegangshek. Het was een breed stalen hek dat op wielen opzij kon wegschuiven. Boven op het hek waren ook weer rollen prikkeldraad gelast. Ernaast stond een wachthokje.

'Voorschrift van het Pentagon,' zei Neagley. 'Kan niet anders.'

In het hokje stond een wachtpost. Een oude kerel, grijs haar, grijs uniform. Een koppelriem om zijn middel, een pistool achter de riem gestoken. Eenvoudig baantje. Het juiste pasje en de juiste papieren en hij zou op een knop drukken en het hek zou opzij rollen. Geen pasje en geen papieren en hij zou niets doen en het hek ook niet. Boven het hoofd van de man hing een gloeilamp. Die zou bij donker branden. Die zou een zacht geel schijnsel werpen in een kring van vijf meter alle kanten op.

'Geen enkele manier om erin te komen,' zei Reacher.

'Zijn ze eigenlijk wel hier?'

'Moet wel. Het is een soort privégevangenis. Veiliger dan hen ergens anders opbergen. En ze hebben de anderen hier ook gehad.'

'Hoe zal het gebeurd zijn?'

'Mauney heeft hen gearresteerd op het parkeerterrein van het ziekenhuis. Misschien werd hij geholpen door de mannen van Lamaison.

Veel mensen daar, totale verrassing, wat hadden ze moeten doen?'
Reacher reed verder. De Prelude was een onopvallende auto, maar hij wilde niet dat hij te vaak op dezelfde plek werd gezien. Hij sloeg een hoek om en parkeerde een paar honderd meter verder. Zei niets. Omdat hij niets te zeggen had.
Neagleys telefoon ging. Haar eigen. Ze nam aan. Luisterde. Verbrak de verbinding. Sloot haar ogen.
'Mijn man in het Pentagon,' zei ze. 'De raketten zijn zojuist in Colorado van het terrein afgereden.'

70

Als Mahmoud die raketten heeft, dan gaat dit hele gedoe ons boven de pet. Dan moeten we het maar slikken zoals het is en wat anders gaan doen. Reacher keek Neagley aan. Ze opende haar ogen en keek terug.

'Hoeveel wegen ze?' vroeg Reacher.

'Wegen?'

'Van gewicht. Kilo's en ponden.'

'Ik weet het niet. Ze zijn nieuw. Ik heb er nog nooit een gezien.'

'Doe eens een gok.'

'Zwaarder dan een Stinger. Omdat ze meer doen. Maar nog steeds draagbaar. In kratten, met lanceerbuizen en reserveonderdelen en handleiding, zeg vijfentwintig kilo per stuk.'

'Dat maakt zestien en een kwart ton.'

'Een middelgrote vrachtwagen,' zei Neagley.

'Gemiddelde snelheid op de snelwegen, tachtig kilometer per uur?'

'Waarschijnlijk.'

'Naar het noorden over de I-25 naar de I-80, dan naar het westen naar Nevada, dat is bijna vijftienhonderd kilometer. Dan hebben we achttien uur. Zeg maar vierentwintig, want de chauffeur zal onderweg stoppen.'

'Ze gaan niet naar Nevada,' zei Neagley. 'Want Nevada is onzin, omdat ze die dingen gaan gebruiken, niet vernietigen.'

'Waar dan ook. Alles wat de moeite waard is, is achttien uur rijden van Denver.'

Neagley schudde haar hoofd. 'Dit is waanzin. We kunnen geen vierentwintig uur wachten. Of achttien. Je hebt zelf gezegd, het gaat misschien wel om tienduizend slachtoffers.'

'Maar nog niet.'

'We kunnen niet wachten,' zei Neagley opnieuw. 'Het is gemakkelijker die vrachtwagen tegen te houden als hij Denver uit rijdt. Hij kan wel overal naartoe rijden. Hij kan wel op weg zijn naar New York,

JFK, of La Guardia. Of Chicago. Denk je eens even in wat er gebeurt als ze Little Wing gebruiken bij O'Hare.'
'Liever niet.'
'Elke minuut die wij wachten, wordt het moeilijker om die vrachtwagen te vinden.'
'Moreel dilemma,' zei Reacher. 'Twee mensen die wij kennen, of tienduizend die we niet kennen.'
'We moeten het iemand vertellen.'
Reacher zei niets.
'We moeten wel, Reacher.'
'Misschien luisteren ze wel niet. Ze luisterden ook niet bij 11 september.'
'Dat zijn strohalmen. Ze zijn veranderd. We moeten het iemand vertellen.'
'Dat doen we,' zei Reacher. 'Maar nu nog niet.'
'De kansen voor Karla en Dave worden er een stuk beter op als er een paar SWAT-teams bij zijn.'
'Maak dat de kat wijs. Dan zijn ze binnen de kortste keren bijkomende schade.'
Neagley zei: 'We komen niet eens door die omheining heen. Dixon gaat dood, O'Donnell gaat dood, tienduizend andere mensen gaan dood, en wij gaan dood.'
'Jij wilt eeuwig leven?'
'Ik wil vandaag nog niet dood. Jij wel?'
'Het maakt me eerlijk gezegd niet uit.'
'Echt?'
'Ik heb me er nog nooit om bekommerd. Waarom zou ik?'
'Jij bent écht psychotisch.'
'Bekijk het van de zonnige kant.'
'En dat is?'
'Misschien gebeurt al dat verschrikkelijke wel helemaal niet.'
'Waarom niet?'
'Misschien winnen we wel. Jij en ik.'
'Hier? Misschien. Maar dan later? Ik geloof niet in sprookjes. We hebben geen idee waar die vrachtwagen heen gaat.'
'Dat kunnen we later uitzoeken.'
'Denk je?'
'Daar zijn we goed in.'

'Goed genoeg om het leven van tienduizend mensen in te zetten tegen twee?'
'Ik hoop het,' zei Reacher.

Hij reed anderhalve kilometer naar het zuiden en parkeerde in een bochtige zijstraat voor een Harley motorshop. In de verte kon hij de helikopter van New Age zien.
Hij vroeg: 'Hoe denk je dat hun beveiliging eruitziet?'
'Normaal gesproken?' zei Neagley. 'Bewegingsmelders op de omheining, grote sloten op alle deuren en iemand in die wachthut vierentwintig uur per dag. Dat is alles wat ze normaal gesproken nodig hebben. Maar vandaag is niet normaal. Vergeet het maar. Ze weten dat wij er nog steeds zijn. Alles wat ze bij New Age aan beveiliging hebben, zit daarbinnen, met de vinger aan de trekker.'
'Zeven man.'
'Zeven waar wij weet van hebben. Misschien wel meer.'
'Misschien.'
'En zij zitten binnen, achter de omheining. Wij staan erbuiten.'
'Laat die omheining maar aan mij over.'
'Je komt er niet doorheen.'
'Dat hoeft ook niet. Er is een hek. Hoe laat is het echt donker?'
'Zeg negen uur, voor de zekerheid.'
'Ze zullen niet vliegen voor donker. We hebben nog zeven uur. Zeven van de vierentwintig.'
'We hebben er nooit vierentwintig gehad.'
'Je hebt mij gekozen als bevelvoerend officier. Dan hebben we wat ik zeg dat we hebben.'
'Ze kunnen hen allebei al wel doodgeschoten hebben.'
'Ze hebben Franz en Orozco en Swan niet doodgeschoten. Ze zijn bang voor ballistisch bewijs.'
'Dit is waanzinnig.'
'Ik wil er niet nog twee kwijt,' zei Reacher.

Ze reden nog een keer om het blok van New Age, snel en onopvallend, en prentten de omgeving in hun geheugen. Het hek was in het midden van de omheining aan de voorkant. Het hoofdgebouw stond er meteen achter, aan het einde van een korte oprit. Daarachter lagen de drie bijgebouwen verspreid. Een was dicht bij de heliport. Een

was wat verder weg. De laatste stond geïsoleerd, misschien dertig meter bij de andere gebouwen vandaan. Alle vier de gebouwen stonden op een plaat beton. Ze hadden grijze, metalen gevels. Geen borden, geen opschriften. Het was een sobere, praktische bouw. Er waren geen bomen. Geen tuinaanleg. Alleen ongelijkmatig bruin gras en harde sintelpaden en een parkeerterrein.
'Waar zijn de Chryslers?' vroeg Reacher.
'De straat op,' zei Neagley. 'Op zoek naar ons.'
Ze reden terug naar het ziekenhuis. Neagley haalde haar auto op van de parkeerplaats. Ze stopten bij een supermarkt. Kochten een doos keukenlucifers. En twee pakken bronwater. Twaalf literflessen, per zes verpakt in krimpfolie. Ze stopten verderop in de straat bij een autoshop. Kochten een plastic jerrycan met een inhoud van twintig liter en een zak poetsdoeken.
Toen stopten ze nog bij een tankstation en vulden de tanks van de auto's en de jerrycan met benzine.

Ze reden naar het zuidwesten, Glendale uit, en kwamen in Silver Lake terecht. Reacher belde Neagley en zei: 'We zouden nu bij het motel langs moeten gaan.'
Neagley zei: 'Misschien surveilleren ze daar nog steeds.'
'En dat is precies waarom we er nu langs moeten gaan. Als we er nu een kunnen uitschakelen, hoeven we ons daar later niet meer om te bekommeren.'
'Misschien is er meer dan één.'
'Toe maar. Hoe meer hoe beter.'
Sunset Boulevard liep dwars door Silver Lake, aan de zuidkant van het reservoir. Het was een lange weg. Reacher draaide erop en reed naar het westen. Tien kilometer verder reed hij in een rustig tempo langs het motel zonder in te houden. Neagley reed twintig meter achter hem in haar Civic. Hij sloeg links af en parkeerde een blok verderop. Langs ventwegen kwamen ze binnendoor achter het motel uit. Ze liepen vijf meter achter elkaar door de stegen. Onverstandig om van twee mensen één doelwit te maken. Reacher liep voorop, zijn hand om de Glock in zijn zak. Hij liep langzaam het terrein van het motel op, aan de achterkant, door een smalle gang met een rij afvalbakken langs de kant. Het terrein zag er onschuldig uit. Acht auto's, vijf met een kenteken van een andere staat, geen blauwe Chryslers.

Niemand in de schaduwen. Hij liep naar rechts. Hij wist dat Neagley vijf meter achter hem naar links zou gaan. Het was een standaardmanoeuvre, jaren geleden ingestudeerd. De R van Reacher, de L van haar tweede naam. Hij liep half om het gebouw heen. Er was niemand die er niet hoorde te zijn. Geen verdachte personen. Niemand in de hal, niemand in de wasruimte. Over de breedte van het terrein zag hij de receptionist alleen in het kantoortje.

Hij liep naar het trottoir en keek de straat langs. Die was leeg. Wel wat activiteit, maar niets van enige betekenis. Een paar auto's, maar niets om je zorgen over te maken. Hij liep terug het terrein op en wachtte tot Neagley haar helft van de cirkel aan de andere kant had afgelegd. Ze controleerde het trottoir, keek de straat in, liep terug en controleerde het kantoor. Niets. Ze schudde haar hoofd en ze gingen op weg naar de kamer van O'Donnell, langs verschillende routes, nog steeds vijf meter bij elkaar vandaan, voor het geval dat.

Het slot van O'Donnells deur was opengebroken.

Of om precies te zijn, aan het slot mankeerde niets, maar de deurpost was vernield. Het hout was versplinterd. Iemand had de deur opengebroken met een koevoet of een breekijzer. Reacher glipte de Glock uit zijn zak en wachtte aan de kant van de scharnieren tot Neagley zich aan de kant van het slot bij hem voegde. Ze knikte en hij trapte de deur open met zijn voet. Zij liet zich op haar knieën vallen en slingerde zich in het deurgat met haar pistool voor zich uit. Nog zo'n standaardmanoeuvre. Wie aan de kant van de scharnieren stond, maakte de deur open, wie aan de kant van het slot stond, ging laag naar binnen om het doelwit zo klein mogelijk te maken. Iemand die zich in een kamer verborgen hield, zou over het algemeen hoog richten, waar hij de lichaamsmassa kon verwachten.

Maar niemand hield zich verborgen in de kamer.

Hij was volkomen leeg. En hij was volkomen vernield. Doorzocht, en vernield. Alle papierwerk van New Age was verdwenen, de afgewezen Glocks waren weg, de reservemunitie was weg, de AMT Hardballers waren weg, Saropians Daewoo DP 51 was weg, de zaklantaarns waren weg. O'Donnells kleren lagen verspreid door de kamer. Zijn pak van duizend dollar was van de klerenhanger gerukt en lag vertrapt op de vloer. Zijn toiletgerei lag overal verspreid.

Dixons kamer was net zo. Leeg en een puinhoop.

En die van Neagley.

En die van Reacher zelf. Zijn opvouwbare tandenborstel lag op de vloer, vertrapt en gebroken.

'Klootzakken,' zei hij.

Ze gingen nog een keer helemaal rond, door het motel zelf, en daarna het blok om het motel heen. Niemand. Neagley zei: 'Ze wachten met zijn allen op ons in Highland Park.'

Reacher knikte. Met zijn tweeën hadden ze twee Glocks en achtenzestig patronen. En de recente aankopen in de kofferbak van de Prelude.

Twee tegen zeven of meer.

Geen tijd.

Geen verrassingseffect.

Een versterkte verdedigingslinie waar niet doorheen te komen viel.

Een hopeloze situatie.

'We moeten er maar op af,' zei Reacher.

71

Wachten op het duister was altijd een lang, vervelend karwei. Soms leek het of de aarde snel ronddraaide en soms leek hij traag rond te draaien. Dit was traag. Ze hadden geparkeerd in een stille straat drie blokken van de fabriek van New Age vandaan, beiden aan een eigen kant van de straat, de Civic van Neagley naar het westen gekeerd, de Prelude van Reacher naar het oosten. Beiden hadden ze zicht op het complex. Er was het een en ander veranderd achter de omheining. De auto's van de arbeiders waren van het terrein verdwenen. Op hun plaats stonden nu zes blauwe Chryslers 300C. Het was duidelijk dat de werkzaamheden voor de rest van de dag waren stilgelegd. De dekken waren vrijgemaakt voor de komende veldslag. Achter de auto's zagen ze de helikopter in de verte, vierhonderd meter weg. Het was niet meer dan een kleine witte vorm, maar ze gingen ervan uit dat ze het zouden zien als de motoren werden gestart. En als die werden gestart, was niets meer wat het was geweest.

Reacher had zijn beide telefoons ingesteld op alleen de trilfunctie. Neagley belde hem twee keer, om de tijd te doden. Ze stond zo dichtbij dat ze ook haar raampje open had kunnen doen en naar hem had kunnen roepen, maar waarschijnlijk wilde ze geen onnodige aandacht trekken.

De eerste keer vroeg ze: 'Ben jij met Karla naar bed geweest?'

'Wanneer?' zei Reacher, om tijd te winnen.

'Deze keer.'

'Twee keer,' zei Reacher. 'Meer niet.'

'Daar ben ik blij om.'

'Bedankt.'

'Jullie wilden het allebei altijd al.'

De tweede keer dat ze belde, was een kwartier later.

'Heb jij een testament?'

'Heeft geen zin,' zei Reacher. 'Nu ze mijn tandenborstel hebben gebroken, bezit ik niets meer.'

'Hoe voelt dat?'
'Slecht. Ik was gek op die tandenborstel. We waren al lange tijd samen.'
'Nee, ik bedoel de rest.'
'Oké. Ik geloof niet dat Karla of Dave echt gelukkiger zijn dan ik.'
'Op dit moment natuurlijk niet, nee.'
'Ze weten dat wij eraan komen.'
'Het zal hen een goed gevoel geven als we er met zijn allen op hetzelfde moment aan gaan.'
'Beter dan in je eentje het onderspit delven,' zei Reacher.

Een grote witte vrachtwagen ploeterde westwaarts op de I-70, richting Utah. Hij was minder dan halfvol geladen, iets meer dan zestien ton in een combinatie die was gebouwd voor veertig ton. Een licht transport dus, maar desondanks langzaam, vanwege de bergen. Het zou een traag transport blijven tot aan de afslag naar het zuiden, de I-15 op. Daarna zou het wat gemakkelijker gaan, het laatste eind Californië in. De bestuurder had voor de hele reis een gemiddelde van tachtig kilometer per uur berekend. Maximaal achttien uur, van deur tot deur. Hij was niet van plan onderweg te stoppen. Hij zou het niet kunnen opbrengen. Hij was een man met een missie, geen tijd voor frivoliteiten.

Azhari Mahmoud keek voor de derde keer op zijn kaart. Hij vermoedde zo'n drie uur nodig te hebben. Misschien meer. Hij moest zo ongeveer dwars door heel L.A., van het zuiden naar het noorden. Hij verwachtte dat dat niet zo gemakkelijk zou gaan. De gehuurde vrachtwagen was traag en reed zwaar, en hij wist zeker dat het verkeer verschrikkelijk zou zijn. Hij besloot er vier uur voor uit te trekken. Als hij te vroeg zou aankomen, kon hij wachten. Dat kon geen kwaad. Hij stelde zijn wekker in, ging op het bed liggen en probeerde zichzelf te dwingen te gaan slapen.

Reacher keek recht voor zich uit naar de horizon in het oosten en probeerde het licht in te schatten. Het getinte glas van de voorruit werkte niet echt mee. Het was maar al te duidelijk visueel te optimistisch. De lucht leek er donkerder door dan hij in werkelijkheid was. Hij zoemde zijn raampje open en leunde naar buiten. In werke-

lijkheid viel het tegen. Er was nog minstens een uur daglicht te gaan. Daarna misschien een uur schemering. Dan volledig donker. Hij zoemde het raampje weer dicht, zakte onderuit en rustte. Dwong zijn hartslag omlaag, vertraagde zijn ademhaling en ontspande zich.
Hij bleef zo ontspannen tot Allen Lamaison hem belde.

72

Lamaison belde Reacher op zijn prepaid van de Radio Shack, niet op de telefoon van Saropian uit Las Vegas. Reacher zag op het scherm dat hij belde met de telefoon van Karla Dixon. Openlijke provocatie. In zijn stem klonk zelfvoldane tevredenheid door.

'Reacher?' zei hij. 'We moeten praten.'

'Zeg maar wat, dan,' zei Reacher.

'Jij bent waardeloos.'

'Vind je?'

'Tot nog toe heb je elke ronde verloren.'

'Behalve Saropian.'

'Dat is waar,' zei Lamaison. 'Dat maakt me heel ongelukkig.'

'Wen er maar aan. Want je gaat er nog zes verliezen, en daarna gaan jij en ik een dansje doen.'

'Nee,' zei Lamaison. 'Dat gaat niet gebeuren. Wij gaan iets regelen.'

'Geloof je het zelf?'

'De voorwaarden zijn uitstekend. Wil je ze horen?'

'Dan moet je opschieten. Ik ben downtown. Ik heb een afspraak met de FBI. Die ga ik alles vertellen over Little Wing.'

'Wat ga je ze vertellen?' zei Lamaison. 'Er valt niets te vertellen. We hebben wat problemen gehad met defecte eenheden die vernietigd zijn. Het staat zwart op wit, in papieren die door het Pentagon goedgekeurd zijn.'

Reacher zei niets.

'Hoe dan ook, je bent helemaal niet in de buurt van de FBI. Je zit te peinzen hoe je je vrienden kunt redden.'

'Denk je?'

'Je zou hun veiligheid nooit toevertrouwen aan de FBI.'

'Je houdt mij voor iemand die zich zorgen maakt over het lot van zijn vrienden.'

'Je zou hier helemaal niet zijn als je vrienden je geen flikker konden schelen. Tony Swan en Calvin Franz en Manuel Orozco en Jorge Sanchez hebben ons er alles over verteld. Voordat ze de pijp uit gingen. Blijkbaar mogen we geen geintjes uithalen met de Special Investigators.'

'Dat was alleen maar een strijdkreet. Hij was toen al belegen, maar nu helemaal.'

'Toch vonden ze het wel erg belangrijk. En dat vinden mevrouw Dixon en meneer O'Donnell ook. Hun vertrouwen in jou is aandoenlijk. Tijd om iets te regelen dus. Je kunt je vrienden een heleboel pijn besparen.'

'Hoe?'

'Jij en mevrouw Neagley komen nu naar ons toe, we houden jullie een week lang vast. Totdat de lucht geklaard is. Dan laten we jullie gaan. Alle vier.'

'En anders?'

'Breken we O'Donnells armen en benen en versieren we Dixon met zijn stiletto. Nadat we eerst als jongens een beetje met haar hebben gespeeld. Daarna stoppen we hen allebei in de helikopter.'

Reacher zei niets.

'Maak je geen zorgen over Little Wing,' zei Lamaison. 'Dat is een voldongen feit. Dat valt niet meer terug te draaien. Ze gaan bovendien naar Kasjmir. Ben je daar ooit geweest? Dat is een puinhoop. Een echte vuilnisbelt. Allemaal kerels met een handdoek om de kop die elkaar afmaken.Wat interesseert jou dat?'

Reacher zei niets.

Lamaison zei: 'Afgesproken?'

'Nee.'

'Denk er nog eens over na. Dixon zal het niet erg leuk vinden wat wij voor haar in petto hebben.'

'Waarom zou ik je vertrouwen? Ik kom bij jou binnenlopen en je schiet me door het hoofd.'

'Ik geef toe dat je een risico loopt,' zei Lamaison. 'Maar volgens mij moet je dat maar accepteren. Omdat jij verantwoordelijk bent voor de situatie waarin je mensen nu zitten. Jij hebt gefaald. Jij bent hun leider en je hebt het verneukt. Ik heb veel over je gehoord. Eigenlijk ben ik het hartstikke zat om steeds maar jouw naam te horen. Jij gaat doen wat nodig is om hen te helpen.'

'Waar ben je?' vroeg Reacher.

'Dat weet je vast wel.'

Reacher keek door de voorruit. Hield rekening met het getinte glas en probeerde in te schatten hoe licht het nog was.
'We zijn twee uur bij jou vandaan,' zei hij, een beetje gespannen.
'Waar ben je?'
'Ten zuiden van Palmdale.'
'Waarom?'
'We waren op weg naar Dean. Om de losse eindjes aan elkaar te knopen, net zoals Swan heeft gedaan.'
'Keer om,' zei Lamaison. 'Nu meteen. Voor mevrouw Dixon. Ik wil wedden dat zij gaat gillen. Mijn jongens zullen er plezier aan beleven. Ik zal je opbellen en dan kun je meeluisteren.'
Reacher wachtte.
'Twee uur,' zei hij. 'We spreken elkaar.'
Hij verbrak de verbinding en belde Neagley.
'Over een uur gaan we,' zei hij.
Toen leunde hij achterover en sloot zijn ogen.

Een uur later was de lucht in het oosten diep donkerblauw, bijna zwart. Het zicht nam snel af. Jaren geleden had een pedante onderwijzeres ergens in Azië Reacher uitgelegd dat je eerst halfschemer hebt, en dan de schemering, en daarna de nacht. Ze hield star vol dat *halfschemer* en *schemer* niet een en hetzelfde waren. Als hij een algemeen woord nodig had om het donker van de avond te beschrijven, moest hij *avondgloed* gebruiken.
Er was nu dus sprake van avondgloed. Een heleboel, maar nog lang niet zoveel als hij zou willen.
Hij belde Neagley en verbrak de verbinding nadat de telefoon één keer was overgegaan. Haar raampje ging open en ze wuifde naar hem. Een kleine, bleke hand in de duisternis. Hij startte de motor en reed weg van de stoeprand. Zonder licht. Hij reed naar het oosten de nacht tegemoet en sloeg rechts af. Drie blokken verder reed hij langs de omheining van New Age, met de klok mee, aan de achterkant van het terrein. Hij sloeg opnieuw rechts af, reed langs de zijkant van het terrein en liet de auto tot stilstand komen op twee derde van de afstand naar de voorkant. Als het terrein van New Age een klok was, bevond hij zich nu op vier uur. Als het een kompas was, stond hij nu bijna in het zuidoosten.
Hij stapte uit en stond stil en luisterde. Hoorde niets. Zag niets. In

Highland Park woonden genoeg mensen, maar de fabriek van New Age stond op een bedrijventerrein. Kantoortijd was voorbij. De mensen waren weg. De straten waren donker en verlaten.
Hij opende de kofferbak van de Prelude. Sloeg met zijn vuist het lampje stuk. Sneed het plastic om de flessen met Evian-bronwater open. Hij haalde er een uit het pak, schroefde de dop eraf en nam een lange teug. Daarna goot hij de rest van het water weg. Zette de lege fles rechtop in de kofferbak. Deed hetzelfde met de andere elf flessen. Uiteindelijk stond er een keurige rij lege literflessen.
Toen pakte hij de jerrycan met benzine. Vijf Amerikaanse gallons, bijna negentien liter. Hij vulde de flessen, uiterst voorzichtig. De geur van de ongelode benzine drong in zijn neus. Een fijne geur. Een van de meest fantastische geuren op de wereld. Toen de twaalfde fles vol was, zette hij de jerrycan op de grond. Met nog zeven liter. Bijna twee gallons.
Hij scheurde de zak met poetsdoeken open.
Het waren stukken tricotkatoen van dertig centimeter in het vierkant. Als hemden. Hij rolde ze stijf op, als sigaren, en werkte ze in de flessenhalzen. Half erin, half eruit. De benzine zoog zich omhoog in het katoen, bleek en kleurloos.
Molotovcocktails. Een primitief, maar effectief wapen, uitgevonden door de fascisten in de Spaanse Burgeroorlog, van een naam voorzien door de Finnen in hun strijd tegen het Rode Leger in 1939, bedoeld als belediging van de Sovjetminister van Buitenlandse Zaken Vjatsjeslav Molotov. *Ik wist niet dat een tank zo lang kon branden*, herinnerde een Finse veteraan zich later.
Tanks, gebouwen, het maakte Reacher niet uit.
Hij rolde een dertiende poetsdoek op en legde die op de grond. Liet er benzine uit de jerrycan op druppelen tot de stof doorweekt was. Hij pakte de doos met keukenlucifers en propte die in zijn zak. Tilde de twaalf flessen met benzine uit de kofferbak, stuk voor stuk, behoedzaam, en zette ze rechtop op de weg, twee meter achter de achterbumper van de Prelude. Toen raapte hij de dertiende poetsdoek op, sloot de kofferbak en klemde de lap ertussen, liet twee derde buiten hangen. In het donker leek het of de auto een klein, wit staartje had. Als een zilveren lammetje.
Showtime, dacht hij.
Hij streek een lucifer af en hield die bij de lap die hij had vastgeklemd

met de klep van de kofferbak tot de lap fel brandde. Toen gooide hij de lucifer weg en pakte de eerste Molotovcocktail. Stak de lont aan bij de brandende lap, stapte achteruit en slingerde de fles hoog door de lucht, over de omheining. Hij tuimelde langs een trage vlammenboog en spatte uit elkaar tegen het onderste deel van de zijgevel van het hoofdgebouw. De benzine explodeerde en de vlammen schoten omhoog. Daarna bleef een kleine plas benzine branden.
Hij gooide de tweede bom. Zelfde procedure. Hij stak de lont aan bij de brandende lap, stapte achteruit en slingerde de fles weg. De fles volgde dezelfde boog en raakte de muur op dezelfde plaats en spatte uit elkaar. Er was een felle withete steekvlam en daarna spreidde de plas vlammen zich verder uit. Ze begonnen omhoog te likken langs de metalen gevel.
Hij gooide de derde bom midden in het vuur. En de vierde. Hij mikte de vijfde een beetje naar links. Dat leidde tot een nieuwe brandhaard. Hij gooide de zesde en de zevende erachteraan. Zijn schouder begon te kloppen van de inspanning van het gooien. Het gras langs de zijgevel van het hoofdgebouw begon te branden. Er walmde rook omhoog. Hij gooide de achtste fles midden tussen beide brandhaarden in. Hij haalde het niet helemaal en spatte drie meter voor de gevel uit elkaar en stak daar het gras in brand. Het was nu een onregelmatige vuurzee van misschien drie meter breed en diep. Iets meer dan een meter hoog, rood en oranje en groen als gevolg van de chemische processen.
Hij gooide de negende fles harder, en meer naar links. Hij explodeerde in de buurt van de deur van het gebouw. De tiende fles ging erachteraan. Die explodeerde niet. Hij rolde over de grond, brandende benzine kolkte eruit en de vlammen raceten en knetterden door het droge gras. Hij wachtte, koos een plek en wierp de elfde fles in de overgebleven ruimte bij de hoek van het gebouw. De twaalfde en laatste fles ging erachteraan. Hij smeet uit alle macht en de fles raakte de gevel hoog en barstte in vlammen uit elkaar. Brandende benzine spetterde over de hele zijgevel.
Hij opende de klep van de kofferbak en sloeg de brandende lap weg en trapte erop. Toen liep hij naar de omheining en gluurde er doorheen. Het gras aan de voet van de zijgevel van het gebouw en langs de voorgevel tot aan de ingang brandde fel. Vlammen lekten omhoog en rookwolken kolkten langs de gevels. Het gebouw zelf was

van metaal en bood weerstand. Maar het zou wel warm worden binnen.

Het wordt nog veel warmer, dacht Reacher.

Hij schroefde de dop op de jerrycan, haalde uit met zijn arm naar achteren en slingerde de jerrycan als een discuswerper van zich af. Hij vloog over de omheining, tuimelde om zijn as, wiebelde door de lucht en landde midden in het vuur. Dun, rood, brandbaar plastic en daarbinnenin zeven liter benzine. Het duurde een fractie van een seconde en toen explodeerde de jerrycan in een witte vuurbal. Even leek het of alles in brand stond. En toen de vuurbal uiteindelijk in elkaar kromp, waren de vlammen die achterbleven twee keer zo hoog als voordien en begon de verf op de gevel te branden.

Reacher stapte in de Prelude, startte de motor, keerde slordig om en reed terug in de richting waaruit hij was gekomen. De uitlaat gromde. Hij hoopte dat Dixon en O'Donnell het konden horen, waar ze dan ook waren. Drie blokken verderop was hij terug waar hij was begonnen. Hij parkeerde achter de Civic van Neagley, zette de motor af, zat stil en keek door het raam. Hij zag de gloed in de verte, ver naar links. Wolken omhoogkolkende rook, uitwaaierend, van onderen verlicht door het schijnsel van de vlammen. Een fikse brand die met de minuut erger werd.

Indrukwekkend.

Hij hief een denkbeeldig glas naar kameraad Molotov.

Toen zakte hij onderuit en wachtte tot de brandweer op het toneel zou verschijnen.

73

De brandweer verscheen binnen vier minuten op het toneel. New Age had duidelijk een directe alarmlijn naar de brandweerkazerne. Voorschrift van het Pentagon, vermoedde Reacher, net als het wachthokje bij de poort. Ver weg rechts van zich hoorde hij zwak het bassende geluid van sirenes en zag hij blauw licht flitsen aan de horizon. Hij zag hoe Neagley haar motor startte en de wagen in de versnelling zette. Hij startte zijn eigen motor. En toen wachtte hij. De sirenes werden luider. Ze gingen over in een maniakaal huilend krijsen bij kruispunten, één keer, toen nog een keer. Daarna zakte het geluid weer terug naar het onregelmatig bassen. De blauwe lichten werden feller. De brandweerauto's waren nog twee blokken weg. Het schijnsel van de koplampen was fel in het duister. Neagley reed weg bij de stoeprand. Reacher reed achter haar aan. Ze reed door tot aan het kruispunt en stond stil bij het stopbord. Reacher stond pal achter haar. De brandweerauto's waren nog één blok weg, maar in aantocht, met hoge snelheid, toeterend en met zwaailicht. Neagley schoot de zijstraat uit en sloeg af naar links, precies voor het konvooi. Reacher volgde haar, met gierende banden, luttele meters voor de eerste brandweerwagen. De sirene loeide kwaad naar hem. Neagley reed een paar honderd meter. Eén blok, twee, het blok van New Age. Ze reed langs de omheining aan de voorkant van het terrein. Reacher reed voortdurend pal achter haar. De sirenes achter hem loeiden furieus. Toen ging Neagley aan de kant, als een brave burger. Reacher schoot achter haar aan. De brandweerauto's maakten een ruk naar links en brulden langs hen heen. Toen, vrijwel meteen, remden ze hard en stuurden de bocht in naar het hek van New Age. Het waren er drie. De hele bezetting van de kazerne. Een belangrijke klant.

Het hek van New Age rolde opzij. Want een brandalarm had meer macht dan alle passen en papieren van de hele wereld.

Toen smeet Neagley haar auto twintig meter een zijstraat in, rolde naar buiten en begon te rennen in het duister. Reacher volgde haar.

Ze staken op topsnelheid de straat over en haalden de achterste brandweerauto in toen die afremde om door het hek te rijden. Ze bleven aan de linkerkant, de blinde kant, weg van het wachthokje, weg van het vuur. Weg van het middelpunt van alle belangstelling. Ze renden hard om bij te blijven. Ze volgden de brandweerauto het hek door. De sirene loeide nog steeds. De motor brulde. Het was oorverdovend. Rook dreef af van het vuur, scherp en bijtend in de nachtlucht. De brandweerauto brulde verder. Neagley maakte een scherpe bocht naar links en rende aan de binnenkant langs de omheining. Reacher koerste links door het gras. Hij rende tien lange seconden op topsnelheid, liet zich toen vallen, rolde door en drukte zich plat op de grond met zijn gezicht hard in het zand.

Een minuut later tilde hij zijn hoofd op.

Hij was zestig meter bij het vuur vandaan. Tussen hemzelf en het vuur stonden drie brandweerauto's, kolossaal, lawaaierig, blauw zwaailicht, gloeiende koplampen. Voorbij de brandweerauto's zag hij vlammen. Hij zag mensen heen en weer lopen. Beveiliging van New Age. Ze liepen bij de omheining en probeerden te ontdekken hoe het vuur was begonnen. Ze schoten vooruit en dan weer achteruit, teruggeslagen door de hitte. Brandweerlieden renden overal, sleepten met materieel, rolden slangen uit.

Chaos.

Reacher draaide zijn hoofd om en tuurde ingespannen door het duister. Zag tien meter verderop een platte, ineengedoken vorm in het gras. Dat moest Neagley zijn.

Ze waren binnen.

Onopgemerkt.

De dappere borsten van de brandweer van L.A. deden er acht minuten over om het vuur te doven. Daarna waren ze nog eens eenendertig minuten in touw met het nathouden van de resten, het maken van aantekeningen en het afronden van van alles en nog wat. Totale aanwezigheid negenendertig minuten. De eerste twintig minuten daarvan observeerde Reacher de gebouwen van zo dichtbij als hij maar durfde komen. De laatste negentien gebruikte hij om zo ver mogelijk weg te kruipen. Tegen de tijd dat de brandweer klaar was en door het hek het terrein afreed, lag hij in het uiterste hoekje van het terrein, honderdvijftig meter van waar het allemaal gebeurde.

Het dichtst bij van alles was de helikopter. Die stond nog steeds op het platform, ongeveer halverwege de diagonaal over het terrein, een meter of zeventig weg. Daarachter stond het eerste van de kleine bijgebouwen. Het kantoor van de piloot, dacht Reacher. Hij had een man met een leren jack de deur uit zien rennen. Achter hem in het felle licht dat naar buiten scheen, had hij kaarten en grafieken aan de wand gezien.

Even ver van de helikopter en het kantoor van de piloot en dertig meter verder naar het zuiden was het parkeerterrein, vol met zes blauwe Chryslers, stil en koud.

Voorbij het kantoor van de piloot stond het tweede bijgebouw. Een soort opslagloods, dacht Reacher. De brandweercommandant had er even snel naar binnen mogen kijken.

Dan kwam het hoofdgebouw. Het middelpunt van de bedrijfsactiviteiten. De assemblagelijn. Waar vrouwen met douchemutsen op boven laboratoriumtafels zwoegden. Rond het gebouw liepen nog steeds mensen heen en weer. Reacher was er vrij zeker van dat hij Lamaison herkende, aan zijn postuur en zijn houding, die liep te stampen door de laatste flarden rook, bevelen riep en de bedrijvigheid aanstuurde. Lennox en Parker waren er ook. En nog meer. Moeilijk te zeggen hoeveel. Te donker en te veel verwarring en te veel mensen die door elkaar liepen. Op zijn minst drie. Misschien vier, of zelfs vijf.

Het derde kleine gebouw stond ver weg, geïsoleerd van de andere gebouwen, in de hoek tegenover die waar Reacher lag. De deur ervan was op geen enkel moment opengegaan en niemand was er in de buurt gekomen. Lamaison en zijn mensen niet en evenmin de brandweerlieden.

Dat was het cachot, vermoedde Reacher.

Het hek naar de straat was weer gesloten. Het was dichtgerold met een luid snerpend geluid nadat de laatste brandweerauto erdoor was gereden en was in het slot gevallen met een dreunende klap die een siddering teweegbracht in de rol prikkeldraad erbovenop. De wacht stond nog steeds in zijn wachthokje. Zijn silhouet was duidelijk te zien door het glas. Het licht boven zijn hoofd wierp een zacht schijnsel in een vijf meter wijde kring, een volmaakte cirkel, alleen onderbroken door vier stroken schaduw van de raamspijlen.

Achter het hoofdgebouw waren de beveiligingsmensen nog steeds naar iets op zoek. Lamaison had vier van hen om zich heen verzameld voor instructies. Hij stuurde hen in groepjes van twee langs de omheining, twee met de klok mee en twee tegen de klok in. Ze liepen langzaam, parallel aan de omheining, met hun voeten schuifelend in het gras, omlaag kijkend en weer opkijkend, naar het draad kijkend. Honderdvijftig meter verderop rolde Reacher zich op zijn rug. Keek naar de lucht. Het was vrijwel helemaal donker. De smog die overdag bruin was, was nu dofzwart, als een deken. Er was geen maan. Geen enkel licht, op een laatste glimp daglicht na en een oranje gloed van het licht van de stad.

Reacher rolde weer op zijn buik. De beveiligingsmensen liepen nog steeds, twee aan twee, langzaam verder. Lamaison ging het hoofdgebouw in. Parker en Lennox waren nergens te bekennen. Al naar binnen, dacht Reacher. Hij keek naar de zoekende mannen. Eerst naar het ene paar, daarna naar het andere. Twee verschillende richtingen. De mannen met de klok mee waren voor Neagley. Die tegen de klok in waren voor hem. Ze hadden ongeveer honderdvijftig meter te gaan voordat ze bij hem in de buurt waren. Iets meer dan vier minuten, in dit tempo. Ze concentreerden zich op de omheining en een strook grond van een meter of vijf net binnen de omheining. Als de warning track van een honkbalveld. Ze hadden geen zaklantaarns. Ze zochten louter op de tast. Ze zouden erover moeten struikelen om iets te vinden. Reacher kroop twintig meter bij de omheining vandaan. Vond een ondiepe kuil achter een grote graspol en drukte zich daar zo plat mogelijk in. Niemandsland. Het terrein was ongeveer een hectare groot, tienduizend vierkante meter. Reacher nam daarvan ruwweg twee meter in beslag. Neagley nog eens twee meter. Vier vierkante meter van de tienduizend. Een kans van één op vijfentwintighonderd dat ze per ongeluk zouden worden ontdekt. Als ze zich kalm en stil zouden houden, tenminste.

En dat kon Reacher zich niet veroorloven.

Want de klok in zijn hoofd had twee uur weggetikt. Hij richtte zich op zijn ellebogen op, haalde zijn telefoon tevoorschijn en koos het nummer van Dixon.

74

Iets meer dan honderd meter verderop nam Lamaison de telefoon aan. Reacher hield zijn duim op het helder verlichte lcd-scherm van de telefoon. Hij wilde zijn nachtogen beschermen en hij wilde voorkomen dat de zoekende mannen zouden opkijken en een klein geïsoleerd gezichtje zouden zien opgloeien in een blauw schijnsel veraf. Hij sprak zo gewoon als hij maar durfde.

'We zitten vast op de 210,' zei hij. 'Verderop staat een auto met pech.'

'Gelul,' zei Lamaison. 'Je bent hier in de buurt. Je hebt benzinebommen over mijn omheining lopen gooien.' Zijn stem was luid en kwaad. De elektronische circuits van de mobiele telefoon maakten het geluid scherp en doordringend. Een beetje schraperig en vervormd. Reacher schoof zijn wijsvinger op de gaatjes van het luidsprekertje en gluurde naar de zoekende mannen. Ze waren nog honderdtwintig meter bij hem vandaan. Ze reageerden niet.

'Wat voor bommen?' zei hij in de telefoon.

'Je hebt me gehoord.'

'We staan op de freeway. Ik heb geen idee waar je het over hebt.'

'Gelul, Reacher. Je bent hier. Je hebt brandgesticht. Maar het is meelijwekkend. Ze zijn er wel vijf minuten mee bezig geweest om het uit te krijgen. Ik wil wedden dat je het allemaal hebt gezien.'

Acht minuten, in feite, dacht Reacher. *Ere wie ere toekomt, verdomme.* Maar hij zei niets. Keek naar het tweetal zoekende mannen dat zijn kant op kwam. Ze waren nog honderdtien meter weg.

'De afspraak gaat niet door,' zei Lamaison.

'Wacht,' zei Reacher. 'Ik denk na over die afspraak. Maar ik ben geen idioot. Ik wil een teken van leven. Misschien heb je hen allang doodgeschoten.'

'Ze leven nog.'

'Bewijs het.'

'Hoe?'

'Ik bel je als we langs de opstopping zijn. Breng hen maar naar het hek.'

'Geen denken aan. Ze blijven waar ze zijn.'
'Dan doen we geen zaken.'
Lamaison zei: 'Ik zal hen een vraag stellen namens jou.'
De zoekende mannen waren nog negentig meter weg.
'Wat voor vraag?' zei Reacher.
'Bedenk maar een vraag waarop zij alleen het antwoord weten. Dan gaan we dat vragen en bellen we je terug.'
'Ik bel jou,' zei Reacher. 'Ik neem de telefoon niet aan als ik rij.'
'Je bent niet aan het rijden. Wat is de vraag?'
Reacher zei: 'Vraag maar wat ze deden voordat ze bij het 110de MP kwamen.' Toen verbrak hij de verbinding en stopte de telefoon weer in zijn zak.

Het zoekende tweetal was nog een meter of zeventig weg. Reacher kroop nog twintig meter verder het terrein op, langzaam en behoedzaam, parallel aan de omheining. De zoekende mannen vorderden tien meter terwijl hij dat deed. Ze waren nu nog veertig meter van hem verwijderd en kwamen langzaam in zijn richting, anderhalve meter uit elkaar, schuifelend door het gras, turend naar de omheining, op zoek naar beschadigingen.
Reacher zag licht bij de ingang van het hoofdgebouw. De deur die openging. Een lange gestalte kwam naar buiten. Parker, waarschijnlijk. Hij sloot de deur achter zich en haastte zich langs de gevel in de richting van de verste loods dertig meter verderop. Hij deed de deur van het slot, ging naar binnen, kwam binnen een minuut weer naar buiten en deed de deur weer op slot.
Het cachot, dacht Reacher. *Hartelijk dank.*
De beide zoekende mannen waren nog twintig meter weg. Reacher schuifelde iets vooruit en maakte de afstand kleiner. De zoekende mannen strompelden voort. Ze waren nu op een afstand van tien meter, langs een diagonaal misschien acht meter links van Reacher.
Zijn telefoon trilde in zijn zak.
Hij trok hem te voorschijn en kromde zijn hand er beschermend omheen. Dixon stond er op het scherm, Lamaison dus. De antwoorden op zijn vraag, zojuist doorgegeven door Parker.
Ik zei dat ik jou zou bellen, dacht Reacher. *Kan nu niet praten.*
Hij ramde de telefoon terug in zijn broekzak en wachtte. De zoekende mannen bevonden zich nu op zijn hoogte, acht meter naar links.

Ze schuifelden verder. Reacher wriemelde zich rond, een stille halve cirkel op de grond. De zoekende mannen liepen verder. Reacher maakte de cirkel af. Hij was nu achter hen. Hij stond zonder geluid te maken op. Nam korte, stille stappen, tilde zijn voeten hoog op om te voorkomen dat zijn voeten langs het gras zouden schuren en het ruisen hem zou verraden. Hij ging achter beide mannen lopen, drie meter achter hen, toen tweeënhalf, toen anderhalf, toen een meter, precies tussen hen in. Ze waren redelijk lang. Misschien een meter vijfentachtig, misschien vijfennegentig kilo, bleek en zwaargebouwd. Een blauw pak, wit overhemd, kort geschoren haar. Brede schouders, stierennek.

Hij raakte de eerste met een harde rechtse directe, midden in zijn nek, een klap waarachter meer dan honderdtien kilo en dagen van ingehouden woede schuilgingen. De nek van de man klapte naar voren, zijn hoofd sloeg achterover en ketste van Reachers vuist weer naar voren tot zijn kin op zijn borst klapte. Whiplash. Als in een crashtest met een dummy die volop wordt geraakt door een achteropkomende vrachtwagen. De man zakte als een pudding in elkaar, zijn maat keerde zich geschokt naar hem toe, Reacher danste met een paar schuifelpasjes om hem heen en gaf hem een kopstoot recht in zijn gezicht. Hij wist dat het een goede kopstoot was, alleen al vanwege het geluid. Bot, kraakbeen, spierweefsel, vlees, het onmiskenbare kraken van zware beschadiging. De man bleef een secondelang staan, bewusteloos, en zakte toen in elkaar.

Reacher rolde de eerste man op zijn rug, ging op zijn borst zitten, kneep zijn neus dicht en hield met zijn andere hand zijn mond gesloten. Toen wachtte hij tot de man was gestikt. Dat duurde niet lang. Minder dan een minuut. Daarna deed hij hetzelfde met de andere man. Nog een minuut.

Toen controleerde hij hun zakken. De eerste had een mobiele telefoon, een wapen en een portefeuille vol contant geld en creditcards. Reacher pakte het wapen en het geld, negeerde de telefoon en de creditcards. Het wapen was een SIG P226, negen millimeter. Het geld bedroeg iets minder dan tweehonderd dollar. De tweede man had ook een telefoon, ook een SIG en een portefeuille.

En de keramische boksbeugel van O'Donnell.

Hij had hem gewoon in zijn jaszak. Een beloning voor het goede werk bij het inrekenen op het parkeerterrein van het ziekenhuis, of een gestolen souvenir. Oorlogsbuit. Reacher stopte hem in zijn zak, propte de SIG's achter zijn broekriem en het geld in zijn achterzak. Toen veegde hij zijn handen schoon aan het jack van de tweede man en kroop weg, laag en snel, door het duister turend naar waar hij dacht dat Neagley moest zijn. Hij hoorde niets uit die richting. Helemaal niets. Maar hij maakte zich geen zorgen. De uitslag van Neagley tegen twee kerels in het donker was ongeveer even voorspelbaar als het ondergaan van de zon in het westen.

Hij vond een nieuwe kuil in het gras, ging op zijn ellebogen liggen en haalde zijn telefoon tevoorschijn. Koos het nummer van Dixon.

'Waar was je, verdomme?' vroeg Lamaison.

'Dat heb ik je verteld,' zei Reacher. 'Ik neem de telefoon niet aan als ik rij.'

'Je bent niet aan het rijden.'

'Waarom heb ik dan niet opgenomen?'

'Weet ik veel, hoe dan ook,' zei Lamaison. 'Waar ben je nu?'

'In de buurt.'

'Voordat ze bij het 110de kwamen, was Dixon volgens haar bij 53ste MP en O'Donnell bij het 131ste.'

'Oké,' zei Reacher. 'Ik bel je over tien minuten opnieuw. Als we aankomen.'

Hij verbrak de verbinding en ging in kleermakerszit op de grond zitten. Hij had zijn teken van leven. Het enige probleem was dat geen van beide antwoorden ook maar in de buurt kwam van de waarheid.

75

Reacher kroop door het gras naar het zuiden, in het donker op zoek naar Neagley. Na de eerste vijftig meter vond hij niet Neagley, maar een lijk. Hij botste er gewoon tegenop, eerst met zijn handen en toen met zijn knieën. Het was een man die snel koud werd. Blauw pak, wit overhemd. Gebroken nek.

'Neagley?' fluisterde hij.

'Hier,' fluisterde ze terug.

Ze lag zes meter bij hem vandaan, op haar zij, leunend op een elleboog.

'Alles goed?' vroeg hij.

'Ik voel me prima.'

'Was er nog een?'

'Achter je,' zei ze. 'Naar rechts.'

Reacher keerde zich om. Zelfde soort kerel, zelfde soort pak, zelfde soort overhemd.

Zelfde soort letsel.

'Nog problemen gehad?' vroeg hij.

'Het was gemakkelijk,' zei ze. 'En heel wat minder lawaai dan bij jou. Ik kon die kopstoot hier horen.'

Ze botsten hun vuisten tegen elkaar, het oude ritueel, zo ongeveer alle fysieke contact dat Neagley toeliet.

'Lamaison denkt dat we van buiten de omheining naar binnen staan te kijken,' zei Reacher. 'Hij probeert ons te lokken met een deal. Als we ons overgeven, sluiten ze ons een week op en dan laten ze ons gaan als de lucht opklaart.'

'Alsof wij dat zouden geloven.'

'Een van die kerels van mij had O'Donnells boksbeugel.'

'Dat is een slecht teken.'

'Tot nu toe is er niets gebeurd. Ik heb een levensteken gevraagd. Persoonlijke vragen. Dixon zegt dat ze bij het 53ste MP zat en O'Donnell zegt dat hij bij het 131ste MP zat.'

'Dat is gelul. Er is nooit een 53ste MP geweest. En Dave is in het 110de geplaatst op het moment dat hij klaar was met de officiersopleiding.'
'Ze communiceren,' zei Reacher. 'Drieënvijftig is een priemgetal. Karla weet dat ik dat doorheb.'
'Nou, en?'
'Vijf en drie is acht. Ze zegt dat de tegenstander acht man sterk is.'
'Nog vier over, dan. Lennox, Parker en Lamaison. Plus nog een. Wie is de vierde?'
'Dat is de boodschap van Dave. Dave is een man van woorden. Eén-drie-één. Dertiende letter van het alfabet, eerste letter van het alfabet.'
'De M en de A,' zei Neagley.
'Mauney,' zei Reacher. 'Curtis Mauney is hier.'
'Uitstekend,' zei Neagley. 'Dan hoeven we die achteraf niet meer op te sporen.'
Ze botsten opnieuw hun vuisten tegen elkaar. Toen begonnen er telefoons te rinkelen. Luid en doordringend en zonder ophouden. Twee stuks, verschillende beltoon, niet gesynchroniseerd. Eentje in de broekzak van beide dode kerels. Reacher twijfelde er niet aan of hetzelfde vijftig meter verderop ook gebeurde. Nog twee dode kerels, twee broekzakken, nog twee rinkelende telefoons. Oproep voor een telefonische vergadering. Lamaison zocht contact met zijn patrouilles.
Iets onvoorspelbaars.
De telefoons rinkelden beide zes keer en toen werd het stil. De rust keerde weer.
'Wat zou jij nu doen?' vroeg Reacher. 'Als je Lamaison was.'
Neagley zei: 'Ik zou mensen in die Chryslers zetten en groot licht inschakelen en het terrein afzoeken met auto's. Ik zou ons in minder dan een minuut vinden.'
Reacher knikte. Met een tegenstander te voet leek het terrein groot. Met een auto zou het klein lijken. Met een paar auto's zou het petieterig lijken. In het donker leek het veilig. Bij het licht van xenonkoplampen zou het meer weg hebben van een goudvissenkom. Hij zag al auto's over het ruwe terrein hobbelen, zichzelf gevangen in het licht van de koplampen, uitwijken naar links, uitwijken naar rechts, zijn ogen afschermend, één wagen achter zich, twee die voor hem bij elkaar kwamen.

Hij wierp een blik op de omheining.
'Klopt,' zei Neagley. 'Die omheining houdt ons nu net zo goed binnen als vanmiddag buiten. We zijn twee ballen op een biljart en iemand staat op het punt om het licht aan te doen en een keu te pakken.'
'Wat zullen ze doen als ze ons niet kunnen vinden?'
'Hoe kunnen ze ons niet vinden?'
'Veronderstel.'
Neagley haalde haar schouders op en zei: 'Dan zullen ze denken dat we op de een of andere manier van het terrein af zijn gekomen.'
'En dan?'
'Raken ze in paniek.'
'Hoe?'
'Ze maken Karla en Dave af en kruipen in hun schulp.'
Reacher knikte.
'Dat denk ik ook,' zei hij.
Hij stond op en begon te rennen. Neagley rende achter hem aan.

76

Reacher rende rechtstreeks naar de helikopter. Die stond zestig meter verderop, groot en wit en oplichtend in de nachtelijke gloed van de stad. Neagley rende naast hem, geduldig. Reacher was bepaald geen sprinter. Hij was traag en zwaar. En er was van alles wat in zijn zakken op en neer bonkte. Een beetje atleet zou die zestig meter in zes of zeven seconden hebben afgelegd. Neagley had het in acht seconden gekund. Reacher had er een seconde of vijftien voor nodig. Maar hij kwam uiteindelijk bij de helikopter aan. Hij kwam er aan, precies op het moment dat de deuren van het hoofdgebouw opensprongen en licht en mannen naar buiten tuimelden. Hij dook naar links en zorgde ervoor dat de helikopter tussen hen in bleef. Neagley stond vlak bij hem. Drie mannen renden naar het parkeerterrein, snel en doelbewust. Parker en Lennox. En Lamaison. Ze haastten zich allemaal. Voor elke meter die ze aflegden, schoven Reacher en Neagley twee centimeter op langs de Bell, met de klok mee, de buik van de helikopter licht aanrakend met hun vingertoppen, zich verschuilend achter de massa. De helikopter was koud en bedekt met een laagje condensvocht van de nachtelijke nevel, zoals een auto die op straat geparkeerd staat. Hij voelde glibberig aan. Hij stonk naar olie en kerosine.

Dertig meter verderop werden de motoren van drie Chryslers gestart. Drie v8-motoren, plotseling luidruchtig in de stilte. Drie auto's werden abrupt in de versnelling gezet. Drie paar koplampen flitsten aan. Ongelofelijk veel licht in de duisternis. Het licht was scherp, gericht, maakte zware slagschaduwen en was spierwit. Toen werd het nog erger. Stuk voor stuk schakelden ze groot licht in. Nieuwe lampen sprongen aan. Geweldige kegels verblindend licht zwaaiden en hobbelden toen de auto's begonnen te rijden. Reacher en Neagley gleden rond de lange, uitstekende neus van de Bell en drukten zich tegen de andere flank. De auto's splitsten zich op als een ontploffende granaat, versnelden en reden weg in steeds wisselende, onvoorspelbare richtingen.

Binnen tien seconden hadden ze alle vier de dode mannen gevonden. De auto's kwamen tot stilstand op beide plaatsen, vijftig meter van elkaar vandaan. Eén auto waar Neagley had toegeslagen, twee op de plaats van Reacher. Het licht verstilde en wierp vier groteske schaduwen achter de vier in elkaar gezakte lichamen. Drie gestalten renden rond, het ene moment extreem helder verlicht, het andere onzichtbaar als ze uit het schijnsel van de koplampen verdwenen.

'We kunnen hier niet blijven,' zei Neagley. 'Ze komen terug deze kant op en dan staan we in de schijnwerpers alsof we op de middenstip van een voetbalstadion staan.'

'Hoeveel tijd hebben we?'

'Ze zullen de omheining grondig controleren. Misschien een minuut of vier.'

'Begin te tellen,' zei Reacher. Hij zette zich af tegen de wand van de helikopter en rende naar het hoofdgebouw. De deur stond nog op een kier. Het licht was nog aan. Reacher hield in. Toen liep hij naar binnen, heel rustig, met zijn hand op de Glock in zijn zak. Zag niemand binnen. Het gebouw leek verlaten. Er waren kleine, door wandjes van elkaar gescheiden kantoren rechts, en een grote open werkruimte links, achter een glasplaat van vloer tot plafond. In de werkruimte was helder licht en er waren lange laboratoriumtafels en gecompliceerde afzuigbuizen langs het plafond voor het afzuigen van stof en geaarde metalen roosters op de vloer tegen statische elektriciteit. Een schuifdeur in de glazen wand was open. Er kwam een warme siliconenlucht door naar buiten. Als van een splinternieuwe tv.

De kantoren rechts waren niet veel meer dan hokjes van tweeënhalve meter in het vierkant, met manshoge scheidingswanden en deuren. Op één ervan stond *Edward Dean*. De ingenieur. Nu de kwaliteitscontroleur. Op de deur ernaast stond *Margaret Berenson*. De femme fatale. Een extra kantoor, vermoedde Reacher, om personeelszaken af te kunnen handelen zonder de arbeiders het hele eind naar het zuiden naar de glazen kubus in East L.A. te hoeven slepen. De deur ernaast was die van Tony Swan. Zelfde idee. Twee locaties, twee kantoren.

De deur daarnaast was die van Allen Lamaison.

Hij stond open.

Reacher haalde adem. Haalde zijn Glock uit zijn zak. Stapte in de deuropening. Bleef staan. Zag een hok van tweeënhalve meter in het

vierkant, bureau, stoel, wanden van kunststofpanelen, telefoons, dossierkasten, stapels papieren, memo's.
Niets bijzonders, niets wat er niet hoorde.
Behalve Curtis Mauney achter het bureau.
En een koffer bij de muur.
Neagley stapte het kantoor binnen.
'Zestig seconden voorbij,' zei ze.
Mauney zat roerloos achter het bureau. Op zijn gezicht een uitdrukking van een soort lege berusting, als iemand die na een fatale diagnose wacht op de second opinion, maar al weet dat die niet anders zal zijn. Hij had niets in zijn handen. Ze lagen gevouwen als twee parende krabben op het bureau.
'Lamaison was mijn partner,' zei hij, als om zich te verontschuldigen.
Reacher knikte.
'Loyaliteit,' zei hij. 'Dat is klote, hè?'
De koffer was een donkergrijze Samsonite met een harde schaal, hij stond keurig netjes tegen de muur naast het bureau. Niet de grootste die Reacher ooit had gezien. Bij lange na niet zo groot als de monsters waarmee je sommige mensen op luchthavens zag worstelen. Maar hij was ook niet echt klein. Geen handbagage. Naast de sloten zaten iets verzonken stickers met initialen. De initialen waren *am*.
'Zeventig seconden voorbij,' zei Neagley.
Mauney vroeg: 'Wat ga je doen?'
'Met jou?' vroeg Reacher. 'Voorlopig niets. Relax.'
Neagley richtte haar pistool op Mauney. Reacher liep langs het bureau, knielde en legde de koffer plat op de vloerbedekking. Probeerde de sloten te openen. Op slot. Hij legde zijn Glock op de vloer, priemde het topje van zijn wijsvingers onder de sloten, zette zijn duimen schrap, spande de spieren van zijn schouders en zette kracht. Reacher, tegen twee dunne lipjes van getrokken staal. Geen partij. De sloten knapten meteen open. Hij tilde het deksel op.
'Tachtig seconden voorbij,' zei Neagley.
'Betaaldag,' zei Reacher.
De koffer zat vol met sierlijk gekalligrafeerde certificaten en brieven van buitenlandse banken en kleine, met een bandje dichtgetrokken suède zakjes die zwaar op zijn hand lagen.
'Vijfenzestig miljoen dollar,' zei Neagley over zijn schouder.

'Naar schatting,' zei Reacher.
'Negentig seconden voorbij,' zei Neagley.
Reacher keerde zijn hoofd om en keek naar Mauney en vroeg hem: 'Hoeveel hiervan is voor jou?'
'Een deel,' zei Mauney. 'Niet zo heel veel, denk ik.'
Reacher maakte keurige vouwen in de papieren, sloeg ze dubbel en gaf ze aan Neagley. Daarna de suède zakjes. Neagley schoof alles in haar zakken. Reacher liet de koffer liggen waar hij lag, plat op de vloer, leeg, het deksel omhoog als de geopende schelp van een mossel. Hij pakte zijn pistool, stond op en keerde zich weer naar Mauney.
'Fout,' zei hij. 'Er zit helemaal niets voor jou bij.'
'Twee minuten voorbij.'
'Je vrienden zijn hier,' zei Mauney.
'Dat weet ik,' zei Reacher.
'Lamaison was mijn partner.'
'Dat heb je al verteld.'
'Ik zeg het alleen maar.'
'En weten ze dat je hier bent?'
'Ik ben hier eerder geweest,' zei Mauney. 'Vaak genoeg.'
'Pak de telefoon.'
'En anders?'
'Schiet ik je door je hoofd.'
'Dat doe je toch wel.'
'Dat zou ik moeten doen,' zei Reacher. 'Je hebt zes van mijn vrienden uitgeleverd.'
Mauney knikte.
'Ik wist hoe het zou aflopen,' zei hij. 'Toen we je niet te pakken kregen bij het ziekenhuis.'
'Het verkeer in L.A.,' zei Reacher. 'Kan je duur komen te staan.'
'Twee minuut vijftien,' zei Neagley.
Mauney vroeg: 'Zijn we bezig een deal te sluiten?'
'Pak de telefoon.'
'En dan?'
'Zeg je tegen de wacht dat hij over precies een minuut het hek moet opendoen.'
Mauney aarzelde. Reacher zette de loop van de Glock tegen Mauneys slaap. Mauney pakte de telefoon. Koos een nummer. Reacher luis-

terde gespannen, hoorde de beltoon uit het luidsprekergedeelte van de telefoon, de stationair draaiende motoren van de Chryslers honderd meter verderop en een gedempt rinkelen van de telefoon veertig meter verderop bij het wachthokje.
De telefoon werd opgenomen. Mauney zei: 'Met Mauney. Open het hek over een minuut.' Toen verbrak hij de verbinding. Reacher keerde zich naar Neagley.
'Ben ik jouw meerdere?'
'Ja,' zei ze. 'Dat ben je.'
'Dan luister,' zei hij. 'Als het hek opengaat, gaan we op onze auto's af en dan gaan we ervandoor zo snel als we kunnen.'
'En dan?' vroeg ze.
'Komen we later terug.'
'Op tijd?'
Reacher knikte. 'We zijn op tijd als we nu snel genoeg zijn. Zij zitten al in hun auto's. Dus we moeten razendsnel zijn. Jij bent veel sneller dan ik, dus ik kom achter je aan. Maar je moet niet op me wachten. Niet eens omkijken. We kunnen geen seconde verliezen, geen van beiden.'
'Begrepen,' zei ze. 'Drie minuten voorbij.'
Reacher greep Mauney bij zijn kraag en trok hem overeind. Sleurde hem achter het bureau vandaan, het kantoor uit, de hal door. Naar de ingang. En toen naar buiten, één meter de nacht in. Er was een sterke geur van natte as. De drie Chryslers waren in de verte weer in beweging. Ze draaiden rond in kleine kringetjes over het open terrein en de koplampen zwaaiden in willekeurige patronen langs de omheining als de schijnwerpers van een gevangenis in de film.
'Wacht op het startschot,' zei Reacher tegen Neagley.
Hij keek naar het hek. Zag de wacht bewegen in zijn hokje, zag het prikkeldraad op het hek sidderen, hoorde het krijsen van de gemartelde wielen op een metalen rail. Zag het hek beginnen te bewegen. Hij zette de Glock tegen Mauneys slaap en haalde de trekker over. Mauneys schedel explodeerde en Neagley en Reacher renden op volle snelheid weg, als sprinters uit de startblokken.
Na de eerste stap lag Neagley al voor. Reacher bleef stokstijf staan en keek haar na. Ze vloog door de plas licht bij het wachthokje en dook als een *running* back om het opzijschuivende hek. Ze rende de straat op. Toen verdween ze uit het zicht.

Reacher draaide zich om en rende de andere kant op. Vijftien seconden later was hij terug waar hij was begonnen, achter de lange neus van de Bell.

77

Misschien hadden ze Neagley zien rennen en aangenomen dat Reacher voor haar uit rende. Of misschien hadden ze het hek zien bewegen, of hadden ze het krijsen van de wielen gehoord door geopende portierramen. Ze moesten zeker het geluid van het pistoolschot hebben gehoord. Misschien dat ze de rest erbij dachten. Maar ze hapten. Ze reageerden onmiddellijk. Alle drie de auto's remden, manoeuvreerden, keerden en trokken op, op weg naar de straat, idioot slingerend en waaiers van zand hoog de lucht in spuitend vanonder de slippende achterwielen. Als stockcars slipten ze vol gas het hek door, de straat op. Op straat leek het wel dag bij het schijnsel van hun koplampen.

Reacher keek hen na.

Hij wachtte tot het weer donker en stil werd. Toen telde hij tot tien en sloop langzaam langs de stuurboordflank van de helikopter. Hij negeerde het portier van de piloot. Hij sloop erlangs en legde zijn hand op de kruk van het achterportier.

Hij probeerde de kruk te draaien.

Hij was niet op slot.

Hij wierp een blik over zijn schouder naar het kantoor van de piloot. Geen enkele beweging daar. Hij drukte de kruk voorzichtig omlaag. De schoot kwam vrij. De deur schoof open. Hij was breed en licht en blikkerig. Als de schuifdeur van een bestelbusje. Helemaal niet wat hij verwachtte. Niet zwaar en hydraulisch bediend zoals de deur van een vliegtuig.

Hij hield de deur een halve meter open en klom eromheen naar binnen. Trok de deur achter zich langs, wachtte even en schoof hem toen dicht met één vastberaden klik. Hij dook omlaag en gluurde naar buiten, naar het kantoor van de piloot.

Geen reactie.

Hij keerde zich in hurkhouding om en knielde in het duister op de vloer van de cabine. Vanbinnen zag de Bell eruit als een opgezwollen versie van een MPV. Een beetje breder en langer dan het soort wagens waarin moderne moeders in de reclame op tv hun kinderen vervoerden. Minder vierkant. Meer uitgelijnd. Wat smaller voorin, wat breder over de vloer, wat toegeknepen op hoofdhoogte, smaller achterin. Er was ruimte voor zeven stoelen, twee in de cockpit, drie op een middelste rij, twee helemaal achterin, zij het dat de middelste rij ontbrak. De stoelen waren stuk voor stuk ligstoelen met een hoge rugleuning, bekleed met zwart leer. Ze hadden hoofdsteunen en armleuningen. Kapiteinsstoelen. Ze hadden veiligheidsgordels. De wanden waren tot halverwege bekleed met zwarte vloerbedekking. Daarboven met zwart, gecapitonneerd vinyl. Representatief en zakelijk. Maar een tikkeltje verouderd. Tweedehands geleased, dacht Reacher. Het hele interieur rook zwak naar vliegtuigbrandstof.

Achter de achterste rij stoelen was ruimte. Voor koffers en tassen, vermoedde Reacher. Een bagageruimte. Net als in een MPV. Het was niet veel ruimte. Maar het was groot genoeg. Hij zocht de hendels en klapte de rugleuningen van de stoelen voorover. Klom eroverheen en ging op de vloer zitten, zijdelings, met zijn benen gestrekt en zijn rug tegen de zijwand geklemd. Hij haalde de buit gemaakte SIG's uit zijn zak en legde ze op de vloer naast zijn knieën. Hij boog voorover en trok de rugleuningen weer overeind. Ze klikten weer op hun plaats. Toen zakte hij onderuit om te testen of hij laag genoeg kon komen om zijn hoofd uit zicht te houden.

Waarschijnlijk, dacht hij.

Hij tilde zijn hoofd weer op. De ramen van de cabine waren beslagen met condensvocht. Donker en grijs en ondoorzichtig. Als uitgeschakelde tv-schermen. Er gebeurde niets buiten. Geluiden waren gedempt. De vloerbedekking en het vinyl dienden duidelijk ook als geluidsisolatie.

Hij wachtte.

Vijf minuten.

Tien.

Toen lichtten de beslagen ramen op met heldere, bewegende vormen en schaduwen. De auto's die terugkwamen. De lichtbundels van drie paar koplampen, hobbelend en zwenkend. Ze speelden even een schimmenspel op het glas en kwamen toen tot stilstand, een bevroren beeld. Toen ging het licht helemaal uit. De auto's, terug op het parkeerterrein. Geparkeerd.

Reacher spande zich in om wat te horen.
Hij hoorde niets behalve langzame voetstappen en gedempte stemmen. Opwinding, niet triomfantelijk. Het onmiskenbare geluid van een mislukking.
De zoektocht was voorbij.
Zonder succes.
Hij wachtte.

78

Hij wachtte en kreeg het koud en hij verkrampte van het stilzitten. Hij probeerde zich het beeld voor ogen te halen van wat er veertig meter verderop gebeurde, Mauneys lichaam bij de ingang, de lege Samsonite in het kantoor, discussie, ruzie, ijsberen, paniek, verwarring, bange voorgevoelens. Zijn wang bevond zich centimeters van de rugleuning van de stoel voor hem. Het leer was zo dichtbij dat hij het kon ruiken. Normaal gesproken zou hij vreselijk gespannen zijn onder dergelijke omstandigheden. Hij kon niet tegen kleine ruimten. Claustrofobie was zo ongeveer de enige soort angst die hij kende. Maar hij had nu andere zaken aan zijn hoofd.

Hij wachtte.

Twintig lange minuten.

Toen ging er voor een portier open. De helikopter dook iets voorover en veerde weer terug toen het onderstel het nieuwe gewicht opving. Iemand was aan boord geklommen. Het portier ging dicht. De zitting van een stoel kraakte. De gesp van een veiligheidsgordel klikte vast. Schakelaars werden omgezet. Van tientallen wijzerplaten straalde een oranje gloed die plotseling schaduwen tegen het dak van de helikopter wierp. Een brandstofpomp begon te brommen en maakte een klaterend geluid. Reacher boog voorover en bewoog zijn hoofd tot hij met één oog door de spleet tussen beide stoelen kon kijken. Hij zag alleen de leren mouw van de piloot. Verder niets. De rest van de man was onzichtbaar achter de brede rugleuning van zijn stoel. Zijn hand danste over schakelaars en raakte wijzerplaten stuk voor stuk aan terwijl hij de controles uitvoerde die voorafgaan aan een vlucht. Hij mompelde in zichzelf, rustig, dreunde een lange lijst van technische details op alsof het een magisch ritueel was.

Reacher trok zijn hoofd terug.

Toen brak er een geweldig kabaal los.

Het hield het midden tussen een pistoolschot en het ontsnappen van samengeperste lucht gedurende een fractie van een seconde. Het gebeurde nog een keer, en nog een keer, sneller en sneller. De startmotor die de wieken rond joeg. De vloer schudde. Toen sloegen de motoren aan, grepen tandwielen in elkaar, pakte de rotor en draaiden de wieken rond in een lui, stationair *whop, whop*. De torsie deed de hele helikopter schudden en beven op het landingsgestel, een beetje, ritmisch, alsof de helikopter een dansje uitvoerde. Het interieur werd gevuld met een luid dreunend lawaai. Drijfstangen bromden en draaiden rond boven de helikopter. Uitlaatgassen van de straalmotoren gierden buiten, een snerpend, doordringend geluid. Reacher klemde de lopen van de SIG's onder zijn benen, zodat ze niet zouden gaan dansen en rammelen en wegglijden. Hij haalde de Glock uit zijn zak en hield hem bij zijn zij.

Hij wachtte.

Een minuut later werd het achterportier open gerukt. Een golf van meer lawaai stroomde naar binnen. Achter het lawaai aan kwam de bijtende stank van kerosine. Na de stank kwam Karla Dixon. Reacher bewoog zijn hoofd een paar centimeter en zag hoe ze haar met het hoofd vooruit op de vloer gooiden als een stuk boomstam. Ze landde op haar zij, haar gezicht de andere kant op. Haar polsen en enkels waren bij elkaar gebonden met ruw sisaltouw. Haar handen achter haar rug. De laatste keer dat hij haar horizontaal had gezien was in zijn bed in Las Vegas.

Twee minuten later werd O'Donnell naar binnen gewerkt, zijn voeten vooruit. Hij was groter en zwaarder en kwam harder terecht. Hij was op dezelfde manier vastgebonden als Dixon. Hij rolde met zijn gezicht omlaag naast haar, zijn voeten naast haar hoofd. Ze lagen naast elkaar als vademhout, bewogen een beetje, vochten tegen hun boeien.

Toen veerde het onderstel opnieuw en klommen Lennox en Parker aan boord. Ze schoven de portieren dicht en lieten zich op de achterste rij stoelen vallen. De rugleuning voor Reacher gaf mee en raakte zijn wang. Hij drukte zijn hoofd verder in de hoek. Zijn kort geschoren haar schuurde langs de vloerbedekking.

De rotor draaide langzaam, *whop, whop, whop*.

De vering gaf mee en veerde terug, gaf mee en veerde terug, linksvoor, rechtsachter, een centimeter, als een dansje.

Reacher wachtte.

Toen ging het portier voorin naast de piloot met een ruk open en liet

Allen Lamaison zich op de stoel naast de piloot vallen en zei: 'Omhoog.' Reacher hoorde de turbines op toeren komen en voelde hoe de hele cabine begon te trillen en hoorde hoe het geluid van de rotor veranderde in een dringend, steeds sneller gaand *whip, whip, whip* en voelde hoe het gewicht van de helikopter loskwam van het onderstel. Toen vlogen ze.

Reacher voelde hoe de vloer zich tegen hem aandrukte. Hij hoorde hoe de wielen werden ingeklapt in de wielkasten. Hij voelde hoe ze om hun as draaiden en zweefden en aan een lange, gelijkmatige klim begonnen en hoe de neus vervolgens wat zakte toen ze snelheid begonnen te maken. Hij zette zich schrap met gespreide vingers om te voorkomen dat hij tegen de stoel voor zich zou glijden. Hij hoorde hoe het lawaai van de motor stabiliseerde tot een gedempt gieren en toen ervoer hij weer het unieke penduleachtige gevoel van het vliegen met een helikopter. Hij had heel wat snelle kilometers in helikopters doorgebracht, de meeste daarvan gezeten op de vloer.

Een vertrouwd gevoel.

Voorlopig.

79

Volgens de klok in Reachers hoofd duurde de tocht precies twintig minuten, wat hij ook ongeveer had verwacht. Hij ging ervan uit dat moderne bedrijfstoestellen wel iets sneller zouden zijn dan de Huey's waaraan hij in het leger gewend was. Hij dacht dat een militaire AH-1 er iets meer dan twintig minuten over zou doen om over de bergen te komen, dus was twintig minuten redelijk voor een geval met zwarte leren stoelen en vaste vloerbedekking.

Hij bracht die twintig minuten door met zijn hoofd omlaag. Dierensinstinct, een miljoen jaar oud en nog steeds in praktijk gebracht door honden en kinderen: *als ik hen niet kan zien, kunnen ze mij ook niet zien*. Hij bleef zijn armen en benen steeds miniem bewegen en spande en ontspande zijn spieren als een bizarre miniatuurversie van een gymnastiekoefening. Hij had het niet langer koud, maar hij wilde niet verstijven. Het was lawaaiig in de cabine, maar niet onverdraaglijk. Het gieren van de motor waaide weg in de slipstream. Het lawaai van de rotor vermengde zich met het geruis van de lucht, een geluid waar je niet naar luisterde. Er werden geen gesprekken gevoerd. Er werd niet gepraat. Reacher hoorde niets, van niemand.

Tot de tocht van twintig minuten voorbij was.

Hij voelde dat de helikopter vaart minderde. Voelde de vloer zich richten en daarna een paar graden achteroverhellen toen de neus omhoogschoot. Het toestel draaide licht om zijn as. Als een paard dat kort gehouden wordt aan de teugel op het filmdoek. Het werd luidruchtiger in de cabine. Nu bewogen ze langzaam, gevangen in een eigen luchtbel van lawaai.

Hij boog voorover, gluurde met één oog door de spleet tussen de stoelen en zag Lamaison voorovergebogen met zijn hoofd tegen de voorruit van de helikopter zitten. Zag hoe hij bewoog en opzij leunde naar de piloot. Hoorde hem spreken. Of misschien beeldde hij zich in dat hij dat hoorde. Hij had de commando's in gedachten al tientallen keren gereconstrueerd vanaf het moment dat hij dagen geleden het dos-

sier van Franz had opengeslagen. Hij had het gevoel dat hij ze uit zijn hoofd kende, woord voor woord, met al hun gruwelijke onafwendbaarheid.
'Waar zijn we?' vroeg Lamaison in Reachers gedachten, en misschien ook wel in werkelijkheid.
'De woestijn,' zei de piloot.
'Wat is daar beneden?'
'Zand.'
'Hoogte?'
'Drieduizend voet.'
'Hoe is de lucht hierboven?'
'Rustig. Een beetje thermiek, maar geen wind.'
'Veilig?'
'Vliegtechnisch wel.'
'Dan doen we het.'
Reacher voelde hoe de helikopter tot stilstand kwam, een stationair zweven. Het geluid van de motor zakte naar een dieper register en de rotor sloeg wreed door de lucht. De vloer bewoog in kleine, beverige kringetjes, als een tol die wiebelend tot stilstand komt. Lamaison keerde zich om in zijn stoel, knikte een keer naar Parker en een keer naar Lennox. Reacher hoorde het klikken van de veiligheidsgordels en toen kwam het gewicht omhoog uit de stoelen voor hem. Leren kussens zogen lucht op en vermoeide veren ontspanden en duwden de rugleuning een paar kostbare centimeters bij zijn gezicht vandaan. Het enige licht was de oranje gloed van de cockpit. Parker was links en Lennox was rechts. Ze stonden beiden in een vreemde half gebogen houding, de knieën gebogen en de hoofden voorover vanwege de beperkte hoogte van de cabine, de voeten wijd uit elkaar voor stabiliteit op de bewegende vloer, de armen wijd om in evenwicht te blijven. Een van beiden zou gemakkelijk sterven en de ander moeizaam. Het hing ervan af wie van hen het portier open zou schuiven.
Lennox maakte aanstalten om het portier open te schuiven.
Hij keerde zich half, greep zijn loshangende veiligheidsgordels en hield die met zijn linkerhand stevig vast. Toen schuifelde hij als een krab zijdelings naar het portier en greep de kruk aan de binnenkant. Hij drukte de kruk omlaag en duwde. Het portier schoof half open en wind en lawaai loeiden naar binnen. De piloot zat half gedraaid in zijn stoel, keek over zijn schouder en kantelde de helikopter iets, zo-

dat het portier verder openschoof onder zijn eigen gewicht. Toen zette hij de helikopter weer horizontaal en liet hem traag rondcirkelen met de klok mee, zodat de beweging en vertraging en luchtdruk ervoor zorgden dat het portier open bleef.

Lennox kwam terug. Groot, rood gezicht, vlezig, kromgebogen als een aap, zijn linkerhand strak om de riem van zijn veiligheidsgordel, zijn rechterhand klauwend in de lucht als een man die op het ijs zijn evenwicht dreigt te verliezen.

Reacher boog voorover en zocht met zijn linkerhand de hendel waarmee hij de rugleuning van de stoel kon vrijmaken. Hij plaatste zijn duim onder het scharnierpunt en twee vingers erboven en draaide. De rugleuning van de stoel schoot vooruit. Hij duwde hem met zijn linkerhand helemaal horizontaal. Daar hield hij hem op zijn plaats. De kussens bliezen de lucht weer uit. Hij zwaaide de Glock omhoog in zijn rechterhand, verdraaide zijn bovenlichaam en legde zijn onderarm plat op de rugleuning. Deed één oog dicht en mikte twee centimeter boven de navel van Lennox.

En haalde de trekker over.

De knal ging verloren in het tumult. Hij was hoorbaar, maar minder dan in een bibliotheek. De kogel trof Lennox onder zijn middenrif. Dwars door hem heen, dacht Reacher. Onvermijdelijk met negen millimeter op een afstand van een meter. Daarom schoot hij ook op Lennox en niet op Parker. Reacher was op geen enkele manier bang om te vliegen, maar hij gaf toch de voorkeur aan onbeschadigde toestellen. Een schot door Parkers middenrif had een hydraulische leiding of een elektriciteitskabel kunnen raken. Door Lennox heen ging hij rechtstreeks door het geopende portier de nacht in, ongevaarlijk.

Lennox bleef in zijn half gebogen houding staan. Een bloesem van bloed lag rond het gat in zijn overhemd. Het zag er zwart uit in het gedempte oranje licht. Zijn linkerhand liet de veiligheidsgordel los en begon klauwend door de lucht te zwaaien, het evenbeeld van zijn rechterhand. Hij stond daar half gebogen, in evenwicht, symmetrisch, dertig centimeter van de drempel, niets achter zich dan leegte, terwijl een catastrofale fysieke shock zich op zijn gezicht aftekende.

Reacher bewoog de Glock iets en schoot nog een keer. Dit keer door het borstbeen. Bij een kerel zo groot en oud als Lennox zou het borstbeen zo langzamerhand wel een rijkelijk verkalkte plaat zijn van misschien wel een centimeter dik. Daar zou de kogel zeker wel doorheen gaan, maar pas nadat de kogel bij het versplinteren en breken van het bot een deel van de stuwkracht had afgestaan aan het lichaam. Als een klein duwtje. Misschien wel genoeg om de kerel in beweging te krijgen en hem achterover te laten vallen in plaats van dat hij domweg in elkaar zou zakken, wat zeker het geval zou zijn geweest als hij hem door het hoofd had geschoten. De menselijke nek was te flexibel om een schot in het hoofd te laten resulteren in wat Reacher voor ogen stond.

Uiteindelijk waren het zijn knieën die Lennox de das omdeden, en niet zijn borstbeen. Hij zakte in elkaar, net iets meer achterover dan rechtstandig, zo ongeveer als iemand die op zijn hurken wil gaan zitten. Maar hij was groot en zwaar en eenenveertig jaar oud en hij had stijve knieën. Ze bogen tot iets meer dan negentig graden en toen hielden ze op met buigen. Zijn bovenlichaam sloeg als gevolg van de plotselinge weerstand verder door naar achteren en hij viel met zijn kont op de drempel en het gewicht van zijn schouders en zijn hoofd trok hem achterover de nacht in. Het laatste wat Reacher van hem zag, waren de zolen van zijn schoenen, nog steeds wijd uit elkaar, die weg zwaaiden in de winderige duisternis als een soort postscriptum.

Op dat moment was er niet veel meer tijd voorbijgegaan dan twee seconden sinds Reacher de rugleuning van de stoel voorover had geklapt, maar op Reacher kwam het over als twee volledige levens. Die van Franz en Orozco, misschien. Hij voelde zich oneindig vloeiend en loom. Hij zweefde tussen een toestand van genade en kwelling, plande zijn acties als bij een schaakspel, zich ten volle bewust van de mogelijkheden en nadelen en dreigingen en kansen. De anderen in de cabine hadden amper gereageerd. O'Donnell lag met zijn gezicht omlaag, probeerde zijn hoofd genoeg op te tillen, zodat hij iets kon zien. Dixon probeerde op haar rug te rollen. De piloot zat half omgekeerd, bewegingloos in zijn stoel. Parker stond bevroren in zijn absurde half gebogen houding. Lamaison staarde naar het lege, donkere gat waar zo-even Lennox had gestaan, alsof het hem volstrekt ontging wat er zojuist was gebeurd.

Toen stond Reacher op.

Hij liet de tweede stoel voorover klappen en klom eroverheen als de verschijning in een nachtmerrie, een plotselinge, reusachtige gestalte die vanuit het niets opduikt in de lawaaiige oranje gloed. Toen stond hij stil, bijna rechtop, zijn hoofd klem tegen het dak van de helikopter, zijn voeten een meter uit elkaar, perfect op drie punten gesteund voor maximale stabiliteit. In zijn linkerhand hield hij een SIG, recht op Parkers gezicht gericht. In zijn rechterhand hield hij de Glock, recht op het gezicht van Lamaison gericht. Beide pistolen roerloos. Zijn gezicht zonder uitdrukking. De rotor maalde rond. De Bell draaide langzaam in zijn cirkel rond. Het portier bleef wagenwijd open, stijf op zijn plaats gehouden als een bol zeil. Vlagen lawaai en wind en kerosinestank waaiden naar binnen.

O'Donnell kromde zijn rug en kreeg zijn hoofd hoog genoeg om te draaien. Zijn ogen schoten naar links naar Reachers schoenen en gingen even dicht. Dixon kantelde om op haar rug, rolde op haar vastgebonden armen en kwam terecht op haar andere schouder, met het gezicht naar de achterkant van de helikopter.

De piloot staarde. Parker staarde. Lamaison staarde.

Het moment waarop het gevaar maximaal was.

Reacher kon zich niet veroorloven om naar voren te vuren. De kans dat hij een of ander essentieel elektronisch onderdeel zou raken, was veel te groot. Hij kon zich niet veroorloven een pistool neer te leggen en aan het werk te gaan om O'Donnell en Dixon los te knopen, omdat Parker zich in de cabine vrij kon bewegen en maar een meter weg was. Hij kon Parker niet uitschakelen in een gevecht van man tegen man, want hij kon zich niet eens bewegen. Er was geen ruimte op de vloer. O'Donnell en Dixon lagen er al.

Tegelijkertijd zat Lamaison nog vastgegespt in zijn veiligheidsgordel. De piloot zat nog vastgegespt. Het enige wat de piloot hoefde te doen was de Bell in alle standen door het luchtruim smijten totdat iedereen daar achterin eruit was gevallen. Dat betekende wel dat ze Parker opofferden, maar Reacher kon zich niet voorstellen dat Lamaison daar ook maar een minuut van wakker zou liggen.

Een patstelling, als ze het doorhadden.

Victorie, als ze zouden toeslaan.

80

Ze begrepen het niet. Ze grepen hun kans niet. In plaats daarvan tilde O'Donnell zijn hoofd en voeten van de vloer. Hij wipte als een dolfijn vijftien centimeter naar Reacher toe en rolde Dixon de andere kant op, zodat er een kostbare dertig centimeter voetruimte tussen hen in vrijkwam. Reacher stapte er dankbaar in en ramde de loop van zijn SIG in Parkers buik. De lucht sloeg uit zijn longen, hij klapte dubbel en struikelde één stap vooruit, precies in de ruimte die O'-Donnell en Dixon hadden vrijgemaakt. Reacher sprong als een stierenvechter om hem heen, zette de zool van zijn schoen vlak tegen Parkers kont, strekte zijn been en duwde hard. Parker caramboleerde struikelend op stijve benen door de cabine en blindelings naar buiten de nacht in. Voordat zijn gil was weggestorven, had Reacher zijn linkerarm om Lamaisons keel geslagen, de SIG op de piloot gericht en de Glock met kracht in de holte van Lamaisons nek gedrukt.

Daarna werd het gemakkelijker.

De piloot zat als bevroren achter zijn instrumenten. De Bell cirkelde luidruchtig rond. De rotor zwiepte met veel lawaai rond en het toestel bleef cirkelen. Het portier bleef open, op zijn plaats gehouden door de luchtstroom, een uitnodigend, gapend gat. Reacher snoerde zijn elleboog aan en trok Lamaison achterover omhoog uit zijn stoel tot de riemen van de veiligheidsgordel strak stonden. Toen legde hij de Glock op de vloer en zocht in zijn zak naar de boksbeugel van O'-Donnell. Hij hield hem als een stuk gereedschap tussen zijn vingers en wierp een blik over zijn schouder. Hij strekte zijn arm uit en duwde Dixon op haar buik en begon met de wrede punten van de boksbeugel te zagen aan de boeien om haar polsen. Ze spande de spieren in haar armen en de sisalvezels knapten, een voor een. Reacher voelde ieder succes heel duidelijk door het harde keramische materiaal, kleine, doffe, harmonische, knappende geluiden, soms twee tegelijk. Lamaison begon tegen te stribbelen en Reacher knelde zijn elleboog harder aan, wat tot voordeel had dat hij Lamaison in een wurggreep tot overgave dwong, maar als nadeel dat hij de SIG niet meer recht op de piloot kon richten, maar achter hem. Maar de piloot deed geen poging dat voordeel uit te buiten. Hij reageerde in het geheel niet. Hij bleef zitten waar hij zat, de handen aan de stuurknuppel, de voeten op de pedalen, de Bell rondsturend in zijn cirkel.

Reacher bleef doorzagen, blindelings. Een minuut. Twee minuten. Dixon bleef haar armen bewegen, maakte nieuwe strengen bereikbaar, testte de resterende sterkte. Lamaison stribbelde harder tegen. Het was een grote kerel, sterk en krachtig, een brede nek, brede schouders. En hij was bang. Maar Reacher was groter, en Reacher was sterker, en Reacher was kwaad. Kwader dan Lamaison bang was. Reacher spande zijn arm verder aan. Lamaison worstelde door. Reacher overwoog het zagen te onderbreken om Lamaison te slaan, maar hij wilde hem bij bewustzijn, voor later. Dus zwoegde hij verder op het sisaltouw, tot plotseling een hele streng het begaf en Dixons polsen vrij waren en ze zich opdrukte tot ze op haar knieën zat. Reacher gaf haar de boksbeugel en zijn Glock en nam de SIG over in zijn rechterhand. Daarna werd het nog veel gemakkelijker.

Dixon was slim en negeerde de boksbeugel. Ze sleepte zich als een meermin door de cabine naar Lamaisons zakken en viste daar een portefeuille, nog een SIG en O'Donnells stiletto uit. Twee seconden later had ze haar voeten bevrijd en vijf seconden later was O'Donnell bevrijd. Beiden waren uren vastgebonden geweest en ze waren verstijfd en verkrampt en hun handen beefden. Maar ze hoefden geen moeilijke dingen te doen. Ze hoefden alleen de piloot onder bedwang te houden. O'Donnell greep de man met zijn ene hand bij zijn kraag en ramde de loop van een SIG onder zijn kin. Geen schijn van kans dat hij zou missen zo, hoe hard zijn handen ook beefden. Geen schijn van kans. De piloot begreep het. Hij deed niets. Reacher zette de loop van zijn SIG tegen Lamaisons oor en leunde over naar de piloot en vroeg: 'Hoogte?'

De piloot slikte en zei: 'Drieduizend voet.'

'Dan gaan we nog een beetje hoger,' zei Reacher. 'Naar vijfduizend voet.'

81

Het klimmen maakte een einde aan het langzame rondcirkelen. Het geopende portier schoof even wat heen en weer en klapte toen dicht. Het werd rustig in de cabine. Bijna stil, in vergelijking met eerder. O'Donnell hield zijn pistool nog steeds tegen het hoofd van de piloot. Reacher trok Lamaison nog steeds achterover, gekromd in zijn stoel. Lamaison had zijn handen om Reachers onderarm geslagen en probeerde die omlaag te trekken, maar zonder overtuiging. Hij was merkwaardig passief geworden en bewoog niet meer. Alsof hij heel goed aanvoelde wat er ging komen, maar niet werkelijk kon geloven dat het echt zou gebeuren.

Net zo min als Swan, dacht Reacher. *En Orozco, en Franz, en Sanchez.*

Hij voelde hoe de Bell werd rechtgetrokken. Hoorde de rotor zich stationair door de lucht bijten. Voelde hoe de turbines overgingen op een snel, dringend gieren. De piloot wierp hem een blik toe en knikte.

'Meer,' zei Reacher. 'Doe nog maar tweehonderdtachtig voet, dan maken we er een hele mijl van.'

Het geluid van de motoren veranderde en het geluid van de rotor veranderde en het toestel begon opnieuw te klimmen, langzaam, precies. Het maakte een kleine bocht en kwam weer in horizontale stand.

De piloot zei: 'Eén mijl.'

'Wat is daar beneden?'

'Zand.'

Reacher keerde zich om naar Dixon en zei: 'Open het portier.'

Lamaison vond hernieuwde kracht. Hij bokte en stribbelde in zijn stoel en zei: 'Nee, alsjeblieft, alsjeblieft, nee.'

Reacher snoerde zijn elleboog aan en vroeg: 'Hebben mijn vrienden gesmeekt?'

Lamaison schudde zijn hoofd.

'Dat zouden ze nooit doen,' zei Reacher. 'Te trots.'

Dixon pakte achter in de cabine de veiligheidsgordel van Lennox in haar linkerhand. Hield hem stevig vast en graaide met haar rechterhand naar de portierkruk. Ze was kleiner dan Lennox was geweest, dus ze moest zich verder uitrekken. Maar het lukte haar. Ze drukte de kruk omlaag, duwde tegen het portier met gespreide vingers en de deur zwaaide open. Reacher keerde zich naar de piloot en zei: 'Doe die truc met dat rondcirkelen nog eens.' De piloot zette de helikopter in de langzaam rondcirkelende beweging. Het portier schoof helemaal open en bleef in die stand vastgedrukt openstaan. Oorverdovend lawaai en koude lucht stroomden naar binnen. De bergen staken zwart af tegen de horizon. Achter de bergen was de gloed van Los Angeles te zien, tachtig kilometer verderop, miljoenen speldenprikken van helder licht, gevangen onder lucht die zo dik was als soep. Toen draaide dat uitzicht uit beeld en kwam er de duisternis van de woestijn voor in de plaats.

Dixon ging zitten op Parkers voorover geklapte stoel. O'Donnell verstevigde zijn greep op de kraag van de piloot. Reacher wrong Lamaisons nek omhoog en naar achteren met zijn onderarm strak om zijn keel. Trok hem omhoog tot de veiligheidsgordel het niet verder toeliet. Hield hem zo. Toen boog hij voorover en tikte met de loop van de SIG op de knop voor het losmaken van de veiligheidsgordel. De riemen sprongen los. Reacher trok Lamaison achterover, helemaal over de stoel en liet hem op de vloer vallen.

Lamaison zag zijn kans en greep hem met beide handen. Hij drukte zichzelf op tot hij zat en krabbelde met zijn hakken op de vloerbedekking om zijn voeten onder zich te krijgen. Maar Reacher was er klaar voor. Meer dan ooit. Hij schopte Lamaison hard in zijn zij en sloeg hem met zijn elleboog op zijn oor. Dwong hem met zijn gezicht op de vloer, zette een knie tussen zijn schouderbladen en ramde de SIG tegen het bovenste deel van zijn ruggengraat. Lamaison had zijn hoofd omhoog en Reacher wist dat hij naar buiten staarde, de leegte in. Zijn voeten trappelden op de vloerbedekking. Hij gilde. Reacher hoorde hem duidelijk boven het lawaai uit. Hij voelde zijn borstkas op en neer gaan.

Te laat, dacht Reacher. *Wie wind zaait, zal storm oogsten.*

Lamaison zwaaide met zijn armen achter zijn rug en probeerde Reacher te slaan, maar kwam niet eens in de buurt. Toen zette hij zijn handen vlak op de vloer en probeerde Reacher van zich af te gooien.

Geen schijn van kans, dacht Reacher. *Tenzij je je op kunt drukken met een gewicht van honderdtien kilo op je rug*. Er zijn er wel die dat kunnen. Reacher had het wel zien gebeuren. Maar Lamaison kon het niet. Hij was sterk, maar niet sterk genoeg. Hij spande zich even in en zakte toen terug op de vloer.

Reacher pakte de SIG in zijn linkerhand en legde zijn rechterhand om Lamaisons nek als een tang. Lamaison had een brede nek, maar Reacher had grote handen. Hij drukte zijn duim en wijsvinger in de holten onder de oren en kneep hard. Hij drukte Lamaisons aderen dicht, zijn hersens kregen te weinig zuurstof, hij hield op met gillen en zijn voeten hielden op met trappelen. Reacher bleef nog een volle minuut doorknijpen en rolde hem toen op zijn rug en sjorde hem als een dronkeman overeind in zittende positie.

Greep hem bij zijn broekriem en zijn kraag.

Schoof hem over de vloer met zijn voeten vooruit.

Schoof hem tot aan de drempel en liet hem daar zitten met zijn armen achter zich vastgehouden. De helikopter draaide langzaam rond. De motoren gierden en de rotor sloeg rond met bescheiden basgeluiden. Reacher voelde ze stuk voor stuk in zijn borst, als een hartslag. Er gingen minuten voorbij waarin de frisse wind naar binnen blies en toen kwam Lamaison weer bij en zag dat hij op de rand zat en dat zijn voeten buiten bungelden boven de afgrond, als iemand die op een hoge muur zit.

Een mijl boven de woestijn. Vijfduizendtweehonderdtachtig voet.

Reacher had een speech voorbereid. Hij was al met de uitwerking ervan begonnen bij Denny's op Sunset, met het dossier van Franz in zijn hand. In de dagen daarna had hij hem geperfectioneerd. Hij zat vol met mooie zinswendingen over loyaliteit en vergelding, en passages waarin hij stilstond bij zijn vier dode vrienden. Maar toen het moment daar was, zei hij niet veel. Zinloos. Lamaison zou er geen woord van opgevangen hebben. Hij was uitzinnig van angst en er was veel te veel lawaai. Een kakofonie van geluid. Uiteindelijk boog Reacher zich eenvoudigweg voorover en zei met zijn mond dicht bij Lamaisons oor: 'Je hebt een lelijke fout gemaakt. Je hebt geintjes uitgehaald met de verkeerde mensen. Dat gaan we nu met je afrekenen.'

Toen trok hij Lamaisons armen omhoog en recht achter zijn rug en duwde. Lamaison gleed een centimeter vooruit en rukte zich toen voorover in een poging zijn achterwerk over de drempel verder naar

binnen te schuiven. Reacher duwde opnieuw. Lamaison kroop in elkaar en trok zijn knieën tegen zijn borst. Hij staarde in het zwarte gat. Een mijl. Het kost een auto die zijn best doet, een minuut.
Reacher duwde. Lamaison liet zijn schouders zakken. Geen hefboom meer.
Reacher zette zijn hiel plat tegen het onderste deel van Lamaisons rug.
Kromde zijn been.
Liet Lamaisons armen los.
Strekte zijn been, één snelle, vloeiende beweging.
Lamaison verdween over de drempel in de nacht.

Er klonk geen gil. Of misschien ook wel. Misschien ging hij verloren in het lawaai van de rotor. O'Donnell porde de piloot en de piloot trok het toestel uit de rondcirkelende beweging, cirkelde een keer in tegenovergestelde richting en het portier sloeg keurig dicht. Het werd rustig in de cabine, in vergelijking met eerst. Dixon omhelsde Reacher stevig. O'Donnell zei: 'Je hebt wel echt tot de laatste minuut gewacht, hè?'
Reacher zei: 'Ik probeerde een besluit te nemen of ik ze jou er eerst uit zou laten gooien voordat ik Karla zou redden. Een moeilijke beslissing. Daar had ik even tijd voor nodig.'
'Waar is Neagley?'
'Aan het werk, hoop ik. De raketten zijn acht uur geleden in Colorado door de poort gegaan. En we weten niet waarheen.'

82

Er was helemaal niets wat de piloot hen aan kon doen zonder dat hij er ook zelf bij zou omkomen, dus lieten ze hem alleen in de cockpit. Maar niet nadat ze de brandstofreserve hadden gecontroleerd. Ze hadden nog maar weinig. Veel minder dan een uur vliegen. Geen signaal voor hun mobiele telefoons. Reacher gaf de piloot opdracht laag te gaan vliegen, naar het zuiden, om een signaal te zoeken. Dixon en O'Donnell klapten de stoelen op de achterste rij omhoog en gingen zitten. Ze gespten zichzelf niet vast in de veiligheidsgordels. Reacher vermoedde dat ze het voorlopig wel gehad hadden met beperkende maatregelen. Hijzelf lag op de vloer met zijn armen en benen breeduit, als een sneeuwengel. Hij was moe en mistroostig. Lamaison was weg, maar er was niemand teruggekomen.

O'Donnell vroeg: 'Waar zou jij zeshonderdvijftig SAM's laten?'

'In het Midden-Oosten,' zei Dixon. 'En ik zou ze overzee vervoeren. De elektronica via L.A. en de lanceerbuizen via Seattle.'

Reacher stak zijn hand op. 'Lamaison zei dat ze naar Kasjmir gingen.'

'En geloof je dat?'

'Ja en nee. Ik denk dat hij een leugen voor waar aannam om zijn geweten te sussen. Al was het nog zo'n grote schurk, het was wel een burger. Hij wilde de waarheid niet weten.'

'En dat is?'

'Terrorisme hier in de Verenigde Staten. Moet wel. Dat is duidelijk. Kasjmir is gekibbel tussen twee regeringen. Regeringen hebben gezantschappen om dingen te kopen. Die gaan niet de boer op met Samsonite koffers vol aandelen aan toonder en geheime bankrekeningnummers en diamanten.'

Dixon voeg: 'Heb je dat gevonden?'

'Highland Park. Ter waarde van vijfenzestig miljoen dollar. Neagley heeft het. Jij zult het voor ons moeten omwisselen, Karla.'

'Als ik het overleef. Mijn vliegtuig naar New York kan wel worden opgeblazen.'

Reacher knikte. 'Als het niet morgen gebeurt, dan misschien wel overmorgen, of de dag daarna.'

'Hoe sporen we hen op? Acht uur met een snelheid van tachtig kilometer per uur levert al een cirkel op met een straal van zeshonderdveertig kilometer. Dat is meer dan een miljoen vierkante kilometers.'

'Eén miljoen tweehonderdzesentachtigduizend negenhonderddrieënzestig vierkante kilometer,' zei Reacher automatisch. 'Als je pi afrondt op drie decimalen. Maar dat hebben we geaccepteerd. We moesten kiezen of we hen wilden tegenhouden toen de cirkel nog klein was, of jullie zouden komen redden.'

'Bedankt,' zei O'Donnell.

'Hé, ik wilde achter die vrachtwagen aan, maar Neagley hield me tegen.'

'Oké, hoe gaan we dit aanpakken?'

'Heb je ooit wel eens een echte goede middenvelder zien honkballen? Die rent nooit achter een bal aan. Hij loopt naar waar de bal ongeveer gaat komen. Denk aan Mickey Mantle.'

'Jij hebt Mantle nooit zien spelen.'

'Ik heb nieuwsfilmpjes gezien.'

'De Verenigde Staten hebben een oppervlakte van iets meer dan tien miljoen vierkante kilometer. Dat is iets groter dan het middenveld van het Yankee Stadium.'

'Maar niet zo heel veel,' zei Reacher.

'Waar lopen wij als middenvelders heen dan?'

'Mahmoud is niet dom. Eigenlijk denk ik dat het een heel intelligente en voorzichtige man is. Hij heeft net vijfenzestig miljoen dollar uitgegeven aan wat in wezen niet meer is dan onderdelen. Hij moet als deel van de overeenkomst bedongen hebben dat iemand hem zou laten zien hoe je die dingen in elkaar zet.'

'Wie?'

'Wat zei die vriendin van Neagley? Die politica? Diana Bond?'

'Een heleboel.'

'Ze zei dat de ingenieur van New Age de kwaliteitscontrole doet, omdat hij tot nu toe de enige is op de wereld die weet hoe Little Wing zou moeten werken.'

Dixon zei: 'En Lamaison had hem aan een leiband op de een of andere manier.'

'Hij dreigde allerlei vreselijks te zullen doen met de dochter van de man.'

O'Donnell zei: 'Dus Lamaison zou hem uitlenen. Lamaison zou hem ergens mee naartoe nemen. En jij gooit Lamaison uit een helikopter, voordat je hem dat hebt gevraagd.'
Reacher schudde zijn hoofd. 'Lamaison praatte erover alsof het allemaal allang verleden tijd was. Hij zei dat de zaak allang beklonken was. Er was iets in zijn stem. Lamaison zou niemand ergens mee naartoe nemen.'
'Wie dan wel?'
'Niet wie,' zei Reacher. 'Maar waar?'
Dixon zei: 'Als er maar één man is, en Lamaison was niet van plan hem ergens heen te brengen, dan betekent dat, dat ze de raketten naar hem toe brengen.'
'En dat is belachelijk,' zei O'Donnell. 'Je kunt geen vrachtwagen vol raketten ergens naar een knus huisje in een gezellige nieuwbouwwijk brengen.'
'De man woont niet in een gezellige nieuwbouwwijk,' zei Reacher. 'Hij woont een heel eind de woestijn in. Midden in niks. Nog verder dan nergens. Waar kun je vrachtwagens met raketten nu beter heen rijden?'
'Mobiele telefoons werken,' riep de piloot.
Reacher haalde zijn prepaid van de Radio Shack tevoorschijn. Zocht Neagleys nummer. Drukte op de groene knop. Ze nam op.
'Bij Dean?' vroeg hij.
'Bij Dean,' zei ze. 'Absoluut. Ik ben er over twintig minuten.'

83

De Bell was uitgerust met gps, maar niet het soort waarbij een wegenkaart op het scherm wordt weergegeven. Niet zoals in de huurauto van O'Donnell. Het systeem van de Bell produceerde twee voortdurend veranderende coördinaten voor lengte en breedte, bleekgroene cijfers, verder niets. Reacher gaf de piloot opdracht naar de zuidkant van Palmdale te vliegen en daar te wachten. De piloot maakte zich zorgen over de brandstof. Reacher gaf hem opdracht laag te vliegen. Helikopters overleefden soms wel afslaande motoren op een hoogte van een paar honderd voet. Ze overleefden zelden op een hoogte van een paar duizend.

Toen belde Reacher Neagley opnieuw. Ze was het adres van Dean te weten gekomen van Margaret Berenson in het hotel in Pasadena. Maar zij had evenmin gps. Ze was op drift in het duister, achter twee koplampen van een vorige generatie, die nog minder licht gaven omdat ze blauw waren geverfd. Het signaal voor de telefoons was zwak. Twee keer raakte Reacher haar kwijt. Voordat hij haar een derde keer kwijt zou raken, gaf hij haar opdracht de stek van Dean te zoeken en dan daar in een klein kringetje rond te rijden met groot licht.

Reacher ging op de plaats van Lamaison voorin zitten en drukte zijn voorhoofd tegen de voorruit op dezelfde manier als Lamaison had gedaan. Dixon en O'Donnell namen de zijramen achterin voor hun rekening. Met zijn drieën hadden ze uitzicht op een panorama van honderdtachtig graden. Misschien wel meer. Voor de zekerheid liet Reacher de piloot zo nu en dan een keer rondcirkelen, voor het geval ze dat wat ze zochten al voorbijgevlogen waren.

Ze zagen niets.

Niets dan uitgestrekte, saaie duisternis en hier en daar een speldenprik van oranje licht. Tankstations misschien, of een minuscule parkeerplaats bij een kleine supermarkt. Zo nu en dan zagen ze een auto op een eenzame weg, maar nooit was het de Civic van Neagley.

Gele lichtbundels van koplampen, niet blauw. Reacher probeerde haar opnieuw te bellen. Geen signaal.
'Brandstof is bijna op,' zei de piloot.
'Snelweg links,' riep Dixon.
Reacher keek omlaag. Niet veel snelweg. Er waren vijf auto's op anderhalve kilometer, twee in zuidelijke richting en drie in noordelijke richting. Hij sloot zijn ogen en riep het beeld op van de kaarten die hij had bekeken.
'We zouden geen snelweg van noord naar zuid moeten zien,' zei hij. 'We zitten te ver naar het westen.'
De Bell helde over, zwaaide weg naar het oosten in een lange, snelle bocht en trok daarna weer recht.
De piloot zei: 'Ik zal hem binnen niet al te lange tijd moeten neerzetten.'
'Jij zet hem alleen neer wanneer ik het zeg,' zei Reacher.
Aan de noordkant van de bergen was het zicht beter. Een beetje stof, een beetje trillende lucht vanwege hitte, maar in principe hadden ze vrij zicht tot aan de horizon. Een heel eind verderop knipoogden en twinkelden kleine lichtjes. Palmdale waarschijnlijk. Een aardig stadje, had Reacher gehoord. Groeiend. Aantrekkelijk. Dus duur. Dus zou iemand die veel land wilde en afgelegen wilde wonen en maximaal van zijn dollars wilde profiteren, er wel uit de buurt blijven.
'Naar het zuiden,' zei hij. 'En klimmen.'
'Klimmen kost brandstof,' zei de piloot.
'We hebben meer zicht nodig.'
De Bell klom, langzaam, een paar honderd voet. De piloot liet de neus zakken en zette de helikopter in een grote cirkel, alsof hij de horizon afzocht met een gigantisch zoeklicht.
Ze zagen niets.
Er was geen signaal voor de telefoon.
'Hoger,' zei Reacher.
'Kan niet,' zei de piloot. 'Kijk naar die meter.'
Reacher zag de brandstofmeter. De wijzer stond stijf tegen het eindpalletje dat hem tegenhield. Officieel waren de tanks leeg. Hij sloot opnieuw zijn ogen en riep in gedachten de kaart op. Berenson zei dat Dean had geklaagd over het heen en weer rijden van en naar zijn werk. Hij kon maar op twee manieren in Highland Park komen. Over Route 138 langs de oostflank van Mount San Antonio, of over Route 2, ver-

der naar het westen, langs Mount Wilson Observatory. Route 2 was waarschijnlijk smaller en bochtiger. En kwam bij Glendale uit op de 210. Wat Route 2 waarschijnlijk tot een drukkere weg maakte dan de oostelijke route. Geen enkele reden om die weg te kiezen, tenzij het volstrekt voor de hand lag. Dean zou dus waarschijnlijk ergens zuidelijk van Palmdale vertrekken, niet zuidoostelijk. Reacher keek recht vooruit en wachtte tot de lichten van Palmdale weer in beeld verschenen.

'Nu honderdtachtig graden draaien en dan die kant op,' zei hij.

'We hebben geen brandstof meer.'

'Gewoon doen wat ik zeg.'

Het toestel keerde om zijn as. Liet de neus zakken en ratelde verder. Zestig seconden later zagen ze Neagley.

Anderhalve kilometer verder en vierhonderd voet onder zich zagen ze een blauwe lichtkegel ronddraaien en knipperen als een baken. Het zag eruit of Neagley het stuur helemaal naar één kant had gedraaid, in een kringetje met een doorsnee van tien meter rondtolde en daarbij voortdurend schakelde van dimlicht naar groot licht en terug. Het effect was spectaculair. De lichtbundels zwaaiden en sprongen omhoog en omlaag en wierpen bewegende schaduwen op de ene plek en schenen honderden meters ver op de andere waar niets in de weg stond. Als een vuurtoren op een rotskust. Er waren richels, plateaus en kloven, een dramatisch reliëf. In het noorden lage gebouwen, naar het oosten elektriciteitskabels. Naar het westen liep het gebroken landschap af naar een ondiep ravijn, misschien een meter of tien breed en een meter of vijf diep.

'Daar landen,' zei Reacher. 'In die geul. En houd de wielen omhoog.'

De piloot zei: 'Waarom?'

'Omdat ik het op die manier wil.'

De piloot liet de helikopter iets naar het westen afdrijven, daalde een paar honderd voet en maakte een bocht tot boven de geul. Toen liet hij de Bell zakken als een lift. Een sirene begon te huilen om te waarschuwen dat hij een landing maakte zonder landingsgestel. Hij negeerde het geluid en bleef dalen. Zes meter boven de grond nam hij snelheid terug. Toen liet hij de helikopter het laatste eindje voorzichtig zakken en zette hij hem op de rotsige bodem van de geul. Stenen maakten knarsende geluiden, metaal kraste en het toestel trok iets scheef. Door het raam zag Reacher de koplampen van Neagleys auto hun kant op komen door de zandstorm die de rotor veroorzaakte. Toen was de brandstof op.

De motoren sloegen af en de rotor kwam bevend tot stilstand.

Het werd stil in de cabine.

Reacher was als eerste buiten. Hij baande zich een weg door wolken warm stof, stuurde Dixon en O'Donnell vooruit om Neagley op te vangen en keerde zich toen om naar de Bell. Hij deed het portier van de cockpit open en keek naar binnen, naar de piloot. De man zat nog steeds vastgegespt in zijn stoel. Hij tikte met zijn nagel op het glas van de brandstofmeter.

'Keurige landing,' zei Reacher. 'Je bent een goede piloot.'

De man zei: 'Bedankt.'

'Die truc met dat rondcirkelen,' zei Reacher. 'Om het portier open te houden. Dat was knap.'

'Elementaire aerodynamica.'

'Maar je hebt ook aardig kunnen oefenen.'

De piloot zei niets.

'Vier keer,' zei Reacher. 'Dat ik weet, tenminste.'

De piloot zei niets.

'Dat waren mijn vrienden,' zei Reacher.

'Lamaison zei dat ik het moest doen.'

'En anders?'

'Zou ik mijn baan kwijtraken.'

'Meer niet? Je laat hen vier levende mensen uit een helikopter gooien om je baan te redden?'

'Ik word betaald om opdrachten uit te voeren.'

'Ooit gehoord van een proces in Neurenberg? Dat excuus telt tegenwoordig niet meer.'

De piloot zei: 'Ik zat fout. Ik weet het.'

'Maar je hebt het toch gedaan.'

'Wat voor keuze had ik?'

'Alle keuzes van de wereld,' zei Reacher. Toen glimlachte hij. De piloot ontspande zich iets. Reacher schudde zijn hoofd alsof het hem allemaal verbaasde, leunde naar binnen en tikte de man op zijn wang. Hij hield zijn hand daar, aan de andere kant van het gezicht van de man, een vriendelijk gebaar. Toen zette hij zijn duim op het oog van de man, zette zijn wijsvinger op de slaap, werkte zijn ander drie vin-

gers achter zijn oor, in het haar. Toen brak hij zijn nek, met één hand, in één plotselinge beweging. Toen schudde hij het hoofd van de man, van links naar rechts, van voren naar achteren, om ervoor te zorgen dat zijn ruggengraat echt zou afknappen. Hij wilde niet dat de man weer wakker zou worden als kasplantje. Hij wilde helemaal niet dat de man nog weer wakker zou worden.
Hij liep weg en liet hem daar zitten, nog steeds vastgegespt in zijn stoel. Keerde na vijftien meter om en keek terug. Een helikopter in een geul, iets overhellend, het landingsgestel ingetrokken, tanks leeg. Een ongeluk. De piloot nog aan boord. Letsel ontstaan door de klap, een ongelukkig voorval. *Niet perfect, maar geloofwaardig.*

Neagley was dertig meter van het ravijn gestopt, ongeveer halverwege de voordeur van Edward Dean. Haar licht brandde nog fel. Toen Reacher bij de auto kwam, keerde hij zich om en keek hij nog een keer. De Bell was vrij goed verborgen. Alleen de kroon van de rotor was zichtbaar, maar amper. De wieken zelf zakten uit zicht onder hun eigen gewicht. Het stof daalde neer. Neagley en Dixon en O'Donnell stonden in een groepje dicht bij elkaar.
'Alles goed?' vroeg Reacher.
Dixon en O'Donnell knikten. Neagley niet.
'Ben je kwaad op mij?' vroeg Reacher.
'Niet echt,' zei ze. 'Dat zou ik wel zijn geweest als je het verknald had.'
'Ik had jou nodig om uit te zoeken waar die raketten heen gingen.'
'Dat wist je al.'
'Ik wilde een second opinion. En een adres.'
'Oké, hier zijn we. Geen raketten.'
'Die zijn nog onderweg.'
'Hopen we.'
'Laten we meneer Dean maar een bezoekje brengen.'
Ze stapten in de Civic en Neagley reed de dertig meter naar de voordeur van Dean. Dean deed meteen nadat ze hadden geklopt open. Het lawaai van de helikopter en het flitsende blauwe licht had hem duidelijk uit zijn bed gejaagd. Hij zag er niet echt uit als een raketgeleerde. Meer als een niet al te geslaagde gymnastiekleraar. Hij was lang en slungelig en had een dikke bos zandkleurig haar. Hij was een jaar of veertig. Hij stond op blote voeten, had een trainingsbroek

aan en een T-shirt. Bij wijze van pyjama. Het liep tegen middernacht.
'Wie zijn jullie?' vroeg hij.
Reacher legde uit wie ze waren en waarom ze daar waren.
Dean had geen flauw idee waar hij het over had.

84

Reacher had iets van een ontkenning verwacht. Lamaison had Berenson gewaarschuwd haar mond te houden en dat zou hij ongetwijfeld ook met Dean hebben gedaan. Maar de ontkenning van Dean leek echt. De man was verbaasd, niet ontwijkend.

'Laten we bij het begin beginnen,' zei Reacher. 'We weten wat je met die elektronica hebt gedaan, en we weten ook waarom je het hebt gedaan.'

Plotseling gebeurde er iets in het gezicht van Dean. Net als bij Margaret Berenson.

Reacher zei: 'We weten van het dreigement tegen je dochter.'

'Welk dreigement?'

'Waar is ze?'

'Weg. Haar moeder ook.'

'Het is geen vakantie.'

'Een dringende familieaangelegenheid.'

Reacher knikte. 'Je hebt hen weggestuurd. Dat was slim.'

'Ik heb geen idee waar je het over hebt.'

Reacher zei: 'Lamaison is dood.'

Er glom een sprankje hoop in Deans ogen, een fractie van een seconde, moeilijk te zien in het donker.

'Ik heb hem uit een helikopter gegooid,' zei Reacher.

Dean zei niets.

Houd je van vogels kijken? Dan moet je over twee dagen een paar kilometer naar het zuiden rijden en op het dak van je auto klimmen. Twee rondcirkelende buizerds, dan is het waarschijnlijk een coyote die door een slang is gebeten. Meer dan twee vogels, dan is het Lamaison, of Parker, of Lennox. Ze liggen daar allemaal ergens.

'Ik geloof je niet.'

Reacher zei: 'Laat zien, Karla.'

Dixon haalde de portefeuille tevoorschijn die ze uit Lamaisons zak had gehaald. Dean pakte hem van haar aan en keerde zich naar het licht dat in de hal brandde. Hij liet de inhoud op zijn hand vallen en rommelde ertussen. Lamaisons rijbewijs, zijn creditcards, een ID-kaart van New Age met zijn foto erop, zijn ziekenfondskaart.

'Lamaison is dood,' zei Reacher.

Dean stopte de spullen weer terug in de portefeuille en gaf hem terug aan Dixon.

'Jullie hebben zijn portefeuille,' zei hij. 'Dat bewijst niet dat je hem ook hebt.'

'Ik kan je de piloot laten zien,' zei Reacher. 'Die is ook dood.'

'Hij is net geland.'

'Ik heb hem net afgemaakt.'

'Je bent gek.'

'En jij bent weer vrij.'

Dean zei niets.

'Neem de tijd,' zei Reacher. 'Wen aan het idee. Maar wij moeten weten wie er zal komen, en wanneer.'

'Er komt helemaal niemand.'

'Dat moet wel.'

'Dat was nooit de afspraak.'

'Nee?'

'Zeg het nog eens,' zei Dean. 'Lamaison is dood?'

'Hij heeft vier van mijn vrienden vermoord,' zei Reacher. 'Als hij niet dood was, zou ik hier geen tijd staan te verspillen door met jou te kletsen.'

Dean knikte, langzaam. Hij begon aan het idee te wennen.

'Maar ik weet nog steeds niet waar je het over hebt,' zei hij. 'Oké, ik heb valse papieren afgetekend, zeshonderdvijftig keer, dat is verschrikkelijk, maar dat is alles wat ik heb gedaan. Ik heb nooit iets te maken gehad met het assembleren van raketten en ik heb ook nooit iemand anders verteld hoe het moest.'

'Wie weten er nog meer hoe het moet?'

'Het is niet moeilijk. Een kwestie van plug-and-play. Het is eenvoudig. Moet wel. Soldaten moeten het kunnen doen. Dat is niet beledigend bedoeld. Ik bedoel op het slagveld, onder spanning, 's nachts.'

'Eenvoudig voor jou.'

'Relatief eenvoudig voor iedereen.'

'Soldaten doen nooit iets als het hen niet eerst is voorgedaan.'

'Natuurlijk, ze worden getraind.'

'Door wie?'
'We organiseren trainingen in Fort Irwin. Ik zal de eerste groep wel doen.'
'Wist Lamaison dat?'
'Dat is routine.'
'Dus hij heeft jou gevraagd het een keer voor te doen.'
Dean schudde zijn hoofd. 'Dat heeft hij niet gedaan. Hij heeft helemaal niets gevraagd. Dat had wel gekund. Ik bevond me nu niet bepaald in een positie waarin ik hem iets kon weigeren.'
'Negen uur,' zei Neagley.
'Weer driehonderdveertigduizend vierkante kilometer erbij,' zei Dixon.
Driehonderdeenenveertigduizend achthonderdnegenenveertig, dacht Reacher automatisch. Alleen al die extra kilometers was bijna net zo veel als heel Californië en meer dan de helft van Texas. De oppervlakte van een cirkel was gelijk aan pi maal het kwadraat van de straal, en het was dat *kwadraat*, waardoor het zo snel opliep.
'Ze komen hiernaartoe,' zei hij. 'Moet wel.'
Niemand zei iets.

Dean liet hen binnen. Zijn huis was een lang, laag bouwwerk van beton en hout. Het beton was onafgewerkt en verweerd met een gelige toplaag. Het hout was donkerbruin gebeitst. Er was een grote woonkamer met Navajokleden en versleten meubilair en een open haard vol as van de afgelopen winter. Veel boeken in de kamer. Stapels met cd's overal. Er was een stereo met een buizenversterker en basreflexkasten. Alles bij elkaar zag het er precies zo uit als in de droom van iemand die de stad wil ontvluchten.
Dean ging naar de keuken om koffie te zetten en Dixon zei: 'Negen uur en zevenentwintig minuten.' Het ging aan Neagley en O'Donnell voorbij, maar Reacher snapte het meteen. Met drie decimalen voor pi en een snelheid van tachtig kilometer voor de vrachtwagen, leverde negen uur en zevenentwintig minuten een potentieel zoekgebied op van exact één miljoen achthonderdduizend vierkante kilometer.
'Mahmoud is voorzichtig,' zei Reacher. 'Die laat zich geen knollen voor citroenen verkopen. Het is óf zijn eigen geld en dan is hij er zuinig mee, óf het geld van een ander en dan zal hij wel goed oppassen om het niet te verknallen, zodat het hem zijn kop niet kost. Die komt wel.'

'Dean zegt van niet.'
'Dean zegt dat er niets is aangekondigd. Dat is wat anders.'
Dean kwam terug en serveerde de koffie en een kwartier lang zei niemand iets. Toen richtte Reacher zich tot Dean en vroeg: 'Heb je hier thuis aan de elektronica gewerkt.'
Dean zei: 'Voor een deel.'
'Heb je plastic kabelstrips?'
'Zat. In de werkplaats achter.'
'Rij maar naar het noorden,' zei Reacher. 'Richting Palmdale, ga daar maar ontbijten.'
'Nu?'
'Nu. En blijf daar ook maar lunchen. Kom niet eerder terug dan vanmiddag.'
'Waarom? Wat gebeurt er hier?'
'Dat weet ik nog niet precies. Maar wat er ook gebeurt, je kunt er maar beter niet bij zijn.'
Dean bleef even stilzitten. Toen stond hij op, pakte zijn sleutels en vertrok. Ze hoorden hem de motor van zijn auto starten. Hoorden het knarsen van de banden op het gravel. Toen stierf het geluid weg en werd het weer stil in huis.
Dixon zei: 'Negen uur achtenvijftig minuten.' Reacher knikte. De cirkel had nu een oppervlakte van precies twee miljoen vierkante kilometer.
'Hij komt wel,' zei Reacher.

De cirkel bereikte precies om negen minuten over één 's nachts een oppervlakte van tweeënhalf miljoen vierkante kilometer. Reacher vond een atlas in een boekenkast, zocht een voor de hand liggende route en berekende dat het achttien uur was vanaf Denver, zodat de afgesproken tijd waarschijnlijk zes uur 's ochtends was. Ideaal, vanuit het standpunt van Mahmoud. Lamaison zou hem hebben verteld van de bedreiging van de dochter, en Mahmoud zou ervan uitgaan dat onder welke omstandigheden dan ook de dochter om zes uur 's ochtends thuis zou zijn. En dus een uitstekend moment om Dean aan zijn kwetsbaarheid te herinneren. Misschien kwam Mahmoud onaangekondigd, maar er kon geen enkele twijfel bestaan over de vraag of hij zou krijgen wat hij wilde.
Reacher stond op om wat rond te lopen, eerst buiten en toen binnen.

De bebouwing bestond uit het huis en een garage en de werkplaats waar Dean het over had. Verder was er niets. Het was pikdonker, maar Reacher voelde de uitgestrekte, stille leegte overal rondom. Het huis was eenvoudig ingericht. Drie slaapkamers, een studeerkamer, een keuken, de woonkamer. Een van de slaapkamers was die van de dochter. Op een prikbord hingen met een inkjetprinter afgedrukte foto's. Groepjes meisjes, steeds drie à vier op een foto. Het meisje en haar vriendinnen, kennelijk. Door te elimineren achterhaalde Reacher welk meisje op alle foto's voorkwam. De dochter van Dean, vermoedelijk. Haar camera, haar kamer. Zij was lang en blond, een jaar of veertien, nog wat houterig, een beugel. Maar over een jaar of twee zou ze een spectaculaire verschijning zijn, en dat zou ze nog dertig jaar blijven. Gijzelaar voor een fortuin. Reacher kon begrijpen waar Dean zich zorgen om maakte en wenste dat Lamaison wat meer had gegild op weg omlaag.

De mensen zeggen dat het donkerste uur het uur voor de dageraad is, maar dat klopt niet. Per definitie is het donkerste uur het middelste uur van de nacht. Tegen vijven in de ochtend begon de lucht in het oosten lichter te worden. Tegen halfzes was er al aardig wat zicht. Reacher maakte nog een rondje. Dean had geen buren. Hij woonde midden in duizenden lege hectaren. Het zicht was rondom leeg tot aan de horizon. Waardeloos, zonovergoten land. De elektriciteitskabels liepen van zuid naar noord en losten op in de nevel. Vanuit het zuiden liep een stenige oprit naar het huis. Die was minstens anderhalve kilometer lang, misschien nog wel langer. Reacher liep een eindje langs de oprit, keerde zich toen om en keek wat Mahmoud te zien zou krijgen als hij aankwam. De helikopter was niet te zien. Het toeval wilde dat een eenzame *mesquite*-boom de kroon van de rotor aan het zicht onttrok. Reacher verplaatste de Civic van Neagley naar achter de garage en keek nog een keer. *Perfect.* Een slaperig groepje gebouwen, laag en stoffig, bijna deel van het landschap. Honderd meter bij het huis vandaan zag hij een vlak stuk rots met de grootte en de vorm van een doodskist. Hij liep ernaartoe, haalde het brok beton van Tony Swan uit zijn zak en legde het op de rots, als een gedenkteken. Hij liep terug en ging naar de werkplaats. De deur was niet op slot. De ruimte was netjes opgeruimd en rook naar door de zon verwarmde machineolie. Hij vond een bak met zwarte plastic ka-

belstrips en pakte er acht uit van de grootste soort. Ze waren iets meer dan een halve meter lang, dik en stijf. Om zware kabels mee bij elkaar te binden in geperforeerde kabelgoten.
Toen ging hij weer naar binnen om te wachten.
Het werd zes uur zonder dat Mahmoud kwam opdagen. De cirkel had nu een oppervlakte bereikt van meer dan vijf miljoen vierkante kilometer. Het werd halfzeven, bijna vijfenhalf miljoen vierkante kilometer.
Toen, precies om twee minuten over halfzeven, rinkelde de telefoon, één keer, heel kort en zacht en gedempt.
'Daar gaan we,' zei Reacher. 'Iemand heeft net de telefoonlijn doorgesneden.'
Ze liepen naar het raam. Ze wachtten. Toen zagen ze acht kilometer naar het zuidoosten een kleine, witte stip knipogen in de vroege ochtendzon. Een voertuig, dat snel dichterbij kwam en een wolk van bruin stof achterliet, die met het tegenlicht van de zon als een halo om het voertuig hing.

85

Zij gingen bij de ramen weg en wachtten in de woonkamer, gespannen en stil. Vijf minuten later hoorden ze het knarsen van stenen onder banden en het vochtige, gedempte geluid van een versleten Detroit v-8. Het knarsen hield op, de motor werd uitgeschakeld en ze hoorden het aantrekken van een handrem. Een minuut daarna hoorden ze het blikken geluid van een portier dat werd dichtgeslagen en het onregelmatige geluid van voetstappen op gravel. De bestuurder, die wat rond strompelde, gaapte en zich uitrekte.

Nog weer een minuut later kloppen op de deur.

Reacher wachtte.

Opnieuw kloppen.

Reacher telde tot twintig en liep naar de hal. Deed de deur open. Zag een man op de stoep staan, afgetekend tegen het licht, achter hem een geparkeerde, middelgrote vrachtwagen. De vrachtwagen was gehuurd, wit en rood, topzwaar, een beetje lomp. Reacher had het gevoel dat hij het al eerder had meegemaakt. Hij had de man nog nooit eerder gezien. Doorsneelengte, doorsneegewicht, duur gekleed, maar wat verfomfaaid. Een jaar of veertig. Hij had dik, zwart haar, glanzend, keurig geknipt, en het soort lichtbruine huidskleur en regelmatige trekken, waardoor je hem voor een Indiër zou houden, of een Pakistani, of Syriër, of Libanees, of Algerijn, of zelfs Israëli of Italiaan. Azhari Mahmoud zag op zijn beurt een onverzorgde, blanke reus voor zich. Twee meter lang, met gemak, honderdtien kilo, misschien wel honderdtwintig. Bijna kaalgeschoren hoofd, polsen zo dik en hard als balken van vijf bij tien, handen als kolenschoppen, gekleed in stoffig grijs katoen en met werkschoenen aan zijn voeten. *Een getikte geleerde*, dacht hij. *Precies op zijn plaats in een hutje in de woestijn.*

'Edward Dean?' zei hij.

'Ja,' zei Reacher. 'En wie ben jij?'

'Geen signaal voor mobiele telefoons hier, zie ik.'

'Dus?'

'En ik heb uit voorzorg de vaste lijn vijftien kilometer terug doorgesneden.'
'Wie ben jij?'
'Mijn naam is niet belangrijk. Ik ben een vriend van Allen Lamaison. Meer hoef je niet te weten. Het is de bedoeling dat je mij dezelfde diensten verleent, die je hem zou bewijzen.'
'Ik verleen Allen Lamaison geen diensten,' zei Reacher. 'Dus rot op.'
Mahmoud knikte. 'Laat ik het eens op een andere manier proberen. Het dreigement van Lamaison geldt nog steeds. En vandaag in mijn voordeel, niet voor hem.'
'Dreigement?' zei Reacher.
'Tegen je dochter.'
Reacher zei niets.
Mahmoud zei: 'Je gaat mij uitleggen hoe ik Little Wing op scherp zet.'
Reacher keek naar de vrachtwagen.
'Dat kan ik niet,' zei hij. 'Je hebt alleen maar de elektronica.'
'De raketten zijn onderweg,' zei Mahmoud. 'Ze zullen hier weldra zijn.'
'Waar ga je ze gebruiken?'
'Hier en daar.'
'In de Verenigde Staten?'
'Een land van onbegrensde mogelijkheden.'
'Lamaison zei Kasjmir.'
'Misschien versturen we er een paar naar speciale vrienden.'
'We?'
'Wij hebben een grote organisatie.'
'Ik doe het niet.'
'Je doet het wel. Net als eerder. Om dezelfde reden.'
Reacher aarzelde even en zei: 'Kom maar binnen.'
Hij ging aan de kant. Mahmoud was gewend om met respect te worden behandeld, dus stapte hij langs Reacher en liep de hal in. Reacher sloeg hem hard op zijn achterhoofd, zodat hij in de richting van de kamerdeur tuimelde, waar Frances Neagley vooruit stapte en hem met een keurige uppercut vloerde. Een minuut later lag hij als een speenvarken vastgebonden op de vloer, zijn linkerpols vastgesnoerd aan zijn rechterenkel met een kabelstrip, en zijn rechterpols aan zijn linkerenkel. De strips waren strak aangetrokken en het vlees eromheen begon meteen op te zwellen. Mahmoud bloedde uit zijn mond en

kreunde. Reacher schopte hem in zijn zij en zei hem zich stil te houden. Toen liep hij terug de kamer in en wachtte op de vrachtwagen uit Denver.

De vrachtwagen uit Denver was een witte achttienwieler. De bestuurder belandde als een gekneveld speenvarken naast Mahmoud, nog geen minuut nadat hij uit de cabine was geklommen. Toen sleepte Reacher Mahmoud het huis uit en zette hem met zijn gezicht in de zon naast zijn vrachtwagen. Mahmouds ogen stonden vol angst. Hij wist wat er ging komen. Reacher vermoedde dat hij liever zou sterven en daarom liet hij hem leven. O'Donnell sleepte de bestuurder naar buiten en liet hem naast zijn vrachtwagen vallen. Ze stonden met zijn vieren nog even stil rond te kijken. Ze propten zich toen in de Civic van Neagley en reden naar het zuiden, snel. Zodra ze weer dekking hadden voor de telefoon, stopten ze en belde Neagley haar man in het Pentagon. Zeven uur in het westen, tien uur 's ochtends aan de oostkust. Ze vertelde hem waar ze moesten zoeken en wat ze er zouden aantreffen. Toen reden ze verder. Reacher keek uit het achterraam en zelfs voor ze de bergen bereikten, zag hij een heel eskader helikopters aan de horizon naar het westen vliegen. Type Bell AH-1, afkomstig van de een of andere basis van Homeland Security ergens in de buurt, vermoedde hij. Het wemelde ervan in de lucht.

Voorbij de bergen praatten ze over geld. Neagley gaf Dixon de waardepapieren en de diamanten. Ze waren het erover eens dat Dixon ze mee moest nemen naar New York om ze te gelde te maken. Daarvan moesten eerst de onkosten van Neagley worden betaald, dan moest er een fonds in het leven worden geroepen voor Angela en Charlie Franz, en Tammy Orozco en haar drie kinderen, en Milena, de vriendin van Sanchez, en dan moest er nog een bedrag worden overgemaakt naar een stichting die zich inzette voor een betere behandeling van dieren, ter nagedachtenis aan Maisi, de hond van Tony Swan.
Daarna werd het lastig. Neagley verdiende genoeg, maar Reacher voelde dat Dixon en O'Donnell het financieel niet gemakkelijk hadden. Het financieel moeilijk hadden en wel in de verleiding kwamen, maar er toch niet naar durfden te vragen. Dus gaf hij toe dat hij volledig blut was en deed de suggestie dat ze het kleine beetje dat er uit-

eindelijk nog over was over hun vieren zouden verdelen, bij wijze van soldij. Iedereen was het ermee eens.
Daarna praatten ze niet veel. Lamaison was uitgeschakeld, Mahmoud gepakt door het systeem, maar er was niemand teruggekomen. En Reacher kwam toe aan de grote vraag: als die auto met pech op de 210 hun aankomst bij het ziekenhuis niet had vertraagd, zou hij het er dan beter af hebben gebracht dan Dixon of O'Donnell? Dan Swan, of Franz, of Sanchez, of Orozco? Misschien vroegen de anderen zich wel hetzelfde over hem af. Het punt was, hij wist het antwoord op die vraag niet, en dat knaagde aan hem.

Twee uur later waren ze bij LAX. Ze lieten de Civic achter op een rijstrook die was gereserveerd voor de brandweer en gingen op weg naar verschillende terminals en verschillende luchtvaartmaatschappijen. Voordat ze uit elkaar gingen, stonden ze stil op het trottoir en stootten ze hun vuisten een laatste keer tegen elkaar, en zeiden dat ze elkaar snel weer zouden opzoeken. Neagley liep naar binnen, naar de balie van American. Dixon ging op zoek naar America West. O'-Donnell zocht naar United. Reacher stond stil in de hitte, haastige mensen aan alle kanten om hem heen, en keek hen na.

Reacher verliet Californië met bijna tweeduizend dollar in zijn zak, van de dealers achter het wassenbeeldenmuseum in Hollywood, en Saropian in Las Vegas, en de twee kerels op het terrein van New Age in Highland Park. Het gevolg was dat het bijna vier weken duurde voordat hij weer wat krap bij kas zat. Uiteindelijk raadpleegde hij een pinautomaat op het busstation van Santa Fe, New Mexico. Zoals altijd rekende hij eerst zelf zijn banksaldo uit, en controleerde daarna of de berekening van de bank overeenkwam met die van hemzelf.
Voor de tweede keer in zijn leven klopte het niet.
De automaat gaf te kennen dat zijn banksaldo meer dan honderdduizend dollar hoger was dan hij verwachtte. Precies honderdelfduizend achthonderdtwintig dollar en achttien cent, afgaand op zijn eigen berekening uit het hoofd.
111.822,18.
Dixon, vanzelfsprekend. De buit.
Eerst was hij teleurgesteld. Niet vanwege het bedrag. Het was meer geld dan hij in tijden had bezeten. Hij was teleurgesteld in zichzelf,

omdat hij in het bedrag geen boodschap kon ontdekken. Hij wist zeker dat Dixon het totaal met een paar dollar en een paar dollarcenten op de een of andere manier zou hebben aangepast om hem even een glimlach te ontlokken. Maar hij kwam er niet achter. Het was geen priemgetal. Geen enkel even getal groter dan twee, kon een priemgetal zijn. Er waren honderden factoren. De reciproque was saai. De wortel was een lange, slordige reeks cijfers. De derdemachtswortel was nog erger.
111.822,18.
Daarna richtte zijn teleurstelling zich op Dixon. Omdat, hoe meer hij erover nadacht, hoe meer hij het analyseerde, des te zekerder was hij van zijn zaak dat het echt een saai getal was.
Dixon was er met haar hoofd niet bij.
Ze had hem teleurgesteld.
Misschien.
Of misschien toch niet.
Hij drukte op de knop voor een transactiebon. Een klein velletje papier schoof uit een gleuf. Vaag, grijs bedrukt, de laatste vijf transacties waar zijn rekening bij betrokken was. De storting van Neagley stond er nog steeds, bovenaan. Daarna zijn kasopname van vijftig dollar op het busstation van Portland, in Oregon. Dan het bedrag van zijn ticket van Portland naar LAX, helemaal in het begin.
En dan als vierde, een nieuwe storting ten bedrage van honderdéénduizend achthonderdtien dollar en achttien dollarcent.
En als vijfde, op dezelfde dag, nog een storting, ten bedrage van precies tienduizend en twaalf dollar.
101810,18.
10012.
Hij glimlachte. Dixon was er wel degelijk bij met haar hoofd. Helemaal, daar mankeerde niets aan. De eerste storting was 10-18, herhaald om te benadrukken. De radiocode van de MP voor missie voltooid. Twee keer achter elkaar. 10-18, 10-18. Zijzelf en O'Donnell, gered. Of Lamaison en Mahmoud, verslagen. Of beide.
Heel aardig, Karla, dacht hij.
De tweede storting was haar postcode: 10012. Greenwich Village. Waar ze woonde. Een geografische verwijzing.
Een hint.
Ze had hem gevraagd: *Zin om langs te komen in New York dan?*

Hij glimlachte opnieuw, verfrommelde het velletje papier tot een prop en gooide die in de afvalbak. Nam honderd dollar op, liep het busstation in en kocht een kaartje voor de eerste bus die hij zag. Hij had geen idee waar hij heen ging.

Hij had tegen Dixon gezegd: *Ik maak geen plannen, Karla.*

JACK REACHER: CV

Naam:
Jack Reacher
(geen tweede voornaam)

Nationaliteit:
Verenigde Staten

Geboortedatum:
29 oktober 1960

Bouw:
één meter zesennegentig
100 – 110 kilo
borstomvang 127 cm

Kleren:
jasmaat 3 xlt
binnenbeenlengte 95 cm

Opleiding:
basisonderwijs en voortgezet onderwijs op legerbases in Europa en het Verre Oosten
West Point Military Academy

Leger:
dertien jaar militaire politie US Army
één keer demotie van majoor naar kapitein in 1990
afgezwaaid met de rang van majoor in 1997

Onderscheidingen:
bovenste rij: Silver Star, Defense Superior Medal, Legion of Merit
middelste rij: Soldier's Medal, Bronze Star, Purple Heart
onderste rij: 'speelgoedonderscheidingen'

Moeder:
Josephine Moutier Reacher
geboren 1930 in Frankrijk, overleden in 1990

Vader:
carrière US Marine, gediend in Korea en Vietnam

Broer:
Joe, geboren 1958, overleden 1997
5 jaar US Military Intelligence
Ministerie van Financiën

Laatst bekende adres:
onbekend